늦어도 11월에는

Spätestens im November

Spätestens im November
by Hans Erich Nossack

All rights reserved by the proprietor throughout the world
in the case of brief quotations embodied in critical articles or reviews.

Korean Translation Copyright © 2002
by MUNHAKDONGNE Publishing Co., Ltd., Seoul.
Copyright © 1955 by Suhrkamp Verlag, Frankfurt am Main

This Korean edition was published by arrangement with Suhrkamp Verlag, Frankfurt am Main through
Bestun Korea Agency Co., Seoul.

이 책의 한국어판 저작권은 베스툰 코리아 에이전시를 통해 저작권자와
독점 계약한 (주) 문학동네에 있습니다.
저작권법에 의해 한국내에서 보호를 받는 저작물이므로
무단 전재와 무단 복제를 금합니다.

이 도서의 국립중앙도서관 출판시도서목록(CIP)은
e-CIP 홈페이지(http://www.nl.go.kr/cip.php)에서 이용하실 수 있습니다.
(CIP제어번호: CIP2004001962)

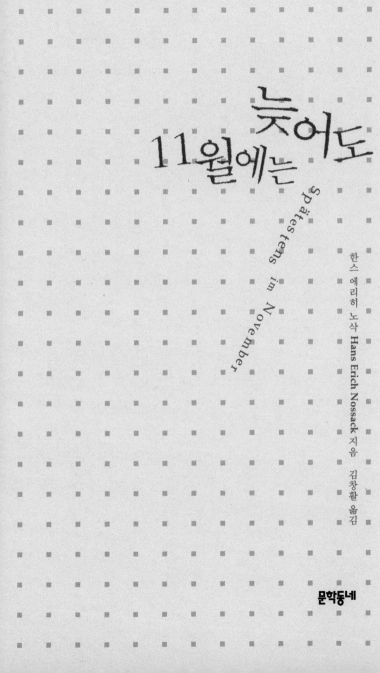

늦어도 11월에는

Spätestens im November

한스 에리히 노삭
Hans Erich Nossack 지음

김창활 옮김

문학동네

1

우리는 잘못하고 있는 거예요. 나는 그에게 말하고 싶었다. 그러나 그를 쳐다보자 말문이 막혀버렸다.

아니지. 차근차근 얘기해나가야 한다. 차근차근…… 그런데 설명은 쉽지가 않다. 사람들은 고개를 내저으며 말할 것이다. 말도 안 되는 소리, 어떻게 그럴 수가 있어! 그 사람들 말이 옳다. 나는 대꾸할 말이 없다. 내가 무분별한 여자인가? 아니, 그렇지는 않다. 그런데 뭐라고 말해야 할지 모르겠다. 어떤 그럴 듯한 말로도 변명은 충분치 않다.

그 일은 초청장에 적힌 '조촐한 다과모임'에서 시작되었다. 아니 그 이전, 훨씬 이전부터 시작되었는지도 모른다. 어쩌면 내가 어린아이였을 때부터인지도 모를 일이다. 어쩌면 어느 순간 갑자기 시작된 것이 아니라 처음부터 운명적으로 마련되어 있던 일인지도…… 하지만 그런 것은 이제 생각하고 싶지 않다. 어쩌면 그 모든 것이 내 상상일 뿐인지도 모른다.

축하모임은 미술관 강연회장에서 열렸다. 커다란 탁자들을 강연회장에 옮겨다놓고 그 자리에서 바로 파티를 열었던 것이다. 창 밖에서는 삼십 분 간격으로 소나기가 쏟아지고 있었다. 전에 휴게실로 쓰던 한쪽에는 빵과 가벼운 음식들이 차려져 있었다. 음식은 셀프 서비스였다. 나는 시장 부부와 상공인협회 비서실장과 한 테이블에 앉아 있었다. 참석을 거절할 수는 없었다. 남편 막스는 자기 대신 내가 참석해야 한다고, 그것이 내 의무라고 했다. 그렇지 않았다면 나는 벌써 가버렸을 것이다. 거기 모인 사람들은 모두 잘 아는 사람들이었지만 그들과 함께 앉아 있는 것은 내겐 아무 의미도 없었다. 그러나 바로 나갈 수는 없었다. 내가 앉은 테이블은 맨 앞줄이라 금방 사람들 눈에 띌 것이다. 뷔페까지는 가로막힌 것이 아무것도 없었다. 청회색 양탄자뿐이었다. 사람들은 음식 접시를 들고, 얘기를 주고받으면서 내 앞을 지나갔다. 아는 사람과 부딪칠 때면 손에 든 음식 접시 때문에 조심스럽게 고개 숙여 인사했다.

더웠다. 모피코트는 의자 등받이에 걸어놓았다. 오래 있고 싶지 않았다. 손에 들고 있던 프로그램 안내장을 구겼지만 종이가 두꺼워서 프로그램은 금세 다시 펴졌다. 찢어버렸어야 하는 건데…… 그럼 찢은 종이조각은 어디다 버린다? 접었던 프로그램이 펴지면서 종이 위에 큼지막하게 적혀 있는 '뫼켄'이라는 이름이 눈에 띄었다.

그는 붉은 머리의 리보브 부인과 뷔페 옆에 서 있었다. 두 사람은 웃고 있었다. 그녀가 그에게 묻는다.

"당신이 쓴 소설의 그 이야기들은 모두 진짜 체험하신 건가요?"

그가 대답한다.

"무슨 말씀을! 그 많은 부인들과 아가씨들을 제가 어떻게 감당할 수 있겠습니까!"

정작 자신과는 어울리지 않는 그런 대답을 그는 하고 있었다. 다시 그녀가 말한다.

"제 남편은 신문사 사장이에요."

"부인과 앞으로 사이좋게 지내야겠군요."

두 사람은 소리내어 웃는다. 무슨 바보 같은 짓들인가. 나는 이쪽 테이블에까지 들려오는 그들의 불순한 웃음소리를 듣고 있었다. 그녀의 요란한 화장은 네온 불빛 아래서 더욱 화려해 보인다.

"그 여자는 석 달 전부터 머리를 빨갛게 염색하고 있어요."

나중에 나는 그에게 그렇게 말해주었다.

"요란하더군!"

그는 그런 것에 대해서는 무관심했다. 그 사실을 나는 모르고 있었다. 나는 그에 대해 전혀 아는 것이 없었다. 나는 그가 그 여자에게 빠질까봐 오직 그것만 두려웠던 것이다.

"드실 것 좀 갖다드릴까요?"

비서실장이 물었다.

나는 간단한 걸로 갖다달라고 부탁했다. 배는 고프지 않았다. 시장 부인은 내게 남편이 함께 오지 않아 유감이라고 했다. 조금 전에는 시장이 꼭 같은 얘기를 했었는데…… 나는 무슨 말이든 대답을 해야 했다. 그래서 나는 남편이 사업 때문에 카셀에 갔으며, 저녁 늦게나 돌아올 예정이기 때문에 유감스럽게도 함께 참석하지 못했다고 했다.

"아, 그러시군요. 카셀에 가셨군요."

그렇게 말하면서 시장은 흥미롭다는 듯 눈썹을 치켜올렸다. 왜인지는 알 수 없었다. 아마 예의상의 관심이었을 것이다. 카셀에서 막스가 하는 일에 그가 흥미 있을 까닭은 없을 테니까.

나는 뷔페 쪽으로 가는 비서실장의 뒷모습을 바라보았다. 그가 리보브 부인에게 인사를 하며 말을 건네자 그녀는 무척 애교 있는 몸짓으로 그를 향해 돌아섰다. 실장은 뮌켄에게도 다정하게 인사했다. 나는 그 모습을 모두 지켜보고 있었다. 뮌켄은 깜짝 놀랐다는 듯 몸을 살짝 숙여 인사했다. 그 모습이 조금 우스꽝스러웠다. 조금 전에 서로 인사를 주고받았음에도 실장은 이제야 처음 봤다는 듯 뮌켄에게 축하인사를 했다.

나만이 이 모든 것을 바라보고 있었다. 시장은 내 남편이 작가 선출 기준에 대해 심사위원들에게 했던 말을 상기시키면서, 이 선출에 대해 남편 역시 공감하고 있는가를 물었다.

"네, 그럼요. 모든 일들에 만족하고 있어요."

막스가 그런 일에 아무 관심도 없다는 것에 대해 사람들은 전혀 신경 쓰지 않는다. 그는 아마 수상자의 이름조차 모르고 있을 것이다. 막스의 머릿속에는 온통 다른 생각들뿐이다. 그에겐 오직 자신의 제안으로 그 상이 제정되었다는 사실만이 중요하다. 그와 그의 회사를 위해 좋은 광고가 되니까.

그때 시장 부인이 뮌켄의 소설에 대해 이야기를 시작했다. 그녀의 말에 나는 계속 그렇다고만 대답했다. 물론 나도 그 책을 읽었다. 하지만 내 느낌 따위는 중요하지 않았다. 나는 막스의 생각을 말해주어야 한다. 뷔페 옆에서 리보브 부인이 무얼 하든 더이상 신경 쓰고 싶지 않았다. 그저 빨리 그 자리에서 떠나고 싶을 뿐이었다.

그 역시 똑같은 생각을 하고 있었다. 나는 느낄 수 있었다. 나중에 그는 말했다. 어쩌다가 사진을 찍는 모르는 사람들 틈에 끼어들어가 서 있는 듯한 기분이었다고 말이다.

"조심하지 않으면 일은 금방 벌어지고 말아요. 항상 조심을 해야지요. 책임은 대개 본인 스스로에게 있어요. 별 생각 없이 끼어드는 경우가 많으니까요. 뭐 안 될 것도 없긴 하지만요. 그렇지만 그건 정말 괴로운 일입니다. 일단 그렇게 되면 진짜로 그 사진에 꼭 필요한 사람인 것처럼 계속 행동해야 하니까요, 눈에 띄지 않으려면 말입니다. 어쩌면 그게 괜찮은 사진이 될지도 모르는 거니까, 사람들의 흥을 깨뜨려서는 안 됩니다. 그건 예의죠. 무엇보다도 혼자 뚝 떨어져서 슬픈 얼굴을 보여서는 안 됩니다. 웃어야 해요. 그렇지 않으면 남들이 눈치를 채니까. 그러자니 속으로는 안절부절못할 수밖에요. 무슨 말인지 아시겠어요?"

"그럼요, 잘 알죠."

"제 말 좀 들어보세요."

그가 큰소리로 말했다.

"저는 그들이 원하는 대로 이렇게 저렇게 떠들어대고 있었어요. 그러면서도 머릿속은 오직 한 가지 생각뿐이었죠. 빨리 여기서 나갈 수는 없을까. 술이야 저희들끼리 잘들 마실 테고, 제가 없어도 말입니다. 제가 없는 편이 훨씬 더 나을지도 모르죠. 정전이 되거나 사람들이 더 몰려들면 그 틈에 몰래 달아날 수 있을 텐데…… 하지만 소용없었어요. 곳곳에서 사람들이 저에게 미소를 보내고 있었거든요. 전 완전히 포위되어 있었던 거예요.

그리고, 바로 그때 당신을 봤습니다."

그건 아마 우리가 아직 서로 말을 높일 때 나눴던 대화일 것이다. 정확하게 기억나진 않지만 말이다.

"당신 그거 알아?"

"뭐 말예요?"

"내가 당신을 처음 보았을 때⋯⋯"

"네, 그때요."

"내가 뭘 맨 먼저 보았는지 말이야."

"글쎄요."

"기분 상하지는 않았으면 좋겠군⋯⋯ 당신 어깨야."

"이브닝드레스치고는 목선이 깊게 팬 옷이었죠. 하지만 남편은 그 정도가 적당하다고 했었어요."

"누가 그랬다고?"

나는 말머리를 돌렸다.

"그 여자가 나에 대해 어떻게 얘기했죠?"

"그 여자라니 누구?"

"빨간 머리 말이에요."

"당신 이름을 말해줬어. 금세 잊어버리긴 했지만⋯⋯ 그리고 당신이 부자라고도 일러주던걸."

"난 부자가 아녜요. 남편은 부자일지 모르지만 난 아녜요. 그 여자가 당신을 속인 거예요."

"빨간 머리가 우리하고 무슨 상관이요!"

순서대로 애길 해야 한다. 이런 애기를 한 것은 훨씬 뒤의 일이다. 집에서였거나 아니면 기차에서였을 것이다. 어쩌면 그보다 훨씬 뒤의 일인지도 모른다.

음식이 담긴 접시와 칵테일잔을 들고 우리 쪽으로 다가오는 비서실장을 보고 시장은 그가 직업을 잘못 택한 것 같다고 농담을 했다. 훌륭한 웨이터가 하나 날 뻔했다고. 모두들 웃었고, 나도 억지로 따라 웃었다.

"리보브 부인이 우리의 작가 선생님을 혼자 차지하고 계시는군요."

비서실장이 말했다.

"그렇다면 뮌켄 씨는 행복할 거예요."

시장 부인이 대꾸했다.

나는 못 들은 척 아무 말도 하지 않았다. 비꼬는 말은 아닐 것이다. 시장 부인은 비꼬는 게 뭔지도 모르는 여자니까. 모성애가 강한 사람이라 평소 나는 그녀를 좋아하고 있었다.

"그래요, 예술가들은 말입니다⋯⋯ 코가 예민하죠."

모두들 뮌켄이 있는 쪽을 한번 쳐다보았다. 그리고 나서 사람들은 희곡작품에 대해, 그리고 다음달에 공연될 연극에 대해 이야기했다. 나도 무슨 말인가를 해야만 했다. 그러면서도 십 분만 더 있다가 무슨 핑계든 대고 나가야겠다고 생각하고 있었다.

"사람들은 당신이 오만하다고 생각해. 그건 좋지 않아. 우린 그럴 처지가 아냐. 사람들에게 좀더 우호적으로 대할 순 없어? 그들은 우리한테 필요한 사람들이야."

막스는 언젠가 내게 그렇게 말한 적이 있었다. 하지만 정작 나를 오만하다고 생각하는 사람은 바로 막스 자신이었다.

다른 테이블에서도 여기저기 웃음소리가 터져나오고 있었다. 나는 마시던 칵테일잔 속의 올리브를 건져내는 데 열중했다.

강연회장에서 나는 뜻밖의 그의 행동을 보았다. 조금 늦게 도착한 나는 다른 사람들에게 방해가 되지 않도록 조심해서 뒷자리에 앉았다. 식이 끝나자, 모임을 준비한 사람들이 달려와 미안하다고 사과했다. 막스와 내 자리는 맨 앞줄에 마련되어 있었던 것이다. 나는 괜찮다고 했지만, 막스에게는 알려지지 않았으면 했다. 그는 분명 나에게 화를 낼 것이다. 그는 명예욕이 강한 사람이었다.

축하연이 시작되자 먼저 비서실장이 나와 금년에 처음으로 제정된 상공인협회 문학상에 관해서 소개했다. 물론 우리의 이름은 언급되지 않았고, 상공인협회 얘기만 했다. 자기 이름이 들먹거려지는 것을 원치 않았던 막스는 익명으로 해야 한다고 했지만 사람들은 대부분 그가 이 상을 제정했으며 '헬데겐' 사(社)에서 돈을 내놓았다는 것을 알고 있었다. 비서실장에 이어 시장이 앞으로 나왔다. 그는 우리 도시가 공장 연기 자욱한 공업도

시뿐만이 아니라, 도시의 크기나 인구에 합당한 문화 도시로 발전해가야 한다고 말했다. 사람들이 박수를 치자, 그는 시의 대표로서 작가 베르톨트 뮌켄에게 상공인협회 문학상을 수여하게 되어 영광이라고 덧붙였다. 그리고는 연단에서 한 발짝 내려와 앞으로 걸어나오는 뮌켄을 연단 위로 불러올렸다. 그는 상장이 든 붉은색 우단 케이스를 그에게 건네주었다. 나중에 베르톨트는, 무슨 상장이든 상장은 꼭 붉은색 우단 케이스에 들어 있다고 말하며 웃었다. 그는 그 케이스를 서류가방 속에 넣어두었다가, 우리가 기차를 탔던 그날 밤에 창 밖으로 내던져버렸다. 상장도 찢어 밖으로 날려보냈다. 그래도 간직해두는 것이 좋지 않겠느냐고 내가 말했지만 그는 쓸데없는 소리라고 했다.

시장 다음으로 그가 연단에 섰다. 사실 나는 좀 놀랐다. 나는 그가 보통 사람들과는 뭔가 다르려니 생각했었다. 그러나 그는 다른 평범한 사람들과 똑같았다. 적어도 겉모습으로는 말이다. 순간 그가 소설을 쓴다는 사실조차 인정할 수 없을 것 같았다. 그는 막스의 회사에 있는 남자들과 전혀 다르지 않았다. 상공인협회의 누구와도 마찬가지였다. 내가 그때 무슨 상상을 했었는지 잘 모르겠다. 어쩌면 아무 생각도 안 했는지도 모르지만, 어쨌거나 그를 알고 보니 내 자신이 조금 우스워졌다. 베르톨트는 나를 놀려댔다.

"예술가들은 우단 바지에다 체크무늬 셔츠라도 입어야 한다는 거야? 보헤미안 흉내는 예술의 '예' 자도 모르는 사람들이 오히려 훨씬 더 잘 내지. 우리의 삶은 이미 충분히 무질서하다구."

나는 그의 말을 듣고 있지 않았다. 그는 상을 받게 되어 영광이라고 했던 것 같다. 나는 피곤했다. 봄 날씨 탓이었다. 강연회에만 가면 피곤했다. 눈꺼풀이 저절로 내려앉는 것 같았다. 연단만 쳐다보고 있으면 더욱 피곤해져서 남들이 눈치채지 않도록 몰래 무릎을 내려다보거나 프로그램을 읽거나, 엉뚱한 생각에 잠기곤 했다. 강연회에서 하는 말들이란 대개 중요하지 않은 것들뿐이었다. 그런 것들은 언제라도 신문에서 읽을 수 있는 것들이다. 그런데다 다른 생각을 하고 있으면 강연자의 목소리는 점점 더 지루해지게 마련이다. 그의 목소리는 홀 안을 이리저리 떠돌아다닌다. 의자들은 나지막이 삐걱거리고 종이도 조용히 바스락거린다. 나는 아무 관심도 없었다. 그래서 더욱 피곤하다. 거기다 실내 공기는 너무나 혼탁했다. 물론 졸고 있지는 않았다.

"현실에 대해서 예술가가 무슨 말을 할 수 있겠습니까?"

어느새 나는 그의 말에 귀 기울이고 있었다. 그 말이 왠지 우리를 비웃는 것처럼 들렸기 때문인지도 모른다.

"우리 중의 누군가가 발전하는 과학기술의 위험성을 고발하거나 겉모습만 화려한 이 시대의 문제점에 대해 경고하기라도 하면 그는 당장 염세주의자라는 소리를 듣습니다."

내 옆에는 코끝이 뾰족한 백발의 남자가 앉아 있었다. 신문사에서 온 사람이었다. 어디선가 본 적이 있는 것 같았지만 이름은 생각나지 않았다. 그는 거칠게 숨을 몰아쉬고 있었다. 나는 그에게 작은 목소리로 물었다.

"저 사람, 몇 살쯤 됐을까요?"

남자는 상당히 오랫동안 주의 깊게 연단을 쳐다보았다. 대답을 안 할 작정인 것 같았다. 그러다가 갑자기 그가 어깨를 으쓱하며 말했다.

"어쨌든 결혼한 것 같지는 않군요."

내 귀에 대고 속삭이느라 그는 손으로 입을 가렸다. 그의 입에서 심한 악취가 났다. 속병이 있는 모양이었다. 나는 왠지 모욕당한 기분이 들어 다시는 옆으로 고개를 돌리지 않았다. 나는 한마디도 하지 않았다. 어쨌거나 그의 말은 맞는 것 같았다. 남자도 그런 걸 눈치챌 수 있나? 좀 우습기도 했다. 베르톨트가 결혼했다고 상상하는 것은 거의 불가능하다. 리보브 부인도 그쯤은 금방 눈치챘을 것이다.

나는 그의 강연을 열심히 듣는 척했다. 그러자 그가 조금씩 다르게 보이기 시작했다. 왠지 그가 마음에 들었다. 아니, 그렇게는 말할 수 없다. 어릴 적, 창 너머로 정원에서 놀고 있는 아이들을 바라볼 때의 기분이랄까, 아무튼 그런 기분이 들었다.

어릴 때 나는 창가에서, 밖에서 놀고 있는 아이들을 구경하곤 했다. 어머니는 내가 아이들과 함께 밖에서 노는 것을 허락하지 않았다. 그 사내아이들은 어머니 마음에 들 정도로 말쑥한 애들이 아니었기 때문이다. 아버지라면 허락했을 테지만, 아버지는 그런 일에 대해선 전혀 관심이 없었다.

그날 오후는 영 망친 셈이었다. 나는 창가에 선 채 노는 아이들을 내다보고 있었고, 아이들은 누군가 자기들을 쳐다보고 있는 사람이 있다는 것을 알지 못했다. 베르톨트 역시 내가 자신을 쳐다보고 있는 것을 모르고 있었다. 만약 그가 알았더라면…… 아무튼 그는 나에 대해서 전혀 모르고 있었다.

그의 제스처는 왠지 좀 어색해 보였다. 가까이에 앉아 있던 사람들은 오히려 눈치채지 못했을 것이다. 그들은 아마 만사가 순조롭게 진행되고 있다고 생각했을 것이다. 그러나 내가 앉아 있던 자리는 조금 높아서 연단 전체가 잘 내려다보였다. 눈에 띄는 건 주로 손이었다. 마치 무엇인가를 붙잡으려는 사람처럼 손을 앞으로 내밀다가는 다시 손을 거두어 탁자 위에 얌전히 놓는 것이었다. 그것뿐만이 아니었다. 그는 탁자 뒤에서 계속 발을 들었다 놓았다 하면서 다리로 장난을 쳤다. 그리고 몇 번인가는 누군가를 찾는 사람처럼 홀 안을 슬쩍 휘둘러보았다. 물론 거기에 그가 아는 사람은 아무도 없었다. 그는 억지로 그 자리에 끌려나온 사람처럼 보여 불안할 정도였다. 어쩌면 실제로 그는 억지로 그 자리에 나와 있는 건지도 몰랐다. 자기가 연설을 하기 위해 나와 있다는 것도 까맣게 잊어버리고 있는지도 몰랐다. 그러나 그런 외양과 달리 그는 막힘 없이 말을 이어나가고 있었다. 거기 서서 말을 하고 있는 사람은 전혀 다른 사람인 것 같았다. 실제의 그는 멀리 떨어져서 이 모든 것을 바라보고 있는 것 같았다. 다음 순간 그는 앞줄에 앉아 있는 사람들을 내려다보았다.

"보는 사람이 아무도 없어도 꽃은 아름답게 피어난다고 과학은 말합니다. 하지만 제 생각은 다릅니다. 꽃은, 인간이 감탄하는 눈으로 보아줄 때 더욱 아름다운 빛을 내는 것입니다. 여자에게 '당신은 아름답습니다'라고 말해줄 때 그 여자는 더욱더 아름다워질 수 있는 것입니다."

강연회장에 참석한 멍청한 여자들이 모두 가볍게 웃었다. 자기들에게 보내는 찬사로 생각한 모양이었다. 그 말은 아마 집에서부터 준비해온 말일 것이다. 나는 화가 났다.

"여러분들의 아름답고 인간적인 얼굴을 우리에게 보여주십시오. 그러면 우리는 더욱 아름답게 노래할 수 있을 겁니다."

그것이 그의 마지막 말이었다. 그는 갑자기 허공에 대고 고개 숙여 인사했다. 카메라 플래시가 터지고 사람들이 박수를 쳤다. 도대체 무슨 말을 한 건가. 나는 짜증이 났다.

"회장님은 어떻게 지내십니까?"
시장이 물었다.

"네, 아버님은 잘 지내고 계세요."

"그분을 못 뵌 지 퍽 오래된 것 같군요."

"네, 오늘 모시고 오려고 했는데, 벌써 일흔이 넘으셨잖아요."

물론 거짓말이었다. 그럼 뭐라고 한단 말인가? 사람들이 시아버지에 대해 물으면 늘 좀 언짢아진다. 모두들 무슨 꿍꿍이가 있는 것만 같다. 일 년 전쯤부터는 특히 그렇다. 막스는 내가 그에게 해가 되지 않도록 늘 말을 조심해야 한다고 했다. 막스의 그런 말에 나는 몹시 기분이 상했지만 그에게 그렇게 이야기할 수는 없었다. 나는 시아버지를 상당히 좋아하지만 막스는 그런 것은 알려고도 하지 않는다. 사람들이 시아버지에 대해 물어보는 것은 물론 나쁜 뜻은 없을 것이다. 그는 '헬데겐' 회사의 창설자이며 이 도시의 유지니까. 나와 함께 앉아 그에 대한 얘기 말고 또 무슨 얘기를 할 수 있단 말인가?

그렇다. 그런데 그때, 그 일이 일어났다.

지금 생각해보니 나는 은근히 그 일을 기다리고 있었던 것 같다. 아무 일도 일어나지 않았더라면 나는 정말 실망했을 것이다. 왜인지는 잘 설명할 수 없다. 하지만 갑작스레 그 일이 일어났을 때 내가 전혀 놀라지 않았던 걸 보면 나는 분명 뭔가를 기대하고 있었음에 틀림이 없다. 나는 마치 다른 사람들과 얘기하기 위해서 잠시 베르톨트와 떨어져 있었던 것 같은 기분이었다. 그는 리보브 부인과, 나는 시장과 잠시 인사를 나누기 위해서 말이다. 그러니까 그가 나에게 돌아왔을 때 나는 "어머, 당신이군요"라고만 말하면 된다. 그러나 그는 내가 누구인지, 내 이름이 무엇인지도 모르고 있었다. 어떻게 그가 나를 알아보았을까? 다른 여자들도 많았는데.

그들은 모두 나처럼 자리에 앉아 칵테일을 마시고 있었다. 나는 그 여자들 중의 하나였다. 그 여자들과 다른 점이 있다면, 그 자리가 나는 전혀 즐겁지 않았다는 사실뿐이었다. 알 수 없는 무엇이 내 마음을 짓누르고 있었다. 테이블이 좁았기 때문에 사람들은 모두 가까이 다가앉아 있었다. 잠시 잠깐 그들과 몸이 닿을 때마다 저절로 몸이 움츠러들었다.

그 일을 설명하기란 쉽지 않다. 아무도 믿으려 하지 않을 것이다. 어리석은 짓이라고 생각할 것이다. 그렇게 말해도 어쩔 수 없다. 나는 베르톨트에게서 눈을 뗄 수가 없었다. 다른 사람들과 이야기를 하면서도 나는 계속 그를 지켜보고 있었다. 나는 그의 표정 하나, 손짓 하나 놓치지 않았다. 그는 술을 여러 잔 마셨다. 그의 옆엔 여전히 리보브 부인이 서 있었다. 나도 두번째 잔을 단숨에 비웠다. 어느 사이 비서실장이 세번째 잔을 내 앞에 갖다놓았다.

그들은 내가 그런 대접에 만족스러워할 줄 알고 기뻐했을 것이다. 막스 역시 아마 나를 칭찬했을 것이다. "사람들과 잘 어울려야 해." 그는 늘 그렇게 말했으니까. 몇 번인가 베르톨트가 나를 쳐다보는 것 같았다. 나도 모르게 몸이 움츠러들었다. 그의 시선을 견딜 수가 없었다. 물론 다른 사람들은 눈치채지 못하고 있었다. 내가 쳐다보면 그는 재빨리 시선을 돌렸다. 실망스러웠다. 어쩌면 나를 쳐다본 것이 아니라 조금 전 연설을 할 때처럼 허공을 쳐다본 것인지도 몰랐다. 그는 리보브 부인 곁에 서서 그녀와 얘기를 주고받고 있지 않은가. 그러나 그의 눈길이 점점 자주 느껴지자 나는 그가 나를 쳐다보고 있다고 확신하게 되었다. 그리고 그때 그가 이쪽으로 다가왔다. 아니, 어떻게 보면 그가 리보브 부인을 옆으로 밀쳐낸 것 같기도 했다. 하마터면 나는 웃음을 터뜨릴 뻔했다. 그가 그녀에게 말했다. "잠깐 실례하겠습니다."

그가 곧장 나를 향해서 걸어왔다. 아주 천천히, 똑바로…… 그 시간이 무척 길게 느껴졌다. 그것은 마치 영원과도 같았다. 천천히, 그는 청회색 양탄자 위를 걸어왔다. 갑자기 주위는 온통 캄캄해지고, 그가 걸어오는 길만이 환하게 빛나는 것 같았다. 그 빛이 내 쪽을 비추고 있는 것인지 내가 어둠 속에 들어가 있는 것인지 알 수 없었다. 나는 손을 뒤로 돌려 등받이에 걸어놓은 코트를 집으려고 했다. 그러나 그만두고 말았다. 그럴 시간이 없었다. 나는 칵테일잔을 손에 들고 일어섰다. 그리고 시장 부인에게 말했다. "실례하겠어요." 그 순간의 내 동작은 내가 생각해도 재빨랐다. 사람들은 아마 내가 뮌켄에게 축하인사를 하려는 것으로 생각했을 것이다. 나는 항상 막스를 염두에 두고 행동해야 한다. 그 정도의 예의는 지켜주어야 한다. 베르톨트와는 이미 예전에 인사를 주고받은 사이이니 남편이 상을 준 이상 그에게 축하인사를 하는 게 당연한 일이었다.

나는 그를 향해 몇 발짝 걸어갔다. 조금이라도 빨리 양탄자 위에 올라서고 싶었다. 앉아 있던 테이블에서 멀어지기 위해 나는 서두르고 있었다. 뒤의 모든 것이 아래로 가라앉는 것 같았다. 나는 조금 웃었던 것 같기도 했다. 그러나 곧 웃음을 거두고 말았다. 베르톨트가 웃지 않았던 것이다. 어쨌거나 웃을 만한 순간은 아니었다. 우리는 거의 마주 보고 서 있었다. 무척 가까운 거리였다. 내가 테이블에서 일어나자마자 테이블은 곧 사라져버렸다. 주위의 모든 것들이 안개구름처럼 낮게 떠올라 우리 주위를 스쳐 지나갔다. 흔들리지 않고 고정되어 있는 것은 우리가 서 있는 마룻바닥뿐이었다. 그에게 무슨 말이든 하고 싶었다. 그때까지는 그런 생각조차 나지 않았다.

그가 실수하지 않도록 내가 먼저 입을 열어야 했다. 나는 자연스럽게 잔을 들어 그를 축하해주어야 했다. 그러면 그가 내게 무슨 말이든 할 테니까. 하지만 꼼짝도 할 수가 없었다. 모든 것이 불필요한 일처럼 느껴졌다. 나는 그저 기다리고 있었다. 그리고 그의 넥타이를 바라보았다. 평범한 연회색 실크 넥타이는 약간 비뚤어져 있었다. 술잔만 들고 있지 않았더라면 나는 그 자리에서 넥타이를 고쳐매주었을 것이다. 그런데 술잔을 어디에다 놓지? 근처에는 테이블이라고는 없었다. 술잔은 그대로 바닥으로 떨어질 것이다.

분명 그렇게 오래 서 있었던 것은 아니었다. 하지만 우리에겐 그 순간이 마치 영원처럼 느껴졌다. 일단 스쳐 지나가고 나면 계속 그리워하는 그런 순간 말이다. 다른 어떤 것도 그 순간만큼 우리를 행복하게 만들지는 못한다. 그리고 그 순간은 오직 두 사람만이 알고 있는 것이다.

"당신과 함께라면 이대로 죽을 수도 있을 것 같습니다."

그가 말했다. 아니, 내가 한 말 같았다. 내 목소리가 그대로 메아리쳐 되돌아온 것만 같았다. 그리고 그 말은 진실이었다. 다른 말을 했다면 그것은 전부 거짓이었다. 나는 그저 "네"라고 대답할 수밖에 없었다.

그렇게 말하면서 나는 그를, 그의 얼굴을 쳐다보았다.

그것이 내가 본 그의 최초의 얼굴이었다. 그 얼굴은 그냥 얼굴이 아니었다. 그때의 그의 얼굴은 행복할 때의 그것이었다. 그는 여러 얼굴을 가지고 있었다. 다른 사람들과 이야기를 나누거나 사진을 찍을 때, 시장과 함께 있을 때 혹은 리보브 부인과 함께 있을 때, 길을 걸어가고 있을 때, 모두 비슷비슷한 표정 같지만 뜯어보면 모두 조금씩 다른 얼굴이다. 어떻게 그렇게 빨리 변할 수 있을까. 정신을 못 차릴 정도다. 아주 근사해 보이는 얼굴들도, 또 지혜로워 보이는 얼굴, 뭔가 생각하는 듯한 얼굴, 비꼬는 듯한 얼굴도 있다. 어찌나 표정이 빨리 바뀌는지 금세 다른 얼굴이 나타나곤 한다. 그리고 말로 표현할 수도, 사진으로 찍을 수도 없는 또하나의 얼굴이 있다. 너무나도 순간적으로 스쳐 지나가서 그 어떤 고성능 카메라도 포착할 수 없는 그 표정은 한 얼굴에서 다른 얼굴로 바뀌는 사이에 아주 잠시 나타났다가 곧 사라져버리기 때문에 그 누구도 심각하게 받아들이지 않는다. 혹 어쩌다 그 표정을 봤다고 하더라도 사람들은 그것을 진짜 얼굴로 생각하지 않는다. 그저 잘못 본 것이겠거니 생각한다.

하지만 그것이 그의 진짜 얼굴이었다. 나는 금방 알 수 있었다. 어쩌면 이미 오래 전부터 알고 있었는지도 모른다. 그 얼굴을 쳐다보기가 두려웠다. 괴로운 건 아니었다. 절대로 그렇지는 않았다. 내가 두려웠던 건, 그때의 내가 너무나 무방비한 상태였기 때문이다. 나 자신을 자각하지 못하게 되는 순간을 경험하는 것, 그것은 참기 어려운 일이다. 나는 얼른 그에게서 눈을 돌려야 했다.

우리뿐이었다. 우리 단둘뿐이었다. 몸이 얼어붙는 것 같았다. 모피코트를 벗어놓은 것이 후회됐다. 추웠다. 갑자기 스팀이라도 꺼버린 걸까?

수많은 사람들이 우리 주위를 떠돌고 있었다. 머리는 머리대로, 옷은 옷대로…… 그들이 이쪽으로 오려 할 때면 우리에게

서 나오는 빛이 그들에게 반사되었다. 유리창 밖에서 깜짝 놀라 쳐다보는 커다란 눈이 보였다. 물론 그것도 단 몇 초뿐이었다. 어쩌면 잘못 본 건지도 모른다. 금방 어디론가 사라져버렸으니까. 우리 쪽으로 오는 것이 아니었던 모양이다. 밖에서 나지막하게 윙윙거리는 소리가 들렸다. 그것 역시 우리하고는 상관없는 소리다. 파도 소리거나 바람 소리거나 무슨 다른 소리겠지.

"난 칵테일을 석 잔이나 마셨어요."

내 말에 그가 대꾸했다.

"전 다섯 잔 마셨습니다. 술밖에 별달리 먹을 만한 게 없더군요. 뭐, 드실 겁니까?"

"……당신 외투는 어디 있죠?"

"외투요? 무슨 외투 말입니까?"

"외투, 입고 오셨을 텐데요."

"아, 휴게실 옷걸이에 있어요. 서류가방도 거기 있죠. 자, 가시죠."

그는 금방 내 말을 알아차린 듯했다.

"무슨 약속이라도 있었던 것처럼 그러시는군요."

내가 말했다.

"왜요, 뭐가 어떻다는 겁니까."

"아니에요. 코트를 가져와야 해요. 의자에 걸어두었어요. 핸드백도 테이블 위에 있구요…… 아니에요, 기다리세요."

25

나는 내 코트와 핸드백을 가져오려는 그를 막았다. 그는 어린 아이처럼 참을성이 없었다.

"이러면 안 돼요. 사람들에게 예의는 차려야죠. 악수를 하고 고맙다고 말하세요. 그 이상은 필요 없어요. 전 벌써 여기서 나갈 핑곗거릴 찾았어요."

그 다음부터는 내가 그를 이끌어야 했다. 그것이 내 임무였다. 모든 일이 잘될 것 같았다. 우리는 악수를 청했고 그들은 손을 흔들어주었다. 우리는 그들과 한시라도 빨리 헤어지고 싶었다. 나는 집에 가봐야겠다고 했다. 사람들은 잡지 않았다. 아무래도 상관없었다. 코트를 입혀주는 베르톨트의 손길이 서툴렀다. 옷깃을 너무 위로 치켜들어서 소매를 찾을 수가 없었다. 그냥 팔에 걸고 나와서 나중에 입는 편이 나을 뻔했다. 하지만 사람들은 그런 것까지 눈여겨보지는 않는다. 우리는 문까지 걸어나왔다. 나는 보폭을 작게 했다. 그 역시 천천히 내 뒤를 좇았다. 지나치는 사람들이 미소지을 때마다 나 역시 미소를 보냈다. 베르톨트가 문을 세게 밀어젖히는 바람에 요란한 소리가 났다.

층계참에는 옷걸이가 두 개 세워져 있었다. 베르톨트는 동전으로 테이블을 두드리며 물건을 보관하고 있는 여자에게 큰 소리로 말했다.

"저기 저 외투요. 서류가방도 주세요. 저쪽 벽 앞에 있는 거요. 아니, 저기 저것 말이오."

그의 트렌치 코트는 칼라와 소매가 많이 낡아 있었다. 중절모는 쓰고 오지 않았던 모양이었는데, 그 대신 차양 없는 모자가 주머니 속에 들어 있었다. 장갑을 꺼낼 때 모자가 바닥에 떨어지자 그는 대충 털어 다시 주머니에 넣었다.

"택시 좀 잡아주시겠어요?"

회전문 옆에 서 있는 수위에게 내가 말했다. 택시들이 근처에서 손님을 기다리고 있는지 운전기사 몇 명이 모여 서서 담배를 피우고 있었다. 우리가 밖으로 나오자마자 차 한 대가 다가왔다. 마침 나는 차를 가지고 오지 않았다. 큰 차는 막스가 타고 나갔고 작은 차는 누가 쓰고 있는지 정비중이었는지 어쨌든 차고에 없었다. 나올 때는 몹시 화가 났지만 지금은 기쁘다. 얼마나 다행인가. 택시가 훨씬 낫다. 나는 기사에게 주소를 말했다. 베르톨트는 웅크리고 앉아 있었다. 자동차 문을 닫아준 다음 기사는 핸들 앞에 앉았다. 미터기를 꺾고 차가 출발했다.

여섯시 반이나 일곱시쯤이었을 것이다. 축하모임은 다섯시에 시작되었다. 그사이 비가 내렸는지 길이 젖어 있었다. 가로등 불빛이 길 위로 반사되어 길바닥이 반짝거렸다.

"어디로 끌고 가시는 겁니까?"

내 쪽은 돌아보지도 않은 채 그가 물었다.

"집으로요."

"집?"

"집에 좀 가봐야 해요. 괜찮아요, 걱정 말아요."

우리는 아무 말이 없었다. 나는 생각에 잠겼다.

내가 지금 무슨 짓을 하고 있는 거지? 한 시간 전, 아니 삼십 분 전만 해도 이런 일은 생각지도 못했다. 이런 생각은 한 번도 해본 적이 없었다. 모든 것이 질서정연하고 안정되어 있었다. 아직은 다시 그렇게 될 수 있다. 모든 것은 나에게 달려 있다. 나는 지금 아무 상관도 없는 낯선 남자 곁에 앉아 있다. 모두 내 탓이다. 남자는 아무 잘못도 없다. 그와 가까워질 필요는 없다. 아니, 그래선 안 된다. 그런데 나는 지금 그의 말대로 그를 '끌고 가고' 있다. 그것도 내 집으로…… 그의 그 말은 나를 질책하는 것인지도 모른다. 나는 꿈을 꾸고 있는 듯 몽롱했다. 달리 어떻게 해볼 수가 없었다. 모든 것이 제멋대로 돌아가고 있었다. 어서 깨어나는 수밖에, 다른 도리가 없는 꿈속 같았다. 꿈속에서 너무 긴장하고 있었기 때문에 깨고 나면 기진맥진한 채 한없이 슬퍼지는 그런 꿈 말이다. 현실에서는 있을 수 없기 때문에 더욱 강렬한…… 그 꿈은 자기 자신 이외에는 아무도 모른다. 아니, 꿈을 꾼 사람조차도 금세 잊어버리고 만다. 눈을 뜨고 샤워를 하고 옷을 입을 때까지 그 꿈이 머릿속을 떠나지 않아 마음이 떨리지만 그것도 잠시다. 아침식탁에 앉으면 사람들이 묻는다. "안녕히 주무셨어요?" 그땐 벌써 아무 일도 없었던 듯 잊어버리고 마는 것이다.

　운전기사의 어깨를 두드려 차를 세워달라고 해야 하나? 그리고는 베르톨트에게 그만 차에서 내려달라고 말한다. 네, 안녕히 가세요. 여기까지 동행해주셔서 고맙습니다…… 아니면 그를 역으로 데려다줄까? 하지만 그가 곧장 역으로 갈지 어떨지 알 수가 없다. 아니면 호텔로? 어느 호텔이지? 아니, 그럴 순 없어. 그가 나를 어떻게 생각할까!

　무슨 말을 해야 할지 알 수 없었다. 그는 너무나도 낯설었다. 그를 어떻게 불러야 할지도 알 수 없었다. 그의 이름을 부른 건 훨씬 나중의 일이었다. 뮌켄 씨라고 부르고 싶지는 않았다. 그 말은 너무 바보처럼 들린다. 그를 그렇게 불러버리면 그 사람은 택시 안, 내 옆에 앉아 있는 사람과는 전혀 다른 사람이 되고 만다. 그 역시 그렇게 생각할 것이다.

　당황해서 몸이 얼어붙는 것만 같았다. 그가 무슨 말이라도 했더라면 훨씬 수월했을 것이다. 하지만 그는 한쪽 구석에 몸을 묻은 채 창 밖만 내다보았다. 차를 타고 가는 내내 그의 얼굴을 볼 수가 없었다. 가로등 옆을 지나칠 때 잠시 흐린 불빛에 실루엣이 드러날 뿐이었다. 그 순간 나는 어쩌면 그에게서 무언가를 기대하고 있었는지도 모른다. 나를 따뜻하게 안아 자기 쪽으로 끌어당겨주기를, 꼭 그게 아니라도 그 비슷한 것을 바랐는지도 모른다. 나는 두려웠다. 그가 나를 안았다면 나는 틀림없이 그대로 몸을 내맡겼을 것이다. 그가 그러지 않는 것이, 전혀 그런 내색 없이 있는 것이 좋았다. 그랬다면 다른 남자와 다른 것이 무엇이 있겠는가. 그와 함께 차를 탄 것도 그가 다른 남자들과는 달랐기 때문이었는데.

"추워요?"

그가 물었다.

"아뇨, 왜요?"

"내내 외투로 무릎을 덮고 계시는군요."

"제가 좀 긴장한 모양이에요."

"강연을 할 때는 저도 긴장이 됩니다. 바지 속에서 다리가 덜덜 떨리죠. 청중은 강연에 몰두하느라 눈치채지 못하지만 말입니다…… 이 도시는 정말 삭막하군요."

"네, 아름답다고는 할 수 없죠. 하지만 남쪽엔 아름다운 숲도 좀 있어요."

"이 도시 출신이십니까?"

"아뇨. 이곳에 살고 있을 뿐이지 제 고향은 윌첸이에요."

"윌첸? 한 번도 가보지 못한 곳이군요. 주로 밤에 기차를 타고 다녀서요. 다른 곳을 가면서 지나친 적은 있지만."

"거기도 구경할 건 별로 없어요. 작은 도시예요."

"……낡은 폭스바겐을 하나 사려고 합니다."

그가 갑자기 말했다.

"네?"

"차가 있으면 어느 곳이든 마음에 들지 않을 땐 훌쩍 떠날 수 있을 테니까요. 예를 들면 윌첸 같은 곳으로 말입니다. 지금 당장이라도 우리가 떠날 수 있을 것 같은데요."

내가 조금 웃자 그가 말했다.

"왜 웃는 거죠? 당신은 떠나고 싶지 않으십니까?"

"아뇨, 별로 가고 싶지 않아요. 어쨌든 윌첸은 싫어요. 거기서 뭘 할 수 있겠어요."

그는 잠시 생각에 잠긴 듯하더니 갑자기 물었다.

"당신 품위 있는 여자죠?"

그의 말을 알아들을 수가 없었다. 내가 조금 머뭇거리자 그가 웃었다.

"당신은 품위 있는 여자예요. 틀림없습니다."

"아니에요."

내가 말했다. 잠깐 화가 나서 나는 덧붙였다.

"당신 말이 무슨 뜻인지 모르겠네요."

우리는 다시 침묵했다. 막스한테 뭐라고 말해야 좋을지 생각해보았다. 그를 집으로 데려온 걸 좋아할지도 모른다. 생각처럼 그렇게 나쁘게만 흘러가지는 않을 것이다. 강연회장에 함께 있었던 사람들이 뭔가 눈치챘다 하더라도 내가 그를 집으로 초대했다는 것을 알면 입을 다물겠지.

"좀 구식이긴 하죠. 그 말……"

침묵을 깨고 그가 나지막이 말했다. 내 대답을 기다리는 것 같았다.

"무슨 말씀이시죠?"

"품위 있다는 말 말이에요."

"그 얘긴 이제 그만두세요."

"화내지 마십시오. 제 말은, 그러니까 좀 드문 사람이라는 뜻입니다. 다른 사람들 속에 섞여 있어도 당신은 금방 눈에 띄더군요."

어느새 우리는 철도 건널목까지 와 있었다. 그 아래로 커브 길이 있었다. 기사는 조심스럽게 차를 몰았다. 비가 와서 길이 미끄러웠다. 사고가 많이 나는 지역이었다. 시에서 고쳐보려고 했지만 언제나 예산이 부족했다. 차가 멈춰 서 있는 동안 건널목의 차단기 중앙에 위험 표지판이 매달려 있었다. 커다란 해골 밑에 짧은 문구, '죽음은 영원하다'. 이곳을 지나갈 때면 막스는 언제나 욕을 했다. 그런 그를 보며 나는 항상 소리내어 웃었다.

하임멜스부르크 가(街)로 접어들자 차는 다시 속력을 냈다. 거리에는 우리가 타고 있는 차 이외에는 아무것도 없었다. 길 한가운데에 만들어진 화단이 허연 불빛을 받고 있었다. 저 멀리에 전차 한대가 지나가는 것이 보였다.

"제가 하고 싶은 게 뭔지 아십니까?"

그가 내 쪽으로 몸을 반쯤 돌리며 물었다. 그러면서 그는 왼손을 약간 치켜들었는데, 나는 그가 내 무릎 위에 그 손을 내려놓으리라 생각했다. 아마 그도 처음엔 그럴 생각이었을 것이다. 내가 화난 것으로 생각하고 나한테 사과할 작정인 모양이었다. 그러나 그는 손을 다시 거두었다.

"네?"

내가 물었다.

"당신과 함께 어느 도시든…… 이곳만 아니라면 말입니다. 굳이 윌첸일 필요도 없습니다…… 어느 도시로든 가고 싶습니다. 너무 작은 도시는 말고, 대도시면 더 좋겠군요. 당신과 함께 쇼윈도 앞에 서서 물건을 구경하는 겁니다. 팔짱을 끼고 말이죠. 걸어갈 때면 두 사람의 허벅지가 스치겠죠."

그가 손으로 자기 장딴지를 두드렸다.

"그리고 나서는 레스토랑이나 극장에 가는 겁니다. 로비에 서 있는 사람들이 놀랄 겁니다."

"그건 왜죠?"

무슨 말이든 해야 할 것 같아서 내가 묻자 그가 내 쪽을 돌아보며 말했다.

"……남자 여자 할 것 없이 모두 하던 얘기를 중단하고 우리 쪽으로 고개를 돌릴 겁니다. 저런 녀석이 어떻게 저런 품위 있는 여자하고 함께 있을까 부러워하겠죠, 모두들."

"저어, 그건……"

나는 핸드백을 열고 열쇠를 찾는 척했다.

"다 온 건가요?"

그가 물었다.

"네, 조금밖에 안 남았어요."

사실 난 열쇠가 아닌 돈을 찾고 있었다. 그는 아마 돈이 한푼
도 없을 것이다. 그가 받은 상금은 수표일 텐데, 그걸 가지고는
아무것도 할 수가 없다. 나는 택시를 세웠다. 차가 서면 그가 눈
치채지 않도록 몰래 택시 요금을 기사의 어깨 너머로 줄 생각이
었다. 사정이 있어 택시를 하루 종일 세냈다고, 비용은 남편 회
사에서 지불하게 되어 있다고 그에게 거짓말할 작정이었다. 그
러나 그에게 돈이 있었으므로 불필요한 걱정이었다. 그는 상의
주머니에 아무렇게나 넣어두었던 돈을 꺼냈다.

집에 들어갈 때까지 우리는 한마디도 하지 않았다. 대문을 열
면서도 우리는 아무 말이 없었다. 그는 내 뒤, 한 계단 아래 어둠
속에 서 있었다. 젖빛 유리창 밖으로 거실 안의 흐린 불빛이 스
며나왔다. 막스는 아직 돌아오지 않았다. 나는 문을 열고 들어
가 현관의 불을 켰다. 그가 뒤따라 들어왔다. 그가 발판에 신발
을 문지르는 소리가 들렸다. 드레스룸의 불을 켜려다가 너무 조

용하다 싶은 생각에 뒤를 돌아다보았다. 그는 현관에 서 있었다. 문 한쪽 귀퉁이에 붙어서서 문을 반쯤 열어놓은 채, 아직도 손은 손잡이를 잡고 있었다.

우리는 서로 쳐다보았다. 왜 그러냐고, 왜 들어오지 않느냐고 묻고 싶었다. 그런데 입이 떨어지질 않았다. 그는 뭔가 나쁜 일을 하다 들킨 사람처럼 서 있었다.

"절 나쁘게 생각지 말아주십시오, 품위 있는 부인."

그가 입을 열었다. 마음이 아파왔다.

"시간이 없으세요?"

나는 마음이 다급해졌다.

"네, 그럴 것 같군요. 여기서 뭘 할 수 있단 말입니까!"

나는 문을 닫았다. 그를 그렇게 멍하니 세워둘 수는 없었다.

"들어오세요. 일단 외투는 탈의실의 의자 위에 걸어놓으세요. 오래 걸리지는 않을 거예요. 금방 돌아가실 수 있어요."

그는 내 말에 따랐다. 나는 그가 외투와 가방을 의자 위에 올려놓을 때까지 기다렸다. 거실의 불을 켜고 나서 나는 또 그를 기다려야 했다. 그는 드레스룸의 불을 끈 다음 현관 스위치를 찾았다. 너무나도 정연한 모습이었다. 어쩌면 시간을 끌려는 생각이었는지도 모르겠다. 그냥 두라고 내가 말하기도 전에 그는 스위치를 찾아냈다. 그는 거실 문턱에 서서 안쪽으로 더 들어오지 않았다. 우리는 다시 서로를 쳐다보았다. 서로의 눈 속을 들

여다보았다. 그에게 더 들어오라고 얘기할 수가 없었다. 그가
돌아서 가버린다면 그를 붙잡을 수 있을까. 어떡하면 그를 붙잡
아둘 수 있을지 알 수 없었다.

그는 천천히 내게서 눈길을 거두었다. 처음엔 소파가 있는 왼
쪽을, 그리고 다음에는 거실 오른쪽과 층계를 쳐다보았다. 하지
만 나는 그에게서 눈을 뗄 수 없었다. 그의 얼굴에는 어떠한 동
요의 기미도 나타나지 않았지만 나는 그가 무엇을 보고 있는지
알 수 있었다.

나는 그가 되어, 그의 눈으로, 집 안을 둘러보았다. 괴로운 일
이었다. 그의 눈으로 보는 모든 것이, 집 안의 모든 물건들이 쓸
모없어 보였다. 금방 사라지고 없어져버릴 물건들 같았다. 그것
들은 모두 비싼 것들이었지만 그의 눈으로 보니 하나같이 조잡
한 싸구려 같았다. 평소 막스는 그 물건들에 대해 무척 자랑스
럽게 생각했다.

하지만 내가 보기에도 가구들은 극히 차갑고 우스꽝스러웠
다. 그것은 마치 잘 만들어놓은 무대장치 같았다. 얼핏 보면 근
사해 보이지만 그 너머 어디선가 차가운 바람이 일고 있었다.
지금껏 그런대로 만족하면서 잘 참아왔기 때문에 나는 그 찬바
람을 한 번도 느끼지 못했던 것이다. 하지만 이젠 느낄 수 있었
다. 집 안의 모든 것들이 헐벗고 있음을.

나는 두려웠다. 그에게로 달려가고 싶었다. 그래요, 우리 빨

리 떠나요.

그의 시선은 계단에 고정되어 있었다. 잠시 후 그는 고갯짓으로 그 위에 누군가 있음을 알려주었다. 간호사 게르다였다. 그녀는 층계에서 발코니로 이어지는 청동 난간에 기대서 있었다. 삼 년 전 집을 현대식으로 고치면서 만든 그 층계는 막스가 가장 좋아하는 곳이었다. 층계를 보고 칭찬하는 사람이 있으면 그는 굉장히 기뻐했다. 물론 나도 그를 위해 함께 기뻐해주었다.

바로 그곳에 서서 간호사들이 쓰는 에이프런을 두른 게르다가 손에 약을 든 채 우리를 내려다보고 있었다. 층계에 깔려 있는 두꺼운 양탄자 때문에 그녀의 발소리를 듣지 못했던 것이다. 언제부터 우리를 내려다보고 있었던 건지 알 수 없었다. 우리가 얼마나 오래 거기에 서 있었는지는 나로서도 알 수 없었다. 하지만 길지 않은 시간이었을 것이다. 내가 먼저 그녀에게 물었다.

"혹시 남편이 전화 안 했었어?"

"네, 전화하셨어요. 블랑크 씨와 약속이 되어 있답니다. 블랑크 씨는 지금 안에 계세요."

손가락으로 서재를 가리키면서도 그녀의 눈길은 베르톨트에게 고정되어 있었다. 나는 화가 났다. 블랑크에 대해서는 전혀 생각하지 못하고 있었다.

"고마워. 귄터한테 곧 간다고 말해줘."

그녀는 왼쪽, 아이 방으로 들어갔다. 방으로 들어가면서도 그녀는 다시 한번 우리를 돌아보았다. 나쁜 사람은 아니지만 눈치 없는 여자였다.

"아픈 사람이 있나보죠?"

베르톨트가 물었다. 그는 아직 현관에 서 있었다. 조금 전 그 자리에서 한 발자국도 더 들어오지 않았다.

"아니에요. 아, 그 에이프런 때문이군요. 그 여자는…… 그게 그렇게 중요한가요? 곧 가실 거잖아요."

나는 그에게 다가갔다. 그를 다시 한번 가까이에서 바라보고 싶었다.

"당신을 붙잡을 수 없군요. 이해해요. 진심이에요."

그는 조금도 움직이지 않았다. 그저 나를 쳐다볼 뿐이었다. 그가 말했다.

"편지하겠습니다."

"편지라구요?"

"여기로 보내면 됩니까? 이 집으로?"

그는 다시 한번 거실을 둘러보고는 말을 이었다.

"아직 당신 이름도 모르는군요."

"편지는 왜 하겠다는 거죠?"

"전부 설명하려구요. 당신이 오해하지 않도록……"

그는 말을 더듬고 있었다. 그의 시선이 멍하니 나를 향했다. 무슨 말을 해야 할지 알 수 없었다. 나는 물었다.

"무슨 얘기죠? ······ 갑자기 왜 그렇게 달라진 거죠?"

"전 항상 그렇습니다."

그가 낮은 목소리로 말했다. 우린 둘 다 목소리를 낮추고 있었다. 게르다 때문은 아니었다. 그녀에 대해서는 생각조차 하지 않고 있었다.

"하지만 아까는 분명 달랐어요. 그래요, 완전히 달랐다구요. 혹시 ······ 겁이 나나요?"

그는 고개를 저었다. 그는 망설이고 있었다. 너무나 실망스러웠다. 나는 계속했다.

"뭐가 겁나죠? 내가? 이 집이?"

그 말은 하지 말았어야 했다. 그는 마치 어딘가 도망갈 곳을 찾는 사람처럼 여기저기를 둘러보았다. 나를 위해서도 그 질문은 하지 말았어야 했다. 나 역시 겁이 났다. 나는 확실히 겁을 내고 있었고, 두려움은 점점 커지고 있었다. 무엇을 겁내고 있는지, 무엇이 두려운지는 나도 알 수 없었다. 나는 겁이 많은 편은 아니었다. 그 순간 나를 사로잡은 것은 아마도 그의 두려움이었을 것이다.

그가 사라져버릴 것만 같아서 두려웠다. 현관 안으로 들어와서도 정작 한 발자국도 더 들어오지 않는 그는 어디론가 사라져버릴 것만 같았다. 그와 함께 나도, 집도, 그리고 그의 모든 것도 전부 사라질 것 같았다. 모든 것이 갑자기 끝나버릴 때가 있다.

그럴 때 남는 것은 기억뿐이다. 하지만 꿈같은 그런 기억은 아니다. 꿈은 담배연기나 두통처럼 그렇게 흘러가버리고 말지만 이건 아니다. 그것과는 다르다. 전혀 다르다. 두통처럼 그렇게 슬그머니 사라지지 않는다. 그것은 사라지지 않고 오히려 파국으로 치닫는다.

"제가 도울 순 없을까요?"

다른 말은 생각나지 않았다. 그는 고개를 저었다.

"왜죠? 왜 당신을 도울 수 없다는 거죠? 내 탓이잖아요."

그는 또 고개를 저었다.

"아닙니다. 당신과는 상관없는 일입니다. 편지하겠습니다."

"편지는 왜요? 난 편지는 싫어요. 지금 당장 알아야겠어요."

"편지가 더 낫습니다."

"조금 전만 해도 당신은 달랐어요. 모든 것이 명확했다구요. 당신 말을 금방 알아들을 수 있었죠. 그래서 난 당신과 함께 나온 거예요. 당신이 내게 무슨 말을 했는지 알아요? 당신은 다른 어떤 사람도 할 수 없는 그런 말을 내게 했어요. 아무도 안 해본 말을요. 나는 그 말의 의미를 알아차렸어요. 놀라지도 않았고, 화를 내지도 않았어요. 당신의 그 말을 기다리고 있었던 것처럼 말이죠. 일생 동안…… 진심이 아니라면 그런 말은 하지 말아야 해요. 위험하니까요. 그건 알아두어야 할 거예요. 그 말을 했을 때 당신은 진심이었어요. 전 느낄 수 있었어요. 그렇지 않았다면 나는 신경도 안 썼을 거라구요. 그런데 지금은 뭐죠? 당신은 문 앞에 선 채 나를 여기에 세워놓고 있어요. 마치 아무 일도 없었던 것처럼…… 그리고는 이대로 달아나서 편지를 쓰겠다고요? 그걸 어떻게 생각해야 하는 거죠? ……어떻게 해야 할지는 나도 아직 모르겠어요. 하지만 그럴 순 없어요. 그 말은 그저 당신의, 작가인 당신의 시적인 표현이었나요?"

"……그냥 그런 말이 나오고 말았어요."

그가 말했다.

"당신은 여자들한테 늘 그렇게 얘기하나요? 예를 들어 리보브 부인 같은 여자들에게도?"

"누구요?"

"누구든 마찬가지죠. 됐어요. 아니, 내가 알아요. 그 여자한테 그런 말을 하지는 않을 거예요. 그건 미처 생각 못 했군요. 그 여자라면 당신 얘길 그냥 웃어넘겼을 거예요. 하지만 나는…… 지금 한 번만 더 말해주세요, 그 말……"

그는 완강하게 머리를 저었다.

"제발, 제발 해줘요. 내가 잘못 들었는지도 모르겠군요. 거긴 너무 시끄러웠어요. 힘든 것도 아니잖아요. 왜요? 왜 안 되죠? ……그래요, 결국 그건 그냥 당신의 문학적인 표현이었어요……"

"그 얘긴 제발 그만둬요."

그가 낮게 중얼거렸다.

"싫어요. 슬플 때면 그 말을 꼭 떠올릴 거예요. 작품 속에 써도 상관없어요. 어차피 당신의 표현이니까요. 아무도 그 말에 신경 쓰지 않을 거예요. 하지만 나는 달라요. 난 아마 그렇게 생각하겠죠. 꼭 한 번 누군가 내게 이렇게 말한 적이 있지…… 당신이 싫다면 내가 그 말을 되풀이해볼까요?"

"아닙니다. 그런 말은 절대로 해선 안됩니다."

"왜죠? 그 말을 한 건 당신이었어요. 어떻게 된 거죠? 왜 그 말을 당신에게 하면 안 된다는 거죠?"

"제발 그만두십시오. 지금은 안 됩니다."

"지금은 안 된다구요? 그렇다면 언제 되는 거죠?"

"그건 실수…… 아니에요. 부탁입니다. 말은 위험한 겁니다. 그건 생각보다 훨씬 더 위험합니다. 난 알고 있어요. 그게 내 천직이니까요. 제발 절 그냥 가게 내버려두십시오."

"가시겠다고요? 아니요, 이렇게 가실 수는 없어요. 가시기 전에 당신이 저에게 뭐라고 했었는지 알아내야겠어요. 다시 한번 들어보고 싶어요. 그리고 당신 역시 들어봐야 해요. 우리 두 사람 중 누구도 그 말을 잊어버리거나, 다르게 기억하지 않도록 말이에요. 당신이 나한테 말했잖아요……"

그가 손을 높이 들었다. 나는 그가 내 입을 막으려는 줄 알았다. 처음엔 그럴 생각이었는지도 모르지만 그는 그렇게 하지 않았다. 그는 말보다 접촉을 더 피하고 있었다. 만약 그가 그렇게 했더라면, 내 입을 막았더라면 나는 그의 손바닥에 대고 말했을 것이다. 허공에 대고 하는 것보다 그게 더 나을 것이다. 그러나 그는 그렇게 하지 않았다.

"당신이 나한테 말했다구요……"

갑자기 웃음이 터져나왔다. 웃지 않을 수 없었다. 갑자기 모든 것이 선명하게 드러나는 것 같았다. 그리고 그때 그의 얼굴, 그의 진짜 얼굴이 다시 나타났다. 그도 더이상 자신을 억누를 수 없었다. 그가 말했다.

"당신과 함께라면 이대로 죽을 수도 있을 것 같습니다."

다시 주변이 조용해졌다. 미술관에서처럼, 우리 두 사람뿐, 세상엔 아무도 없었다.

바로 그때, 귄터가 위층에서 뛰어나왔다. 연하늘색 잠옷 차림에 맨발인 아이는 "엄마!" 하고 나를 불렀다. 게르다에게서 빠져나온 것이었다. 귄터를 뒤쫓아온 게르다는 아이가 난간에 붙어서기 전에 아이의 손을 낚아챘다.

나는 아이에게 말했다.

"그래, 곧 갈게. 얌전히 가서 자고 있으렴. 엄마가 곧 갈 테니까."

우리는 귄터와 게르다가 층계에서 사라질 때까지 위층을 올려다보았다. 그리고는 다시 서로를 바라보았다.

"어때요?"

내가 물었다.

"그건 몰랐군요."

그가 대답했다.

"이젠 아셨죠? 올라가서 한번 보고 와야겠어요. 제가 없으면
아이가 잘 안 자거든요. 당신 기차는 언제 떠나죠?"

"기차요? 기차는……"

"다른 얘기는 나중에 하도록 하죠. 시간은 많아요. 그런데 몇
시 기차죠?"

"열한시 십오분."

"차표, 갖고 계신가요?"

"네, 이등석입니다. 주최측에서 사준 왕복표죠."

"좋아요. 뭐 필요하면 기차 안에서 차표를 끊어도 되니까요.
왜 그렇게 쳐다보는 거죠? 열한시 십오분이라고 했죠? 여기서
열시 반에 나가면 되겠군요. 시간은 아직 많아요. 돈은 있겠
죠?"

"무슨 돈 말입니까?"

"오늘 받은 돈 말예요. 상금 있잖아요."

"네, 여기 있습니다."

양복 속주머니를 두들기며 말하는 그의 모습이 재미있었다.

"돈이 있으니 잘됐군요. 설마 지금도 내가 안 따라가길 바라는 건 아니겠죠?"

그는 무슨 대답을 해야 할지 몰라 당황하는 기색이었으나 더 이상 반대하지는 않았다.

"이리 와서 좀 앉으세요. 앉아서 생각해보세요. 이성적으로 생각해야 해요. 제 걱정은 마세요. 그럴 필요 없어요. 내가 지금 무슨 일을 하고 있는지는 잘 알고 있으니까요. 그러니까…… 잠깐 기다리세요. 우선 블랑크한테 가봐야겠어요."

나는 서재로 갔다. 블랑크는 책상 앞에 앉아 있었다. 거기서라면 아무 소리도 듣지 못했을 것이다. 그는 벌떡 일어서서 내 쪽으로 걸어왔다.

"남편이 전화를 했던가요?"

나는 인사말도 건네지 않은 채 블랑크에게 물었다. 문득 두 사람이 서로 모르고 있다는 생각이 들었다. 나는 두 사람을 서로에게 소개했다.

"블랑크 씨예요. 남편의 오른팔이죠. 그리고 이분은 뮌켄 씨, 베르톨트 뮌켄 씨예요. 아마 얘기는 들으셨을 거예요, 두 분다…… 남편은 언제 돌아온다고 하던가요?"

나는 블랑크 앞에서 웃지 않으려고 무척 애를 썼다. 모든 것이 너무나도 간단해 보였다. 나는 블랑크를 별로 좋아하지 않았다. 그와는 길게 얘기하는 법이 없었다. 막스는 유능한 인물이

라며 그를 신뢰했지만 나는 기회가 있을 때마다 그 말에 반박하
곤 했다. 블랑크는 왠지 처음부터 마음에 들지 않았다. 그와 악
수하는 것조차 싫었다. 그가 불쾌해해도 나는 개의치 않을 테지
만, 그는 아직 눈치도 못 채고 있다. 아니면 눈치채고도 모른 척
하는 것이거나…… 그는 아마 스킨로션도 막스가 쓰는 것과 같
은 브랜드를 쓸 것이다. 막스 것만 해도 지겨운데 블랑크까
지…… 우리는 블랑크 내외와의 식사가 잦은 편이다. 막스가
그래야 한다고 우기기 때문이다. 그가 나와 무슨 상관이란 말인
가. 그가 막스 사업에 유용하다면 다행이다. 그러나 역시 나랑
은 상관없는 일이다.

블랑크는 막스가 여덟시쯤 올 거라고, 그리고 저녁식사는 했
을 거라고 말했다.

"삼십 분쯤 남았군요. 잠깐 실례할게요, 뮌켄 씨. 아이를 재우
고 와야겠어요. 곧 돌아오죠. 그 동안 블랑크 씨가 함께 계실 거
예요."

나는 웃음을 터뜨릴 뻔했다. 두 사람은 멍하니 서 있었다.

그들이 무슨 얘기를 나눌지 상상할 수가 없었다. 블랑크로서
는 얘깃거리를 찾기가 힘들 것이다. 블랑크에게 한번 물어볼 걸
그랬다. 나와 함께 죽을 수 있는지 어떤지……

"뭘 마시고 싶으면 말씀하세요. 블랑크 씨가 안내해드릴 거
예요."

46

층계를 올라가면서 내가 말했다.

그래도 블랑크가 있어서 다행이다. 적어도 그가 도망치지는 못할 테니까.

나는 게르다를 아래층으로 내려보냈다. 그녀와 함께 있고 싶지 않았다. 그녀는 조금 흥분한 듯했다.

"저분이 베르톨트 뮌켄 씨죠?"

나는 그렇다고만 말하고 입을 다물었다. 그 여자의 수다는 참아줄 수가 없었다. 혼자 있고 싶었다. 게르다도 나와 함께 있고 싶지는 않을 것이다. 어쨌든 유명한 작가를 알게 되는 기회를 놓치고 싶지 않을 테니까. 그 작가가 내게 한 말을 안다면 그녀와 블랑크는 어떤 얼굴을 할까! 그들은 아마 그 말을 이해하지 못할 것이다. 어쩌면 나 역시 그의 말을 잘못 생각하고 있는지도 모르지만……

하긴 블랑크는 그렇게 쉽게 당황하는 사람은 아니었다. 그러기에는 너무나도 닳고닳은 사람이었다. 그는 상대방이 기분 좋아할 만한 얘깃거리를 얼마든지 갖고 있었다. 그가 먼저 이야기를 시작했다.

이런 얘기까지 다 해야 하나? 지금 보면 모두가 쓸데없는 짓처럼 생각된다. 블랑크의 이야기는 사실 전혀 흥미로운 것이 아니었다. 그저 내가 내려갈 때까지 두 사람이 시간을 보내기 위해 꺼낸 이야기일 뿐이었다. 두 사람이 아무 말 없이 마주 보고 서 있을 수는 없을 테니까. 이런 시시한 얘기를 하면서 즐거워하고 있는 나를, 남들은 어떻게 생각할까? 그 얘긴 그만두어야겠다. 나에겐 그럴 권리가 없다.

그때, 나는 흥분해서인지 모든 것을 알아내려고 했다. 한마디도 빼놓지 않고 말이다. 결국 베르톨트가 화를 낼 때까지 나는 꼬치꼬치 캐물었다. 혹시 나를 안심시키기 위해 그가 뭘 숨기고 있지는 않나 나는 의심하고 있었다. 그는 말머리를 자꾸 다른 데로 돌렸다. 내가 왜 그런 사소한 것을 캐묻는지 그는 이해하지 못했다. 그에게는 전혀 중요하지 않은 문제였다. 그러나 나는 무슨 일이 있었는지 알아야 했다. "그런 것은 그냥 덮어두는 것이 나은 법인데"라고 베르톨트가 말했다. 물론 그의 말이 옳다.

블랑크는 베르톨트의 수상을 축하한다는 이야기부터 꺼냈다. 그리고 베르톨트로서는 아무 흥미도 관심도 없는 이런 저런 이야기를 늘어놓았다.

그때 게르다가 아래층으로 내려간 건 블랑크로서는 천만다행한 일이었다. 게르다가 일단 입을 열었다 하면 그걸 막기란 여간 힘든 일이 아니다. 그녀는 베르톨트에게 다가가 쾌활하게 웃으며 손을 내밀었다. 그녀는 누구에게나, 늘 한결같았다. 너무나 다정하고 사려 깊은 얼굴로 상대방을 바라보기 때문에 처음 만나는 사람들은 깜짝 놀랄 정도다. 그녀는 잠시도 쉬지 않고 말을 이었다. 그녀는 베르톨트에게 자기는 한 번도 작가를 가까이에서 본 적이 없으며, 그래서 지금 이 순간이 너무도 자랑스럽다고 말했다. 그리고 약혼자한테 자랑할 거라고도 덧붙였다.

"그런데 뮌켄 씨는 사진하고 전혀 다르시군요."

"무슨 사진 말씀이신가요?"

베르톨트는 무척 당황했다.

"신문에 난 사진 말이에요."

게르다는 그렇게 대답하면서 탁자 위에 놓인 석간신문을 가리켰다. 신문을 가져다 보이며 그녀는, 사진이 너무 작고 나이 들어 보이게 나오지 않았냐고 블랑크에게 물었다. 블랑크는 좋든 싫든 둘의 대화에 끼어들지 않을 수 없었다. 베르톨트는 이 년 전에 찍은 사진이라 그렇다며, 원래 자기는 사진 찍는 것을 별로 좋아하지 않는다고 대답했다.

"신문에 난 사진은 그러니까 오래 전 잡지에 실렸던 거로군요."

그녀는 베르톨트가 더욱 마음에 드는지 약혼자의 생일 선물로 그의 책을 선물해야겠다며 떠들어댔다.

"정말로 훌륭한 책이에요. 혼이 빠질 정도라니까요. 그이 생일은 아직 육 주쯤 남았지만, 뮌켄 씨께서 직접 사인을 해주셨으면 좋겠어요. 간단한 문구를 적어주셔도 좋구요. 약혼자한테 말예요……"

"네, 그러죠. 책을 주십시오."

베르톨트는 그녀의 말을 막으려 얼른 말했다.

"그런데 지금 여기에 없어요. 제 방 탁자 위에 있어요. 어제 저녁에 그걸 읽었는데 잠을 이루지 못할 정도였어요. 너무나 흥분해서 말이죠. 기다려주신다면 곧 가져오겠어요."

그때 생각지도 못했던 일이 일어났다. 갑자기 시아버지가 내려온 것이다. 세 사람 모두 깜짝 놀란 것 같았다. 전혀 예상치 못한 일이었다. 시아버지는 저녁에는 거의 외출을 하지 않았다. 그는 우리들에게 당신의 집을 통째로 넘겨주고 자신은 정원이 내려다보이는 이층 방 하나만을 차지하고 있었다. 그곳에서 거의 꼼짝하지 않았다. 막스는 아버지가 이층에서 지내는 것을 반대했다. 나이도 나이지만 혹시라도 사람들이 아버지의 재산을 다 차지하고 있다고 생각할까봐 그게 겁났던 것이다. 하지만 시아버지는 이층이 편하다며 그곳에서 내려오지 않았다. 그렇게 벌써 반년이 지났다. 막스와 말다툼이 있은 후부터였다.

그는 아주 천천히 층계를 걸어내려왔다. 나이 때문은 아니었다. 일흔이 넘긴 했지만 시아버지는 건강한 편이었다. 천천히 걷는 것은 그의 오랜 습관이었다. 내가 그를 처음 봤을 때도 마찬가지였다. 그는 또 말도 별로 없어서 어떤 분인지 알기가 힘이 드는 사람이었다. 자기 주장을 강하게 하는 사람은 아니었지만 모든 상황을 예민하게 관찰하는 편이었고, 말 한번 다정하게 건네는 법도 없었다. 그러나 천성이 그럴 뿐, 나쁜 사람은 아니었다. 나는 우리가 서로 상당히 신뢰하고 있다고 믿고 있다.

역시 게르다가 먼저 입을 열었다.

"회장님 외출하시는 건가요?"

"응, 잠깐 나가볼까 해서……"

"우편함 보시려구요?"

"아니, 편지 쓴 것도 없는데 뭘."

"산보 나가시는군요. 그렇죠?"

"그래. 운하를 따라 저수지까지 갔다가 공원길로 돌아오려고."

"5월의 날씨가 얼마나 변덕스러운데요. 목도리라도 가져다드릴까요?"

"그래. 그래야 될 것 같으면 좀 갖다줘."

게르다는 무언가 생각하는 듯 블랑크를 쳐다보았다. 그리고는 급히 위층으로 올라갔다. 이제 블랑크 차례였다.

"회장님께 베르톨트 뮌켄 씨를 소개해드리겠습니다. 작가이시죠. 뮌켄 씨는 오늘 상공인협회에서 주는 문학상을 받으셨습니다."

"상금은 얼마나 됩니까?"

시아버지는 베르톨트 쪽으로 몸을 돌리면서 물었다.

"오천 마르크입니다."

베르톨트가 웃으며 대답했다.

"많은 편인가?"

"얼마 동안은 충분히 쓸 만합니다. 고맙습니다."

"그거, 혹시 연애소설인가?"

"아뇨, 저…… 그렇다고는 말할 수 없습니다."

"내 질문이 좀 우스웠나?"

"아닙니다. 단지…… 좀 놀랐습니다."

"흠……"

두 사람은 처음 본 순간부터 서로를 잘 이해하고 있는 것 같았다. 아니다. 그건 잘못된 표현이다. 그들이 서로를 이해한다는 건 불가능하다. 각자가 속한 세계가 너무나 다르기 때문이다. 하지만 그들은 분명 서로를 좋아하고 있었다. 그들의 대화는 서로를 잘 아는 사람들끼리의 선문답과도 같은 것이었다. 블랑크가 옆에 있어서 더욱 그랬을 것이다.

"예전에 당신 이름과 똑같은 유명한 외과의사가 있었는데, 내 기억이 틀리지 않는다면 아마 프랑크푸르트에서 개업을 했었지."

"제 아버지이십니다."

"돌아가셨나?"

"네, 육 년 전입니다."

"흠…… 그런데 막스는 아직도 안 돌아왔나?"

시아버지는 갑자기 블랑크에게 물었다.

"사장님께서는 삼십 분 내에 도착하실 겁니다."

"흠, 이 집에 작가가 손님으로 오기는 처음인 것 같군."

시아버지의 말에 베르톨트가 얼른 대답했다.

"저는 작가로서 여기에 온 것이 아닙니다."

"내가 또 말을 잘못한 모양이로군."

"그런 명칭은 어쩐지 듣기 불편해서요."

"흠, 불안정한 분야이긴 하지, 작가라는 건…… 그렇지 않나, 블랑크?"

"네?"

"이해할 수 있어요, 뮌켄 씨. 아, 목도리를 가져오는군."

게르다는 책도 함께 가져와 베르톨트에게 내밀었다. 그는 탁자 앞에 앉아 펜을 꺼냈다. 무엇이든 써주어야 했다. 아니면 그저 멍하니 서 있을 수만은 없어서였는지도 모른다. 게르다는 마치 어린아이에게 하듯 시아버지에게 목도리를 둘러주었다. 그러는 동안에도 그녀는 시아버지의 건강에 해가 될지도 모르는 5월의 날씨에 대해서, 베르톨트와는 전혀 닮지 않은 신문의 사진에 대해서, 약혼자에게 선물하려는 책에 대해서, 그리고 자기가한 번도 작가와 얘기해본 적이 없다는 것에 대해, 이건 정말 굉장한 경험이라는 것에 대해 빠르게 얘기해나갔다.

"회장님께서는 뮌켄 씨와 무슨 얘기를 하셨어요?"

게르다가 물었다.

세 남자 중 누구도 입을 열지 않았다. 블랑크는 서재로 돌아갈 기회를 엿보고 있었고, 시아버지는 아무 말 없이 서 있었다. 베르톨트는 사인을 하고 있었다. 그는 책 표지를 소리나게 덮은 다음 게르다에게 주었다. 그녀는 베르톨트가 뭐라고 썼는지, 궁금해서 못 견디겠다는 얼굴로 책을 받았다. 그녀도 잠시 입을 다무는 수밖에 없었다. 베르톨트의 글씨는 알아보기가 쉽지 않았다. 베르톨트는 뚱한 얼굴로 카펫만 내려다보고 있었다. 모든 일들이 그에겐 불편하기만 했다.

잠깐 동안의 침묵을 깨고 환성이 터져나왔다. 게르다가 너무 기뻐서 소리를 지른 것이었다. 문을 반쯤 열어놓았기 때문에 소리가 위층까지 들렸다.

"어머, 너무 멋져요. 우리 그이가 굉장히 좋아할 거예요. 정말 고맙습니다, 뮌켄 씨. 좀 읽어보세요, 회장님."

그녀는 시아버지에게 책을 펼쳐 보여주었다. 시아버지는 베르톨트를 힐끗 바라보고는 책을 보았다.

세상이 창조될 때 나는 옆에 있었다.

많은 부분들이 원래 생각과는 달랐다. 그건 사실이다.

그런데……

그리고는 날짜와 이름뿐이었다. 나중에 나는 왜 게르다하고는 전혀 어울리지 않는 그런 구절을 써주었냐고 그에게 물었다. 그는 처음 생각은 그게 아니었다고 했다. "오 어머니, 왜 우리는 동물이 아닌가요?!", 그렇게 쓰려고 했었지만 어차피 마찬가지라고 했다. 언제나 오래된 시구(詩句)를 외우고 다니다가 사람들이 뭘 써달라고 부탁할 때면 아무거나 하나 써준다고 했다. 그 사람과 어울리는지 어떤지는 어차피 그와는 상관없다는 것이었다. 그러니 어울리지 않는 게 당연할 수밖에.

"'그런데……'?"

다 읽은 후 시아버지가 물었다.

"네."

베르톨트가 대답했다.

"근사하죠, 회장님?"

게르다가 큰 소리로 말하면서 눈빛을 반짝였다.

"블랑크에게 물어봐야겠군. 그래도 되겠소?"

시아버지의 물음에 베르톨트는 마음대로 하라는 듯 손짓을 했다. 블랑크는 조금 당황했던 것 같다. 그는 책을 건네받으려고 시아버지 앞으로 몇 발짝 다가섰다. 굉장한 관심을 가지고 글을 읽는 척했다. 시의 깊이와 숨겨진 의미를 찾느라고 약간 더듬거리기까지 했다. 헛기침도 몇 번 했지만 불쌍한 블랑크를 도와줄 사람은 아무도 없었다. 정말 우스꽝스러웠다.

"연애소설상을 하나 만들어야겠어."

시아버지가 한마디하자 블랑크가 재빨리 끼어들었다.

"사장님과 상의해보겠습니다."

다른 얘깃거리가 생긴 게 너무나 기쁜 듯한 표정이었다.

"어떻게들 생각하시오?"

시아버지는 눈썹을 치켜올리며 묻자 역시 블랑크가 먼저 대답했다.

"사장님께서도 관심을 가지실 겁니다."

"어머 멋져요. 연애소설이라니."

게르다도 손뼉을 치며 좋아했다.

"그런데 그 연애소설이라는 게…… 혹시 요즘 유행이 잘 안 맞는 건 아닌가?"

시아버지가 물음에 이번엔 베르톨트가 대답했다.

"거기에 대해선 아직 생각해보지 못했습니다."

"흠, 다시 말하면 그런 질문은 나 같은 사람한테는 어울리지 않는다는 얘기로군."

베르톨트가 그 얘기는 못 들은 척, 심술궂은 어린아이처럼 서 있자 시아버지가 덧붙였다.

"세상을 만들 때 난 그 옆에 없었으니까 말이야."

시아버지 목소리에 담긴 무엇인가가 베르톨트를 당황하게 만들었는지 그는 고개를 들고 무슨 말을 하려다 말았다. 시아버지가 부드럽게 미소지었다.

"누가 당신을 우리집에 모셔왔지? 며느리인가?"

"사모님은 위층에 계세요. 귄터를 재우러 가셨어요."

게르다가 끼어들었다.

"흠! 아마 곧 내려올 거요. 그럼 자, 뢴켄 씨……"

"저…… 아닙니다. 죄송합니다."

베르톨트가 갑자기 말하며 밖으로 나가는 시아버지를 뒤쫓아갔다. 시아버지는 걸음을 멈추었다.

"책을 몇 권 쓰긴 했지만 저는 아직 세상을 잘 모릅니다. 건방졌다면 용서하십시오."

"흠, 자네보다 내 나이가 두 배쯤 많지만, 그렇다고 내가 세상을 안다고 생각하지는 말아주게…… 결국 우리는 한패였군. 세상에 통달한 사람이야 우리의 블랑크지. 안 그런가 블랑크?"

시아버지는 곧장 밖으로 나갔다. 뒤쫓아가려던 게르다는 먼저 어떻게 해야 하느냐고 묻는 듯 블랑크를 쳐다보았다. 그가 고개를 저으며 그럴 필요 없다고 했다.

내가 아래층에 없어서 그나마 다행이었는지도 모른다. 내가 있었더라면 베르톨트는 더 괴로워했을 것이다. 그리고 나 역시 어떻게든 대화를 끌어나가느라 진땀을 흘렸을 테고…… 어쩌면 나는 블랑크를 쫓아내버렸을지도 모른다. 하지만 무슨 상관인가. 나는 귄터의 침대 옆에 앉아 있었다. 거실에서 이야기하는 소리가 간간이 들려왔다. 베르톨트는 아직 가지 않고 있었다. 나는 귄터가 잠들기를 기다렸다.

코트도 벗지 않은 채였다. 조금이라도 시간을 아껴야 했다. 나는 곧장 아이의 방으로 들어왔고, 가능한 한 빨리 아래층으로 내려가고 싶었다. 어디에 갔다 왔느냐고, 또 외출할 거냐고 묻는 귄터에게 나는 나가지 않을 거라고 대답해주었다. 나는 아이의 이불을 덮어주고 늘 함께 자는 곰인형도 이불 속에 넣어주었다. 아이는 곰인형을 무척 좋아했다. 곰인형의 이름은 유비였다.

"유비는 벌써 자는구나. 퍽 고단했던 모양이야."

귄터는 내가 자장가를 불러주기를 기다리고 있었다. 매일 밤 잠들기 전이면 아이에게 노래를 불러주었다. 막스 없이 우리 둘만 있을 때면 말이다. 아이에게 들려주는 자장가는 내가 어릴 때부터 알고 있는 노래였다. 귄터도 이미 알고 있었다. 아빠가 있을 때는 엄마가 그 노래를 부르지 않는다는 것을.

막스는 아이에겐 자장가보다는 기도가 필요하다고 했지만 나는 학교에 입학하면 그때 해도 충분하다고 대답했다.

"당신도 기도는 잘 안 하잖아요. 당신이 기도하는 건 장례식에서밖에 본 적이 없어요. 모자도 벗지 않고 말이에요."

나도 어려서부터 늘 기도하라는 소리를 듣고 자랐지만 별 소용이 없었다. 어머니가 방에서 나가시면 그렇게 기쁠 수가 없었다.

아이가 자꾸 노래를 불러달라고 했다.

"안 돼, 오늘은 안 돼."

"왜 안 돼요?"

"왜냐하면, 오늘은 엄마가 노래하고 싶지 않으니까."

"왜 노래하기 싫은데요?"

"글쎄다."

아이가 끝내 우겨서 나는 노래를 부르지 않을 수 없었다. 하지만 보통때보다 작은 소리로 불렀다. 내가 혹시 어느 부분 빼먹지는 않은가 아이는 열심히 귀를 기울이고 있었다. 그런 아이의 모습에 갑자기 슬퍼졌다. 내일 저녁부터는 이 아이에게 노래를 불러주지 못하리라는 생각을 하니 마음이 아팠다. 가사가 저지 독일어* 로 되어 있기 때문에 나말고는 그 노래를 불러줄 사람이 없었다.

"자, 어서 자야지. 유비는 벌써 잠들었는데."

나는 불을 끄고도 얼마 동안 아이 곁에 앉아 있었다. 아이는 내가 울고 있다는 것을 눈치채지 못했다. 굵은 눈물이 손등에 떨어질 때까지도 아이는 모르고 있었다. 나는 이미 오래 전부터 울지 않았다.

---

* 저지(低地) 독일어(plattdeutsch, niederdeutsch) : 독일 내에서도 지역에 따라 다양한 방언이 존재한다. 그중 가장 널리 쓰이는 것 중의 하나가 북부의 평야지대에서 사용되는 저지 독일어이다. 공식적인 표준 독일어는 고지 독일어이지만, 북부의 8개 주에서 공용어로 사용되고 있다. 물론 도시지역 주민들은 대부분 표준 독일어를 구사할 수 있다.

아직 아무 일도 일어나지 않았다. 아직은 되돌릴 시간이 있다. 난 아마 좀 긴장했던 모양이었다. 내일이면 부끄러워질 거야. 나는 워낙 잘 울지 않는 사람이다. 어렸을 때부터 그랬다. 남들은 냉정하다고 했지만 내 슬픔을 남들에게 보이고 싶진 않았다. 사람들이 놀리는 것도 싫었다. 그들은 모두들 내가 우는 것을 보려고 벼르고 있었다. 기르던 개가 자동차에 치어 하수구에 쓰러져 있을 때였다. 나는 또다시 사람들의 기대를 저버리고 냉담한 얼굴로 고개를 돌렸다. 그리고 방으로 들어가 혼자 울었다.

아니야. 윌첸으로는 가지 않겠어, 절대로! 베르톨트와 함께라고 할지라도…… 그러나 나는 그에게 모든 것을 얘기할 것이다. 아르님에 관한 것까지도. 아르님 생각에 갑자기 눈물이 났다. 그 동안 참아온 눈물을 모두 흘려버리기라도 하겠다는 듯…… 당시 내가 어떤 기분이었는지는 아무도 모를 것이다. 모두들 나를 엿보고 있었다. 모두 그 얘기를 알고 있었다. 그들은 자기들끼리 수군거리다가 내가 지나갈 때면 이야기를 멈추고 나를 쳐다보았다. 질투 때문이야…… 나는 혼자 그렇게 생각했다. 멍청이들 같으니. 그 여자들은 스캔들을 기다리고 있었다. 그리고 부모님은 그것을 두려워했다. 나보다도 스캔들을 더 걱정했다. 모두들 그랬다. 나는 끝까지 그들에게 사실을 말하지 않았다. 부모님은 두려움에 떨고 있었고 나 역시 마찬가지였다. 두려움은 숨길 수가 없었다. 그것은 다른 사람들과 한 식탁에 앉아 있을 때면 더욱 심해졌다. 어쩌면 그렇게들 태연하게 밥을 먹을 수 있는지…… 거의 토하고 싶을 지경이었다. 그랬다면 아마 모두들 내가 임신한 거라고 확신했을 것이다. 엄마는 그런 일에 대해서는 도무지 상상도 할 수 없었다. 몇 번인가 치마 위로 내 아랫배를 힐끔힐끔 훔쳐보는 엄마를 나는 매번 못 본 척했다. 그리고 무슨 일이 있었냐는 듯 결혼을 했다. 부모님은 기뻐했다. 그리고 당신들의 딸이 냉정한 여자라고 생각했다. 하지만 나는 복잡하게 생각하지 않았다. 나는 밤에 대해서는 생각하지 않았다. 점차 익숙해지겠지. 아마 그렇게 될 거야. 막스는 지금도 내가 밤에 적응하지 못한다고 생각하고 있다.

아무리 잊어버리려 해도, 이젠 모든 것이 새로워졌다고 생각하려 해도 항상 무언가가 남아 있었다. 어디엔가 한숨이 남아 있었다. 벌써 칠 년 전의 일이지만 그 동안 한시라도 아르님을 잊어본 적이 없었다. 몇 달 전 영화관에서 그를 보았다. 막간 뉴스가 나오고 있을 때였다. 내 옆자리엔 변호사 벨링 부인이 앉아 있었다. 어둠 속에서 나는 그녀에게 과자봉지를 내밀었다. 종이봉투가 바스락거렸다. 그리고 그때 스크린에 '폰 치스말'이라는 이름이 나타났다. 나는 깜짝 놀랐다. 그것은 무서운 충격이었다. 그러나 거기에 나온 것은 운동선수인 그의 동생 카를이었다.

그는 우승컵을 손에 들고 있었다. 그리고 그 뒤에 아르님이

서 있었다. 그러나 금방 화면이 바뀌어 모두 사라져버리고 말았다. 아르님은 그사이 살이 많이 찐 것 같았다. 전에는 무척 날씬했었는데…… 전나무 숲 근처 무덤가에서 그를 기다릴 때면 나는 언제나 초조했다. 조금이라도 늦게 나타나면 신경이 곤두섰다. 아내에게 또 붙잡혀 있는 건 아닐까? 지루해 보이는 그 늙은 여자랑 무슨 볼일이 있다고…… 그때 길 저쪽에서 늘씬한 그의 모습이 나타난다. 하노버의 카페에서 그가 식탁 사이를 지나쳐 갈 때면 원하든 원하지 않든 사람들의 시선은 그에게로 향했다. 그의 얼굴은 부드러우면서도 슬퍼 보였다.

가만, 그런데 베르톨트를 가게 해야 하나? 아직은 아무 일도 없었다. 두 시간 후에 기차가 떠난다. 그는 그 기차를 타야 한다. 나는 그에게 악수를 청하고 행복을 빌어야 한다. 더이상 무엇을 바란단 말인가? 그사이에 막스가 올 것이다. 그렇다. 막스도 그 자리에 함께 있을 것이다. 그가 떠난 후 막스와 나는 일상적인 이야기들을 주고받는다. 그는 주주총회에 대해 얘기해줄 것이고 어떤 사람들이 참석했는지, 또 어떤 이야기들이 오고갔는지 얘기해줄 것이다. 어려울 건 없다. 우리는 얼마간 함께 있을 것이고, 아침 일찍 아래층 식당으로 내려가면 막스는 출근 준비를 서두르고 있을 것이다. 모든 게 예전과 다름없을 것이다. 그가 출근하고 나면 나는 다시 이런저런 생각에 빠져들 것이다.

권터 때문은 아니었다. 내가 운 건…… 정말이다. 권터 때문이었다면 그건 당연한 일이다. 하지만 내가 운 건, 언젠가는 이렇게 될 것을 이미 알고 있었기 때문이었다. 나는 늘 그런 생각을 하지 않으려고 애를 써왔다. 만나는 사람들에 대해서도 항상 조심했다. 나는 내 삶이 안전하기를 바랐다. 아주 조심해야, 운이 좋아야 이런 상황을 피할 수 있으리란 것을 나는 알고 있었다. 지금까지는 그럭저럭 잘해나가고 있었다. 누구도 나를 흔들어놓는 사람은 없었다. 나는 그렇게 시간이 흘러가기를 기다리고 있었다.

이제 아래층에서 무슨 일이 일어났는지 이야기해야겠다.

"당신네 블랑크는 꺼져버리고 없어."

베르톨트가 웃으며 말했다. 작가였는데도 그는 그런 표현을 자주 썼다.

"그 사람 슬그머니 꺼져버렸다니까. 그런 사람들이 있지. 주위를 휘휘 둘러보다가 갑자기 뒤로 물러서 곧장 집 안 어디론가 들어가버리는…… 마치 내가 자기 양복 단추라도 떼어가려는 줄 알고 말야."

베르톨트의 말에 나는 웃음을 터뜨렸다. 블랑크는 사장님 우편물을 정리해서 서류함에 넣어두어야 할 시간이라며 서둘러 서재로 돌아갔고 베르톨트는 그에게 손을 흔들어 보였다.

"관대하게도 난 그를 풀어주었지."

서재로 달려간 블랑크는 아예 문을 닫아버렸다. 게르다가 있으니 이제 자기 일은 끝났다고 확신하는 듯한 얼굴이었다.

베르톨트는 게르다에게 물었다.

"영감님께서는 왜 그러십니까?"

"왜요? 뭐가 어때서요?"

그의 말이 묘하게 들렸던 모양이었다. 게르다는 거짓말은 못하는 여자였다. 베르톨트의 작전이 주효한 셈이었다. 게르다는 수다를 늘어놓기 시작했다.

"선생님께선 눈치를 채신 모양이군요."

베르톨트는 대답하지 않았다. 다시 생각해보니 게르다와 함께 서 있는 게 바보 같은 짓이라는 생각이 들었다. 한시라도 빨리 이 집을 나가고 싶었지만 어떻게 얘기를 꺼내야 할지 알 수 없었다.

"그런데, 당신 정말 가려고 했어요?"

나중에 내가 물었다.

"그럼 그때 내가 어떻게 했어야 하겠어?"

나는, 그 순간 나도 그를 보낼 생각을 했었다고 고백했다.

"저런, 그랬었군."

그러나 게르다는 때를 놓치지 않고 그 동안의 자기 얘기와 내 시아버지에 대해 알고 있는 대로 이야기했다. 그녀의 말투를 흉내내어 이야기하는 베르톨트를 보며 나는 웃음을 터뜨리지 않을 수 없었다.

그녀는 자기가 원래 간호사였다는 것과 약혼자가 러시아 포로
수용소에서 돌아왔다는 것, 마이어브랑크 정신과 교수의 추천으
로 이 집에 오게 되었으며 시아버지는 병자가 아니며 아주 좋으
신 분이라는 것 등을 강조해서 이야기했다. 그리고 자기 약혼자
가 막스의 공장에 곧 취직이 될 거라며 지금까지 이야기한 사실
을 모두 비밀로 해주어야 한다는 것을 다짐받았다. 그리고 나서
는 아직 저녁을 안 먹었다며 베르톨트만 남겨놓고 사라졌다.

권터가 잠이 든 것을 확인한 후 나는 내 방으로 가서 코트를
벗어던졌다. 방의 불을 모두 켜지는 않았다. 거실에 있는 사람
들이 알까 부끄러웠다. 손수건은 흠뻑 젖어 있었다. 나는 젖은
손수건을 세탁 바구니에 넣고 새것을 꺼냈다. 욕실로 가서 세면
대 위의 불을 켜고 거울을 들여다보았다. 눈이 많이 부어 있었
다. 누구라도 다 알아볼 수 있을 것 같았다. 나는 더운물로 얼굴
을 씻고 찬물로 한 번 더 씻은 다음 화장을 고쳤다. 나는 아직 늙
지 않았다. 따로 가꾸지 않아도 내 피부는 다른 여자들보다 고
운 편이었다. 그렇더라도 방금 운 것을 숨길 수는 없다. 가까이
서 보면 누구라도 알 수 있을 것이다. 나는 얼른 욕실 불을 껐다.
단지 피곤해서 그런 걸로 보일 수도 있다. 아니면 두통이 심하
다거나…… 실제로 머리가 아프기도 했다. 칵테일 때문이었

다. 어쩌면 너무 많이 울어서인지도 몰랐다.

방으로 되돌아와 옷장 문을 열었다. 짐을 좀 싸야 했다. 어떤 경우든 대비할 수 있어야 했다. 하지만 아무 일도 없을 경우에는 짐을 다시 빨리 풀어놓아야 한다. 짐을 많이 쌀 생각은 아니었다. 그럴 필요가 없었다. 꼭 필요한 것만 가져가면 된다. 나는 옷장 밑에서 제일 가벼운 트렁크를 하나 꺼내 의자 위에 올려놓았다. 옷장에서 되는 대로 옷을 꺼냈다. 내의도 몇 장 챙겨넣었다. 어둠침침한 방 안에서…… 순간 어떤 생각이 스치고 지나갔다. 나는 얼른 미술관에 가지고 나갔던 핸드백을 열어보았다. 침대에 걸터앉아 그 안에 들어 있는 돈을 센 다음 화장대 왼쪽 서랍 속에 들어 있는 돈도 모두 꺼냈다. 몇백 마르크 정도는 되는 것 같았다. 나는 돈을 모두 핸드백 속에 집어넣었다. 패물은? 목에 걸고 있는 목걸이를 만져보았다. 반지도 끼고 있었고 가슴엔 커다란 보석이 박힌 브로치도 달고 있었다. 그러나 장신구는 가져갈 수 없었다. 막스가 선물한 것이긴 해도 엄밀히 내 것은 아니었다. 그건 품위 없는 짓이다.

나는 화장대 앞에 앉아 있었다. 결심을 하기가 쉽지만은 않았다. 집으로 온 게 잘못이었는지도 모른다. 다른 어떤 생각도 끼어들 틈이 없었던 그 자명했던 순간에 그냥 떠났어야 했다. 베르톨트가 원했던 것도 그것이었다. 이건 모두 내 잘못이다. 이제 내가 결정하지 않으면 안 된다. 누구에게도 물어볼 수 없다.

항상 그랬듯이……

가슴선이 깊이 팬 이 옷을 입고 떠날 수는 없을 텐데…… 그
런데 도대체 어디로 가야 하지? 그가 살고 있는 곳으로? 그가
사는 곳은 어디일까? 내가 그에 대해 알고 있는 것은 아무것도
없었다. 우리에겐 그런 이야기를 나눌 시간이 없었다. 어차피
그런 건 중요하지도 않았다. 나는 여행을 할 때면 늘 회색 드레
스와 그 위에 모피코트를 입었다. 구두도 다른 걸 신어야 한다.
이런 구두를 신고는 여행을 할 수가 없다.

옷을 갈아입어야 했다. 그런 일로 나중에 또 시간을 보내긴
싫었다. 옷장에서 옷을 꺼냈다. 그리고 거울을 들여다보았다.
희미한 어둠 속에서 몸의 실루엣과 하얀 어깨선만이 드러나 보
였다. 무엇 때문에 벌써 옷을 갈아입는단 말인가! 옷을 갈아입
는 데는 일 분이면 된다. 아직 시간은 충분하다. 베르톨트는 이
옷을 좋아하는 것 같다. 그를 오래 기다리게 해서는 안 된다. 막
스가 올 때까지 할 얘기가 너무나 많다.

그런데 아래층이 왜 이렇게 조용할까? 혹시 그가……?

나는 층계로 뛰어나와 난간 아래로 몸을 숙였다. 거실에는 아
무도 없었다. 모두 죽어버린 것 같았다. 환하게 불이 켜진 거실
은 텅 비어 있었다. 가버리고 말았구나. 망설이다가……

그런데 현관문이 열려 있었다. 나는 낮은 소리로 불러보았다.

아직 계신가요?

만약 그냥 가버린 거라면 어떻게 해야 할까…… 아무 생각도 나지 않았다. 그러나 그는 집 안에 있었다. 나를 놀라게 하려는 것뿐이었다. 아주 작은 소리로 불렀지만 그는 금방 알아들었다. 골목길에서 아이들과 술래잡기라도 하는 것 같았다. 아이들은 나무 뒤나 현관 안에 숨는다. 술래는 열심히 찾는다. 어차피 그건 놀이일 뿐이고 친구들은 바로 근처에 있다는 것을 뻔히 알면서도 자꾸 찾는다. 숨었던 아이들이 갑자기 나타나면 굉장히 놀란 듯한, 동시에 몹시 기쁜 듯한 표정을 지어야 한다. 그게 바로 게임이다. 하지만 나는 정말로 놀랐다.

너무 놀라서 나는 베르톨트가 문 앞에 서 있는 것을 보고도 기뻐할 수가 없었다. 억지로라도 미소를 보이고 싶었지만 마음대로 되지 않았다. 놀란 마음을 수습하는 데는 시간이 좀 걸렸다. 그에게는 좀 묘한 데가 있었다. 무슨 말이든 내가 먼저 해야만 했다. 하지만 그렇게 할 수가 없었다. 도무지 입이 떨어지질 않았다. 심장이 어찌나 뛰는지 그에게까지 들릴까봐 걱정이 될 정도였다. 심장 박동에 맞추어 잡고 있는 난간이 다 떨렸다. 나는 난간을 꼭 붙잡았다.

"도대체 어디에 있었던 거예요? 그렇게 오래……"

그가 한없이 목소리를 낮추어 물었다. 그때서야 나는 웃을 수 있었다. 나는 기뻤고 안심이 되었다. 그가 나를 얼마나 애타게

기다렸는지, 나 없이 얼마나 괴로워했는지 알 수 있었다. 모든
것이 시상식장에서와 똑같았다. 더이상 생각해볼 것도 없었
다. 조심해야 할 것도 없었다. 우리가 하고 있는 일은 모두가
옳았다.

나는 층계로 가서 두 계단을 내려갔다. 그 역시 내 쪽을 향해
걸어왔다. 아주 천천히…… 우리는 천천히 움직였다. 서두를
필요가 없었다. 이제 우리를 방해할 만한 것은 아무것도 없었
다. 우리의 신념은 너무나도 단단했다.

"아이를 재웠어요. 그리고 작은 짐도 좀 챙겼구요. 세수도 하
고 머리도 빗었어요. 옷은…… 옷은 나중에 갈아입으려고 해
요. 당신이 너무 오래 기다릴까봐……"

아마 나는 그런 말을 했던 것 같다. 어쩌면 다른 이야기였는
지도 모른다. 나는 내가 무슨 말을 하고 있는지 알 수가 없었다.

"자, 이제는, 당신의……"

그러면서 나는 층계를 내려왔다. 한 계단, 한 계단, 아주 천천
히…… 나는 계단 하나하나를 느끼고 있었다. 나는 연극을 하
고 있었다. 그건 사실이었다. 그러나 그를 속이거나 무엇인가를
감추기 위해서는 아니었다. 어쨌든 그 사람 때문은 아니었다.
계단을 천천히, 확신에 찬 걸음으로 한 계단 한 계단 내려가 그
에게 말하는 것이 더 어울릴 것 같아서였다. "자, 이제는 당신의
뜻을 따르겠어요."

과연 내 생각이 옳았다. 나는 그의 얼굴을 들여다보았다. 나는 그보다 한 계단 위에 서 있었다. 그와 키가 비슷해졌다. 그의 숨소리 하나까지 들릴 정도로 가까운 거리였다. 그렇지만 나는 그의 숨결을 느낄 수 없었다. 그는 숨을 멈춘 듯했다. 그는 가벼운 미소조차 짓지 않았다. 만약 그가 미소를 지었다면 그것은 내 미소가 그의 얼굴에 반사되어서였을 것이다. 하지만 나 역시 미소짓지 않았다. 그저 놀라고 당황할 뿐이었다. 그의 얼굴은 너무나도 순수하고 투명해서 쳐다보고 있을 수가 없었다. 그 얼굴을 더이상 쳐다보지 않기 위해서는 포옹하는 수밖에 다른 수가 없었다. 그러나 그랬다간 마치 연기처럼 손안에서 사라져버릴 것만 같아 그럴 수도 없었다. 더이상 어떻게 설명할 수가 없다. 그것은 무게도 깊이도 부피도 없었다. 그것은 얼음처럼 투명하면서도 전혀 차갑지 않은, 그러면서도 순간적인 것이었다. 괘종시계가 슬프도록 크게 울리고 있었다. 나는 베르톨트 옆으로 비켜서서 마지막 계단을 내려왔다. 그를 만지고 싶지 않았다. 그가 나를 만지는 것도 싫었다. 지금은 싫어요! 여기서는, 이 집에서는 싫어요!

나는 맨 아래 층계에 앉았다. 내가 그에게 물었다.

"혹시 층계에 앉는 걸 좋아하나요? 난 어려서부터 층계에 앉는 걸 좋아해서 항상 꾸중을 들었죠. 어머니는 그게 좋지 않은 습관이라고 했어요. 아마 감기 때문에 그랬던 것 같아요. 맨 아

래 층계는 돌층계였거든요. 옷에도 늘 신경 써야 한다고도 했
죠. 여기 제 곁에 좀 앉으세요. 카펫이 깔려 있으니 감기 걱정은
하지 않아도 될 거예요. 카펫은 아침마다 청소를 하거든요. 지
금 우릴 보고 있는 사람은 아무도 없어요. 우리집 층계는 굉장
히 어두웠어요. 아주 낡아서 오래된 냄새가 났지만 아늑한 집이
었죠. 복도에 마호가니로 만든 커다란 선반에는 늘 음식을 저장
해두는 병이 있었어요. 언젠가는 버터를 넣은 병이 터지는 바람
에 천장에 보기 흉한 갈색 자국이 생겼죠. 그것도 시간이 가면
서 점점 흐려졌지만요. 우리집은 빛이 별로 들지 않았어요. 현
관문 위의 작고 둥근 창문과, 정원으로 나가는 뒷문 쪽에서만
해가 잠깐 비칠 뿐이었죠. 전 계단에 자주 앉아 있었어요. 아무
도 저를 보지 못했죠. 집 바로 맞은편에 사무실이 있었어요. 아
버지가 그 지역 군수였거든요. 전 모든 것을 보고 들을 수 있었
죠. 그리고 눈에 안 띄게 도망칠 수 있었구요. 문에는 여닫을 때
마다 요란스럽게 울리는 종이 매달려 있었죠…… 아니에요, 여
기 앉아 있으면 안 돼요. 안 되겠어요. 이쪽으로 오세요."

나는 일어나서 소파 쪽으로 갔다.

"역 대합실에 가서 기다리는 게 낫지 않을까요?"

그가 말했다.

"대합실에서요?"

나는 깜짝 놀라 그에게로 몸을 돌렸다.

"그곳에서는 시간을 보내기가 아주 좋거든요. 마음이 편해지는 곳이죠. 사람들이 돌아오고 떠나고, 또 돌아오고 떠나고…… 그러다보면 어느새 제 차례가 되죠. 확성기에서 나오는 안내 방송도 듣고."

"남편을 기다려야 해요."

"아, 그렇군요."

"곧 들어올 거예요. 오래 걸리지는 않아요. 그렇게 해야 해요. 이해해주세요. 도망치듯 그렇게 떠나고 싶지는 않아요."

그는 그대로 층계에 서 있었다. 실망한 것 같았지만 어쩔 수 없었다. 내가 물었다.

"가서 짐을 쌀까요? 아니면 뭘 좀 마시겠어요? 싫으세요? 우리 저쪽 소파에 가서 앉아요. 얘기라도 좀 나눠요. 남편은 이해하지 못할지도 몰라요. 화를 낼지도 모르죠. 아무것도 모르고 있으니까. 있을 수 없는 일이라고 생각할 거예요. 왜냐하면 전…… 당신, 먼저 역에 가서 기다리겠어요?"

"당신이 안 오면 어떡하죠?"

"아니요, 꼭 갈 거예요. 절 믿으세요."

"당신이 하라는 대로 하죠."

"아니요, 그렇게 하지 마세요. 당신만 가면 안 돼요. 전 어떡해요. 안 돼요. 여기 제 곁에 좀 앉으세요. 이 옷만 갈아입으면 돼요. 이 옷은 원래 다른 데 입고 가려고 만들었던 거예요. 독감 때문에 못 가고 말았지만요. 이 옷도 가져갈까요? 그럴까요? 왜 아무 말씀 안 하세요? 저만 이야기하고 있군요. 당신, 무슨 얘기라도 좀 해보세요."

"이야기할 게 없군요."

"하지만 난 이야기를 많이 했잖아요. 내 이야기가 지루했나요? 이 집의 안주인 역할을 한 거라고 생각하세요. 전 이 집에서 육 년이 넘게 살았어요."

"어떻게 그렇게 오래 견뎠습니까?"

"아니요, 난 그걸 견딘다고 생각하지 않았어요. 남들도 다들 나처럼 산다고 생각했죠. 오늘 당신 때문에 처음으로……"

"저도 이런 집에서 자랐습니다. 이렇게 요란하지는 않았지만 말입니다. 오히려 좀 구식이었죠. 저는 아주 어린 나이에 집을 나왔습니다."

"그랬군요."

"네."

"그래서요?"

"참을 수가 없었어요. 사람들이 그냥 참고 있는 걸 이해할 수가 없었습니다. 사람들은 마치 그게 당연한 듯 견디어내더군요."

"몇 살이죠?"

"서른넷입니다."

"그렇군요. 더 나이 들어 보일 때가 많아요. 어느 순간 훨씬 더 젊어 보이기도 했지만……"

"상관없습니다."

"전 스물여덟이에요."

그는 아무 말도 하지 않고 잠시 나를 바라보았다. 그리곤 나를 향해 마주 앉았다.

"믿지 않으시는 거예요?"

내가 물었다.

"뭘 말입니까?"

"내가 스물여덟이라는 거."

"왜 그렇게 생각하는 거죠?"

"그냥 그런 생각이 들어서요. 여자들은 흔히들 나이를 속이거든요, 당신은 날 어떻게 생각하죠? 내 말은, 그러니까……"

"당신 때문이 아닙니다."

그가 말했다. 자기가 먼저 내게 말을 건넸으니 모두 자기 책임이라고 생각하고 있는 모양이었다. 하지만 나야말로 그것을 기다리고 있지 않았던가. 그 말은 역시 단순히 그의 시적인 표현이었나? 나도 몰래 한숨이 새어나왔다.

"현실을 작품 안에 옮겨놓기만 하고 있습니다……"

그는 말을 더듬고 있었다.

"네, 이해할 것 같아요."

"아니, 그럴 수는 없어요. 그래서는 안 돼요. 나와는 어울리지 않습니다."

"뭐가요?"

"당신처럼 그렇게……"

"무슨 어리석은 소리예요. 품위 있다느니 어쩌느니 하는 소리는 제발 그만두세요."

"하지만 그게 사실인 걸 어떡합니까?"

"아니에요. 그렇지 않아요. 만약 내가 그렇다면……"

"아닙니다. 금방 눈에 띄던 걸요."

그는 둘째손가락으로 내 무릎을 툭툭 쳤다. 픽 웃음이 나왔다.

"자세히도 보셨군요."

나는 말하면서 웃었다. 그는 내 다리를 말하고 있는 것이었다.

"아니, 특별히 눈여겨본 건 아닙니다. 누구에게나 쉽게 눈에 띄는걸요. 당신이 계단을 내려와 홀을 지나갈 때면 말입니다. 걸음걸이와 스커트 자락만 봐도 금방 알 수 있어요. 유심히 보지 않아도 그냥 느낄 수 있어요. 너무나도 당연하게…… 정말 스물여덟밖에 안 됐나요?"

"그것보다 훨씬 나이 들어 보이나보죠?"

"아닙니다. 그런 뜻이 아니에요."

"품위 있는 여자는 없어요. 모두들 그런 척하는 것뿐이죠."

"당신은 잘 모르는군요."

"그만둬요. 남편은 늘 그렇게 말해요. 남들이 절 거만한 여자라고 생각한다고…… 그럴 때면 전 어린아이처럼 고개를 흔들죠. 저에겐 저 자신을 잘 숨기는 재주가 있어요. 사람들을 속이기는 어렵지 않아요. 모두들 절 부러워하죠. 사람들은 내가 무척 행복한 줄 알아요. 당신, 그거 알아요? 전 다른 사람이 보낸 꽃을 들고 결혼식을 올렸어요. 윌첸 근처에 별장을 갖고 있는 사람이었어요. 꽃은 이층 복도의 작은 거울 앞에 놓여 있었죠. 예쁘게 포장된 채…… 카드 같은 건 없었어요. 그렇게 약속을 했었거든요. 빨간 카네이션이었어요. 사람들은 내가 남들처럼 흰 꽃을 들지 않는 걸 이상하게 생각했죠. 막스는 아마 눈치챘을 거예요. 틀림없어요. 나는 막스가 보내준 꽃을 받지 못했다고 거짓말을 했어요. 그는 한마디도 묻지 않았어요. 워낙 그런 데에는 무관심한 사람이거든요. 막스가 보낸 꽃은 마룻바닥에 내던졌죠. 그리고 다른 꽃을 들고 나갔어요. 엄마는 분명 알고 있었을 거예요. 엄마가 한마디만 했더라도 결혼식은 하지 못했을 거예요. 하지만 아무 말씀 없으셨죠. 그래서 결국은 이렇게 되었지만…… 제가 우습지 않나요?"

"당신은 지금까지 이를 앙물고 살아왔군요."

"네, 그러려고 애썼어요. 다른 사람들도 대개는 그럴 거예요. 그래서 그렇게 했고 오늘 이렇게 됐어요…… 당신은 왜 결혼하지 않았죠?"

"한 번 했었죠…… 실패했습니다. 한 일 년쯤 계속되었던 것 같군요."

"그렇군요."

"네, 실패했어요."

"당신이 혼자라는 걸 금방 알 수 있었어요. 강연하실 때 말이 에요. 전 아홉번째인가 열번째 줄인가, 아무튼 그쯤에 앉아 있 었어요."

"강단에 서 있을 땐 아무도 안 보입니다. 보이는 거라곤 머리 들뿐이죠."

"아내에게 불성실했나요?"

"아닙니다. 나와 헤어진 후 그 여자는 재혼을 했어요. 지금은 캐나다에 살고 있죠. 전 결혼생활에 잘 적응하지 못했어요."

"여자친구가 많으시겠죠?"

"아닙니다. 저를 잘 믿지 않더군요. 아무도 절 믿지 않더라구 요. 벌써 꽤 오래 전부터 그랬던 것 같습니다. 이젠 아무도 방해 하려 하지도 않지만…… 혼자 있는 게 더 좋아요. 그래서 그렇 게 일찍 집을 나왔나봅니다. 그런데 지금 이런 얘기는 왜 해야 하는 거죠?"

"당신에 관한 모든 것을 알고 싶어요."

"알아두어서 좋을 만한 것이 별로 없습니다. 시시한 것들뿐 이죠. 책을 몇 권 쓰긴 했지만 어떻게 보면 그것도 먹고살기 위해서였습니다. 그게 전부입니다."

우리는 둘 다 입을 다물었다. 무슨 말을 해야 할지 알 수 없었다. 그는 이제 앞을 보고 있었다. 다른 생각을 하고 있는 것 같았다. 지금 곁에 내가 있다는 사실마저 잊고 있는 듯했다. 그 역시 갑작스런 침묵이 어색했는지 그의 눈길이 다시 나를 향해 돌아오고 있었다. 우리는 서로 마주 보았다. 그의 눈에 잠시 떠올랐던 불신의 빛이 곧 사라졌다.

"이게 꿈은 아니겠죠?"

그가 놀라서 물었고 나는 가만히 고개를 끄덕였다.

"아직 당신의 이름도 모르고 있군요."

"마리안네, 마리안네예요. 별로 예쁜 이름은 아니죠?"

"그 이름에 우선 익숙해져야겠습니다."

"저도 제 이름이 맘에 들지 않아요. 어머니가 부를 때면 늘 기분이 안 좋았죠. 친구들은 늘 프랑스 식으로 '마리온'이라고 불렀어요. 제가 그렇게 해달라고 했어요. 그렇게 부르지 않으면 친구들과 얘기도 안 했죠. 네, 정말 그랬어요. 그는 늘 어린애 같은 짓이라고 날 나무라곤 했지만……"

"누구 말입니까?"

"저한테 꽃을 보낸 사람."

"그 사람과는 왜 결혼하지 않았죠?"

"아버지에게 그 사람 얘길 할 순 없었어요. 우리 동네는 너무

작았어요. 온통 소문이 다 났죠. 우리에 관한 소문이 무성했어요. 그는 이미 결혼을 한데다 아이도 둘이나 있었어요. 우리 식구가 여름마다 찾아가는 아저씨의 별장 바로 옆에 그의 별장이 있었어요. 그때까지만 해도 나는 아직 너무 어렸어요. 그는 내가 없다면 인생에 아무 의미도 없다고 했죠. 그는 별장이고 뭐고 다 포기하려고 했어요. 그리고 나서 외국으로 가려고 했죠. 그 사람의 아내는 금발에 창백하도록 하얀 피부를 가지고 있었어요. 그 여자는 모든 걸 알고 있었어요. 물론 난 그 여자를 미워했죠. 하지만 그 여자는 나 같은 건 아무 상관 없다는 듯 행동했어요. 네, 우리는 자주 만났어요. 하루라도 만나지 못하면 너무나 괴로웠어요. 다른 사람들의 눈에 띄지 않기 위해 하노버에서 만난 적도 있어요. 난 품위 있는 여자가 아니에요. 그건 정말 터무니없는 얘기예요. 부모님이 어디에 갔다 왔냐고 물어보면 거짓말을 했죠. 그때 전 고무공장에서 사장 비서로 일하고 있었어요. 부모님께 의존하고 싶지 않았거든요. 당신처럼 돈을 벌고 싶었죠. 그런데 막스가 오기 시작했어요. 여름방학 때 말이에요. 막스는 오빠와 같은 대학에 다녔거든요. 오빠는 지금 경제부에 있어요. 막스는 미국과 스웨덴에도 갔다 온 적이 있었죠. 아버지는 저를 막스와 결혼시키고 싶어하셨어요. 아르님에 관해서는 한마디도 하지 않으셨지만 저는 알고 있었어요. 아버지가 무슨 생각을 하시는지…… 앞이 안 보였어요. 모든 게 불확실하기만 했어요. 그래서 나는 아버지를 따르기로 했죠. 네, 뭐 그런 이야기예요. 제 이야긴 이제 다 한 것 같군요. 당신은요? 난 당신에 대해 아는 것이 아무것도 없어요."

"별로 특별히 얘기할 만한 게 없습니다."

"하지만 뭔가 상처 하나쯤은 있을 텐데요."

"아니, 전혀, 아무것도 없습니다. 그럭저럭 남들 눈에 띄지 않도록 어울려 살아왔죠. 당신 얘기나 더 듣겠습니다. 그게 더 나아요."

"시간이 별로 많이 남은 것 같지 않군요. 시간이 다 됐어요."

나는 시계를 보며 자리에서 일어났다.

"어디를 가십니까?"

그가 내 팔을 붙잡으며 벌떡 일어났다.

"옷을 좀 갈아입어야겠어요. 지금 갈아입고 준비를 끝내는 게 나아요. 그리고 나서 트렁크만 가져오면 돼요. 얘기는 그 다음에…… 나중에 해요."

"날 여기에 혼자 내버려두지 마십시오."

"그게 아니에요, 금방 다시 내려올 거예요."

"안 내려오고 위층에 있을 거죠? 난 알아요."

"아니에요. 절대로 그렇지 않아요."

"안 돼, 안 돼요."

그때 나는 알았다. 그는 귄터를 질투하고 있었다. 그는 내가

80

귄터에게 가면 자기는 곧 잊어버릴 거라고 생각했다.

"맙소사! 좋아요, 그럼 같이 가요. 하지만 조용히 하셔야 해
요."

나는 계단을 올라갔다. 그가 내 뒤를 따랐다. 계단을 다 올라
온 후 나는 그를 향해 돌아섰다. 그가 바짝 뒤쫓아오고 있었기
때문에 우리는 거의 부딪칠 뻔했다. 그에게 무슨 말이든 하고
싶었다. 나는 말하려 했다. 제발, 이 집에서는 싫어요! 그러나
그는 어린아이 같은 순진한 얼굴로 서 있었다. 갑자기 부끄러운
생각이 들어 나는 아무 말도 할 수 없었다.

나는 바로 옷을 갈아입지는 않았다. 베르톨트는 호기심 어린
눈으로 방 안 구석구석을 살펴보았다. 역시 품위 있는 여자야!
옷장을 열어 냄새를 맡더니 그가 말했다. 화장대 위의 향수병을
들어 냄새를 맡아보고는 그것도 가져가자고 했고, 나는 향수병
을 트렁크에 집어넣었다. 그는 침대 위에 놓여 있는 내 잠옷을
높이 쳐들었다. 그것도 가져가고 싶은 눈치였다. 나는 더 예쁜
게 있다며 서랍을 열어 하얀 실크 잠옷을 꺼냈고, 그것 역시 가
방에 넣어야 했다. 짐은 처음에 가져가려 했던 것보다 훨씬 많
아져 트렁크가 꽉 찼다.

너무 열중한 나머지 그는 밖에서 나는 소리를 듣지 못했다.
자동차 바퀴가 모래 위로 굴러 들어오는 소리, 자동차 문이 닫
히는 소리…… 그에게 막스는 전혀 생각지 못한 문제였다. 하

81

지만 나는 막스가 문을 열면서 함께 묻어온 바깥의 바람까지 느끼고 있었다. 나는 베르톨트에게 아무 말도 하지 않았다. 내 옆에서 물건을 뒤적이고 있는 그의 흥을 깨고 싶지 않았다.

막스는 시계처럼 정확했다. 항상 그랬다. 저녁에 집으로 돌아오면 그는 기사인 게르티히에게 말한다.

"차를 주차시키게. 그리고 내일 아침 여덟시에 오게."

틀림없이 지금도 같은 말을 하고 있을 것이다. 결혼한 후 한 일 년쯤 그는 내게 어디 가고 싶은 데가 없느냐고 물었다. 하지만 내가 항상 없다고 대답하자 그것도 더이상 묻지 않았다. 누구에게 초대받거나 하는 등의 날짜는 늘 미리 정해졌고, 그의 수첩에도 정확하게 기재되어 있었다.

그가 돌아올 때 나는 대개 거실에 있거나 그를 맞기 위해 계단을 내려갔다. 그는 내가 그렇게 하는 걸 좋아했다. 혹 그러지 못하면 몹시 아쉬워했다. 그는 질서정연한 집 안의 모든 것을 만족스러워했다. 그는 귄터에 대해 물어보기도 했고 나에게 어떻게 지냈냐고도 물었지만 그 역시 언제나 같은 질문이었다.

그는 내가 자신을 맞으려 아래층으로 내려가지 않는 것을 몹시 이상하게 생각할 것이다. 내게 무슨 일이 있는 건 아닌지 보러 올라올지도 모른다. 나는 베르톨트의 말을 건성으로 듣고 있었다. 그는 마치 내 방이 자기 방인 것처럼, 전혀 낯설지 않은 사람처럼 방 안을 왔다갔다하고 있다. 막스가 갑자기 들어와서 그를 보게 된다면 좋지 않을 것이다. 그런데 어서 옷을 갈아입어야 할 텐데…… 베르톨트 때문에 나는 아직 옷을 갈아입지 못하고 있었다.

그런데 문 닫히는 소리가 들리지 않았다. 보통때보다 오래 열려 있는 것 같았다. 문이 닫힌 후에도 한참 동안 막스는 위로 올라오지 않았다. 모르긴 해도 별일은 아니었을 것이다. 어쩌면 일요일에 열리는 권투시합 때문이거나 아마 주(州) 대항 축구경기 때문일지도 모른다. 며칠 전부터 그런 얘기를 했던 것 같다.

막스는 일요일 오후면 축구를 보러 갔다. 중요한 경기가 있을 때는 게르티히와 함께 다른 도시까지 가기도 했다. 물론 나는 이런저런 핑계를 대며 따라가지 않았다. 막스 역시 내가 따라가지 않기를 바라는 것 같았다. 자기가 응원하는 팀이 골을 넣으면 다른 사람들처럼 크게 환호성을 질러야 할 텐데 내가 있으면 아무래도 곤란할 것이다. 그는 주로 게르티히와 함께 갔다. 그리고 관중석에 나란히 앉아 구경을 했다. 다른 사람들은 그런 막스의 행동을 칭찬했다.

블랑크에게 입장권이 어떻게 됐느냐고 묻거나, 아니면 게르티히에게 자세히 얘기를 하느라고 문을 열어놓은 채 서 있는지도 모른다. 블랑크는 틀림없이 막스가 들어오는 소리를 듣고 그를 맞으러 나갔을 것이다. 막스는 언제나처럼 놀란 얼굴을 했을 테고.

"기다려줘서 고맙네."

블랑크가 자기를 기다리는 건 당연한 일이라고 생각하면서
도 막스는 매번 똑같은 인사를 했다. 자, 그런데 입장권은 어떻
게 됐나? 두 자리를 예약해놓았다는 블랑크의 얘기를 듣고 막
스는 밖에다 대고 소리친다.

"들었나, 게르티히? 자, 그럼 내일 만나세."

아마 그런 대화였을 것이다. 항상 그래왔으니까. 막스가 축구
경기 때문에 위층으로 올라오지 않았다는 것을 알면 베르톨트
는 뭐라고 할까?

하지만 진짜 이유는 전혀 다른 데 있었다. 나는 몇 주일 뒤에
야 그 이유를 알았다. 축구경기는 핑계에 불과했다. 중요한 일
을 이야기할 그들은 흔히 다른 얘기부터 꺼냈다. 나는 그들을
잘 알고 있다. 그날은 막스가 몇 달 동안 고심해왔던 일을 마침
내 결정내리는 날이었다. 그 결정에 회사의 앞날이 걸려 있다고
남편은 생각하고 있었다. 물론 나와는 아무 상관 없는 일이었
다. 그러나 그들에게는 다른 무엇보다도 훨씬 더 중요한 일이었
다. 이상한 우연이었다. 모든 것을 알고 있었더라면 그날 난 어
떻게 행동했을까. 그때 내 머릿속은 온통 우리 두 사람, 베르톨
트와 나에 대한 생각뿐이었다. 내가 시상식장에 가지 않았더라
면, 그리고 그들이 내게 비밀을 털어놓았더라면 사태는 달라졌
을지도 모른다. 그들이 내게 비밀로 한 것은 내 잘못이 아니다.

그들은 어차피 내가 회사 일에 끼어드는 것을 좋아하지 않았다.

모든 일을 다 알고 난 지금은 그때 막스가 위층으로 올라오지 않은 것이 조금도 이상하지 않다. 그때를 생각하면 눈앞의 일처럼 생생하다. 그들은 둘 다 몹시 흥분해 있었다.

막스는 나에 대해 물었을 테고 블랑크는 내가 위층에 있다고 대답했을 것이다. 막스는 알겠다며 손을 비볐을지도 모른다. 아주 만족스러울 때면 그는 손을 비볐다. 내가 싫어했기 때문에 내 앞에서는 하지 않았다. 차를 타고 오느라 손이 시렸을 수도 있겠지. 그를 조롱하고 싶지는 않다. 그런 다음에 그는 거실을 이리저리 돌아다녔을 것이다. 그리고 나서는 블랑크와 함께 서재로 사라진다. 하지만 그전에 아내가 건네는 다정한 인사말을 들어야겠지. 그는 혹시 내가 내려오지 않나 위층을 슬그머니 쳐다보았을지도 모른다. 블랑크는 꼼짝 않고 서서 막스가 움직이는 대로 고개를 움직인다. 뭔가 결정적인 질문을 기다리면서……

사안이 사안인지라 둘은 한시라도 빨리 그것에 관해 의논하고 싶은 생각뿐이었을 것이다. 그것은 바로 시아버지와 관련된 문제였다. 막스가 먼저 얘기를 시작했다. "전화해줘서 고맙네." 블랑크는 대답했다. "상태가 호전된 것을 사장님께 빨리 말씀드려야 할 것 같아서요." "아버님께서 서명을 하셨단 말이지?" "네, 회장님께서는 오늘 아침 열시쯤 아무 말씀도 없이 노타르

멜히올을 만나셨습니다. 그에게 서류를 다시 한번 읽게 하시더니 마지막으로 노타르에게 이사회의 선거권 항목을 삭제하라고 하셨다는 겁니다. 물론 노타르는 그럴 필요가 없다고 했습니다. 회장님의 선거권 사용은 강제적인 것은 아니니 이 원본을 그대로 두는 것이 훨씬 더 간편하고 보기에도 낫다고 말입니다. 회장님은 보기에도 그게 낫다면 그렇게 하자고 하시고는 바로 서명을 하셨답니다. 다른 말씀 없이 말입니다. 그리고 나서 노타르가 제게 전화로 서명 사실을 알려왔습니다. 그보다 먼저 사장님의 책상 위에 서류를 올려놓았구요." "잘됐어! 정말 잘된 일이야!" 그러면서 그는 틀림없이 손을 비볐을 것이다. 틀림없다. "그렇게 오래 주저하시더니 무엇 때문에 갑자기 서명하게 되셨는지 자네 혹시 모르겠나?" "노타르 멜히올 역시 놀란 것 같습니다. 회장님께서는 굉장히 다정하셨답니다. 아주 즐거운 표정으로 농담까지 하실 정도였다는 겁니다. 거기다 노타르 말에 의하면 그 서류에 서명하는 것이 큰 의미 없는 형식적인 절차인 것처럼 행동하셨답니다. 많은 얘기도 주고받지 않으셨고, 별로 오래 걸리지도 않아 끝이 났답니다." "그래, 잘됐어! 중요한 건…… 우리가 이제 어려운 위기를 극복했다는 거야. 정말 위기였어."

아, 그 위기라는 말! 그 말을 나는 얼마나 많이 들었는지 모른다. 막스는 항상 위기 상태라고 말했다.

이건 물론 내 짐작이지만 막스는 그 갑작스러운 위기 상태의 해결에 대해서 별로 만족하지 않았을 것이다. 막스는 고갯짓으로 위층을, 그러니까 위층의 나를 가리키면서 그걸 나에게 이야기했냐고 블랑크에게 물었을 테고, 그는 사장님보다 먼저 말씀드릴 수는 없었다고 막스를 안심시켰을 것이다. 막스는 그의 말을 가로막으며 말했을 것이다. "잘했어. 신문에 발표할 짤막한 문안을 만들어야 할 텐데." "내일까지는 시간이 있습니다." 블랑크는 문안을 신중하게 만들 계획이었을 것이다. "아버님은 위층에 계신가?" "아닙니다. 회장님께서는 산보 나가셨습니다. 삼십 분쯤 전에요." "산보? 혼자서?" 막스의 말에 블랑크 역시 시아버지를 혼자 외출하게 한 데 대해서는 곧 후회했을 것이다. "뭐, 괜찮아. 곧 알 수 있겠지. 어쨌든 그분 의사니까." 이쯤에서 막스는 틀림없이 비장한 얼굴이었을 테지. "아버지가 밖으로 나가시든, 집 안에서 항상 그러시듯(그는 '항상'이란 말을 강조했다) 회사 우두머리처럼 행동하시든지 말이야." "그럼요, 사장님." "다른 일은 없나?" 그리고 나서야 블랑크는 아내가 기다리고 있는 집으로 돌아갈 수 있다. "급한 일은 없습니다. 다음주 수요일에 브뤼셀에서 회의가 있습니다." "수요일? 좋아! 비행기 좌석을 예약해놓도록 하게. 참, 또 한 가지!" 이 '또 한 가지!' 라는 말은 막스가 동료들에게 쓰는 수법이었다. 이 말로 그는 사람들을 당황하게 만들고 자기와는 상관없는 대화에서 화제를 돌리곤 했다. 그는 언제나 이 '또 한 가지!' 라는 말을 비축해놓고 있었다. 나와 아주 일상적인 얘기를 나누다가도 그는 갑작스럽게 '또 한 가지' 라고 말했다. 그 말로 그는 자기가 생각한 대로 이야기를 끌고 나갈 수 있다. 그 말을 들으면 사람들은 그에게 어려운 문제가 많으니 더이상 쓸데없는 일로 그를 괴롭혀서는 안 되겠다고 생각하게 된다. 결혼 초, 그런 그의 모습은 내겐 너무도 우스워 보였다.

"자. 한 가지만 더! 자네 혹시 '티펜바허 뮐렌'이 요즘 어떤 형편인지 아나?"

다른 회사에 대한 얘기였다. 티펜바허 뮐렌 사에 대해서는 전에도 많은 이야기가 있었다. 그 회사는 그때까지는 우리 소유가 아니었다. 그것은 아주 중대한 문제였다. 블랑크는 물론 사정을 잘 알고 있었다. 그는 항상 그런 사정에 밝은 사람이었다. "82입니다." 곧바로 대답이 나왔다. 어쩌면 다른 숫자였는지도 모른다. "그럼 2월 중순보다 2포인트나 낮아졌군." 그런 대화는 늘 있어왔다. "아닙니다. 3포인트입니다." 블랑크는 아마도 자기가 상황을 정확히 파악하고 있다는 데 대해 막스가 칭찬해주길 바랐을 것이다. 그러나 막스는 아무 말도 하지 않았다. "좋아, 변화를 잘 지켜보도록 하지! 그 건물은 지금 한창 공사가 진행중인데, 현대적인 감각으로 새롭게 짓는 바람에 현금회전이 잘 안 되는 것 같아. 틀림없이 시세가 더 떨어질 거야."

무슨 대화를 하고 있었든 그들은 곧 대화를 중단해야 했다. 베르톨트가 계단에서 내려오고 있었다.

막스가 돌아왔다고 나는 그에게 이야기해야 했다. 다른 수가 없었다. 그는 곧 내려가려 했고, 나는 그를 막으려 했다. 함께 아래층으로 내려가는 것이 더 나을 거라고 생각했기 때문이었다. 그는 막스를 모른다. 그가 막스와 무슨 얘기를 하겠는가? 나에 관해서 베르톨트가 그에게 무슨 얘기를 한단 말인가? 그는 막스와 상대가 되지 않는다. 모든 일이 엉망이 될지도 모른다. 베르톨트가 우스꽝스러운 꼴이 되는 것을 두고 볼 순 없다. 그러나 그는 그것이, 막스와 이야기를 하는 것이 자기가 할 일이라는 어린아이 같은 생각을 하고 있다. 시간을 두고 잠시 후에 내가 뒤따라 내려가는 것도 나쁘지는 않으리라. 구두도 바꿔신어야 하고 모자도 써야 하며 외투도 입어야 한다. 그리고 귄터가 잘 자고 있는지도 한번 살펴봐야 한다. 그런 일까지 베르톨트가 신경 쓰게 할 필요가 없다.

그러나 그는 막스에게 우리 일에 관해서 얘기하지 못했다. 그것은 물론 그의 잘못이 아니다. 자리를 떠나지 않고 있는 블랑크 때문이었다. 베르톨트는 그를 어떻게 보내야 할지 모르고 있었다.

막스는 무슨 일인지 묻는 듯한 눈길로 블랑크를 쳐다보았다.

블랑크는 목소리를 낮추어 오후에 상을 받은 베르톨트 묀켄이라고 말했다. "아, 그렇군." 막스는 친절한 미소를 띠고 베르톨트에게로 다가갔다.

"감사합니다, 묀켄 씨. 당신과 이렇게 인사를 나누게 되어 기쁩니다. 오늘 오후 축하행사에는 유감스럽게도 참석하지 못했습니다. 너무 바빴어요. 사업을 하는 사람들은 이 시대의 주인공이 아닙니다. 이렇게 당신을 집에 모셔오다니 아내에게 고마워해야겠군요. 다시 한번 감사합니다. 편안하고 즐거운 시간이 되시기 바랍니다."

"네, 고맙습니다."

"자, 여기 앉읍시다. 오늘 저녁은 우리집에서 보내실 거죠?"

"기차가……"

"왜 그러십니까? 내일 떠나십시오. 오늘 저녁엔 제가 좀 시간이 나거든요. 한가한 날이 아주 드문데 말입니다. 시인과 함께 있다니 저로서는 정말 영광입니다. 당신들은 우리 같은 사람을 속물이라고 부르겠죠. 아, 네, 선생님이 그렇다는 얘기가 아니라 일반적인 예술가들 말입니다. 네, 우리 사업가들은 사실 좀 그렇다고도 볼 수 있지요. 하지만 그건 좀 일방적인 얘기 같아요. 우리들을 이해해주셔야 합니다. 한 가지 제안을 해도 되겠습니까? 괜찮으시다면 내일 아침 일찍 공장에 한번 가보세요. 헬데겐 제품들이 어떻게 생산되는지 구경해보십시오. 우리 회사에서 생산하는 주방용품들이 얼마나 좋은지 주부들만이 아니라, 아, 결혼은 하셨겠지요? 작가들도 관심을 가져야 합니다. 전부 다 기계화되어 있죠. 블랑크, 어떤가? 자네가 뮌켄 씨를 안내해드리겠나? 그런데 집사람은 어디에 있지?"

"부인께서는 옷을 갈아입고 계십니다."

"아, 그래요? 앉으시지요."

"감사합니다, 헬데겐 씨. 하지만……"

"저한테 감사하실 건 없습니다. 저는 그 상의 수상에는 전혀 관여하지 않았으니까요. 그건 심사위원들이 한 일입니다. 당신 작품은…… 제 아내는 그걸 읽었습니다. 블랑크도 그렇고요. 죄송합니다, 저는 아직 읽지 못했군요. 섭섭하게 생각지는 말아주십시오. 그 책에 대해서 아는 척할 수도 있죠. 하지만 저는 정직하게 이야기하고 싶군요. 관심이 없어서 그런 건 아닙니다. 믿지 못하시겠지만 저 같은 사람이 편안히 앉아서 책 볼 시간을 내기란 여간 어려운 게 아닙니다. 때때로 한두 시간쯤 시간이 나기도 하죠. 하지만 이건 시간의 문제가 아닙니다. 시간이 없다고 말하는 사람은 허풍을 떨고 있는 겁니다. 사업 얘기나 쓸데없는 오찬 등으로 소비하는 시간도 만만치 않으니까요. 그렇지만 이건 이해해주셔야 합니다. 저 같은 사람들은 대부분 즐겁게 지낼 만한 정신적인 여유가 없습니다. 헬데겐 공장에는 삼천 명의 직원들이 있습니다. 거기에 딸린 가족들까지 생각하면 거의 만 명이 되죠. 그 사람들의 행복과 불행이 우리들에게 달려 있는 겁니다. 마음 편안할 날이 없답니다. 회사 일만 해도 어려운 문제가 한둘이 아니라 도무지 다른 일에는 신경 쓸 수가 없습니다. 아무리 관심이 있어도 말입니다. 아까도 말씀드렸지만 도대체 편하게 무엇을 즐길 만한 여유가 없어요. 아, 저기 오는군요……"

막스는 이야기를 잘하는 편이라 늘 사람들의 호감을 샀다. 그는 다른 사람들이 무슨 얘기를 듣고 싶어하는지 꿰뚫고 있었다. 그러나 베르톨트에 대해서는 아니었다.

그는 베르톨트와 무슨 얘기를 해야 할지 전혀 알 수 없었다. 베르톨트는 상대방의 이야기를 잘 듣는 것 같다가도 어느새 다른 생각에 잠겨 사람을 불안하게 만들었다. 상대방의 이야기를 듣지 않는 것처럼 보일 때가 많았다. 그럴수록 상대방은 더 많은 이야기를, 더 큰소리로 하게 된다. 막스 역시 그렇게 되고 말았다. 내가 층계를 내려오는 것을 보고 그는 아마 몹시 반가웠을 것이다. 베르톨트를 나한테 넘겨주면 되니까. 그는 저도 모르게 큰 소리로 말했다. "아, 저기 오는군요……" 그러나 끝까지 말을 잇지는 못했다.

세 사람 모두 나를 쳐다보았다. 나는 외투를 걸치고 있었다. 가장 먼저 정신을 수습한 것은 블랑크였다. 그는 내 쪽으로 다가와 트렁크를 받으려 했다. 그러나 베르톨트가 더 빨랐다.

나는 금방 사태를 파악했다. 베르톨트는 한마디도 못 하고 있었던 것이다. 나는 말했다.

"잠깐만 자리를 비켜주겠어요, 블랑크?"

허리를 굽힌 채 그는 나를 쳐다보고 있는 막스에게로 시선을 주고는 서재로 사라져버렸다. 그로서는 다른 수가 없었다. 나는 문이 제대로 닫혔는지 확인하느라 몇 발짝 그를 따라갔다. 내가 말했다.

"막스, 보다시피……"

"오늘 어땠어, 잘 지냈어?"

그가 말했다.

"아, 네, 미안해요. 인사를 잊었군요."

"당신 어딜 가려는 모양이지?"

"네, 저 결심했어요……"

베르톨트가 등뒤로 다가와, 남편한테 말할 기회가 없었다고 속삭였다. 막스는 마치 베르톨트의 존재를 잊고 있던 사람처럼 깜짝 놀라 그를 쳐다보았다. 그의 눈은 묻고 있었다. '당신 지금 여기서 뭘 하는 거야?' 그는 그렇게 베르톨트를 모욕하려고 했던 것이다.

"알고 있어요."

내가 베르톨트에게 말했다.

"게르티히에게 차를 차고에 넣으라고 지금 막 말했는데……
당신이 자동차를 쓰려는 줄 몰랐어."

막스가 말했다. 시간을 좀 끌어볼 생각이었던 것이다. 그는
분명 그것과는 다른 얘기라는 것을 이미 눈치채고 있었다.

"자동차 얘기가 아니에요."

될 수 있는 대로 태연한 척하며 내가 말했다. 가벼운 미소까
지 만들어 보였다.

"전 뮌켄 씨와 함께 떠나요."

막스는 다시 한번 베르톨트를 쳐다보았다. 그는 나를 잠깐 돌
아보았다가 또 베르톨트를 쳐다보기를 몇 번 반복했다. 베르톨
트는 발끝으로 바닥을 톡톡 치고 있었다. 나는 그를 돌아보지
않았다. 그가 끼어들지 않으면 했다. 나는 무슨 말이든 막스
가 먼저 입을 열기를 기다렸다.

"그건 몰랐는걸."

한참 뒤에 막스가 말했다. 어떻게라도 그 순간을 슬쩍 넘기고
싶었는지 그는 우스꽝스럽게 미간을 찌푸려 보였다.

"물론 몰랐겠죠. 나 자신도 몰랐던 일이니까요."

나는 그의 말투를 흉내내어 말했다. 잠시 변덕을 부리는 것처
럼……

그것이 막스를 화나게 한 모양이었다.

"당신, 전부터 알고 있던 남자지?"

목소리가 한껏 날카로워져 있었다.

"오래 되지는 않았어요. 오늘 오후에 만났으니까요."

"그래? 그렇다면 이런 모험을 하는 목적이 대체 뭐야?"

"목적이라구요? ……목적이라구요? 맙소사, 막스!"

무슨 대답을 할 수 있겠는가! 나는 짜증이 났다.

"도대체 어딜 가려는 거지?"

"아무 데나 상관없어요."

나는 어깨를 움츠려 보였다.

"아직은 우리도 몰라요."

"그래? 얼마 동안 가 있을 거지?"

"영원히……"

나도 모르게 튀어나온 말이었다. 믿을 수 없었다. 그런 말이 나오다니…… 나 자신도 놀라지 않을 수 없었다. 나는 막스에 게서 눈을 떼지 않고 있었다. 베르톨트에 대해서는 생각할 여유가 없었다. 나는 잠시 그를 잊고 있었다. 막스가 어떻게 나올지 궁금했다. 어쨌든 그는 내 남편이었고, 내가 그에게 한 말은 너무나 가혹했기 때문이다. 그로서는 상상도 할 수 없었을 것이다. 나는 좀 부끄러웠다. 그는 그 자리에 붙박인 듯 꼼짝 않고 서 있었다. 그의 얼굴에 동요하는 빛은 없었다. 그의 얼굴은 여전히 빛나고 있었다. 사업을 하면서 배운 것이었다. 어떠한 소리를 들어도 동요하는 기색을 내보여서는 안 되었다. 그러나 그

빛나는 얼굴 뒤에서 그는 분주히 빠져나갈 출구를 찾았다. 나는 그를 잘 알고 있었다. 오직 나만이 흔들리지 않으려 애쓰는 그의 모습을 볼 수 있었다. 살짝 찌푸린 그의 눈이 냉정하고 날카롭게 빛났다.

"미안해요, 막스. 당신은 내가 괜히 그러는 거라고 생각하겠지만……아니에요."

"그럼, 진심이란 말이야?"

그가 고갯짓으로 베르톨트를 가리키면서 말했다. 그를 깔보는 듯한 눈빛이었다.

"진심이에요."

"재미있군."

그가 말했다. 그는 또 베르톨트를 모욕하고 있었다.

"뭐가 재미있다는 거죠?"

"깊이 생각한 거겠지. 어때?"

더이상 참을 수가 없었다.

"당신이 걱정할 필요 없어요, 전혀!"

"내가 걱정할 일이 아니라구? 그럼, 왜 떠나려는지, 그건 물어봐도 될까?"

갑작스런 그의 질문에 나는 당황하고 있었다. 막스가 그런 말을 하리라고는 짐작도 하지 못한 일이었다. 스스로에게 너무나 자신 있는 사람이라, 그런 것을 물어보리라고는 전혀 생각지 못했던 것이다. 다른 사람이 있는 앞에서는 더욱 그랬다.

"왜냐구요? 그게 지금 무슨 소용이 있죠? 내가 왜 떠나려는지, 이유는 중요하지 않아요. 아니, 이유는 없어요. 당신이 늘 하는 말처럼 현실에 충실한 것뿐이에요."

"당신을 이해 못 하겠어."

막스가 고개를 저었다. 그는 돌아서서 탁자 위의 담배를 집어들었다. 마치 자기랑은 아무 상관도 없는 얘기라는 듯이, 이제 모든 얘기가 끝났다는 듯이…… 그러나 그는 담배에 불을 붙이지는 않았다. 담배를 들고 왼쪽 손등에 두드리기만 하던 그는 갑자기 나를 향해 돌아섰다.

"내가 당신을 그냥 가게 내버려둘 줄 알아!"

그의 목소리는 전보다 훨씬 더 위협적이었다.

"그럼 어떡하겠다는 거예요?"

내가 물었다. 그가 그러리라는 것을 알고 있었다는 듯이.

그때 등뒤에서 부스럭거리는 소리가 들렸다. 베르톨트가 무언가 얘기하려는 눈치였다.

"무슨 얘기를 하려는 거요?"

막스가 그에게 다가가며 말했다.

"조금이라도 분별이 있다면 집사람과 얘기하게 비켜주시오. 여기는 내 집이오."

나는 한 발짝 뒤로 물러나 베르톨트 옆에 섰다. 나는 막스에게 말했다.

"곧 이 집에서 나갈 거예요. 시간이 많지 않아요. 역에 가서 기차표를 사야 해요. 그리고 막스, 여기서 소란을 피우고 싶지 않아요. 영화에서처럼 말이죠. 우리는 이성이 있는 사람들이니까요."

나는 정신이 나간 것처럼 속으로 떨고 있었다.

"미쳤다고 생각해도 좋아요. 난 당신에게 다 얘기했어요. 더이상 할 이야기도 없어요. 당신 기분이 좋지 않으리라는 건 알고 있어요. 네, 정말 유감이에요. 하지만……"

"당신 저 사람을 정말 오늘 알았어?"

그가 물었다.

"네. 왜 그래요? 맹세코……"

막스는 손을 들어 내 말을 막았다.

"그렇다면 좀더 곰곰이……"

"좀더 곰곰이 생각해보라구요? 그렇게 말할 줄 알았어요. 생각할 게 뭐가 있죠? 정말 알고 싶다면 말하죠. 지난 칠 년 동안 늘 생각했어요."

그런 말은 하는 게 아니었다. 그 말까지 할 생각은 없었다. 나는 곧 후회했다. 하지만 이제 주워담을 수도 없는 노릇이었다. 막스는 내가 제정신이 아니라고, 자제력을 잃었다고 말했다.

"만약 그 일 때문이라면…… 남자가 그럴 수도 있는 거 아냐?"

그가 말했다.

"뭐 말예요?"

하지만 그는 아무 대답 없이 다시 베르톨트를 쳐다보았다. 역시 멸시하는 듯한 눈길로……

"아, 네, 당신 그 사건 말이군요."

그 여자 이름은 벌써 잊어버리고 생각도 안 난다. 갈색 머리의 그 여자는 막스의 비서였다. 그녀는 한동안 그의 출장을 따라다녔다. 물론 나는 그 일에 대해서는 한마디도 언급하지 않았다. 그렇지만 막스 역시 알고 있었다. 내가 전부 다 눈치채고 있다는 것을. 어쩌면 입을 다물고 있는 나를 보며 담이 크다고 생각했을 수도 있다. 하지만 그런 건 나랑은 상관없는 일이었다. 모두들 그렇게 하는데 막스라고 못 할 것도 없지 않은가! 나는 관심조차 없었다. 멋대로 하라지. 그 일이 나와 무슨 상관인가. 몇 달 전에 그는 여자와 헤어졌다. 싫증이 난 모양이었다. 어쩌면 시아버지와의 말다툼과 무슨 관계가 있는지도 모른다. 그는 누구에게든 비난거리가 되고 싶진 않았을 것이다. 하지만 그게 나와 무슨 관계가 있다는 말인가!

"그게 이유야?"

막스가 급히 물었다.

나는 다시 남아 있는 힘을 모았다.

"아니, 그렇지 않아요. 미안해요. 그렇게 이야기하는 게 아니었는데…… 나도 모르게 그렇게 되었어요. 당신은 절대로 비난받을 일은 하지 않았어요, 막스. 나쁜 사람은 저예요. 누구라도 그렇게 생각할 거예요. 제가 나빴어요. 이혼을 요구해도 어쩔수 없어요. 새끼손가락 하나 까딱하지 않을게요. 뜻대로 하세요. 막스, 우리 싸우지 말아요. 우리 그 동안 한 번도 싸우지 않고 지냈잖아요. 왜 지금, 마지막 순간에 와서 싸워야 하죠?"

"귄터는?"

"지금 자고 있어요."

내가 말했다. 이 질문이 나오리라는 것쯤은 예상하고 있었다. 그리고 그 문제에 대해 많이 생각했다. 누구라도 이 문제부터 생각할 것이다. 책이나 영화에서 보면 지금의 나와 같은 경우, 언제나 이 문제가 대두된다. 하지만 특별한 해답은 없다. 아니, 한 가지 해답이 있긴 하다. 착실한 사람들은 모두 그 해답을 알고 있고, 나 역시 배워서 알고 있다. 하지만 다른 해결책이 하나도 없는 것처럼 그렇게 행동하는 것은 옳지 못하다.

"아이는 지금 자고 있어요. 그애는 아무것도 몰라요. 아이에겐 엄마가 여행을 떠났다고 말해주세요. 언젠가 아이도 알게 되겠죠. 내가 죽으면 그애도……"

나는 힘이 빠졌다. 눈물을 흘릴 뻔했다. 울고 싶지 않다. 울

100

게 되면 모든 것이 엉망이 된다. 내 손은 핸드백을 꽉 잡고 있었다. 어떻게든 참아야 한다…… 베르톨트는 여전히 내 등뒤에 서 있었다. 바로 한 발짝 뒤인데 그 거리가 너무도 멀게 느껴졌다.

우리는 다시 한참 동안 그렇게, 아무 말 없이 서 있었다. 막스가 무슨 말을 하려는지 알 수 없었다. 할 얘기는 이제 다 한 것 같았다.

"자, 이제……"

내가 입을 열었다.

막스는 우리를 조롱하는 듯 입을 실룩거렸다. 그리고 나서 서재 쪽으로 돌아섰다. 내가 베르톨트와 함께 나가는 것을 보고 싶지 않았을 것이다. 그로서도 쉬운 일이 아닐 것이다. 나는 현관을 향해 발을 뗐다. 이젠 정말 끝이다. 그때 막스가 한마디 덧붙였다.

"당신의 행동이 나를 곤경에 빠뜨리게 될 거요. 그건 생각해 봤소?"

"또 그 위기 얘기인가요? 당신 사업은 늘 위기에 처해 있군요. 다른 말은 들어본 적이 없어요. 나아지는 법도 없나보죠? 내가 집을 나가는 것과 헬데겐 사의 신용과는 아무 관계도 없어요. 나 때문에 곤란한 일은 없을 거예요. 결혼 전 이름을 다시 쓸 거예요. 당분간은 힘들겠지만 두고 보세요, 곧 괜찮아질 거예요."

아니, 모두 쓸데없는 말이었다. 막스를 괴롭히고 못살게 굴기 위해서 일부러 그런 것이었다. 우리에겐 더이상 할 말이 없었다. 그건 둘 다 너무나도 확실하게 알고 있는 사실이었다. 하지만 말을 중단하기는 어려웠다. 도대체 무엇을 기다리고 있었던 걸까. 알 수 없었다. 무슨 얘기를 더 해야 하는지, 누가 먼저 이 이야기를 단호하게 끝낼 수 있을지 알 수 없었다. 그때 그 일이 일어났다. 현관문 닫히는 소리에 우리는 모두 그쪽으로 돌아섰다.

"또 뭐야?"

막스가 날카롭게 소리질렀다. 시아버지였다. 우리 중 누구도 시아버지에 대해서는 생각하지 않고 있었다. 그래서 우리는 더욱 놀랐다. 시아버지가 들어오기 전, 현관문은 반쯤 열려 있었다. 우리 얘기를 모두 들었을 것이다. 시아버지는 아직 외투도 벗지 않고 있었다. 게르다가 가져다준 목도리가 외투 칼라 밖으로 조금 나와 있었다. 그는 현관에 선 채로 언제나처럼 조용히 우리를 쳐다보고 있었다. 우리가 잠시 말다툼을 한 것으로 생각했을 것이다. 그때 우리를 본 사람이라면 누구나 그렇게 생각했을 것이다. 우리가 서 있는 모습, 거실 안의 공기, 그 무엇으로 봐도 마찬가지였다.

나는 시아버지에게 달려가서 조용히 그를 끌어안았다. 작별을 고해야 할 누군가가 필요했다. 눈물이 흘러내렸다. 그분은 내 행동을 이상하게 여기지 않았다. 그저 내 등을 가만히 두드릴 뿐이었다. 갑자기 그분이 나와 가장 가까운 사람인 양 느껴졌다.

"아버님, 만나뵙고 떠나게 되어 얼마나 다행인지 몰라요. 혹시라도 그냥 떠나게 되면 편지하려고 했어요. 정말이에요. 편지는 부치지 못할지도 몰라요. 그런 건 미리 말하는 게 아니겠죠. 어쩌면 안 쓰는 게 더 좋을지도 모르겠어요. 저 지금 떠나요, 뢴켄 씨와 함께…… 귄터도 아버님도 막스도 두고 말이에요. 아버님께는 모든 걸 말씀드리고 싶어요. 아버님께라면 말씀드릴 수 있을 것 같아요. 하지만 이젠 안 돼요. 막스와 이야기해봤지만 아무 소용 없었어요. 시간이 없어요. 전 떠나야 해요."

"괜찮다. 괜찮아."

그는 다시 내 등을 쓸어주었다.

"아니에요. 이건 올바른 일이 아니에요. 제가 나쁘다는 건 알고 있어요. 아버님께도 몹쓸 짓을 했죠. 지금까지 한 번도 아버님께 잘 해드린 적이 없어요. 그럴 기회도 없었죠. 아버님, 왜 우린 전에 함께 이야기 나누지 못했을까요? 아버님과 함께라면 모든 이야기를 다 할 수 있었을 텐데…… 아버님께 말예요. 그랬더라면 이렇게까지 되지는 않았을 거예요. 그랬더라면 저는 떠나지 않을 거예요. 저는 함께 이야기할 사람이 필요했어요. 하지만 아버님을 귀찮게 하고 싶지는 않았어요. 아버님은 회사 일 외엔 다른 아무것도 생각하지 않는 분으로만 생각했어요. 저를 사치스런 여자로만 여기시는 줄 알았어요. 섭섭하게 생각하지 마세요, 아버님. 하지만 이젠 너무 늦었어요. 어쩔 수 없어요. 이곳은 모든 게 거짓투성이예요. 모든 게 죽어 있는 것 같아요. 전부 제 책임이에요. 전 아버님이 무서웠어요."

더이상 말을 이을 수 없었다. 갑자기 시어머니가 그를 버리고 떠났다는 사실이 생각났다. 막스가 지금의 귄터보다 조금 더 컸을 때였을 것이다. 일곱 살 때쯤? 다른 남자와 함께는 아니었다. 그녀는 혼자 집을 나갔다. 그로부터 이 년쯤 후 어느 요양소에서 돌아가셨다고 들었지만 시어머니의 죽음에 대해서는 아는 게 거의 없다. 그녀의 사진 한 장 본 적이 없다. 집 안 어디에도 그녀의 사진은 없었다. 그러나 시아버지의 가방 속 어딘가에 고이 숨겨져 있을 것이다. 막스는 그런 얘기를 좋아하지 않았다. 그 얘기를 할 때면 언제나 건성으로 대답했다. 그것도 다른 사람들이 그 일에 대해 이야기할 때 내가 그럭저럭 대답할 수 있을 정도까지만이었다. 그 역시 어머니가 집을 나간 정확한 이유는 모르고 있는 듯했다. 시아버지는 아들에게까지 숨기고 있었던 것이다. 시어머니가 몹시 아팠다고들 하지만 아무래도 그녀는 자살한 것 같았다. 누구도 그렇게 말한 사람은 없다. 예전 일을 얘기하다가도 그 부분에 대해선 모두들 그냥 넘어갔다. 헬데겐 가문에 대해 굉장한 자부심을 갖고 있는 막스는 그 일을 치욕적으로 생각하고 있었다. 다른 사람들이 그 일에 대해 뭐라고 하

는 것을 그는 참을 수 없어했다. 그 일에 대해서 그는 늘 불안해
했다.

"아버님, 어쩔 수가 없었어요."

다시 내가 말했다.

"괜찮다, 괜찮아."

그의 목소리는 완전히 달라져 있었다. 그 목소리는 오히려 내
게 힘을 주고 있었다.

"아, 저기 우리의 상냥한 게르다가 오는군."

그때 그녀가 부엌에서 나오고 있었다. 지금껏 저녁을 먹은 모
양이었다. 그녀는 베르톨트의 책을 손에 들고 있었다. 아마도
그것을 하녀에게 자랑했던 모양이었다.

"산보는 어떠셨어요, 회장님?"

그녀는 쾌활하게 물었다.

나는 얼른 머리를 들고 그녀를 향해 돌아섰다.

"나 갑자기 여행을 떠나게 됐어, 게르다. 귄터에게 말해줘……
그리고 그 동안 귄터를 잘 돌봐줘. 난 게르다를 믿어. 남편이 나중
에 모든 것을…… 우선 위층에 올라가서 귄터가 잘 자고 있는지
좀 봐줘. 내가 좀 급하거든."

그녀를 내보내기 위해 나는 그렇게 말했다. 게르다는 자기가
그 자리를 피해줘야 한다는 것을 금세 알아차렸다. 그녀는 곧장
계단을 올라갔다. 우리는 마치 그 일이 세상에서 가장 중요한

일이기나 한 것처럼 모두 그녀를 쳐다보았다. 나는 다시 힘을
냈다.

"이젠 가야 해요."

나는 베르톨트에게 말하며 트렁크를 찾았다. 어느 틈엔가 그
는 벌써 트렁크를 들고 문 쪽으로 가고 있었다.

"좋아요."

나는 다시 한번 막스를 돌아보았다.

"사람들에게는 내가 병이 들어 급히 떠났다고 하세요. 정신
이 나갔다고 해도 상관없어요. 당신 편한 대로 아무렇게나 말하
세요. 모두들 당신 말을 믿을 거예요. 그리고 나중에……"

그때 차가운 바깥 공기가 안으로 밀려들어왔다. 베르톨트가
문을 연 것이다. 그가 문 앞에 서 있었다. 그는 마치 나를 두고
혼자 떠나려는 것처럼 보였다. 그렇게 되면 모든 것이 허사다.
나는 얼른 그를 따라 나갔다.

나는 정말 정신이 나간 사람 같았다. 베르톨트가 나를 어떻게
생각할지 알 수 없었다. 그사이 베르톨트에 대해서는 전혀 생각
하지 못하고 있었다. 내 뒤에 선 채 그는 생각했을지도 모른다.
이 여자를 어떻게 하지? 왜 나한테 매달리는 걸까? 어쩌면 나에
게 트렁크를 내밀며 얘기하려 했는지도 모른다. 난 빠지겠어.
비탈길을 걸어 내려가며 나는 그런 말이 나오리라 생각하고 있

었다. 그가 그렇게 말한다 해도 나쁘게 생각하지 않았을 것이다. 나 역시 거의 같은 생각을 하고 있었으니까. 그랬더라면 어떻게 되었을까…… 그렇더라도 아마 되돌아가지는 않았을 것이다. 절대로 되돌아가지는 않았을 것이다.

그가 아무 말도 하지 않아서 정말 다행이었다. 만약 그랬다면 아마 난 나를 돌려보내려는 것으로 생각했을 것이다. 그는 빨리 걸었다. 그를 따라가느라 힘이 들었다. 근교로 소풍을 나갔다가 집으로 가는 기차를 놓치지 않으려고 급하게 역으로 뛰어가는 소녀처럼 나는 종종걸음을 치고 있었다. 그가 빨리 걷는 것은 기차 때문이 아니었다. 시간은 충분했다. 될 수 있는 대로 빨리 그 집에서 벗어나고 싶었던 것 같다. 비탈길을 내려와 오른쪽으로 나와 다시 왼쪽으로 돌아서 택시 정거장이 있는 큰길로 나왔다. 택시가 없으면 전차를 탈 생각이었다. 집으로 갈 때 길을 자세히 보아둔 모양인지 길을 잘 찾았다. 그는 앞만 내려다보고 걷고 있었다. 나는 그를 쳐다보지 않았다. 전쟁 이후 집 앞의 가로등은 별로 밝지 못했다. 큰길까지 나와서야 조금 밝아지는 것 같았다.

꼭 한 번 그는 코를 킁킁거리며 무슨 말인가를 했다. 알아들을 수는 없었다. 혼잣말인 것 같았다. "눈이 올 것 같군." 뭐 그런 말이었던 것도 같다. 나는 아무 말도 하지 않았다. 그가 무슨 말을 하든 마찬가지였다. 그가 나 때문에 그런 말을 했다는 것

을 알고 있었다. 다른 말을 했어도 마찬가지였다. 그 말은 내게
알 수 없는 신뢰감을 불어넣어주었다.

다행히도 택시가 한 대 서 있었다.

그러나 나는 그때까지도 마음이 놓이지 않았다. 집에서 날 어
떻게 생각할지 알 수가 없었다. 막스는 아마도 그대로 거실에
서 있겠지. 혹시 누가 따라오지는 않을까 돌아보고 싶었지만 그
건 위험한 일이다. 누가 나를 데리러 따라오지 않을까 걱정이
되었지만 베르톨트 때문에 뒤돌아볼 순 없었다.

막스와 시아버지가 회사 일 때문에 다투기 이전부터 두 사람
의 관계는 좀 이상했다. 그들은 서로 이야기할 것이 전혀 없는
사람들 같았다. 아니, 아예 이야기하려고도 하지 않았다. 그건
괴로운 일이었을 것이다. 집 안의 누구도 그런 일에 관심이 없
었지만 사업 얘기를 하다가도 누가 오면 두 사람은 곧 입을 다물
었다. 그렇다고 나에 대해 서로 이야기한 적도 없었다. 그런 일
은 막스에게나 시아버지에게나 어울리지 않았다.

그러나 이번에는 사정이 좀 달랐다. 두 사람에게도, 나에게도
결코 좋지 않았다. 내가 두 사람을 마주 세워놓는 계기를 만든
것이다. 그들은 이제 서로를 피할 수 없었다. 거기다 내가 그들
에게 한 짓은 또 얼마나 끔찍한가! 두 사람이 다툰 지 며칠 되지
도 않았는데, 나 때문에 서로 이야기하지 않을 수가 없게 된 것

이다. 그것은 위험한 일이었다.

택시는 낡고 형편없었다. 나는 손잡이를 꽉 붙잡았다. 차가 흔들릴 때마다 누구 따라오는 사람은 없나 걱정이 되었다.

그러나 나는 베르톨트에게 그런 불안감에 대해 얘기할 수 없었다. 사실 그가 어떻게 할 수도 없는 일이었다. 그렇다면 나는? 그들은 어떻게 할 작정으로 그냥 있는 것일까? 왜 몇 주 동안이나 아무 소식도 없는 거지? 그들에게서 직접 소식이 오지는 않아도 변호사를 통해 이혼 얘기라도 있어야 할 텐데. 나는 매일 기다렸다. 뭔가 불확실한 것이 가장 안 좋다. 이 문제를 심각하게 받아들이지 않는 건 아닐까?

어느 정도 그것은 사실이었다. 막스는 문제를 그다지 심각하게 생각하지 않았다. 나중에 시아버지에게서 들은 이야기이다. 하지만 택시를 타고 역으로 가고 있던 그때, 나는 아무것도 모르고 있었다. 나는 두려웠다. 나는 두 사람이 되어 여러 가지 가능성들에 대해 상상하고 있었다. 블랑크와 게르다에 대해서도 마찬가지였다. 특히 블랑크는 빼놓을 수 없었다. 막스가 우리 두 사람에게 어떤 조치를 취하려면 그를 시키지 않을 수는 없을 것이다.

언젠가 베르톨트는 내가 굉장한 상상력을 가지고 있다며 글을 써보라고 했다. 물론 그냥 해본 소리였을 것이다. 하지만 그건 상상력이 아니라 두려움이었다. 언제나 그랬다. 너무나 골똘히 생각하다보면 나중에는 그것이 상상이었는지 실제로 있었던 일인지 구별이 안 될 정도였다. 우스운 일이지만 내 상상은 거짓이 아니었다. 그건 다른 사람들도 인정하지 않을 수 없었다. 내가 없을 때 막스나 시아버지가 한 일을 정확히 짚어서 얘기하면 그들은 깜짝 놀라곤 했다. "아니, 그걸 어떻게 알았지?" 물론 나는 두 사람에게 아무 대답도 하지 않았다. 내가 두려움을 갖고 있기 때문이라고 말하고 싶지는 않았다.

어떻게 되었을까? 두 사람은 거실에 서 있을 것이다. 막스, 당신은 몹시 화가 났을 거예요. 당신 아버지가 모든 걸 보셨으니까. 그리고 아버님, 아버님께서는 슬퍼하고 계시겠죠. 다른 수가 없었으니까요. 누가 먼저 말을 꺼냈을까? 두 사람 역시 나처럼 두려워하고 있겠지.

먼저 입을 연 사람은 막스였다. 그는 결심이 선 듯 입을 열었다. "죄송합니다, 이런 문제를 만들게 되어서……"
아버지가 대꾸도 하지 않자 그는 말을 계속했다.
"저도 놀랐습니다. 그러지 않았더라면 무슨 해결책을 찾았을 텐데요……"
그는 말을 끝내지 못했다. 해결책이니 뭐니 하는 말들이 우습게 여겨졌을 것이다. 불행하게도 그는 몇 달 전부터 꼭 필요한 일이 아니면 아버지와 마주치지 않고 있는 중이었다. 다른 사람들, 종업원들이나 귄터가 두 사람이 다투었다는 사실을 눈치채지 못하게 하기 위해서였다. 점잖은 척하면서도 자신을 비꼬는 듯한 아버지의 태도를 막스는 못 견뎌했다. 막스는 아버지가 자기를 웃음거리로 만들지는 않을까 걱정하고 있었다. 그는 아버지를 이해하지 못했다. 인정하고 싶지 않겠지만 그는 아버지에게 열등감을 느끼고 있다. 두 사람은 외모도 전혀 닮지 않았다. 키가 크고 마른 몸매에 팔다리가 긴 시아버지는 움직임이 조용하고 말이 없었다. 막스도 작은 편은 아니었지만 점점 뚱뚱해지고 있었다. 걱정이 되었는지 그는 자주 체중을 재어보았다. 검은 머리칼도 조금씩 벗겨지고 있었다. 시아버지는 은빛이 도는 백발이었다. 정확히는 모르지만 막스는 모친을 더 많이 닮은 모양이었다.

아무튼 먼저 말을 꺼내는 것이 쉽지만은 않았을 것이다. 어려운 이야기를 할 때 막스는 몸을 많이 움직였다. 그는 얼른 말머리를 돌렸다.

"하필이면 오늘 이런 일이 일어났는지 모르겠습니다. 아버지에게 감사드릴 겨를도 없이······"

"무슨 감사 말이냐?"

"계약서에 서명해주신 것 말입니다."

막스는 기운을 좀 차렸다. 아버지의 대꾸를 구실로 얘기를 시작할 수 있었던 까닭이다. 그다지 감사의 말을 하고 싶지는 않왔겠지만……

"덕분에…… 이제 문제 해결은 저한테 달려 있는 것 같습니다."

"그 얘기라면 그만두자."

막스는 못 들은 척 말을 계속했다.

"아버지께서 제게 양보하셨다고는 해도 실제로 달라지는 것은 없습니다. 아버지에게 빚이 있다는 것은 절대로 잊지 않겠습니다. 믿어주십시오. 오히려 저는…… 용서하십시오. 말씀을 잘못 드린 것 같습니다. 제가 좀 긴장한 모양입니다. 중요한 문제에 대해서는 우선 아버지와 의논하겠습니다. 꼭 그렇게 하겠습니다."

막스는 비통한 심정이 되었다. 시아버지는 아들이 측은하게 여겨졌을 것이다. 그는 막스가 그런 말밖에 할 수 없다는 것, 나에 관해 이야기하지 않기 위해서 그런 말밖에 할 수 없다는 것을 알고 있었다. 그래서 그는 아무 말도 하지 않았다.

"외투 안 벗으시겠어요?"

막스가 물으면서 시아버지를 도와드렸다.

"그렇다면 당분간 내가 여기 있어야겠구나."

"그럼요, 무슨 말씀이세요."

막스는 잠시 주춤했지만 금방 그 '당분간'이라는 말의 의미를 알아차렸다. 그는 시아버지의 외투를 받아들고 드레스룸으로 갔다.

"소문 때문에 말이다."

시아버지가 말했다.

"무엇 때문에요?"

막스는 탈의실에서 소리쳤다. 그리고 다시 밖으로 나오면서 말했다.

"우리 집안에 대해서 얘기할 사람이 대체 누가 있습니까. 그일은 제가 알아서 하겠습니다."

말머리를 돌리기 위해 그는 다른 얘기를 꺼냈다.

"아, 그리고 티펜바허 뮐렌을 구경했습니다."

"흠……"

"그 아이디어는 아버지가 내신 거지요?"

"내가?"

"블랑크가 아버지 필적으로 된 쪽지를 보았답니다."

"블랑크는 하나라도 빠뜨리는 게 없군."

"멋진 아이디어예요. 정말입니다. 아마 저라면 생각도 못 했을 겁니다. 손만 잘 보면 꽤 쓸 만하겠더군요. 그게 있으면 공장을 확장할 필요도 없고, 몇몇 상품들은 거기다 옮겨놓아도 되겠더군요. 정말 아버지가 아니었더라면……"

"자거라……"

"네, 내일까지는 시간이 있으니까요. 안녕히 주무십시오."

더이상 이야기를 하지 않아도 된 것이 막스는 기뻤다. 시아버지는 층계를 반쯤 올라가다가 돌아서서 물었다. 아주 다정한 목소리로.

"그런데 막스, 너 뭘 알아서 해결하겠다는 거냐?"

"네? 무슨 말씀이세요?"

이번에는 피할 수가 없었다.

"아, 네, 이번 일 말씀이시군요. 네, 잘 해결될 겁니다. 이번 일로 아버지를 괴롭히지는 않을 겁니다. 잘될 거예요."

"그렇게 생각하냐?"

"그럼요, 곧 그렇게 될 거예요."

"뭐 도와줄 일이라도 있냐?"

"도움이요? 괜찮습니다. 고맙습니다."

"우리 부자는 여자 복이 없는 것 같구나."

시아버지가 중얼거렸다.

"그 이야기 좀 해볼까요?"

"그러는 게 좋을 것 같다."

"이렇게 계단에 서서 말입니까?"

시아버지는 몇 계단 더 위로 올라섰다. 두 사람은 어떤 문제에 관해 이야기하는 것에 익숙하지 않았다. 그게 잘되지 않았다. 막스는 자기가 아버지에게 너무 건조하게 대한 것이 아닌가 하는 생각이 들었다. 이렇게 그냥 아버지를 가게 할 수는 없었다.

"아버지, 절 이해해주세요. 저도 정말 괴롭습니다. 아버지를 생각해도 그렇습니다. 귄터도 마찬가지입니다. 제게는 정말이지…… 하지만 정신을 차려야겠다고 생각했습니다. 다른 집안에서도 흔히 있을 수 있는 일 아닙니까? 그렇죠? 정말 불미스러운 일이긴 하지만, 그렇지만 어쩔 수 없는 일이기도 합니다. 여자들은 거의가…… 계산할 줄을 모르죠, 자기 앞날마저도…… 저에게도 잘못이 있을 겁니다. 그건 저도 인정합니다. 사실 요즘 아내에게 별로 신경 쓰지 못했거든요. 다른 걱정들이 많다보니. 여자들은…… 아마 돌아올 겁니다. 도대체 그런…… 환상이죠. 여자들은 대개 한 번쯤은 그런 생각을 합니다. 이런 일에 지나치게 흥분하는 남자들도 물론 있겠죠. 아닙니다, 그럴 필요 없어요. 누구를 위해서 그런단 말입니까? 남아 있는 우리만 힘들 뿐입니다. 자꾸 생각하다보면 자제력도, 판단력도 잃게 될 테고, 사업 역시…… 네, 우선 냉정해야 합니다. 어렸을 때부터 저는 현실을 있는 그대로 받아들이는 아버지를 보고 놀라곤 했습니다. 그것이 아버지의 성공의 비밀이었죠. 그래요, 끈질기고 냉정한 것 말입니다. 감정은 오래 지속되는 게 아니니까요."

시아버지는 층계 난간에 기댄 채 그의 말에 귀를 기울이고 있었다. 아주 열심히…… 막스가 말하지 않은 것까지, 그 뒤에 숨어 있는 것까지 이해하기 위해서였다. 그러나 그는 듣고 싶었던 말을 들을 수 없었다.

"이제 그만 자거라."

시아버지는 위층으로 올라갔다.

막스는 머리를 매만지고 넥타이를 똑바로 한 다음 양복 주머니 안의 담배 케이스를 만져보았다. 그는 옷에 굉장히 신경을 쓰는 편이었다. 조금이라도 지저분하다는 생각이 들거나 옷 어딘가가 마음에 들지 않으면 그는 불안해했다. 하루에 몇 번씩 와이셔츠를 갈아입기도 했다.

그는 서재 쪽으로 갔다. 전과 다른 점은 하나도 없었다.

그는 블랑크를 불렀다.

"너무 오래 기다리게 했군. 미안하네. 음식이 식지 않도록 부인에게 전화라도 해주지 그랬나! 사적인 일 때문에…… 하지만 꼭 필요한 얘기라…… 아 참, 한 가지, 그…… 이름이 뭐라든가…… 여기 왔던 그 남자 말이야, 그 사람에 대한 무슨 정보가 있나?"

"없습니다."

"그래? 왜 없지?"

"사업상 아무 관계도 없는 사람이니까요."

"그게 잘못이야. 큰 잘못이지. 언제나 정보를 갖고 있어야 해. 내일까지 자료를 만들게. 서두르게."

"알겠습니다, 사장님."

"상투적인 보고는 안 돼. 아주 자세한 정보여야 해. 지금까지의 경력을 자세히 알아보도록 해. 그의 경력에 대한 정보 말일세. 알겠나?"

"네, 사장님."

그사이 우리는 삼층 대합실 카페에 앉아 있었다. 다른 자리가 없어서 우리는 커다란 둥근 테이블 앞에 앉았다. 내 옆에는 할머니 한 분이 딸처럼 보이는 여자와 함께 앉아 있었다. 그들은 보따리를 앞에 풀어놓고 빵을 먹으면서 낮은 소리로 얘기를 주고받고 있었다. 앞에는 젊은 남자 하나가 팔에 얼굴을 묻은 채 잠들어 있었다. 다음 기차의 도착을 알리는 안내방송이 나오면 그는 깜짝 놀라며 일어나 잠이 덜 깬 눈으로 입구에 걸린 시계를 쳐다보았다. 옆 테이블에서는 권터보다 조금 더 어려 보이는 아이 하나가 소리를 질러대고 있었다. 기다리다 지쳐서 짜증이 나는 듯했다. 어른들이 아이를 말렸지만 소용이 없었다. 사람들이 지나갔다. 모두들 짐을 들고 있었다. 플랫폼으로 나가는 문이 열릴 때면 나는 혹시 누가 잡으러 오지는 않을까 겁이 났다. 하지만 누가 온단 말인가? 웨이터는 아무렇게나 테이블을 닦고는 커피를 가져다주었다. 군데군데 맥주와 커피 얼룩이었다. 모피코트 때문인지 웨이터가 노려보는 것만 같았다. 물론 그건 상상일 뿐이었다. 나는 마치 굉장한 충격이라도 받은 사람처럼 넋이 나가 있었다. 그러나 슬프지는 않았다. 전혀 슬프지 않았다. 그저 조금 긴장이 될 뿐이었다. 수술을 앞둔 사람처럼……

트렁크는 우리 사이, 바닥에 놓여 있었고, 그 위에는 베르톨트의 서류가방이 있었다. 발 한쪽에 트렁크가 닿았다. 그 역시 맞은편에 발을 대고 있는 것 같았다. 물건을 도둑맞지 않기 위해서였다. 베르톨트는 조금 창백해 보였다. 나는 그때까지도 그의 이름을 불러보지 못하고 있었다. 그럴 기회가 없었다. 우리는 아직 서로 존댓말을 쓰고 있었다. '저 사람은 늘 창백한 모양이야.' 나는 생각했다. 아마 그때 나 역시 창백해 보였을 것이다. 사실 대합실에 있는 사람은 모두 그랬다. 불빛 때문에도 그랬고, 지쳐서 그런 것도 같았다. 베르톨트 역시 피곤할 것이다. 강연 때문에 많이 긴장했었겠지.

편안해 보이진 않았지만 그의 얼굴을 다시 보게 된 것이 기뻤다. 그의 얼굴은 떠나는 사람의 그것과 같았다. 다시 한번 등뒤를 돌아다보는…… 그와 눈이 마주칠 때면 나는 미소를 지어 보이려 애썼다. 절대 후회하지 않음을, 슬프지 않음을 보이기 위해서였다. 그게 제대로 되었는지는 잘 모르겠다. 나와 눈이 마주칠 때면 그는 얼른 시선을 돌려 대합실을 둘러보았다. 내 마음을 아프게 하지 않기 위해서, 그리고 자신이 불안해하고 있음을 들키지 않기 위해서였다.

그런 그가 고마웠다. 그는 내 마음이 어떤지 잘 알고 있었고,

나를 자극하지 않으려 했다. 그러나 그가 무슨 생각을 하고 있는지는 알 수 없었다. 자기를 등뒤에 세워놓은 채 막스와 이야기한 것에 대해서는 어떻게 생각하고 있을까? 대합실 밖에서는 기차가 들어와 정차하는 소리, 기적을 울리는 소리, 화물칸 쪽에서 나는 잡음들이 엉키고 있었다.

"설탕은 안 넣으십니까?"

그가 물었다.

"아뇨, 고마워요."

그는 내게 설탕 두 개를 내밀었다.

"핸드백 속에 넣어둬요. 말이나 개한테라도 주게."

"개는 설탕을 먹지 않아요."

"개, 길러보신 적 없죠?"

"네, 남편이…… 저, 권터 때문이었어요. 물론……"

그는 시계를 들여다보았다.

"이십 분 남았군요."

그는 커피를 몇 모금 더 마시고 나서 담뱃불을 붙이려고 양복 재킷에서 성냥을 찾았다. 그와, 그에 대해, 나에 대해 이야기하고 싶었지만 아직은 아니었다. 개나 설탕에 관해 이야기하는 게 더 나았다. 나중에 기차 안에서 하지 뭐. 차표는 그가 갖고 있었다. D시 행 차표였다. 그가 살고 있는 곳이었다. '우리'가 그곳으로 간다는 것, 내가 그를 따라간다는 것은 의심할 바 없는 사실이었다.

그가 매표소로 가서 차표를 사는 동안 나는 멍하니 곁에 선 채 그가 하는 대로 내버려두었다. 그가 돈을 낼 때도 마찬가지였다. 차표는 육십 마르크가 조금 넘었다. 갑자기 그런 생각이 들었다. 어서 차표를 환불해야 해. 빨리 그렇게 해야 해. 그런데 어떻게 얘기를 꺼내지? 나는 옆에 앉은 여자의 얘기를 듣고 있었다. 딸로 보이는 여자는 어머니에게 친척들에게 안부를 전해달라고 했다.

멀리 떨어져 살면서 쉽게 만날 수도 없는 이 모든 것을 그들은 필연으로 생각하고 있는 듯했다. 그러나 나는 달랐다. 내가 떠나는 것은 필연이 아니었다. 나는 예전처럼 그럭저럭 지낼 수도 있었다. 나를 이곳 대합실까지 데려온 것은 그의 말 한마디였다. 내가 여기까지 온 이유를 알게 되면 아마 사람들은 어이없어하며 웃을 것이다. 하지만 바로 그 한마디 때문에 나는 이 대합실에 앉아 있었다. 그는 나를 사랑한다고 말하지 않았다. 물론 그 순간 그는 분명 사랑에 빠진 사람이었다. 하지만 그건 다른 얘기다. 그런 말 때문에 집을 나오는 사람은 없다.

"저기 저쪽 좀 봐요."

그가 한쪽 구석의 테이블을 가리켰다. 젊은이들 몇이 모여 앉아 있었다. 그들은 왠지 어딘가 수상해 보였다. 특히 여자들이 그랬다. 부은 듯한 얼굴에 들창코를 한 여자 하나가 남자의 어깨에 기대고 앉아 있었다.

"조무래기 밀매자들이거나 뭐 그 비슷한 족속들일 거예요. 아니면 경찰의 끄나풀이거나."

그가 말했다.

"어떻게 아세요?"

"어느 역이든 다 있으니까요. 꽤 괜찮은 친구들이죠."

"네?"

"일단 친해지고 나면 마음이 굉장히 편안해지거든요."

"그렇군요."

아마 그는 내 곁에 앉아 기차를 기다리기보다 그들과 어울리고 싶었는지도 모른다. 옆에 앉아 있던 모녀는 짐을 들고 떠났다. 내 오른쪽은 이제 비어 있었다. 무슨 얘기든 그에게 해야 했다. 그렇지 않으면……

내가 물었다.

"저지 독일어 아세요?"

"아뇨."

그는 짧게 대답하고는 나를 쳐다보았다.

"읽을 수는 있습니다. 왜요?"

"아니에요. 노래 때문에요. 중요한 건 아니에요. 저지 독일어로 된 노래가 있거든요. 아주 시시한 노래죠. 동요예요."

"윌첸 시절의 노래인가보죠?"

"네, 어떤 할머니한테서 배웠죠. 빨래하는 날이면 우리집에 왔어요."

"그렇군요."

"그것뿐이에요. 자장가예요. 전에는 한 번도 들어본 적이 없는 노래였어요. 그분은 산에 살고 있었어요. 그 할머니 말이에요. 윌첸에 있는 작은 오두막에서 살고 있었는데 오두막 옆으로 작은 길이 나 있었어요. 설탕공장에서 일하는 사람들이 살고 있는 동네였어요. 전 여러 번 그 집에 가봤어요. 오두막의 부뚜막 위에는 커다란 솥이 걸려 있었어요. 커피 냄새가 아주 좋았죠. 우리집하고는 전혀 다른 냄새였어요. 저는 그 할머니를 따라 세탁실에 들어가곤 했어요. 할머니의 갈색 피부는 다 터서 갈라져 있었어요. 팔이 굉장히 가늘었어요. 마치 히이드* 같았죠. 빨래를 할 때면 항상 그 노랠 불렀어요. 엄마는 내가 세탁실에 못 따라가게 했어요. 건강에 좋지 않다고 생각했던 것 같아요. 할머니도 마찬가지였지만 저는 옆에서 이것저것 잔일을 도우면서 옆에 붙어 있었죠."

"그랬군요."

"아니에요. 그건 아니에요. 전 일을 돕지는 않았어요. 그때 전 너무 어렸어요. 빨랫줄에 손도 닿지 않았는걸요. 빨래집게를 집

---

* 황무지에서 자라는 관목의 하나.

122

어주거나 빨래를 들어주는 정도였죠. 뒷마당에서 빨래를 널 때는 한꺼번에 너무 많이 건네거나 하면 할머니는 젖은 수건으로 제 다리를 때렸어요."

"노래는 어떤 거였죠?"

"그냥 문득 생각이 났던 것뿐이에요."

그 이야기는 그 정도로 끝내고 싶었다.

"나중에 한번 들려주세요."

"그래요. 그건 아무래도 좋아요. 저, 차표 값을 드리고 싶어요."

나는 얼른 핸드백을 들었다. 순간, 갑자기 눈물이 나려 했다. 노래나 월첸 때문은 아니었다. 하지만 울어서는 안 되었다. 나는 핸드백을 꽉 쥐었다.

그는 자기 손을 내 손위에다 올려놓았다. 그가 내 손을 꼭 잡았다.

"젖은 수건이 있다면 그 할머니처럼 당신 다리를 때려주고 싶습니다."

"하지만 나쁘진 않았어요. 아프지도 않았구요. 차갑고 조금 메스껍긴 했지만요. 부뚜막에는 고양이 한 마리가 있었어요. 회색 고양이였는데 꼭 호랑이처럼 몸에 점이 있었죠. 고양이는 부뚜막 위에 앉아 강렬한 주홍색 불 속을 들여다보고 있었어요."

우리는 플랫폼으로 나가 기차를 기다렸다. 정말 눈이 내리고 있었다. 커다란 눈송이가 선로 위로, 자갈 위로 흩날렸다.

우리는 기차가 들어오는 방향을 쳐다보고 있었다. 멀리서 노란 불빛이 나타났다. 불빛은 점점 더 가까이 다가오고 있었다. "플랫폼에서 물러서십시오." 스피커에서 안내방송이 흘러나왔다. 나는 베르톨트를 바라보았다. 그는 내게 미소를 보냈다. 나역시 미소로 답했다. 그가 바닥에 내려놓았던 내 트렁크와 자신의 서류가방을 집어들었다.

2

우리가 결국 잘못하고 있다는 것을 나는 시아버지의 편지를 받고 나서야 깨닫게 되었다. 사실 그전에는 전혀 그렇게 생각하지 않고 있었다. 그저 그러려니, 막연히 모든 일이 잘 풀리려니 생각하고 있었다.

하지만 그 잘못이란 도대체 무엇일까?

생각할 시간은 많았다. 하지만 아무리 생각해보아도 소용이 없었다. 생각할수록 오히려 혼란스러워지기만 할 뿐이었다. 어떻게 생각하면 모든 것이 너무나 분명하고 간단했다. 사람들은 말하겠지. 당연한 거 아니야? 남편과 자식을 버리고 집을 나갔는데, 그렇게밖에 더 되겠어? 그건 범죄나 다름없다구. 인간의

도리에도, 이치에도 어긋나는 거잖아. 벌을 받아 마땅하지.

　나는 사람들의 편견을 알고 있었고 항상 그런 억압에서 벗어나지 못했다. 나 역시 내가 결코 잘했다고 생각하지는 않는다. 나는 이미 예상하고 있었다. 때때로 한없이 슬퍼지리라는 것, 그 슬픔의 끝까지 가리라는 것을. 슬픔은 어느 정도 견딜 만했다. 하지만……

　그 이야기를 하는 것은 쉽지 않다. 어쩌면 불가능할지도 모른다. 사람들은 말할 것이다. 어쨌거나 정도를 지키며, 올바르게 살아가야 한다고…… 그러나 이것은 그런 문제가 아니다. 그런 문제로 논쟁하고 싶지도 않다. 나는 정의를 위해 베르톨트와 함께 집을 나온 게 아니었다. 아니, 우리의 행동이 옳다고 할 수는 없지만, 그렇다고 그것을 잘못이라고만 매도할 수도 없다. 잘 설명할 순 없지만 나는 알고 있다. 그것은 정의의 문제도, 죄나 벌의 문제도 아니다. 관계가 있다고 우긴다면 굳이 반박하고 싶지는 않다. 그건 어렵지 않다. 대단할 것도 없다. 많은 사람들이 그렇게 살아가고 있다. 그러는 편이 살아가기가 훨씬 수월하다.

　우리 부모님 역시 마찬가지였다. 부모님은 늘 바르게 살아왔다. 그들은 한 번도 다른 사람들의 입에 오르내린 적이 없다. 엄마는 아마 한 번도 아버지를 떠나려고 마음먹은 적이 없을 것이다. 그리고 그녀는 아마 평생 그리움이라는 것을 모르고 살아왔을 것이다. 그것은 엄마가 행복해서가 아니었다. 부모님은 행복하지 않았다. 그렇다고 불행한 것도 아니었다. 두 분의 생활은 늘 한결같았다. 건조하고 일상적인 하루하루가 반복될 뿐이었다. 전쟁이 일어나면 두려움에 떨었고, 친척 중에 누가 죽거나 하면 슬퍼했고, 아버지가 보너스를 받아오면 기뻐했다. 평범한 일상 그 이상도 그 이하도 아니었다. 일요일이 되면 나는 뭔가 특별한 일이 생기길 기대했지만, 늘 여느 날과 다름없는 지루한 아침이 시작되곤 했다.

부모님은 뭔가 다른 것이 있다는 것을 알지 못했다. 그들은 당신들이 불행해질 수 없다는 것을 잘 알고 있었다. 그것은 불가능한 일이었다. 때때로 이루 말할 수 없는 절망감이 엄습해올 때면 나는 그들이 부러웠다. 나는 왜 저렇게 살 수 없을까? 그렇게 되면 모든 것이 훨씬 더 간단해질 텐데…… 그들은 무엇이 올바르고 무엇이 그른지 알고 있었고 저녁이면 취침기도 후 잠자리에 들었다. 그들은 당신들이 행복한지 그렇지 않은지에 대해서도 더이상 생각하지 않았다.

……아니, 돌이켜봤자 소용이 없다. 그리고 베르톨트와 그런 얘기를 할 수도 없다. 그는 싫은 표정을 짓거나, 웃어 보이면서도 화가 난 사람처럼 양미간에 주름을 잡을 것이다. "원래 그런 거야. 그런 일에 대해 얘기할 필요가 있다고 생각해? 사람이란 그런 거잖아." 언젠가 그의 낡은 공책에서 시를 한 편 본 적이 있다. 그 동안 나는 그가 쓴 모든 것을 읽고 있었다. 전부 이해할

수는 없었지만 그에 대해 알고 싶었다. 무엇보다도 나는 그가 왜 글을 쓰는지, 왜 다시 글을 쓰기 시작했는지 알고 싶었다. 그는 내가 자신의 글을 읽는 것을 좋아하지 않았다. 그는 가끔 신경질을 냈다. "좀 그럴듯한 걸 읽도록 해, 그건 모두 낡고 쓸모없는 것들뿐이야."

그 시는 이러했다.

우리는 행복을 꿈꾸고, 그것을 알고 있지만
가질 수는 없네. 그것이 바로 우리의 불행……

내가 보기엔 좋은 시 같았다. 나는 그에게 시가 좋다고 얘기해 주었다. 나 역시 그가 어떤 행복을 꿈꾸고 있는지 알지 못했다. 그러나 불행에 대해서는 알고 있었다. 그의 불행이 곧 나의 불행이었다. 그는 화를 내며 원고를 빼앗더니 그 자리에서 찢어버렸다. "이건 정말 형편없는 시야. 운도 하나도 맞지 않는다구."

하지만 우리는 행복했다. 그 역시 행복했다. 나는 알 수 있었다. 그 행복이 비록 오랫동안 계속될 수 없음을, 그것이 예전부터 생각해오던 것과 같지 않음을 알고 있었지만 어쨌든 우리는 행복했다. 아니, 그 이상이었다. 행복은 오직 현재일 뿐이다. 거기엔 과거도 미래도 없다. 그때 우린 참다운 행복을 알았고, 그래서 그후 우린 불행했다. 그렇지 않았더라면 우리는 아무것도 몰랐을 것이다. 지금 생각해보면 막스와의 생활은 그저 하루하루를 견디면서 무엇인가를 기다리던 시간이었다. 그것은 불행이라고도 할 수 없는 무엇이었다.

　어쩌면 그때 나는 죽어버렸어야 했는지도 모른다. 그 누구도 우리가 어떻게 지내는지 알지 못했다. 모두들 우리가 행복한 줄로 알고 있었다. 그렇지 않다고 생각하는 사람은 아마 한 사람도 없었을 것이다. 하지만 물러설 수도 없었다. 우리는 모든 것들의 외부에 있었다. 밖에서 우리는 무언가의 주위를 맴돌고 있었다. 손을 뻗어 붙잡으려 해보지만 그럴수록 우리는 점점 밖으로 밀려날 뿐이었다. 마치 부드러운 바람에 날려가듯이…… 아주 부드럽고 가벼운 바람이지만, 대항할 수는 없다. 너무나 마음이 아팠다. 아무 희망도 없었지만 그렇다고 끝낼 수도 없는 노릇이었다. 다른 사람에게 털어놓을 수 있는 것도 아니었다. 말을 하면 할수록 슬픔은 더 커질 것이 분명했다. 때때로 베르톨트를 떠나버릴까 생각했다. 그가 잠을 자고 있는 밤이나 일을 하고 있을 때, 나는 그를 방해하지 않기 위해 외출을 했다. 그는 일에 파묻혀 괴로움에서 벗어나보려 했고, 나는 다른 방법을 찾고 있었다. 그러나 아무 소용이 없었다. 차라리 극심한 형벌이 내리면 그것이 오히려 나를 구제해줄 수 있을 것 같았다. 대가를 치렀다고 생각할 수 있을 테니까.

시아버지의 편지는 6월 말에 도착했다. 정확히 6월 21일이었다. 그 날짜는 정확하게 기억하고 있다. 그날 이후 며칠이나 지났는지 날짜를 세어보곤 했다. 6월 21일에 시아버지를 마지막으로 만났다. 그사이 나는 날짜를 헤아려보는 것이 습관이 되고 말았다.

편지가 왔을 때 베르톨트는 욕실에 있었다. 나는 아침식사를 준비하느라 부엌에 있었다. 거기서 피어에크 부인과 날씨 얘기를 했다. 기온이 꽤 높아지고 있었다. 신문에도 한동안 좋은 날씨가 계속될 거라는 예보가 나와 있었다. 신문 일면에는 교통사고 소식이 실려 있었다. 화물열차가 레일에서 이탈하는 큰 사고였다. 사망자도 여럿인 것 같았다. 나는 커피를 내리면서 대충 제목만 훑어보았다. 지난밤에는 세 든 사람 중 누군가가 자다가 가위에 눌렸는지 비명 소리가 들렸다. 피어에크 부인이 대신 미안하다고 사과했다.

피어에크 부인은 좋은 여자였다. 그녀는 세 든 사람들에 관해 특별히 이야기하는 법이 없다. 무슨 일을 하든 다른 사람들에게 방해만 하지 않으면 그녀는 상관하지 않았다. 동독 출신인 그녀는 이곳에 온 지 몇 년 되지 않았다고 했다. 우리가 세 들어 살고 있는 그녀의 집은 긴 복도로 연결되어 있는 구식 건물이었지만 방이 여덟 개나 있었다. 방은 모두 세를 놓고 정작 그녀는 창문도 없는 작은 다락방에서 살았다. 가구들 역시 구식이었다. 그

런데도 그녀는 빚 때문에 힘들어하고 있었다. 그리 좋은 동네는
아니었기 때문에 방세는 별로 비싸지 않았다. 루드비히스호프
에서 떠난 이후 우린 그곳에서 살았다. 세가 비싸지 않은데다
마침 방이 하나 비어 있어서 누군가가 그 집을 베르톨트에게 소
개했던 것이다. 그는 집을 맘에 들어했다. 그는 사실 방에는 크
게 신경 쓰는 편이 아니었다. 그는 창가로 가 길을 내려다보더
니 맘에 든다고 했다. 물론 나도 좋다고 했다. 더이상 집을 찾아
다닐 필요가 없다는 것만으로도 그는 기뻤던 것 같다. 5월 초였
다. 그날부터 우리는 그 집에서 살았다.

초인종 소리에 피어에크 부인이 밖으로 나갔다. 편지함에 뭔
가 떨어지는 소리가 들렸다. 우편물을 들고 돌아온 피어에크 부
인은 겉봉을 읽어보더니 편지를 내게 내밀었다. "댁한테 온 거
군요." 그녀가 말했다.

그 동안 한 번도 편지를 받아본 적이 없었기 때문에 나는 깜
짝 놀랐다. 누가 나한테 편지를 보냈을까? 내가 있는 곳을 아는
사람은 아무도 없었다. 내 쪽에서 편지를 보낸 사람 역시 없었
다. 엽서 한 장 보내지 않았다. 누구도 방해하고 싶지 않았다. 사
람들에게 잊혀지는 것이 차라리 낫겠다고 생각하고 있는 터였
다. 내가 없는 줄 모르고 집으로 오는 내 편지가 있었을지도 모
른다. 내가 아무 답장도 하지 않는 것에 대해 사람들은 이상하게
생각했을 것이다. 하지만 뭐라고 답장을 한단 말인가? 그런 일

은 막스한테 맡겨두면 되었다. 그런 건 내게 중요하지 않았다.

처음엔 누구의 글씨인지 알아보지 못했다. 시아버지의 글씨를 알아보지 못하다니 정말 이상한 일이었다. 그런데 봉투 뒷면에 그의 이름이 적혀 있었다. 이름 옆에는 '뮌헨에서'라고 씌어 있었다. 앞면에는 '피어에크 하숙집, 베르톨트 뮌켄 씨 댁, 마리안네 헬데겐 부인'이라고 적혀 있었다. 그리고 주소와 동네 이름도 정확하게 적혀 있었다.

나는 편지봉투를 뜯지 않은 채 입고 있던 가운의 주머니에 넣었다. 모닝 가운은 D시에서 산 것이었다. 대단한 것도 아니었는데 그는 아주 좋아했다. 나는 피어에크 부인에게 중요한 일은 아니라고 얘기해두고는 세탁소에서 언제 세탁물을 가지러 오느냐고 물었다. 베르톨트의 셔츠 몇 벌을 보내야 했다. 아침식사를 차릴 쟁반을 들고 방으로 들어갔다. 테이블을 치운 다음 식탁보를 깔고 찻잔을 갖다놓았다. 편지는 혼자 있을 때 읽고 싶었다. 혹시라도 바스락거리는 소리를 낼까봐 주머니 속의 편지를 만져보았다. 편지는 두껍지는 않았다.

베르톨트를 신경 쓰이게 해서는 안 된다. 그는 늘 오전에 일을 한다. 욕실에서도 이미 일 생각을 하고 있을 게 틀림없다. 아침식사가 끝나는 대로 그는 타자기 앞에 가 앉는다. 그리고는 원고지를 뒤적이면서 내게 몇 마디 말을 한다. 하지만 그것도 결국은 혼자 있고 싶다는 표시이다. 그는 한 번도 혼자 있고 싶다고 말한 적이 없다. 오히려 반대로 이야기하는 편이다. "여기 좀 있어, 왜 나가려고 그래?" 뭐 그런 식이다. 하지만 나는 그가 혼자 있고 싶어한다는 것을 잘 알고 있다. 그 시간에는 피어에 크 부인 역시 방을 치우거나 침대를 정돈할 수 없다. 어지러운 채로 놓아두었다가 오후가 되어서 우리가 식사를 하러 나가야 치울 수 있다. 일요일도 마찬가지였다.

그가 욕실에서 나온 후 우리는 커피를 마셨다. 오래 걸리지는 않았다. 그는 급히 빵 한 조각을 먹는다. 그게 전부다. 그는 조금이라도 시간을 낭비하지 못했다. 일은 그를 완전히 다른 사람으로 만들어놓았다. 마치 일이 그를 완전히 삼켜버린 것 같았다.

"나 쇼핑하러 나가요."

내가 말한다.

"그래."

대답은 하지만 그는 내 말은 듣지 않았을지도 모른다.

"쇼핑이 끝나면 박물관에 갈 거예요."

나는 자주 박물관에 갔다. 전시물들을 보기 위해서는 아니었다. 전시물들은 이미 다 알고 있었다. 박물관 사람들은 모두 나를 알고 있었다. 내가 박물관에 가는 것은 벤치에 앉아 있기 위해서였다. 그곳에 앉아 있으면 시간이 금방 갔다. 날씨가 좋을 때는 공원에 가서 책을 읽기도 했다. 집에 돌아가면 베르톨트는 무얼 하며 시간을 보냈느냐고 묻는다. 나는 박물관에서 본 그림

이나 중국의 조각, 공원으로 산책을 나온 아이들과 개에 대해서
이야기한다. 그는 모든 것이 순조롭게 진행되고 있다고 생각한
다. 내가 특별히 뭔가를 요구하지 않는 것만으로도 그는 만족하
고 있다. 그의 일은 잘 풀리지 않는 것 같았다. 그러나 나는 일에
대해서는 물어보지 않는다. 그는 내가 물어보는 것을 좋아하지
않았다. 어차피 안다고 해도 그를 도울 수도 없었다.

나는 전차 안에서 편지를 읽었다. 길지는 않았다.

사랑하는 마리안네! 21일에 너희들이 살고 있는 도시에서
하루를 보내고 그 다음날 아침에 다시 떠날 계획이다. 너희만
괜찮다면 한 시간 정도 만났으면 싶다. 저녁 여섯시나 여섯시
반쯤이 좋겠다. 혹시 힘들다고 해도 상관없다. 나는 괜찮다.
어려운 경우에는 '궁전 호텔'에 쪽지를 남겨둬라. 잘 있거라.
시아버지로부터.

나는 그 편지를 여러 번 읽었다. 편지는 길지 않았다. 시아버
지는 편지를 길게 쓰는 것을 좋아하지 않았다. 그런데 도대체
왜 편지를 보낸 걸까. 귄터에 대해서는 한마디도 없다. 조심하
고 싶었을 것이다. 내가 어떻게 지내고 있는지 전혀 모르고 있
었을 테니까 말이다. 자세히 들여다보면 귄터에 대해서도 적혀
있었다. 혹시 만나지 못해도 괜찮다는 것은, 어쨌든 그곳에는

아무 일도 없다는 뜻이다. 그것은 그의 방문이 귄터 때문이 아니라는 말도 된다. 나는 한 단어 한 단어, 꼼꼼히 편지를 읽었다. 편지는 다정했다. 시아버지는 '사랑하는 마리안네', 그리고 '잘 있거라'라고 썼다. 거기다가 시아버지는 '너희들이'라는 표현을 썼다. 그 표현은 정말 마음에 들었다. 그 편지는 그러니까 베르톨트에게도 쓴 것이 되는 셈이다.

그런데 왜 우리를 찾는 걸까? 어쩌면 아무 일도 아닌지도 모른다. 그냥 지나는 길에 들르는 건지도 모른다. 하지만…… 우리 주소는 어디서, 어떻게 알았을까? 우표에 찍힌 소인에는 '뮌헨'이라고 적혀 있었다. 그러니까 집에서 보낸 것은 아니었다. 시아버지는 여행중인 것 같았다. 뮌헨? 무슨 일로 뮌헨까지 갔을까? 내가 알기로 뮌헨에 아는 사람은 하나도 없다. 출장인가? 잠깐, 나는 깜짝 놀랐다. 날짜! 오늘이 몇 일이지? 나는 전차의 창문 너머로 길가에 늘어선 집들을 내다보았다. 시계는 곳곳에 있었다. 교차로에도, 성당에도, 보석상에도. 시간은 어디서나 금방 알 수 있었다. 하지만 날짜는 알 수 없었다. 나는 옆자리의 여자에게 오늘이 몇 일인지 물어보았다. 여자는 21일이라고 말해주었다.

그러니까 바로 오늘이었다. 게다가 벌써 열시가 지나 있었다. 편지를 집에서 읽어보고 곧 베르톨트에게 보여주는 것이 나을 뻔했다. 문제는, 그가 시아버지를 만나겠다고 하겠는가 하는 것이었다. 편지를 받자마자 그에게 보여주었더라면 말하기가 훨씬 쉬웠을 것이다. 그랬다면 그는 흥분해서 오전 일을 모두 망쳐버렸겠지만…… 지금이라도 집으로 돌아가서 그에게 말하는 것이 낫지 않을까? 시아버지가 왜 우리를 찾아오는지 베르톨트는 물을 것이다. 어쩌면 이 일을 모두 나에게 맡겨버릴지도 모른다. 내가 시아버지를 만나지 말자고 하면, 그는 내가 자기를 위해 거절했다고 생각할 것이다. 또 내가 만나자고 하면, 그는 내가 집 소식을 듣게 되어 좋아하는 거라고, 집으로 돌아가고 싶어한다고 생각할 것이다.

결국, 나는 모든 걸 나 혼자 결정해야 했다. 그게 옳았다. 시아버지를 만날지 만나지 않을지 우선 결정을 하고, 그 다음엔 절대로 흔들려서는 안 되었다. 그게 내 결론이었다. 베르톨트에게 알리고 싶진 않았다. 이건 그의 일이 아니었다. 그를 골치 아프게 하고 싶지는 않았다. 이건 내 일이었다.

역 광장에서 내린 나는 푸른 신호등이 켜지기를 기다렸다. '궁전 호텔'에 메모를 남기고 올 생각이었다. 그런데 혹시 종업원들이 나를 알아보지는 않을까? 삼사 년 전쯤에 막스와 함께 그곳에 간 적이 있었다. 그곳 종업원들은 사람들을 잘 기억했다. 어쩌면 전부 기억하고 있을지도 모른다.

나는 광장 건너편 '바이에 모드하우스' 쇼윈도 앞에 서 있었다. 그 도시 최고의 옷 가게로 소문이 난 그곳은 멀리 다른 도시 사람들도 많이 찾아오는 대형 패션 전문점이었다. 나는 최신 디자인의 옷들을 들여다보았다. 베르톨트와 함께 와본 적이 있는 곳이었다. 이 도시에 온 지 얼마 안 되어서였다. 거기서 우린 그의 말대로 "상점 앞에 서서 멋진 옷들을 구경하면서 서로의 몸을 가볍게 몸을 밀착시키고" 있었다. 쇼윈도 안에는 화려한 이브닝 드레스가 한 벌 걸려 있었다. 내가 그 옷에서 눈길을 떼지 못하자 베르톨트가 나를 양장점 안으로 끌어당겼다.

"자, 저거 사지."

"아니에요, 굉장히 비쌀 거예요."

"괜찮아. 우리 돈 있잖아. 그 돈을 다 어디에 쓰겠어."

"옷은 사서 뭘 해요? 저런 옷은 입을 일도 없잖아요."

"가을에 입자구."

그때 우리의 일은 모두 가을에 맞추어져 있었다. 당시 그는 희곡을 쓰고 있었다. 그 옷을 사두었다가 개막 공연에 입고 가라는 얘기였다. 자기 이름이 호명될 때 나에게 허리를 숙여 인사를 보내겠다는 것이었다. 그러면 모두들 나를 쳐다보게 될 테고…… 그는 그런 상상을 하며 어린아이처럼 혼자서 좋아했다.

그 옷을 못 사게 말리는 일은 굉장히 힘이 들었다. 그는 언제나 그런 식이었다. 내가 슬퍼하고 있을 때면 꼭 무엇이든 사주려고 했다. 값비싸고 좋은 물건이면 무슨 문제라도 해결이 되는 줄 알고 있었던 것 같다. 그게 아니라면 돈을 가지고 있는 것이 불안했던가. 그는 가진 돈을 모두 털어 멋진 물건들을 사모았다. 그리고 그 다음날이면 그 물건에 흥미를 잃었다. 그는 오히려 돈이 없을 때 마음이 더 편안해 보였다. 그래서 나는 쇼윈도 앞을 지날 때면 일부러 아무 관심도 보이지 않았다. 아예 돈을 한푼도 남기지 않고 다 써버리기도 했다.

그는 돈을 모두 나에게 맡겼다. 아직 돈은 충분했지만 한 사람이라도 정신을 차려야 했다. 그는 더이상 돈에 대해 신경 쓰지 않아도 된다는 사실에 기뻐했다.

우리가 이곳에 온 첫날, 그 강아지만 해도 그랬다. 낳은 지 열흘도 안 되는 것 같은 아주 어린 요크셔테리어였는데, 순종은 아닌 것 같았다. 길에서 강아지가 나를 좀 따라오는 것 같자 베르톨트는 당장 그 강아지를 사려고 했다. 강아지를 데리고 나온 여자가 팔지 않겠다고 하자 베르톨트는 그 여자에게 사정을 하다가 결국 화를 내기까지 했다. 내가 아무리 그만두라고 해도 소용이 없었다. 구경꾼들이 몰려들 정도였다. 결국 베르톨트는 터무니없는 돈을 주고 강아지를 샀다. 나에겐 백 마르크밖에 안 줬다고 했지만 그건 거짓말이었다. 물론 우리는 강아지를 키울 만한 형편이 아니었다. 피어에크 부인은 강아지를 보자마자 얼굴을 찡그렸다. 세 든 다른 사람들 때문이었다. 아직 어린 강아지는 자꾸만 말썽을 피웠고, 나는 계속 강아지를 쫓아다니며 베르톨트를 방해하지 않도록 돌봐야 했다. 일 주일도 안 되어서 우리는 강아지를 다른 사람에게 줘버렸다. 강아지를 맡아줄 만한 사람을 찾는 데도 한참 애를 먹어야 했다. 결국 교외에 살고 있는 피어에크 부인의 친척을 찾았는데, 형편이 넉넉하지 못한 사람이라 일 년치 사육비까지 대주어야 했다. 그사이에도 정이 들었는지 강아지와 헤어질 때는 눈물까지 났다. 베르톨트 역시 마음이 편하지는 않은 것 같았다. 그는 강아지를 높이 안아올리면서 말했다. "우리 꼬맹이 잘 가." 갑자기 그는 아무리 멍청한 사람도 강아지 한 마리 정도는 키울 수 있을 거라며 타자기 앞에 돌아앉아서는 그날 한마디도 하지 않았다. 생각해보니 강아지가 있는 그 잠깐은 정말 행복했던 것 같다. 우리는 그때 이미 외로움을 느끼고 있었다. 그것은 누구에게도, 어디에도 기댈 수 없는 그런 외로움이었다.

베르톨트는 모르고 있었지만 나는 '바이에 모드하우스' 안을 들여다보며 몇 번이나 그 앞을 왔다갔다했다. 매니저에게 그곳 직원으로 일해보겠다고 말할 생각이었다. 나는 용모도 괜찮은 편이었고 나름대로 안목도 있다고 생각했다. 돈 때문은 아니었다. 돈은 필요 없었다. 어차피 돈을 많이 줄 것 같지도 않았다. 하지만 나는 무엇이든 해보고 싶었다. 아무것도 하지 않고 가만히 앉아 시간만 보내고 있을 수는 없었다. 그 시간을 좀더 쉽게 견디어내고 싶었다. 그러나 그 계획을 실천에 옮기지는 못했다. 거절당할까봐 두렵기도 했지만 무엇보다 베르톨트 때문이었다. 그는 지나치게 예민한 편이었다. 나 역시 모든 일을 가을로 미루고 있었다. 베르톨트의 영향 탓이었다. 그 이상은 참을 필요도 없었다. 더이상 생각할 것도 없었다. 강아지를 다른 사람에게 주었다는 것은, 가을엔 또 한 마리의 강아지를 갖게 된다는 뜻이기도 했다. 그때는 폭스바겐도 한 대 사기로 되어 있었다.

나는 광장을 한 바퀴 천천히 돌아 '궁전 호텔'까지 갔다. 호텔 정문 옆에는 미장원이 있었다. 미장원 쇼윈도 안쪽에 비싼 비누와 향수가 진열되어 있었다. 그 전 주에 미장원에 갔다 왔기 때문에 머리는 잘 손질되어 있었다. 나는 호텔 앞을 지나다니는 사람들과 자동차를 구경했다. 사람들은 모두 바쁘게 움직이고 있었다. 모두들 제 갈 곳을 알고 있고 각자 일거리가 있는 것 같았다. 택시나 자동차가 문 앞에 와 서면 기다리고 있던 벨 보이가 차 문을 열고 짐을 받았다. 손님들은 주머니에서 팁을 꺼내 그에게 주었다.

내가 들어갈 때도 그는 그렇게 굽실거렸다. 나는 예전과 하나도 달라진 게 없었다. 그러나 안내 데스크로 다가가 시아버지 일을 물어볼 용기는 없었다. 그렇게 하면 아마도 그들은 나를 무슨 대단한 사람이라도 되는 양 대접하려 들 것이다. 그리고 나는 그들이 나를 알아볼까 두렵다. 나는 혼란스러워져 말을 더듬을지도 모른다. 그러면 그들은 이상하게 여길 것이다.

140

나는 누군가를 기다리는 척하면서 호텔 앞을 왔다갔다했다. 웬일인지 무릎까지 떨려왔다. 아직 시아버지는 도착하지 않았을 것이다. 나는 생각을 가다듬었다. 차근차근 생각하자. 서두를 것 없어. 나는 다시 광장을 한 바퀴 돈 후 반호프 가를 끼고 오른쪽으로 돌아 카페 '브뤼트너'까지 갔다. 빨간색과 흰색의 줄무늬 차양 아래 테이블과 의자들이 밖에 늘어서 있었다. 아직 오전이라 사람이 많지 않았다. 나는 화이트 와인 한 잔을 시켰다.

오전에 카페에 가기는 처음이었다. 돈을 아끼기 위해 그 동안 날씨가 좋은 날엔 반호프 가 건너편에 있는 공원에서 시간을 보냈다. 커다란 분수와 벤치가 있는데다 그늘이 있어 덥지도 않았다. 비가 올 때면 박물관으로 갔다.

나는 와인 값을 치렀다. 자리에 앉은 지 오 분도 안 되었지만 종업원이 그렇게 해달라고 부탁을 했다. 계산도 하지 않고 복잡한 거리로 사라져버리는 손님들이 꽤 있는 모양이었다. 언젠가 베르톨트와 왔을 때는 종업원이 두 번씩이나 재촉하는 바람에 그가 몹시 화를 냈다. 가만히 두면 그가 욕이라도 할 것 같아 나는 서둘러 계산을 했다.

오후에 극장에 가지 않을 때 그와 함께 온 적도 몇 번 있었다. 그밖엔 기분전환거리가 별로 없었다. 그는 길가 쪽에 빈자리가 없을 때는 몹시 실망했다. 그렇다고 다른 사람들과 한 테이블에 앉고 싶지는 않았다. 우리는 대개 두세 시간을 카페에서 보냈다. 별로 얘깃거리가 없어도 상관없었다. 우린 아무 말 없이 지나가는 자동차와 사람들을 구경했다. 나무들 사이로 오페라 하우스 꼭대기의 갈색 조각상이 보였다. 집으로 돌아가려고 일어설 때면 마치 무슨 기분 나쁜 일이라고 있었던 것처럼 마음이 무거워졌다. 베르톨트 역시 마찬가지였다. 아무렇지 않은 척했지만 그럴 때면 우린 서로 말을 조심했다.

거리에선 가끔 베르톨트가 아는 사람을 만났다. 그 사람이 시야에서 사라지고 나면 그 사람이 누구인지 베르톨트는 말해주었다. 작가이기도, 화가이기도, 배우이기도 했다. 친한지 어떤지는 몰라도 베르톨트는 많은 사람을 알고 있었다. 그 사람들과 왜 이야기하지 않느냐고 물어보면 그는 기껏해야 잡담이나 나올 거라며 대수롭잖게 넘겼다.

그는 다른 사람들과 함께 있는 것을 좋아하지 않았다. 그건 나도 마찬가지였다. 하지만 유쾌하지 않아도 가끔은 어쩔 수 없을 때가 있는 법이다. 하지만 그는 가끔 몸을 숨기기까지 했다. 그는 몹시 낯을 가렸다. 이유가 있는 것 같기도 했지만 도무지 알 수가 없었다. 내가 물어봐도 그는 대충 얼버무렸기 때문에 나중엔 아예 물어보지도 않았다. 그는 곤란한 일들을 잘 피하곤 했다. 이 사람이 무언가 피하고 있구나, 느끼기도 전에 그는 화제를 돌려 다른 이야기를 하고 있었다.

어떤 때는 그가 벌써 나에게 싫증이 난 건 아닐까 하는 생각이 들었다. 나에게서 벗어나려고 일부러 말을 피하는 것 같은 생각이 들었던 것이다. 하지만 그는 무슨 조치든 내가 먼저 취해주기를, 내가 먼저 결정을 내리기를 기다리고 있었다. 그런 그가 나는 안쓰러웠다. 너무도 안쓰러워 그에게 아무 말도 할 수가 없었다. 그에게는 다른 아무도 없었다. 그리고 나는 이럴 때 다른 여자들은 어떻게 하는지 알지 못했다.

어렴풋이나마 나는 D시에서 이미 모든 것을 느끼고 있었다. 우리는 그때까지도 아직 서로가 낯설기만 했다. 베르톨트가 살던 D시에 가서 수표를 바꾸고 짐을 가져와야 했다. 우리는 짐을 모두 쌌다. 가져가지 않는 물건들은 아는 사람에게 맡겼다. 베르톨트는 짐이 많지 않았다. 양복과 내의 몇 벌, 여행용 타자기 한 대와 원고지가 든 가방 몇 개가 전부였다. 가구도, 다른 물건들도 없었다. 책도 별로 없었다. 작가들이 굉장히 많은 책을 가지고 있으리라 생각했던 나로서는 무척 놀랐지만, 베르톨트는 읽고 난 책들은 모두 다른 사람들에게 빌려준다고 했다. 집 안에 쌓아둘 이유가 없다는 것이었다. 언젠가 그는 그런 말도 했다. 재산은 사람을 슬프게 만든다고……

D시는 답답한 도시였다. 하지만 많은 예술가들이 그곳에 살고 있었고, 그들은 서로 잘 알고 지내는 것 같았다. 내가 참 좋을 것 같다고 했더니 베르톨트는 바로 그 점이 제일 싫다고 했다.

그 모든 것을 이해하기가 어려웠다.

우리는 이 주일 정도 D시에 머물렀다. 나로서는 정말 괴로운 시간이었다. 내가 왜 그곳에 있는지 도무지 이해할 수가 없었다. 지금 만약 집에 있었더라면…… 나는 이런저런 생각에 잠겼다. 그러나 D시에서는 회상에 빠질 여유도 없었다. 모든 것이 너무나도 낯설었다. 나는 이리저리 돌아다니면서 중얼거렸다. 이게 아닌데! 이런 건 아닐 텐데! 하지만 내일은 혹시…… 나는 매일같이 스스로를 다독였다. 내일까지만, 내일까지만 기다려보자…… 하지만 D시에서는 모든 게 지연되고 있었다.

D시에 있는 동안 나는 그의 친구 부부의 집에서 지냈다. 방이 너무나 비좁아 둘이서 함께 지내는 것은 불가능했다. 야전침대와 옷장, 그리고 책상 하나만으로도 방은 꽉 찼다. 하루 이틀이면 될 줄 알았던 것이 자꾸 늦어지자 나는 호텔로 옮길까 생각했다. 그에게도, 그의 친구에게도 짐이 되고 싶진 않았다. 하지만 그들이 마음 상해할까봐 그렇게 하지도 못했다. 나는 그들이 좋았다. 그들은 모든 일이 자연스러웠다. 나에게 침대를 내준 여자는 남편의 긴 의자에서 잤고, 그녀의 남편은 밤마다 접이식 간이침대에서 잤다. 그러면서도 그들은 오히려 내 걱정을 했다. 두 사람은 굉장히 젊었다. 남자는 방송 관련 일을 하고 있었고, 여자는 번역을 했다. 하지만 나는 D시에 살 때나 그 이후에나 늘 마음이 불편했다. 베르톨트가 오는 저녁이면 그들은 모두 만

족스러운 얼굴이었지만 나는 그들과 어울리기 위해 너무나 애를 써야 했다. 잠자리에 들어서도 나는 그들과 온전히 섞여들 수 없다는 생각에 쉽게 잠을 이룰 수가 없었다.

두 사람에게 베르톨트가 뭐라고 했는지는 알 수 없다. 어차피 그들에게 그런 건 아무 상관 없는 것 같았다. 그들은 다른 사람 일에는 별다른 호기심을 보이지 않았다. 나는 그들이 베르톨트를 어떻게 생각하는지 유심히 관찰했다. 여자와도 베르톨트에 대해 이야기하고 싶었지만 먼저 말을 꺼내기가 쉽지 않았다. 왠지 베르톨트를 속이는 듯한 기분이 들었다. 때때로 그가 사람들에게 퉁명스럽게 굴 때면 나는 사람들이 마음 상해할까봐 걱정했지만 그들은 오히려 나를 위로했다. "저 사람 가끔 그래요. 우린 다 이해하니까 신경 쓰지 말아요." 나를 자기 집에서 묵게 해준 그의 친구는 베르톨트를 몹시 걱정하고 있는 눈치였다. "왜 저러고 다니는지 몰라, 자기한테 해만 될 뿐인데." 막스의 회사에서 준 상에 대해 축하인사를 들을 때면 사태는 최악이었다. 베르톨트는 축하해준 사람에게 욕을 하면서 돌아섰다. 그의 친구들이 베르톨트를 위대한 작가라고 생각하는지 어떤지 알아보고 싶었지만 그럴 수는 없었다. 그것은 왠지 그를 배신하는 행동인 것 같았다.

그때 이미 나는 모든 희망을 버렸다. D시에서 지내는 몇 주일 동안 나는 베르톨트를 만나러 온 그의 친척인 것처럼 살았다.

말도 안 되는 일이었다. 내가 거의 아무것도 가지고 나오지 못했기 때문에 처음 며칠 우리는 내가 쓸 물건을 사러 다녔다. 이것저것 사는 것은 그런 대로 재미가 있었다. 베르톨트가 모든 것을 다 알아서 했기 때문에 나는 불필요한 것을 사지 않도록 주의만 주면 되었다. 지나가다가 구두가 마음에 든다고 무심코 말하면 그는 구두를 다섯 켤레씩이나 샀다. 자기는 필요한 게 하나도 없다고 하면서 나더러는 원하는 걸 모두 사라고 했다. 그에게 무엇이든 사주고 싶었지만 뭘 사주어야 할지 알 수가 없었다. 그에게 선물을 했을 때 그가 지을 표정을 생각하면 겁부터 났다. 그를 기쁘게 하기란 정말 어려운 일이었다. 도대체 왜 그는 나를 D시까지 데려온 걸까? 연민 때문에? 아니면 내가 그렇게 하자고 재촉했기 때문에? 왜 그는 정말 필요한 얘기는 하지 않는 걸까?

그러면서도 우리는 어딘가 함께 떠난다는 사실을 당연하게 생각했다. 때때로 그의 방에 함께 있을 때면…… 그런 때도 우리는 남들이 생각하는 것과는 달랐다. 대개 그는 일을 하고 있었다. 작품을 쓰지 않더라도 편지를 쓰는 등 그는 항상 일거리가 있었다. 일을 끝내고 나면 그는 언제나 이제 뭘 했으면 좋겠냐고 물었다. 그러면 우리는 지도를 펴놓고 어디로 갈지를 의논했다. 그때마다 나는 입 안에서 뱅뱅 도는 말이 있었다. "혼자 가는 게 낫지 않아요?" 도대체 무엇 때문에 그가 날 필요로 한단 말인가! 우리는 너무나 서두르고 있었다. 그리고 그건 대부분 내 탓이었다. 그의 잘못은 없었다. 언제나 죄를 짓는 쪽은 여자이다. 그만큼 여자들은 신중해야 한다. 하지만 나는 전혀 그러지 못했다. 아무 생각 없이 일을 저지르고 말았다. 우리가 연인이었다면 그것은 하루 낮, 아니 하룻밤뿐이었을 것이다. 그러나 그가 지도 위로 몸을 숙이고 손가락으로 이곳저곳을 가리킬 때, 그에게 그런 이야기를 할 수는 없었다.

그는 실제보다 훨씬 더 안정되어 보였다. 그는 퍽 안정된 성격에, 모든 일을 수월하게 처리하는 사람 같아 보였고, 나는 그런 그에게 속았다. 나중에 그에게 왜 그러는지 물어본 적이 있었다. 그는 나를 놀리듯 대답했다. "앞으로 품위 있는 여자에게 잠깐 스친 소녀 대하듯 해선 안 되겠군." 그건 일종의 회피였다. 그는 언제나 그런 식이었다. 잘 설명할 순 없지만 왠지 나한테 뭔가를 숨기고 있는 사람 같았다. 아침에 눈을 뜨면 나는 침대 모서리에 앉아 그런 생각들을 했다.

한참 후에서야 나는 알았다. 그가 얼마나 소심하고 부끄러워했는지를. 그때 나는 알지 못했다. 남자들은 모두 충동적이고 저돌적이며 막무가내인 줄로만 알았다. 나는 그와 같은 남자들이 있는 줄은 알지 못했다. 그는 내가 아는 어떤 남자들보다도 섬세하고 부드러웠다. 지금에서야 나는 그것을 깨달았다. 내가 얼마나 그를 사랑하고 있었는지를, 그가 나를 얼마나 사랑하고 있었는지를…… 나는 그를 무척 안고 싶었다. 항상 그를 안고 싶었지만 정작 그렇게 하지 못했다. 그는 언제나 나를 피했다. 그런 순간이 오면 그는 갑자기 뭔가를 찾는 척하거나 엉뚱한 얘기를 하기 시작했다. 그런 재주가 놀라울 정도였다. 그가 그렇게 나오면 나 역시 아무것도 할 수가 없었다. 팔이 마비된 듯 더이상 움직일 수가 없었다. 그를 다치게 하고 싶은 마음은 없었지만 그건 사실이었다. 그는 나와의 접촉을 두려워하고 있었다. 그러나 그 모든 것을 나는 그때는 알지 못했다.

그의 친구들은 모두들 우리가 진짜 연인인 줄 알고 있었다. 우리가 포옹 한 번 않고 악수만 하는 것을 본 그들은 남들 앞이라 우리가 수줍어서 그러는 줄 아는 것 같았다. 그들은 그런 우리를 보고 다 안다는 듯 음흉하게 미소짓곤 했다. 그 얼마 동안 나는 너무나 끔찍했다.

베로톨트와 나는 단 한 번도 제대로 포옹해본 적이 없었다. 아무도 믿지 않겠지만 키스는 물론이고 잠자리 역시 마찬가지였다. 집을 떠난 그날 밤, D시로 향하는 그 기차 안에서 그는 나를 가만히 안아주었다. 긴장했던 탓인지 나는 금방 잠이 들었다. D시에 도착하기 직전 그는 식당칸에서 커피를 한 잔 갖다주었다. 그때까지만 해도 그는 너무도 다정했다. 그러나 D시에 도착하면서부터 모든 게 달라졌다.

우리가 D시에 도착했을 때는 새벽이었다. 베르톨트는 나와 함께 죽고 싶다고 말하던 그 사람이 아니었다. 그에게 그 말을 다시 한번 상기시키고 싶을 정도였다. 그는 전혀 다른 사람이었다. 그러나 그런 생각도 그때뿐이었다. 그건 너무도 위험한 생각이었다. D시에서 나는 어딘가 한 군데가 마비된 사람 같았다. 마치 꿈을 꾸는 것 같았다. 이건 꿈이니까 깨어나기만 하면 괴롭고 불안한 것도 모두 끝날 거라고 생각하면서도 도저히 깨어날 수 없는 그런 꿈 같았다. 우는 것보다 훨씬 나쁜 꿈이었다.

어쩌면 모든 것이 내 얘기와는 많이 다른지도 모르겠다. D시에서의 이 주일은 더이상 기억하고 싶지 않다. 너무도 행복했던 한순간 때문에 그 이 주는 더욱 괴로웠다. 어쩌면 이 모든 게 내 오해인지도 모른다. 베르톨트에게는 부당한 일이다. 정말이지 그에게는 부당한 일이 아닐 수 없다. 말로는 다 표현할 수 없는 일들이 많다. 그리고 바로 그런 것들이야말로 진실이다.

그런데 지금 난 누구에게 이런 얘기를 하고 있는 걸까? 시아버지에게? 하지만 그는 아직 '궁전 호텔'에 도착하지 않았다. 나는 지금 혼자 카페 '브뤼트너'에 앉아 있었다. 내가 앉아 있는 테이블 앞으로 사람들이 지나갔다. 서둘러 뛰어가는 사람도, 느긋하게 산책을 즐기는 사람도 있었다. 뭔가를 이야기하며 웃는 사람들도 있었다. 자동차와 전차가 계속해서 지나갔고, 작고 앙증맞은 앞치마를 두른 여종업원이 저쪽 카페 입구에 기대서서 테이블을 감시하고 있었다. 그리고 나는 혼자 앉아 있었다. 시아버지가 마주 앉아 있는 듯한 착각이 들었다. 혹시 내가 큰 소리로 이야기한 건 아닐까? 그렇지는 않았을 거야. 옆 테이블에 앉은 누구도 나에게 관심을 기울이지 않았다. 지난 몇 달 동안, 아니 몇 년 동안 아무하고도 이야기를 하지 않았다. 나는 누군가에게 내 인생에 대해 얘기하고 싶었다. 나를 변호할 생각은 없었다. 그냥 얘기하고 싶었다. 그러나 아무도 없었다. 집을 떠났지만 달라진 건 아무것도 없었다. 정작 시아버지가 내 앞에 있다 해도 나는 그에게 아무 말도 하지 못할 것이다. 그러기엔 우린 서로 너무나 몰랐다. 그리고 그는 나를 이해하지 못할 것이다. 그는 내가 귄터와 막스를 두고 집을 나온 것에·대해 사과하는 줄로만 생각할 것이다.

그는 우리가 행복했다는 것을 믿지 않을지도 모른다. 그냥 하는 얘기려니, 생각할 것이다. 내 앞에선 믿는 척한다 하더라도 속으로 생각할 것이다. 저토록 불행하면서 왜 저렇게 끊임없이 행복에 대해 이야기할까. 그렇다. 그건 어리석은 일이다. 그건 나 역시 인정한다. 행복이 무엇인지 아는 사람은 아무도 없다. 그러나 불행이 무엇인지는 모두들 알고 있다.

무슨 일이든 그 뒤에는 빈자리가 있게 마련이다. 낮에는 그것도 모른 척 슬쩍 지나쳐버릴 수 있지만 어스름이 내리고 라디오에서 흘러나오는 옛노래를 듣고 있다보면 두려움은 점점 커지고,

쉽게 잠을 이룰 수도 없게 된다. 도대체 이 빈자리는 무엇일까?

사람들은 흔히들 그렇게 이야기한다. 행복은 붙잡아둘 수가 없다고…… 그래서 그들은 행복보다 의무에 대해 더 많이 이야기한다. 하지만 나는 그 사람들의 말을 믿지 않는다. 그들이 그렇게 말하는 것은 그들이 행복하지 않기 때문이다.

베르톨트는 행복했다. 나는 알고 있다. 그는 행복했다. 만약 그렇지 않았다면 나 역시 행복하지 않았을 것이다. 하지만 행복은 너무 늦게, 모든 것이 절망으로 치달은 후에야 우리를 찾아왔다. 행복은 그렇게 살그머니 우리에게 다가왔다.

베르톨트는 순식간에 본래의 자기 모습으로 되돌아왔고, 내 모든 괴로움 역시 일시에 사라져버렸다. 나는 처음부터, 그를 만난 그 최초의 순간부터 나는 그가 어떤 사람인지 알아보았기 때문이다. 내가 괴로웠던 건 그런 그의 본모습을 잠시 잊고 있었던 까닭이다.

아니, 그 이야기는 이제 그만두어야겠다.

어느 날 우리는 D시를 떠났다. 내가 신세를 졌던 그 젊은 부부가 우리를 역까지 데려다주었다. 그리고 기차는 떠났다. 좀 덥긴 했지만 좋은 날씨였다. 5월 중순이었다. 라인 강을 건너고 보니 과일나무엔 벌써 꽃이 한창이었다. 내 모피코트를 가리키며 베르톨트가 웃었다. 전혀 다른 세상 같았다. 그가 코트를 벗는 나를 도와주었다. 우리는 서로를 애무했다. 차 안에는 우리

둘뿐이었다. 순간 갑자기 그의 진짜 얼굴이 나타났다. 그렇게 다시 시작이었다. 우리는 멀리 가지 못했다. 두세 시간쯤? 우리는 올름하임에서 내렸다. 피곤하지는 않았다. 우리는 계속 서로를 쳐다보고 있었다.

올름하임은 작은 휴양 도시였다. 역 앞에서 우리는 작고 노란 우편버스를 탔다. 질척한 평야를 지나고 좁은 계곡을 지났다. 승객은 우리뿐이었다. 시내에 가까워질수록 버스는 즐거운 화음으로 경적을 올렸다. 국경인 루드비히스호프가 버스의 종점이었다.

"더 갈 수는 없겠군. 아주 좋은걸."

만족한 듯 베르톨트가 말했다.

둘 다 여권을 갖고 있지 않았다. 나는 서두르느라 집에서 챙겨오지 못했고, 베르톨트에겐 아예 여권이 없었다. 그는 여행을 좋아하지 않았다. 가끔씩 이 도시에서 저 도시로 옮겨다니는 게 전부였다. 여권이 있었다면 우리는 아마 더 멀리 갔을 것이다. 국경 너머의 삶은 얼마나 다를지 알고 싶었다. 사실 그런 생각도 훨씬 이후에 든 생각이었다. 루드비히스호프는 도시가 아니라 산 속에 있는 작은 국경 마을에 불과했다. 서너 채 있는 집에는 국경감시원과 산림감시원들이 살고 있었고, 어떤 집은 전쟁때 불에 탄 채 복구되지 않고 있었다. 그 집들말고는 목재소가 하나 있었는데, 톱질하는 소리가 끊이질 않았다. 벌목한 나무를 자동차에서 굴러떨어뜨릴 때면 요란한 소리가 났다. 우리는 건널목에서 이백 미터쯤 떨어진 여인숙에서 지냈다. 창문 너머로 건널목이 내다보이는 방이었다.

나는 모든 것을 가능한 한 자세하게 묘사하고 싶다. 그곳에서 우리는 행복했다. 왜 우리가 행복했는지 설명하고 싶다. 우리가 잠자리를 같이했기 때문에 행복했다고 생각하지 않도록 말이다. 아니, 그렇지는 않다. 말로는 설명할 수가 없다. 우리가 서로를 안지 않으면 안 되었을 때, 나는 거의 참을 수 없을 정도로 슬펐다. 나는 비겁해지고 싶지 않았고, 그래서 마음이 불편했다. 그를 안고 있는 동안 그의 얼굴이 사라져버리지나 않을까 두려웠다. 아마 아무도 믿지 않을 것이다. 모두 내 상상이라고 비웃을지도 모른다. 사람들이 그렇게 말하면 나 역시 그런 일이 없었던 것 같은 기분이 들기도 한다. 하지만 잊혀지지 않고 머릿속에 남아 있는 그 기억은 다른 어떤 것보다도 더 나를 변화시켰다.

때때로 나는 어쩌면 그의 아내가 그를 떠났을지도 모른다는 생각을 했다. 어떤 여자도 그의 시선을 견뎌낼 수는 없을 것 같았다. 물론 그 여자는 전혀 눈치채지 못했을 수도 있고, 베르톨트는 나를 쳐다보는 그 눈으로 아내를 쳐다보지 않았을지도 모른다. 그런 것은 알 수 없다. 베르톨트와 얘기해본 적도 없다. 궁금했지만 그에게 물어볼 수는 없었다.

밤이면 너무나 적막했다. 목재소 근처 방파제에서 물 흐르는 소리가 들렸고, 숲속에서는 탄식하는 듯한 수리부엉이의 울음소리도 들려왔다. 멀리 펼쳐진 분지에도, 그리고 길가에 늘어선 사과나무에도 달빛밖에 내려앉지 않았다. 국경 너머의 산 언덕도 달빛을 받아 희미하게 빛났다. 때때로 우리는 창가에 서서 추워질 때까지 밖을 내다보았다.

낮에도 마을은 한산했다. 방에 있으면 꼽추 처녀가 부엌에서 투덜대는 소리도, 주인이 웅얼대는 소리도 모두 들렸다. 그 소리들을 가만히 듣고 있으면 갑자기 피로가 몰려오고 노곤해졌다. 여인숙에서 국경까지 이어지는 길은 왕래가 거의 없었다. 평소엔 차가 서너 대, 일요일에는 그보다 조금 더 많은 정도였다. 밖에서 무슨 소리가 나도 방에까지 다 들렸다. 길에 새로 깔린 자갈 때문에 발소리가 크게 났다. 자갈 밟는 소리가 들리면 우리는 누구를 기다리고 있기라도 한 듯 창가로 달려갔다. 그 방 안에서 우리가 달리 할 수 있는 일은 없었다. 발소리의 주인은 대부분이 근무가 끝나고 집으로 돌아가는 국경감시원과 그의 개였다. 우리가 부르면 그 개는 우리를 한 번 쳐다보고는 다시 주인을 쳐다보았다. 우리는 국경감시원과 그 개의 발소리를 금방 알아낼 수 있게 되었다. 저녁이면 우리는 역으로 가서 사람들과 이야기를 나누었다. 언덕 너머에는 큰 길이 있어 바빴지만 이곳은 한적한 곳이라 세관 일도 거의 없었다. 밀수꾼도 들지 않아 재미라곤 없는 곳이었다. 국경감시원들은 국경을 넘어 저쪽 외인부대에 들어가려는 젊은이들을 찾아내기 위해 늘 숲과 산을 순찰했다. 베르톨트는 시냇물 하나만 건너면 되니 어려울 것도 없다고 했지만 감시원들의 말은 달랐다. 대부분의 젊은이들이 어떤 시냇물을 건너야 하는지 잘 모른다는 것이었다.

모두들 베르톨트를 좋아했다. 그는 D시에 있을 때와는 전혀 달랐다. 그는 굉장히 어려 보였다. 마을의 개들도 그를 따랐고, 언덕의 흰 양도 그가 쓰다듬어주는 것을 좋아했다. 이 주 내내 날씨도 좋았다. 따스한 봄 날씨가 서쪽 국경을 지나 우리가 있는 계곡으로 넘어오는 것 같았다. 과일나무에는 눈처럼 하얀 꽃이 한창이었다. 어떤 날은 제비가 찾아오기도 했다. 제비들은 우리 방 창문 앞에 날아와 앉곤 했다. 식사를 끝내고 잠시 침대에 누워 있으면 제비들이 지저귀는 소리가 들렸다. 오후가 되면 작고 노란 우편버스가 왔다. 산모퉁이 저 멀리에서부터 자동차 소리가 들렸다. 우리가 어디에 있는지 아는 사람은 아무도 없었다. 물론 우리에게 편지를 보낼 사람도 없었다. 하지만 우리는 매일같이 그 차를 기다렸다. 우편버스를 기다리는 것이 즐거웠다.

베르톨트는 여러 사람들과 이야기를 나누었다. 여인숙의 주인 부부, 임신중인 창백한 하녀와도 얘기했다. 그는 사람들을 피하지 않았으며 사람을 대하는 데 서투르지도 않았다. 그는 여인숙에 묵고 있는 뚱뚱한 부부와도 친하게 지냈다. 그들에겐 작은 자동차가 한 대 있었는데 그들은 자주 소풍을 갔다. 국경을 넘을 때도 있었다. 베르톨트는 그들을 좋아하는 것 같지는 않았다. 그들은 우리와는 전혀 다른 사람들이었다. 하지만 베르톨트는 그들이 하는 모든 얘기에 관심을 갖고 귀 기울였다. 그는 완전히 변한 것 같았다. 그곳에 도착한 첫날 밤 나는 그가 참 젊다고 생각했다. 나이 얘기가 아니었다. 그는 나보다 일곱 살이나 많았다. 그의 성격이었다, 젊은 건…… 그는 정말 굉장히 젊은 사람이었다.

그의 행동, 그의 손, 그의 모든 것에서 느낄 수 있었다. 그는 너무나도 순진하고 어린 소년 같았다. 믿을 수 없었다. 나는 혼란스러웠다. 내가 그보다 훨씬 나이가 많은 사람처럼 느껴졌다. 모든 것이 내가 상상했던 것과는 너무나 달랐다. 여권이 없다는 것은 전혀 문제가 안 되었다. 날씨가 좋은 한 우리는 그곳에 머물 작정이었다. 산 너머 저쪽에 아름답고 오래된 도시가 있다고들 했지만 그 도시를 보고 싶진 않았다. 때때로 성지순례자들이 타고 있는 하늘색 버스와, 멀리 교회 안으로 들어가는 순례자들의 뒷모습이 보이기도 했다. 그곳엔 병을 치료하는 샘이 있다고들 했다. 하지만 우리는 그곳을 찾지 않았다. 가끔씩 수염이 검은 맨발의 고행자들이 이쪽으로 오기도 했다. 우리가 인사를 하면 그들도 독일어로 인사를 했다. 산 아래 채석장은 창 밖으로 내다보면 마치 칼에 벤 상처처럼 보였다. 어느 날 아침 일찍 채

석장에서 폭발작업이 있었다. 나는 깜짝 놀라 잠에서 깨어났다. 베르톨트가 총소리는 아니니 놀라지 말라며 나를 진정시켜주었다. 채석장 위의 아침 하늘 위로 붉은 흙가루가 날리고 있었다.

카페 앞 길가에서 자동차가 요란한 소리를 내면서 급정거를 했다. 순간 뭔가 충돌하는 것 같았다. 사람들이 그쪽으로 달려갔고, 나도 깜짝 놀라 자리에서 일어섰다. 큰 사고는 아니었다. 자동차의 앞부분이 조금 부서졌을 뿐이었다. 나는 종업원을 잠깐 돌아보고는 시계를 보았다. 별로 오래 앉아 있었던 건 아니었다. 겨우 화이트 와인 한 잔만 시켜놓고 오래 앉아 있는다고 뭐라고 할 사람도 없었다. 시간은 넉넉했다. 나는 모든 걸 충분히 생각해야 했다. 금방 결정을 내릴 필요는 없다.

어쩌면 나는 쓸데없는 걱정을 하고 있었던 건지도 모른다. 우리는 행복했지만 그 행복이 영원하지 못하리라는 사실은 자명한 일이었다. 내가 그렇게 이야기하면 누구나 웃을 것이다. 시아버지 역시 마찬가지다. 늘 그랬지만 베르톨트는 자기 일만 하면 되었다. 문제는 나였다. 나는 너무나도 지루했다. 시아버지에게도 그런 얘기는 할 수가 없다. 별달리 말은 안 해도 그는 아마 그렇게 생각할 것이다. 처음 만난 남자가 내뱉은 미친 소리 한마디에 남편과 자식까지 버리고 나간 여자가 도대체 무슨 소리냐! 벌받아 마땅해! 하지만 베르톨트가 나에게 한 그 말은 아무도 모른다. 그것은 시아버지도 마찬가지다. 어쩌면 그는 그 말을 이해하지도 못할 것이다. 그 말은 마치 누군가 꿈속에 나타나 속삭이는 그런 소리와도 같다. 다른 사람들은 알아들을 수 없지만 꿈을 꾸는 사람은 그 말을 금방 알아듣는 것이다. 그리고 그 말은 그 사람의 마음속 깊이 남는다. 잠자리에서 일어나 아침을 먹으러 가면서, 그는 밤사이에 자기가 전혀 다른 사람이 되었다는 것을 남들이 눈치챌까봐 걱정한다. 베르톨트는 내게 한 번도 사랑한다고 말한 적이 없다. 나 역시 그런 말을 나오지 않도록 신경을 썼다. 그는 그런 것을 좋아하지 않는 것 같았다. 그랬다. 그런 말은 필요하지 않았다.

우리가 서로 얼마나 사랑하고 있는지 우리는 잘 알고 있었다. 국경 근처의 여인숙에 함께 들었던 뚱뚱한 부부의 자동차를 타고 산에 간 적이 있었다. 나는 구두 때문에 잘 걸을 수가 없었다. 조금만 걸어도 밑창이 얇은 구두 바닥에 와 닿는 자갈 때문에 발이 아팠다. 숲 속의 길은 가파르고 질퍽해서 자꾸 미끄러졌다. 구불구불한 길 아래는 깊은 골짜기였다. 산 위는 몹시 추웠다. 풀밭과 덤불뿐인 그 위에서 내려다보는 풍경은 끝없이 이어져 있었다. 우리가 서 있는 뒤쪽 동편으로 보이는 벌판은 지평선조차 보이지 않았다. 온통 안개만이 자욱했다. 서쪽 국경선 너머 굽이굽이 이어진 산맥 사이로는 석양이 기울고 있는 검푸른 계곡과 하얀 마을과 낡은 성, 푸른 산들이 보였다. 베르톨트가 내

팔꿈치를 잡아당겼다.

하지만 그는 아무 말도 하지 못했다. 순간 나는 알았다. 그가 얼마나 행복해하고 있는지······

잊을 수가 없다. 베르톨트 역시 잊고 싶지 않을 것이다. 잠시 스쳐간 순간일 뿐이지만 그것은 전 생애 그 이상의 순간이다. 베르톨트 역시 그때를 그리워하고 있을 것이다. 틀림없다. 지금 바쁜 일만 끝나면 또 그렇게 행복해질 수 있을지도 모른다.

그러나 나는 불안했다. 처음엔 더욱 그랬다. 그 얘기를 이미 했던가? 제대로 설명할 수가 없다. 하지만 이야기해야 한다. 그러나 아직까지 적당한 말을 찾을 수가 없다. 그것은 막스나 아르님에게서는 찾아볼 수 없었던 것이었다. 베르톨트가 나를 바라볼 때의 그 표정이 무엇을 뜻하는지 나는 알 수가 없었다.

그는 내게 아무것도 원하지 않았다. 나는 점점 그런 생각이 들기 시작했다. 내 얼굴이, 내 몸이 마음에 들지 않는 건 아닐까? 어쩌면 나는 너무 어리석은지도 몰랐다. 난 묻고 싶었다. 도대체 왜 그러느냐고······ 그걸 눈치챈 그의 얼굴에는 미소가 스쳐지나갔다. 아니, 그것은 미소가 아니었다. 그것은 깜짝 놀라는 어린아이의 표정과도 같았다. 왜 그런지 알 수 없었지만 그런 그의 표정은 다시 내 마음을 사로잡곤 했다. 하지만 그 미소는 너무나 빨리 금방 사라져버리기 때문에 파악할 수가 없었다. 나는 견딜 수가 없었다.

하지만 시간이 지나면서 나는 그의 그 미소와 놀라는 듯한 표정말고는 다른 어떤 것도 원치 않았다. 그거면 충분했다. 아무리 쳐다봐도 싫증이 나지 않았다. 그 미소와 어린아이 같은 그 표정을 빨아들이고 싶었다. 나도 그와 같아지고 싶었다. 그리고 실제로 그런 일이 일어났다. 아무 이유도 없이, 그가 웃으면 나도 웃었다. 마치 거울과도 같았다. 아니, 거울은 아니었다. 우리 사이엔 유리도, 거울도, 아무것도 없었다. 웃고 있는 것은 하나의 얼굴이었다. 모든 게 낯설고 불편했지만 한 가지, 그가 날 사랑하고 있다는 것만은 분명했다. 언젠가 그는 말했다. 지금 생각해보니 그것은 사랑한다는 말, 그 이상이었다. 우리는 그의 작품에 대해서 이야기하고 있었다. 그때 그가 말했다.

"좀더 일찍 시작했어야 했는데……"

"왜요?"

내가 물었다.

"나한테 또 뭐가 남아 있겠어?"

그는 자기 작품에 대해 이야기하는 것을 좋아하지 않았다. 나는 곧바로 그에게 물어보았던 것을 후회했다. 그런 질문이 그를 슬프게 한다는 것을 나는 알고 있었다. 그는 잠시 나를 쳐다보더니 말했다.

"좀더 일찍 당신을 만났더라면 난 그런 일은 하지 않았을 거야."

사람들은 말할 것이다. 그런 말쯤은 사랑하는 사람들이라면 누구나 한 번쯤 하는 말이라고, 그러니 심각하게 받아들일 필요가 없다고…… 하지만 그건 오래 사귄 사람들 사이에 갑작스런 장애물이 나타났을 때나 해당되는 말이었다. 우리에겐 아니었다. 베르톨트의 말에 나는 갑자기 부끄러워졌다. 그에게 뭔가 보상해주어야겠다는 생각이 들었다. 내가 저 사람을 버리면 저 사람은 어떻게 될까? 그건 상상도 할 수 없는 일이었다. 어쩌면 누구도 그의 얼굴을 다시 볼 수 없게 될지도 모른다. 폐허 위를 비추는 달처럼 그 무엇도 그를 붙잡아둘 수 없을 것이다. 그리고 나는 멀리 떠난 채 죄책감을 느낄 것이다.

그 동안 나는 수차례 생각해보았다. 지금 이 순간, 이 조잡하고 시끄러운 카페 '브뤼트너'에 앉아 멍하니 거리를 둘러보는 지금 이 순간도 마찬가지다. 그러나 아무도 내가 무슨 생각을 하고 있는지는 모른다. 사람들은 웃을지도 모른다. 그따위 생각을 하다니…… 그들이 안다면 아마 그들은 경멸하듯 말할 것이다. "뭐? 그 빈정대는 표정으로 잘난 체하는 그 남자 말이야?" 그들에게 내 마음을 보여줄 수 없는 것이 안타까울 뿐이다. 하지만……

어렸을 때 그가 어땠는지 알고 싶었다. 그는 한 번도 옛날 이야기를 한 적이 없었다. 어렸을 적 사진 한 장 가지고 있지 않았다. 모든 것이 녹아 없어져버렸거나 두꺼운 베일에 가려져 있는 것 같았다. 그에게 물어보면 그는 심드렁하게 대답했다. "다른 애들이랑 똑같았지 뭐. 왜 그런 게 궁금하지?" 하지만 그는 어린 시절에 대해 생각조차 하기 싫은 것 같았다. 그것은 위험한 일 같았다. 어린 시절 이야기를 끌어내 그를 도와주고 싶었지만 그렇게 하지 못했다.

그의 어머니는 다른 도시에 살고 있었다. 베르톨트는 어머니를 만나지 않은 지 상당히 오래된 듯했다. 생일과 크리스마스에 엽서를 보내는 것이 전부였다. 그녀는 가끔씩 베르톨트에게 편지를 썼다. D시에 있을 때 그의 어머니에게서 편지가 왔다. 베르톨트는 편지를 읽더니 그 자리에서 쓰레기통에 던져버렸다.

"뭐라고 쓰셨어요?"

내가 묻자 그는 별 얘기 아니라며 덧붙였다.

"신문에서 내가 상 받은 것을 봤다. 축하 편지야."

"당신을 무척 자랑스럽게 여기시겠어요."

"상관없어. 그건 어머니 일이니까. 돈은 많은데 할 일이 없는 여자야. 난 어머니에게 아무것도 바라지 않아. 그저 날 가만히 내버려두기만 하면 돼. 나도 어머닐 방해하지 않을 테니까."

나도 어머니와 사이가 좋은 편은 아니었지만 그가 그런 식으로 얘기하는 걸 들으니 마음이 아팠다. 왜 저렇게 무정할까, 왜 어머니를 용서하지 못하는 걸까…… 그에겐 형제들도 있었다. 남동생은 전쟁이 일어나고 얼마 되지 않아 전사했고 여동생은 결혼해서 다른 도시에 살고 있었다. 그는 여동생에 대해서도 관심이 없었다. 우연히 얘기가 나와도 그는 모든 기억을 지워버리고 말을 돌렸다. 언제나 그런 식이었다. 그러고 나면 그대로 앉아 있는 것조차 불편해했다. 그는 잠시도 가만히 있지 않았다.

한 가지 생각이 떠올랐을 때 나는 너무나 기뻤다. 베르톨트는 시아버지를 좋아했다. 가끔 시아버지에 대해 이것저것 물었고 나는 아는 대로 대답해주었다. 그는 시아버지를 걱정하고 있었다. 이상한 일이었다. 두 사람은 아는 사이도 아니었고, 시아버지가 생각이 깊은 사업가이긴 해도 두 사람은 전혀 달랐다. 물론 두 사람이 만난다고 해서 나쁠 건 없었다. 베르톨트에게 어떤 전환점이 될 수도 있다. 그때까지 우리는 누구하고도 별다른 교제 없이 지내고 있었다. 시아버지를 만나는 것이 분명 그에게 도움이 될 것이다. 잠깐이면 된다. 어차피 시아버지는 내일 떠날 테니. 두세 시간이면 충분할 것이다. 나는 두 사람이 실컷 이야기하도록 내버려두고 듣기만 할 생각이었다. 호텔에 쪽지를 남겨놓지 않은 건 잘한 일이었다. 시아버지의 제의를 거절했더라면 베르톨트는 화를 낼지도 모른다. "어른을 어떻게 그냥 보낼 수가 있어?" 처음에 시아버지를 만나지 않으려고 생각했던 것도 베르톨트 때문이었다. 내가 아직도 집에 연락을 하고 있다고 생각할까봐 걱정이 되어서였다.

나는 그에게 윌첸 시절에 대해, 그리고 어린 시절에 대해 얘기해주었다. 하지만 결혼생활에 대해서는 이야기하지 않았다. 그에게 자장가를 불러줄 때도(그는 그 노래를 받아적었다) 그 노래가 매일 밤 귄터에게 불러주던 노래라고는 얘기하지 않았다. 하지만 그는 이미 눈치채고 있었는지도 모른다. 그는 그 노래를 좋아했다. 저지 독일어를 할 줄 몰랐기 때문에 그의 노래는 굉장히 우습게 들렸다. 그 노래를 부르며 우리는 많이 웃었다.

하지만 시아버지와의 만남이 실패로 돌아간다면 어떡하지? 두 사람이 만나서 무슨 얘기를 한단 말인가? 더구나 베르톨트는 요즘 기분이 좋지 않다. 작품이 잘 안 써지는 것 같았다. 하지만 나는 아는 척하지 않았다. 신경 쓰이게 하고 싶지 않았다. 나는 언제나 모르는 척, 만족한 척했다. 쉬운 일은 아니었다. 그러기 위해선 늘 긴장하고 있어야 했다. 하지만 예민한 그는 내 목소리가 조금만 흔들려도 금방 불안해했다. 내가 얼마나 긴장하고 있는지, 우리가 얼마나 부자연스럽게 살아가고 있는지, 시아버지는 금방 눈치챌지도 모른다. 시아버지에게 이 모든 걸 다 어떻게 설명해야 하나?

그를 만나기 전 나는 한 번도 예술가라는 사람들과는 가깝게 지내본 적이 없었다. 그들이 얼마나 냉정한지, 얼마나 유별난 사람들인지 난 알지 못했다. 그들은 비인간적일 정도로 냉정했다. 그건 어쩌면 창작을 하기 위해선 어쩔 수 없는지도 모른다.

베르톨트가 자신의 일을 증오하듯이 그들 모두 일을 증오하고, 또 그 일 때문에 고통받고 있을 것이다. 하지만 나는 어떻게 하지? 베르톨트는 항상 자기는 진짜 작가가 아니라고 했다. 누가 자신을 작가라고 부르면 금세 얼굴이 일그러졌다. 언젠가 그는 자신이 진짜 작가라고 생각하는 사람들의 이름을 몇 꼽으며 자신은 그들과는 다르다고 했다. 자기가 글을 쓰게 된 것은 순전히 우연이었으며, 권태로움 때문에 절망에 빠지지 않기 위해서라는 것이었다. "그저 어쩌다보니 이렇게 된 거야. 어떠한 노력도 없이……" 하지만 그렇다고 그만둘 생각도 아닌 것 같았다. 그는 자신을 그냥 그렇게 방치하고 있었다. 그가 이름을 꼽았던 그 작가들도 어쩌면 그와 같은 이야기를 했는지도 모른다. 하지만 그에게 물어보지는 않았다. 나는 그저 괴로워하고 있는 그에게 아무 도움도 되어줄 수 없는 자신을 탓하고만 있었다.

그는 때때로 자신이 저지른 범죄를 숨기고 있는 사람과도 같았다. 혹시라도 누구에게 발각될까, 그는 두려워하고 있었다. 물론 그는 아무 범죄도 저지르지 않았고, 나 역시 그걸 알고 있었다. 그는 그럴 만한 사람도 못 되었다. 그러나 그는 늘 악몽에 시달리고 있었다. 잘못을 저지르고 아무리 도망가려 해도 도무지 발이 떨어지지 않는 그런 악몽에 시달리고 있었다. 나 역시 그를 도와줄 수 없었다. 나는 그저 자리에 선 채 그에게 손짓할 뿐이었다. "여기예요! 저 여기 있어요!" 그러나 그는 나를 쳐다보지 않았다. 공포에 휩싸인 그는 숨도 쉬지 못한 채 얼굴도 없는 추적자를 돌아보고 있었다.

예전 같으면 이런 말도 필요 없었을 것이다. 하지만 어떤 말로도 베르톨트를 설명할 수가 없다. 하지만 나는 느낄 수 있다. 일을 핑계로 그가 자꾸 나를 옆으로 밀어내는 건 모두 내가 너무 부족한 탓이다. 시아버지는 그렇게 말할지도 모른다. 남자란 모름지기 일을 해야 하고, 여자만 돌보며 살 수 없는 거라고…… 하지만 이건 그가 이해할 수 있는 일이 아니다. 아무리 아름다운 시구도 그에게는 어쩌다 꿈속에서 튀어나오는 말 정도에 지나지 않았다.

시아버지가 막스에게 내가 불행하다고 이야기하게 할 수는 없다. 설령 내가 불행하다고 해도 그건 베르톨트의 잘못이 아니다. 나는 다리 위, 하이델베르크의 어느 다리 위에 서 있는 그를 생각해본다. 거기서 공부하고 있던 시절의 그는 굉장히 젊었다. 그 다리 위에 혼자 서 있는 그의 모습을 상상하며 나는 벌써 모든 것을 다 이해한 듯한 기분이 된다. 그에게 달려가 모든 것을 보상해주고 싶다. 그러나 마음과 달리 나는 움찔 뒤로 물러선다. 누군가에게 달려간다는 것, 그게 바로 위험한 일이었다.

그가 처음 그 이야기를 했을 때 나는 믿지 않았다. 아니, 믿을 수가 없었다. 다른 사람에게서 들었거나 영화에서 본 이야기를 하고 있는 것 같았다. 내가 실망할까봐 그랬는지 그는 별일 아니라는 듯 말했고, 나 역시 그렇게 심각하게 받아들이지는 않았다. 이미 지난 일이고 지금은 완전히 극복했으리라 생각했던 것이다. 하지만 그건 실수였다. 그가 그 이야기를 한 것은…… 그게 다 내가 그에게 어리석은 질문을 했기 때문이었다. 하지만 나는 다리 위에 서 있는 그의 모습을 보았고, 그의 모습이 그때와 조금도 다르지 않다는 것을 알게 되었다.

그런 질문을 하는 게 아니었다. 순간적인 호기심에서 시작된 질문이었다. 나는 그가 전에 알던 여자들이 어떤 여자들이었는지, 내가 그들보다 나은지 어떤지 알고 싶었다. 사실 나는 이미 그 답을 알고 있었다. 그는 너무 솔직한 사람이었다. 어떤 사람도 그보다 솔직할 수는 없었다.

우리가 처음 만난 날 저녁 나는 그에게 여자친구가 많은지 물어보았다. 뭔가 할말을 찾기 위해서라거나 괜한 애교를 부리기 위해서는 아니었다. D시에서도 나는 혹시 그를 좋아하던 여자가 없었는지 주의해서 살폈다. 나는 다른 여자들이 모두 날 부러워할 거라고 생각했다. 그가 미남이어서는 아니었다. 그건 그의 태도 때문이었다. 어느 여자나 그를 보면 차지하고 싶어할 것 같았다. 나 역시 그랬으니까.

하지만 나중에 내가 그에게 물어본 것은 전혀 다른 이유 때문이었다. 나는 그에 대해 놀라고 있었다. 그에게는 모든 일이 다른 남자들처럼 그렇게 당연하지가 않았다. 그는 전혀 달랐다.

그는 여자와 지내본 적이 없는 사람 같았다. 내가 그에게 물어본 것도 바로 그래서였다.

"다른 여잔 없었어요? 왜 여자들이 당신 곁에 머무르려고 하지 않았죠?"

"모두들 나한테서 도망쳐버리더군."

"도망쳐버렸다구요?"

"내가 당장 결혼하자고 했거든. 다들 깜짝 놀라더군."

"왜들 그렇게 놀랐을까요?"

"그걸 나도 모르겠어. 모두들 결혼하고 싶어하는 줄 알았는데 말이야. 농담들은 곧잘 하지. 하지만 모두 진심이 아니었던 거지. 분명해. 그건 돈과도, 안정된 직장, 뭐 그런 것과도 상관없는 거야. 여자들은 만나서는 모두 상냥하고 무슨 일이든 다 해줄 것처럼 행동하지. 하지만 결혼하자고만 하면 모두들 슬슬 겁을 낸다니까. 마치 미친 사람 쳐다보듯 나를 보며 웃어댄 여자도 있었어. 내가 진심이라는 걸 알면서도 아예 못 들은 척하는 여자도 있었고…… 여자들은 통 나를 믿으려 하지 않더군."

"정말 결혼하려고 했어요?"

"물론이지. 당장에 혼인신고를 하려 했는걸. 나는 모든 일이 다 잘될 거라고 생각했어. 하지만 여자들은 내가 진심이라고 생각하지 않더군…… 사실 그건 좀 유치한 생각이었어. 나도 그 여자들을 이해해. 하지만 어릴 때는 그런 일에 쉽게 절망하잖

아. 그리고 그런 일이 반복되다보면 내가 제대로 된 인간이 아니라 그렇다고 자책하게 되지. 지금은 습관이 되어 아무렇지도 않지만 전에는……"

언젠가 그는 창녀에게 결혼하자고 한 적이 있다고 했다. 그의 말로는 꽤 괜찮은 창녀였다고 한다. 하지만 당시 그는 스무 살도 안 된 어린아이였고, 그 여자는 처음에 자기가 번 돈으로 빈둥거리며 살 생각으로 그러는 줄 알고 그에게 욕설을 퍼부었다고 했다. 하지만 결국 그의 진심임을 알게 된 그녀는 자기와 일하는 동료들을 불러모아 어떻게 했으면 좋겠냐고 의견을 물었다.

"나는 내내 그 여자 침대 위에 앉아, 여자들이 날 쳐다보게 내버려두었지. 그들이 내게 이런저런 충고를 해주더군. 그 여자들은 내가 만난 다른 어떤 부류의 사람들보다 훨씬 똑똑한 사람들이었어. 나중에는 감동해서 펑펑 울더군. 나한테 케이크와 차까지 대접했다니까. 지금 생각하면 우습지도 않은 일이지."

"정말 결혼하려고 했어요?"

"물론. 그 여자가 승낙만 했으면 말이야. 우린 아주 행복했을 거야. 하지만 그렇게 되지 않았어. 그때 일은 생각하고 싶지 않아. 내겐 아무도 없었어. 나는 늘 되돌아갈 수 있는 누군가를 가지고 싶었어. 다른 건 아무래도 좋았어. 그건 그러니까, 남들이 뭐라고 하든, 그 여자가 창녀이든 아니든 상관없었다는 말이야. 그땐 몰랐지만 지금은 알겠어. 그런 일은 있을 수 없다는 걸 말야. 나는 여자가 한가한 시간만이라도 함께 있고 싶었어. 그래서 그녀에게 제안했지…… 그 여자가 다른 남자와 함께 있는 동안 나는 옆방에서 기다리겠다고 말이야. 하지만 그렇게는 안되었지. 너무나 비참한 기분이었어. 내가 한 가지 말해줄까? 난 지금껏 한 번도 질투란 걸 해본 적이 없었어. 누군가 나를 떠나면 물론 나는 슬펐지. 혼자가 되어 또다시 처음부터 시작해야 하니까. 하지만 나는 매번 그냥 옆으로 비켜서고 말았어. 사실 차라리 그게 더 마음 편하기도 했어. 어떤 사소한 일도, 또 어떤 중요한 일도 언제나 마찬가지야. 그렇게 되면 슬픔 같은 건 느낄 수가 없지. 당신도 누구를 질투해본 적이 있어?"

"그럼요."

"그래?"

"당신 때문이었어요."

그는 머리를 흔들더니 놀란 얼굴로 날 쳐다보았다.

"그럴 필요 없어. 그런 건 당신한테 안 어울려."

"난 당신을 잃고 싶지 않아요."

"왜 당신이 날 잃겠어. 내가 당신에게 이렇게 성실한데. 사실 '성실'이라는 말처럼 터무니없는 것도 없지만…… 만약 당신이 날 떠난다 해도, 아냐, 내가 그런 일에 너무 익숙해져서 그래…… 괜찮아, 나는 당신을 기다리면서 글을 쓸 거야. 어떤 여자도 끝까지 그렇게 불성실하지는 않을 거야."

"무슨 소리예요, 베르톨트. 그렇지 않아요. 여자들도 신의가 있다구요."

"아니, 겉으로 보기에 그럴 뿐이지…… 하지만 우리가 이렇게 얘기해봤자 무슨 소용이 있겠어! 어차피 모두 환상인걸. 하지만 남자는…… 하긴 여자 쪽이 더 괴로울지도 모르지. 완전히 종적을 감춘 채 모든 것을 잊어버리는 남자도 많으니까. 여자들에게도 그건 무서운 일일 거야. 그러고 보면 여자들도 참 안됐어."

"아니에요, 그렇지 않아요."

"아니, 그런 건 내가 더 잘 알아. 아마 당신한테는 사람들이 다르게 얘기했을 거야. 당신이 알 리가 없지. 나는 다른 사람들 마음에 들기 위해서 굉장히 애를 썼어. 그날, 다리 위에서 네카 강물에 반사된 불빛을 보면서 그런 생각이 들었어. 굉장한 생각이었지! 갑자기 멍하니 거기에 서서, 어제와 내일 사이를 불안하게 떠돌며 서 있는 나 자신을 발견한 거야. 발 밑으론 어디로 흘러가는지 알 수 없는 강물이 흐르고 있었어. 왜 나한테 똑바로 말해주지 않은 것일까? 나를 붙잡아 놓기 위해서? 나쁜 의도는 없었을 텐데…… 그들도 달리 어떻게 해야 하는지 몰랐을 거야. 그날 다리 위로 갔던 건 불행이었어. 다른 사람들은 아무 잘못도 없어. 그들을 비난해서는 안 돼. 난 그들을 이해할 수 있었어. 그들을 방해하고 싶지는 않았지. 하지만 어쨌든 나는 그런 생각 때문에 치명적인 상처를 받았고, 어떻게 해도 나는 그들과 같아질 수 없다는 것을 알게 되었어."

"어떻게 될 수 없다는 거죠?"

"당신처럼 되는 거 말야."

"바보 같은 소리 말아요."

"당신이 계단을 내려올 때 어땠는지 알아?"

"계단이요? 무슨 계단을 말하는 거예요?"

"당신 집에서 말야. 내가 혼자 상상했던 것과 너무 똑같았어. 그런 일이 정말로 일어나리라고는 생각지도 못했는데…… 그렇게 혼자 상상하는 것만으로도 나는 너무나 행복했어. 그런데 갑자기 당신이 계단을 내려온 거야. 처음에 난 돌아가려 했었어. 꿈에서 깨어나 혼자 거기 서 있고 싶진 않았어. 늘 소원대로 되지 않다보면 결국은 나가떨어지게 마련이지. 그리고 남들처럼 살아보려는 희망도 포기해버리게 되고 말이야. 그런데 당신이……"

나는 다리 위에 서 있는 그의 모습을 볼 수 있었다. 그 얼굴은 내 넋을 빼놓게 만든 바로 그 얼굴이었다. 그 얼굴을 그냥 보고 있을 수가 없었다. 눈을 감아보았지만 그 모습은 사라지지 않았다. 그 얼굴이 무엇을 원하는지, 무엇을 찾고 있는지 알 수가 없었다. 나에겐 그 얼굴을 껴안아 그를 숨겨줄 몸뚱어리가 있을 뿐이었다. 그렇게 하면 그 얼굴은 사라져버릴 것이다. 혹 다른

172

남자들과 다르지 않은 어떤 흔적이 남는다 해도 그건 잘못 본 걸로 생각하면 그만이다. 그리고 아무 일 없었던 듯이 돌아서면 된다. 하지만 나는 느끼고 있었다. 무언가 사라져버린 것이다. 나는 무언가 잃어버리고 말았다. 언젠가 천사의 얼굴을 본 적이 있다. 천사는 날 쳐다보면서 내가 무슨 말이든 하기를 기다리고 있었다. 나는 참을 수가 없었다. 하지만 천사는 금세 사라지고 없었다. 아무 말도 생각나지 않았던 것이다.

우리가 루드비히스호프에서 떠난 것은 비 때문이었다. 엄청나게 쏟아지는 비 때문에 모든 것이 변했다. 퍼붓어대는 비를 누구도 어떻게 하지 못했다. 비는 이 주일간의 행복을 망쳐놓고 있었다. 냇물이 넘쳐 국경 너머로까지 물이 흘렀다. 그리고 날씨가 갑자기 추워졌다. 사람들은 입을 모아 그럴 줄 알았다고 했다. 그렇게 일찍 추위가 풀릴 리가 없다는 것이었다. 여인숙의 넓은 응접실 난로에서는 대팻밥을 태웠다. 우리 방에도 전기 난로를 갖다놓았다.

처음 며칠은 별로 나쁘지 않았다. 베르톨트는 창가에 서서 비 내리는 숲을 내다보는 걸 좋아했다. 하지만 비는 멈추지 않았고, 다른 일은 아무것도 생각할 수가 없었다. 주위는 온통 적막뿐이었다. 우리는 모든 것으로부터 격리된 채 아무 생각 없이 시간을 보내고 있었다. 가끔씩 곧 비가 그칠 거라고 중얼거리며…… 하지만 비는 그치지 않았다. 도무지 그칠 것 같지가 않왔다. 조금씩 베르톨트는 불안해하기 시작했고, 나 역시 불안해 졌다.

비에 젖은 산은 온통 검게 변해 있었다. 목재소 옆으로 흐르는 작은 시냇물에도 흙탕물이 넘쳤다. 우리가 묵고 있는 방의 창문 쪽 마당에는 젖은 빨래가 줄에 널린 채 펄럭였고 지붕 처마 밑엔 닭들이 옹기종기 모여들었다.

베르톨트는 가지고 온 원고지를 꺼냈다. 그가 다시 일을 시작하는 것이 기뻤다. 나는 언젠가는 그가 다시 글을 쓸 거라고 믿고 있었다. 그것이 그의 직업이었으니까. 나는 작가들이 어떻게 일을 하는지 전혀 알지 못했다. 그저 막연히 매일 몇 시간씩 글을 쓴 다음 작품이 완성되면 원고료를 받고 출판사에 넘기고, 다시 다음 작품을 쓰기 시작할 거라고 생각할 뿐이었다. 작가들은 아무래도 보통 사람들보다 글을 잘 쓰는 사람들이니까 하루에 일곱 시간, 여덟 시간씩 일을 하지는 않을 거라고도 생각했다. 베르톨트는 늘 사실 자기가 글 쓰는 일을 그다지 좋아하지 않는다고 했다. 글을 쓴다는 것이 얼마나 큰 고통인지 이야기하면서 차라리 월급쟁이였으면 좋겠다고도 했다. 그러면 저녁에 퇴근해 집으로 돌아온 다음엔 일에 대해서는 아무 생각도 하지 않아도 될 테니, 그게 정말 부럽다는 것이었다. 하지만 나는 그런 그의 말을 믿지 않았다. 나는 그가 날 사랑하기 때문에 그렇게 말하는 줄 알았다. 언젠가 그는, 이제 당신이 있으니 글을 쓸

174

필요가 없다고 말한 적이 있었기 때문이었다.

그는 꺼낸 원고를 대충 훑어보더니 다시 봉투에 넣었다. 뭔가 불만스러운 모양이었다. 하지만 난 그걸 눈치채지 못했다. 그는 타자기를 꺼내놓고 어딘가에 편지를 썼다. 나는 뭘 하느냐고 묻지 않았다. 그는 내가 물어보는 것을 좋아하지 않았다. 그는 한마디도 하지 않았다. 하지만 그렇게 몇 시간씩 창가에 서 있을 때도 적지 않았기 때문에 나는 아무 말도 하지 않았다. 그는 비 내리는 창 밖을 내다보았다. 손가락으로 창틀을 몇 번 두드리다가는 갑자기 돌아서서는 방을 나가버리기도 했는데, 잠시 후에 돌아온 그의 모습은 나가기 전과 달라진 것이 없었다. 때로 아래층 응접실에 내려가 기압계를 몇 번 두드려보고 오기도 했고, 담배를 사오기도 했다. 나에게 물어보는 법도 없이 그는 꼭 직접 담배를 사왔다. 피곤한 얼굴로 침대에 누워 있을 때도 많았는데, 당시 그는 제대로 잠을 이루지 못하고 있었다. 아침이 되어 내가 일어날 시간이 다 되어서야 그는 잠이 들곤 했다. 주인 여자가 정해놓은 티 타임은 열시까지였지만 그는 그 시간이 다 지나도록 일어나지 못했다. 그리곤 일어나서 모두 쓸데없는 일이라고 소리를 쳤다.

무엇 때문에 그렇게 불안해하는지 내게 이야기해주었다면 얼마나 좋았을까. 하지만 그런 일은 없었다. 그는 비가 오지 않을 때와 다름없이 나를 대하려 애썼지만 힘든 일이었다. 나 역시 힘이 들었다. 그때 이미 순수한 사랑의 감정은 조금씩 변질되고 있었던 것이다. 내가 조금만 더 현명했더라면 나는 그에게 그만 떠나자고 했을지도 모른다. 하지만 나는 아무 말도 하지 못했다. 우리는 비가 내리는 일 주일 내내 괴로워하고 있었다.

그곳을 떠나기로 결정한 것은 노란 소 때문이었다. 바람을 쐬려 비옷을 입은 채 여인숙 앞을 왔다갔다하고 있을 때였다. 땅이 너무 질어 멀리 나갈 수는 없었다. 시냇가 풀밭에 풀을 먹고 있는 가축들이 보였다. 그중에는 전에 본 적이 있는 소 한 마리도 끼어 있었다. 소는 풀밭에 선 채 우리를 쳐다보았다. 다른 소들은 풀을 뜯는 데 열중하고 있는데 유독 그 노란 소만이 우리에게 관심을 보였다. 소의 등에서 빗물이 뚝뚝 떨어지고 있었다. 우리가 옆으로 지나가자 소는 우리 쪽으로 머리를 돌렸다. 우리가 돌아서면 소 역시 돌아섰고 그 자리에 멈추어서면 소도 함께 고갯짓을 멈추고 우리를 쳐다보았다. 우리를 이상하게 생각하는 게 틀림없었다.

그때 베르톨트가 말했다.

"우리 떠날까? ……당신이 싫지만 않다면 말야."

내가 어디로 가냐고 물었을 때 그는 얼른 대답하지 못했다. 그리고 나서 잠시 후 그는 지금 우리가 살고 있는 도시의 이름을 댔다.

"어디라도 마찬가지야. 당신이 가고 싶은 데가 있으면 거기라도 상관없어."

갑자기 기운이 나는 것 같았다. 우리는 곧 여인숙으로 돌아왔고, 사람들에게 떠나겠다고 말한 뒤 짐을 꾸렸다. 그날 오후 버스를 타고 우리는 그곳을 떠났다.

기차에서 베르톨트가 물었다.

"당신 화나지 않았어?"

"왜 화가 나야 하죠?"

"비 때문에 말야."

"당신도 어쩔 수 없었잖아요."

"아냐, 미리 생각했어야 하는 건데……"

그는 나를 보지 않기 위해 창 밖을 내다보았다. 나는 새로운 도시에서는 모든 것이 다 잘될 거라고 생각했다. 그러나 아니었다. 내가 함께 오는 게 아니었다. 나는 그를 혼자 보냈어야 했다. 아무리 괴롭고 힘들어도 우린 그때 헤어졌어야 했다. 그를 구속해서는 안 된다. 그가 속박당하고 있다고 느끼게 해서는 안 된다. 그렇게 된다면 서로가 불행해질 뿐이다. 그에게 있어 나는 두 가지 다른 일 사이에 존재하는 짧은 휴식일 뿐이다. 이제 휴식은 끝이 났다. 난 그에게 방해가 될 뿐이다.

나는 호텔에 쪽지를 남기지 않았다. 그러기엔 너무나 마음이 약했다. 한두 시간쯤 시아버지와 지낸다고 해도 나쁠 건 없다.

그러나 쉽게 결정할 수가 없었다. 도대체 내가 무엇을 결정할 수 있단 말인가? 나 스스로도 앞으로 어떻게 될지 모르고 있는데…… 나는 생각하는 데 그만 지치고 말았다. 나는 시아버지의 편지에 대해 베르톨트에게 바로 말하지 않았다. 우리는 하숙집에서 멀지 않은 역 근처의 작은 레스토랑에서 자주 점심을 먹곤 했다. 자리를 잡기 위해서 대개 내가 먼저 도착했다. 빈자리가 없어 다른 사람들과 함께 앉고 싶지는 않았다.

베르톨트가 들어왔지만 나는 그 애기를 바로 꺼낼 수 없었다. 우선 식사부터 해야 했다. 손을 내밀며 오늘 어땠냐고 물어본 그는 곧장 얼굴을 찡그리고 차림표부터 들여다보았다. 그의 일이 잘 안 되고 있는 것 같았다. 그는 늙고 지쳐 보였다. 얼마나 인상을 쓰고 있는지 코 언저리에서부터 입가를 지나 턱까지 잔뜩 주름이 잡혀 있었다. 무거운 짐을 잔뜩 진 사람처럼 보이기도 했다. 언젠가 그가 글 쓰는 일을 두고 그렇게 말한 적이 있었다. "이건 정말 무거운 짐이야." 물론 나는 거기에 대해 아무 대꾸도 하지 않았다.

그는 나에게 오전에 뭘 했냐고 물었고, 나는 '브뤼트너'에 갔었다고 대답했다. 별일 없다고 생각했는지 그는 내가 좋은 날씨를 즐긴 것에 대해 기뻐해주었다. 수프가 나오고, 우리는 아무 말 없이 스푼을 들었다. 덜컥 겁이 났다. 망설이면 망설일수록 말을 꺼내기가 어려워질 것이다. 하지만 여기서는 아니야. 둘이 있을 때 얘기하는 게 낫겠어…… 나는 그에게 혹시 우편물은 없었냐고 물었고, 그는 없다고 했다가 얼른 덧붙였다. "아, 연극 판권에 대한 편지가 왔어.『지리우스』에서도 청탁서가 왔고," 문예지인『지리우스』는 가끔 그의 소설을 실었다. 베르톨트는 원고료를 받는 즉시 내게 주었고, 나는 그 돈을 꼬박꼬박 모아 두고 있었다.

베르톨트는 다른 사람들 대하듯 나를 대했다. 왜 사람들이 그를 보고 거만하다고 하는지 이해할 수 있을 것 같았다. 그는 굉장히 겸손한 사람이었다. 문제는 바로 거기에 있었다. 그 예의라는 것이 때론 너무도 모욕적인 것이다. 그도 마찬가지였다. 그의 행동은 마치 두 손으로 상대방을 밀어내는 것 같았다. 그가 잘 아는 것, 예를 들어 책의 내용을 물어보면 그는 자세히 가르쳐주면서도 그건 알아서 뭘 하냐는 듯한 표정을 지었다. 친절한 듯하면서도 냉정하기 그지없는 그의 태도에 대화는 금방 중단되고 말았다. 사실 그의 말이 옳았다. 그런 이야기를 할 필요는 없었다. 하지만 그렇게 의무적이고 방어적인 그의 태도 때문에 내가 얼마나 괴로운지 그는 알지 못했다. 그랬다. 그와 단둘이 있는 것, 그와 한 방에서 지내는 것, 그의 곁에서 자는 것, 모두가 괴로운 일이었다. 그것은 어쩌면 막스와의 결혼생활보다 더 괴로운 것이었다.

하숙집으로 돌아오는 길에도 나는 편지에 대해서 말하지 못했다. 그는 우선 잠을 좀 자야 했다. 그는 무척 피곤해 보였다. 우리는 식사 후엔 항상 잠시 누워서 쉬었다. 특별히 그럴 만한 일이 없는데도 우리는 항상 자명종을 맞춰놓고 살았다. 일요일 오후에도 마찬가지였다. 그는 침대에 눕기만 하면 금세 잠이 들었다. 길에서 아이들이 떠드는 소리에도 요란한 화물차 소리에도 그는 전혀 방해받지 않았다. 그는 아주 힘든 여행에서 돌아온 사람처럼 반시간쯤 잤다. 그에 비해 나는 별로 많이 자지 않는 편이었지만 그가 원했기 때문에 나도 그와 함께 자는 척해야 했다. 그는 마치 내가 잠을 자는 것이 일이 잘되어간다는 표시인 양 생각하는 것 같았다. 내가 거의 자지 않았다는 것을 알면 그 역시 그렇게 마음 편히 낮잠을 잘 수는 없었을 것이다.

자고 일어난 후 오후 시간을 보내기란 쉽지 않았다. 그 시간을 보내기 위해 우리는 굉장히 애를 써야 했다. 얘기를 많이 해서도 안 되었다. 가능한 한 말은 하지 않는 것이 좋았다. 그게 제일 중요했다. 그걸 잊어선 안 되었다. 우리는 마치 온 세상이 침묵하고 있는 것처럼 행동했다. 너무나도 괴로운 시간이었다. 세상의 모든 탄식마저 입을 다무는, 아무리 빠져나오려 애를 써도 빠져나올 수 없는 무기력한 시간이었다. 울고 싶어도 눈물조차 나오지 않았다. 어두워지기 시작해야 비로소 숨이 좀 트였다.

이 힘든 시간에 베르톨트에게 시아버지의 편지 얘기를 할 수는 없었다. 나는 일단 정신을 차리고 베르톨트를 위해 커피를 끓였다. 작은 전기 포트가 있었기 때문에 부엌까지 나가지 않아도 되었다. 커피가 얼마 남지 않아 나는 베르톨트의 커피만 한 잔 끓였다. 아침에 커피를 사왔어야 했는데, 편지 때문에 잊고 있었던 것이다. 베르톨트는 내게 왜 커피를 마시지 않느냐고 묻지 않았다. 그는 언제나 말이 없었다.

그를 침실로 들여보낸 다음 나는 양말 몇 켤레를 빨기 위해 부엌으로 갔다. 블라우스도 다림질해야 했다. 피어에크 부인의 다리미가 필요했다.

그때 피어에크 부인이 들어왔다. 그녀는 서른두 명이 사망했다는 열차 사고에 대해 얘기했다. 그녀에게 사고가 어디에서 났는지 물어보았다. 다행히 시아버지가 타고 오는 기차는 아니었다. 피어에크 부인이 요즘엔 사고가 너무 잦은 것 같다며, 또 사람들이 너무 조심성이 없는 것 같다며 혀를 찼다. 나는 그 말에 대답만 할 뿐 별다른 대꾸는 하지 않았다. 그녀의 이야기를 들으면서도 나는 혹시 타자기 소리가 나지 않나 해서 방 쪽으로 귀를 기울였다. 아무 소리도 들리지 않았다. 베르톨트는 오후에는 글을 쓰지 않았다.

어쩌면 그가 이미 눈치를 챘는지도 모른다. 언제나 그랬다. 남들은 그가 다른 사람에 대해서 관심이 너무 없다고 생각했지만 그는 자신의 주변에서 일어나는 일들에 늘 예민했다. 나는 오 분마다 부엌에 걸린 시계를 쳐다보았고, 그때마다 한 번씩 밖을 내다보았다. 사기로 만든 풍차 모양의 시계 위에는 작은 돛단배가 걸려 있었다. 재깍거리는 소리가 몹시 큰 시계였다. "손님이 오실지도 몰라서요." 내 말에 피어에크 부인은 상당히 놀랐던 모양이다. 그 동안 우리에게 한 번도 손님이 찾아오지 않았던 것이다. 하지만 나는 누가 오는지는 말하지 않았다. 차나 접시를 준비해야 하지 않겠느냐, 자기 식탁보를 가져다 쓰지 않겠느냐, 피어에크 부인은 이것저것 신경을 썼지만 나는 손님이 오래 머물지는 않을 거라며 괜찮다고 했다. "어쩌면 손님과 함께 식사하러 나갈지도 몰라요. 아직 확실한 건 아니지만 말예요."

더이상 미룰 수가 없었다. 정신을 차리지 않으면 안 되었다. 베르톨트는 창가에 서서 밖을 내다보고 있었다. 내가 들어가도 그는 돌아보지 않았다. 틀림없이 내가 들어가는 소리를 들었을 텐데…… 그는 일을 점점 어렵게 만들고 있었다. 모든 일을 내가 처리해야 했다. 그는 한 발짝도 앞으로 나오려 하지 않았다. 그리고 일이 잘못되면 그건 모두 내 탓이었다. 책상은 하나도 변한 게 없었다. 타자기에 새로 끼운 종이도 새하얀 백지 그대로였다.

다림질한 블라우스를 옷장 안에 걸어두고 나는 그의 침대 시트를 반듯하게 폈다. 금방 손질해놓았는데 금방 또 엉망이었다.

그는 계속 창가에 서 있었다. 마치 나라는 존재를 아예 잊고 있는 사람 같았다. 나는 내가 쓰는 침대 옆 의자에 앉아 손톱을 다듬기 시작했다. 방 안은 조용했다. 가끔씩 창 밖의 소음과 피어에크 부인이 부엌에서 달그락거리는 소리가 들려올 뿐이었다. 밖에서 화물차가 지나갈 때면 낡은 샹들리에가 조금씩 흔들렸다.

갑자기 베르톨트가 커튼을 내렸다. 갑자기 방 안이 어두워졌다. 나는 탁자 위의 스탠드를 켰다.

"아, 미안해."

베르톨트가 다시 커튼을 젖히려 했다.

"괜찮아요. 나도 눈이 부시던 참이었어요."

방 안은 다시 조용해졌다. 그가 무얼 하고 있는지 알 수가 없었다. 그는 고의적으로 내 시선을 피하고 있었고, 나 역시 손톱만 쳐다보고 있었다.

"당신 극장 갈래?"

그가 물었다.

"전부 다 봤잖아요. 내일이나 되어야 새 영화가 개봉할 거예요."

"아, 그렇군. 좀 남겨둘걸 그랬지?"

"당신 일이나 하세요."

그 말은 왠지 내가 듣기에도 조금 불쾌하게 들렸다. 나는 곧 후회했다. 베르톨트는 천천히 책상 앞으로 다가가 타자기를 내려다보았다. 하지만 의자에 앉지는 않았다.

"커피 마시겠어요?"

내가 물었다.

"아니, 관둬. 내가 타서 마시지. 당신도 한 잔 하겠어?"

나는 고개를 저었다. 피어에크 부인과 이미 한 잔 마셨다고 말할까 하다가 그만두었다. 베르톨트는 세면대로 가서 포트를 만지고 있었다. 무슨 일이든 해야 하겠지…… 나는 절망에서 헤어날 수가 없었다.

"도대체 언제부터 이렇게 된 걸까요?"

내가 물었다. 별일 아닌 듯 얘기를 꺼내보려고 했지만 쉽지 않았다.

"무슨 말이야?"

그가 세면대 저쪽에서 물었다.

"지금 이 모든 일이 말이에요."

그의 손에서 커피 병 뚜껑이 떨어졌다. 뚜껑은 한참을 데굴데굴 굴러 옷장 옆에서 멈추었다.

"빌어먹을!"

"왜 그래요?"

"커피가 다 떨어졌어."

"하나 사온다는 걸 깜빡했어요. 한번……"

"안 되겠어! 내가 지금 나가서 하나 사올게."

그는 돈을 넣어둔 옷장으로 갔다. 그는 그렇게라도 이야기를 중단하고 싶었겠지만 나는 아니었다. 나는 그를 그냥 내보내지 않았다.

"그만두려구요?"

"무슨 말이야?"

그는 떨어진 뚜껑이라도 찾는 듯 열린 옷장 문 뒤에 서 있었다.

"커튼은 왜 친 거죠?"

"알았어, 잘못했다구. 지금이라도 당장 젖히면 되잖아."

"내버려둬요. 하지만 밖을 내다보면서 무슨 생각을 했는지 다 알고 싶어요."

"뭐라구? 내가? 난 아무 생각도 안 했어. 그냥 거리를 지나다니는 사람들을 구경한 것뿐이야."

그는 길에서 본 이런저런 풍경들을 이야기하기 시작했다.

"여자들은 상점 문이 닫히기 전에 장을 보기 위해 서둘러 걸어가지. 가끔씩 동그랗게 모여 서서 잡담을 하기도 하지만 말야. 오 분마다 남자들이 길에 나타나. 기차가 들어온 거지. 매일 이 시간이면 똑같아. 매일 매일이…… 재미있지 않아?"

"뭐가 재미있다는 거예요?"

"언제나 똑같다는 거 말야. 어차피 나랑은 상관없는 일이지만……"

"우리가 극장에 갔다가 기분 좋게 집으로 돌아오는 것, 그것도 재미있겠군요."

"당신 오늘 기분이 별로인가보군."

"아, 베르톨트!"

"오늘은 정말 무덥군."

"그래요, 어쩌면 날씨 때문인지도 모르죠."

"그럼 대체 뭘 하고 싶은 거야?"

"그럼 당신은 뭘 하고 싶죠?"

"나?"

"그래요, 당신."

"아무것도…… 난 다 싫어. 난 당신이 하는 대로 할 거야."

그는 열린 옷장 문 옆에 계속 서 있었고 나는 침대 모서리에
앉아 있었다. 나는 스탠드를 껐다. 불은 필요 없었다. 나는 어둠
속에서도 손톱을 손질할 수 있었다. 그건 단지 핑계일 뿐이었
다. 그를 올려다보고 싶지 않았다. 그는 그 자리에 선 채 어서 내
가 얘기를 끝내기를 기다리고 있었다.

"아니, 오히려 그 반대예요."

내가 말했다.

"뭐 말야?"

"당신이 날 따라서 한다고 한 거 말예요."

"그럼 내가 누굴 따라 한단 말야? 내겐 아무도 없어."

"나는 오히려 당신에게 방해만 될 뿐이에요."

"바보 같은 소리!"

"당신은 친구들과 어울리고 싶지도 않아요?"

"어떤 친구? 난 친구 없어."

"동창이나 뭐 그런 사람들 말예요. 무슨 말인지는 당신이 더
잘 알 거예요. 그런 일에 대해 내가 아무것도 모른다고는 생각
하지 말아요. 그게 당신한테도 좋을 거예요."

"동창? 어떻게 그런 생각을 했지? 어차피 만나도 아무 쓸모
없는 소리들이나 하는 녀석들이야. 나더러 지금 그 녀석들과 잡
담이나 하라는 거야? 그것보다는 차라리……"

"뭐라구요?"

"아, 아무것도 아냐!"

"이곳에도 열차 대합실도 술집도 있잖아요. 당신이 즐기려고
만 한다면 말이에요. 그리고 당신한테도 그게 더 좋을 거예요."

"바보 같은 소리!"

"당신은 그 '바보 같은 소리' 란 말밖에 할 줄 모르는군요."

"나한테도 다 생각이 있어. 언제나 이렇지는 않을 거야. 일만
끝나면……"

그는 말을 더듬었다. 일이 언제 끝나는지 물어보고 싶었다.
그런데 문득 그와 함께 지낸 시간이 이제 겨우 육 주밖에 안 된
다는 생각이 들었다. 그 시간 동안 작품 하나를 끝낸다는 건 있

187

을 수 없는 일이었다. 결국 내 탓이었다. 내가 참을성이 없는 거였다. 베르톨트와 얘기를 하다보면 꼭 그렇게 끝이 났다. 본론을 꺼내기도 전에 벌써 죄책감이 들어 진짜 하고 싶었던 이야기는 꺼내지도 못한다.

"난 당신과 얘기하고 싶었어요, 베르톨트."

"뭐라구?"

"아니, 별 뜻은 없어요. 제발 도망가려고 하지 마세요. 혹시 내가 하소연을 늘어놓더라도 걱정할 필요 없어요."

"당신이 힘들 거라는 거, 나도 잘 알아. 하지만 얘기해서 뭘 해. 별다른 수가 없잖아."

"정말 그렇게 생각해요? 당신은 어떻게 매일 매일을 참아내죠?"

"어떻게 하냐구? 아니, 난 언제나 그런걸. 그런 게 내 직업이야."

"그 일을 끝낼 수 있다고 믿고 있는 거예요?"

"왜? 일이 어때서? 왜 못 끝낸다는 거지?"

"전 정말 모르겠어요."

"당신은 믿지 않아?"

"아니에요. 믿지 못하는 건 아니에요. 미안해요."

"난 꼭 끝낼 거야. 그래야 해."

"그래야 한다구요?"

"그래. 그렇지 않으면 난 끝장이야."

나는 벌써 그의 일에 대해 물어본 것을 후회하고 있었다.

"좋아요. 이제 그 얘긴 그만해요. 일 얘기 꺼내서 미안해요."

내가 말했다.

"커피 사가지고 올까?"

"그래요. 꼭 그렇게 하고 싶다면 말이에요."

순간 그를 내보내야겠다는 생각이 들었다. 그가 커피를 사가지고 올 때쯤이면 시아버지가 와 있을 테고, 그렇게 되면 모든 일이 저절로 해결될 수 있을 것 같았다.

"커피는 중요하지 않아."

"당신, 날 위해 시간 좀 낼 수 있겠죠? 한 오 분쯤만 말이에요."

"왜?"

"……당신은 왜 늘 그렇게 날 힘들게 만들죠? 두 달 전을 한번 생각해봐요. 그땐 서로 이야기할 필요도 없었죠. 모든 게 당연했으니까요. 나도 당신처럼 창가에 서서 길을 내려다볼 때가 많아요. 나도 사람이에요. 시장에 가면서 수다를 떠는 여자들이 부럽다구요. 어떤 때는 그런 여자들이 데리고 다니는 강아지까지도 부러울 때가 있어요."

"우리는 그런 사람들 속에 속할 수 없어, 마리온. 당신은 아직 인정할 수 없겠지만 그건 안 되는 일이야……"

"아니, 우리도 그 사람들과 하나 다를 것 없어요. 저 아래 있는 평범한 여자들과 똑같다구요."

"아니, 그렇지 않아."

"그런 얘기를 하자는 게 아니에요. 그건 완전히 다른 얘기예요…… 편지를 받았어요……"

"편지? 집에서 온 거야?"

"아니에요. 뮌헨에서 온 거예요. 시아버지한테서요."

"그래서?"

"여행중이신데 오늘 여기에 와서 '궁전 호텔'에서 묵으실 계획이래요. 지금쯤 도착하셨을 거예요. 기차가 정확히 언제 도착하는지는 모르지만, 그래요, 도착하셨을 거예요. 틀림없어요. 기다려봐요, 편지를 보여줄게요. 길지는 않아요."

"그 사람이 왜 여기에 온다는 거야?"

"여섯시나 일곱시쯤 여기에 오실 거예요."

"왜 진작 말하지 않았지?"

"난 그냥…… 우선 편지를 읽어봐요. 당신한테 숨기는 건 없어요. 맹세해요, 베르톨트. 집과 연락이 닿은 건 이번이 처음이에요."

그는 손을 내저었다.

"베르톨트, 제발 편지를 읽어봐요. 내가 당신을 속이지 않았다는 걸 증명해줄 거예요. 난 집에 엽서 한 장 보낸 적이 없어요.

귄터한테 그림엽서 한 장 안 보냈다구요. 난 절대로…… 당신 몰래……"

"난 한 번도 그런 걸 물어본 적 없어. 당신을 괴롭히게 될까봐 걱정이 되었어."

"내가 옛날을 그리워한다고는 생각하지 말아요. 하지만 괴롭더라도 한 번쯤 저한테 물어볼 수도 있었을 텐데요. 그게 나을 뻔했어요. 편지는 다 읽었나요?"

"어쩌면 지금 곧 도착할지도 모르겠군."

"호텔로 전화를 걸면 돼요. 당신 생각을 말해봐요. 난 아무래도 괜찮아요. 우리 둘 다 밖에 나가 있어도 상관없구요. 그러면 피어에크 부인이 집에 아무도 없다고 말할 거예요. 사실은 오전에 호텔로 가서 시아버지에게 만나고 싶지 않다는 쪽지를 남기고 올까 생각했었어요. 하지만 먼저 당신과 상의해야 할 것 같았어요. 편지, 읽어봤죠? 그분은 '너희들'이라고 썼어요. '너희만 괜찮다면'이라고 하셨죠. 당신이 싫다면 그만둬요. 그분은 내가 편지를 못 받은 걸로 생각할 거예요."

"무엇 때문에 그렇게 해?"

베르톨트가 이상하다는 듯 물었다.

"그럼 당신, 괜찮은 거예요?"

"그럼. 그건 내가 결정할 문제가 아니야."

나는 그가 시아버지의 방문을 좋아하고 있는 듯한 인상을 받왔다. 갑자기 마음이 아파왔다.

그가 물었다,

"그분이 왜 오시는지 전혀 짐작이 안 가?"

"아뇨, 전혀 모르겠어요."

나는 자리에서 일어섰다.

"조금만 비켜줘요. 옷을 갈아입어야겠어요."

옷장과 침대 발치 사이가 너무 비좁아 옷장 문이 열려 있을 때는 지나가기가 힘들었다. 베르톨트는 손에 편지를 든 채 침대에 기대 서 있었다. 나는 그가 비켜주기를 기다렸다. 옷장 거울 속에 내 모습이 비쳤다.

"왜 오시는 거지?"

베르톨트가 물었다.

"곧 알게 되겠죠. 별일 아닐 거예요. 그분도 외로운 분이니까요. 저 좀 그쪽으로 들어갈게요."

나는 천천히 옷장 문을 닫았다. 그리고 좁은 틈으로 비집고 들어갔다. 그의 곁을 지나는 동안에도 그는 그 자리에 그대로 서 있었다. 반대편으로 가서 나는 다시 옷장 문을 열었다. 그가 있는 쪽이 다시 비좁아졌다.

"호텔에서 만나는 게 낫지 않을까?"

그가 말했다.

"왜요?"

"대접할 게 하나도 없잖아."

난 웃지 않을 수 없었다.

"우리한테 대접받으러 오시는 건 아니에요."

"하지만 당신이 이렇게 살고 있는 걸 그분이 보시면……"

"내가 사는 게 어때서요? 왜요? 당신, 이 방이 갑자기 마음에 안 들기라도 하는 거예요? 아주 크고 멋진 방인걸요. 걱정하지 마세요. 전에도 말한 적 있잖아요. 그분도 아주 가난한 집에서 자랐다구요. 그분 아버님께서는 광산 근처에서 야채가게를 하셨대요. 그러니 그렇게 놀라지 않을 거예요. 그리고 우리가 대충 속이려 해도 아마 그분은 속아넘어가지 않을 거예요."

그때까지도 실내복 차림이었던 나는 얼른 다림질한 블라우스를 꺼내고 옷장 문을 닫았다.

"그리고 우리가 어떻게 지내고 있는지 그분이 아실 필요는 없어요. 그러니 제발 걱정 말아요."

"당신 지금 옷 갈아입는 거야?"

베르톨트가 놀라서 물었다.

"보다시피."

"금방 오실 텐데."

"왜요? 내가 옷을 반쯤 벗고 있는 걸 보시면 우리가 대낮에도 사랑을 나눌 정도로 서로 깊이 사랑하는 걸로 생각하실 거예요."

나는 화를 냈다. 하지만 마음은 슬펐다. 그가 말했다.

"당신 혼자 그분을 만나는 게 낫지 않을까?"

"무슨 소리예요?"

"내가 옆에 있으면 당신이 괴로울 거야."

그의 말이 나를 더욱 슬프게 했다. 뭐라고 대답해야 할지 막막했다. 그와 다투고 싶지는 않았다. 슬플 때는 아주 작은 일에도 신경이 곤두서서 금방 다투게 되고, 그러다보면 상대방까지 슬프게 만들게 된다. 냉정을 잃지 않으려고 나는 그의 시선을 피했다. 옷장에서 치마를 꺼내 입고 묵묵히 블라우스를 입었다. 그리고 그의 앞을 지나 세면대로 가서 머리를 빗고 얼굴을 손질했다. 그사이에 한 번도 그를 쳐다보지 않았다.

"마리온, 내가 물었잖아."

낮게 깔린 그의 목소리가 들렸다.

"네?"

"당신 혼자 만나는 게 어떻겠냐고 물었잖아."

"당신 순진한 거예요, 아니면 무관심한 거예요? 정말 당신을 모르겠군요. 누가 당신을 배신해도 아마 당신은 전혀 눈치채지 못할 거예요. 그때도 여전히 타자기 앞에나 앉아 있겠죠."

"그건 내 질문에 대한 대답이 아니잖아. 바보 같은 소리 그만 해."

"왜, 바보 같은 소리 좀 하면 안 되나요? 여자에겐 그런 게 필요하다구요. 난 당신이 어떤 얼굴을 할지, 그게 보고 싶어요."

너무나 슬프고 화가 나서 입술에 바르고 있던 루즈가 번지는 줄도 몰랐다. 번진 루즈를 닦아낸 입가가 지저분했다.

"다시 혼자가 되었을 때의 당신의 얼굴 말예요. 그 얼굴 때문에 난 당신을 배신할 수가 없어요."

"그런 말은 당신한테 안 어울려."

"안 어울린다구요?"

"그런 얘기를 지금 꼭 해야 하는 거야?"

"……나한테 안 어울리는 말이라구요…… 고마워요."

나는 손목시계를 차기 위해 탁자로 갔다. 베르톨트는 엄마에게 된통 꾸중을 듣고 용서를 구하는 아이처럼 방 한구석에 서 있었다.

"도대체 누구와 한패가 되어 당신을 배신해야 할지 바로 그걸 모르겠어요……"

그에게 등을 돌린 채 내가 말했다. 나는 한쪽 다리를 의자에 올려놓고 스타킹을 똑바로 펴서 거들에 고정시켰다. 다른 한쪽도 마찬가지였다.

"그만둬요. 당신 그게 뭐예요? 넥타이라도 매야 하는 거 아니에요? 그러고 보니 면도도 안 했군요."

"……당신 왜 옷을 갈아입었지?"

그가 물었다.

"왜, 보기 싫어요?"

"그 옷을 입기엔 날씨가 너무 더운 것 같은데."

"괜찮아요. 그리고 사실 골라입을 만한 옷도 별로 없구요."

"가을까지만 기다려, 마리온. 지금 하고 있는 일만 끝나면 돈을 좀 받을 수 있을 거야. 지금이라도 가불을 할 수는 있어. 그렇게 해도 좋다고 했거든. 하지만 돈 때문에 얽매이고 싶지는 않아."

"돈이라구요? 당신은 내가 지금 입을 옷이 없어 그러는 줄 알아요? 돈 때문이었다면 난 집을 나오지도 않았을 거예요. 거기엔 없는 게 없었으니까요. 베르톨트, 당신은 여자를 너무 몰라요. 여자들은 쓸데없는 이야기들을 늘어놓기도 하죠. 그래요, 만화에나 나올 법한 어리석은 이야기들을 하기도 해요. 하지만 당신은 여자들이 얼마나 어렵게 살아가고 있는지 몰라요. 아마 작가들보다도 훨씬 어렵게 살아갈 거예요. 그래요, 정말이에요. 가만히 생각해보면 아마 당신도 알게 될 거예요. 당신도 작품에서 여자를 묘사할 때가 있잖아요. 당신 작품에서⋯⋯"

"어떤 작품?"

그는 갑자기 정신이 든 사람처럼 흥분했다.

"당신 희곡도 썼죠, 그렇죠?"

우연히 또 일 얘기가 나오고 말았다. 그런 얘기는 꺼내지 않는 게 좋은데⋯⋯

"전 당신이 이번엔 소설을 쓰실 것으로 생각했어요."

"난 소설을 쓸 만큼 편안하지가 못해."

그가 화가 나서 말했다.

"소설을 쓰려면 뭐가 필요하죠?"

"당신 저기 있는 원고 읽어본 거야?"

"몇 번 들여다본 적 있어요. 자세히 읽어보진 않았지만……
지금 타자기에 끼워져 있는 부분도 보구요. 그럼 안 되는 건가
요?"

"아니, 괜찮아."

"정리하다가 잠깐 본 거예요."

"괜찮아."

"모르고 있었으니까요."

"뭘?"

"그걸 보면 안 된다는 거 말예요."

"아직 완성되지 않은 작품을 들여다보는 건 어쨌든 좋지 않
아. 일을 그르칠 수도 있으니까…… 문장 하나만 읽고는, 도대
체 왜 그런 말을 하는 건지 잘못 이해하기가 십상이지. 그래선
안 돼."

"난 당신이 무엇 때문에 그렇게 자신을 괴롭히는지 알고 싶었
을 뿐이에요."

"아니, 스스로를 괴롭히고 있는 건 아냐. 어떤 직업이나 그건

마찬가지야…… 전부 다시 써야겠군."

"나 때문에요? 내가 그걸 봐서 그런 거예요?"

"아니, 아무 쓸모도 없어서야."

"벌써 여섯번째였잖아요."

"그래? 세어본 적은 없는데."

"언제나 꼭 같은 페이지에서였어요."

"수백 번을 고쳐쓰든, 수천 번을 고쳐 쓰든, 그건 내 일이야!"

그가 소리쳤다.

"그래요, 그건 당신 일이에요. 미안해요. 잘못했어요."

"흥분하지 마."

그가 날 진정시키려고 했다.

"그건 당신과는 상관없는 일이야. 마리온, 내 말 좀 들어봐.
그런 건 울 이유가 못 돼."

"누가 울었다는 거예요?"

"당신, 울었잖아."

"……날씨 탓인가봐요."

"그 어른이 곧 오실 텐데……"

"왜 안 오시는 걸까요? 늘 정확하신 분인데…… 어쩌면 계획
을 바꾸셨는지도 모르겠어요. 안 오시면 어떡하죠?"

"무슨 일이 생겼는지도 모르지. 우리가 사는 거리를 못 찾았
거나…… 내가 호텔에 한번 전화해볼까?"

198

"기다리는 동안 나한테 얘기나 좀 해줘요."

"무슨 얘기?"

"아무거나 괜찮아요. 아름다운 얘기면 돼요. 다른 생각을 좀 하게요. 가을이라고 했죠?"

"무슨 말이야?"

"당신이 일을 끝내는 때 말예요."

"날 못 믿는 거야?"

"내가 왜 안 믿어요. 당신이 그랬잖아요."

"늦어도 11월에는……"

"그 다음엔?"

"11월에 개막 공연을 할 거야."

"당신이 그렇게 하겠다고 약속한 건가요?"

"그래. 하지만 그건 중요한 게 아냐. 나로서는 그 일에서 벗어 나고 싶을 뿐이야."

"그 다음엔?"

"글쎄…… 공연에 참석해야겠지."

"저도 같이 가나요?"

"무슨 소리야! 당신이 주인공인데. 당신은 로얄석에 앉아 있을 거야. 모두들 당신을 쳐다보겠지. 연극이 끝나고 나면 무대 위로 올라가 함께 인사도 할 거야. 그때 입을 당신 새 옷을 마련 할 거야."

"그런 데서도 긴 이브닝 드레스를 입나요?"

"그건 잘 모르겠어. 아마 어떤 극장에서 공연하는가에 따라 다르겠지."

"예전에 입었던 그 옷이면 될 거예요. 아직도 새 것인걸요."

"왜 새 옷을 안 입겠다는 거지?"

"옷 얘기는 그만 해요. 그리고 그 다음엔요?"

"그 다음? 그 다음에 우린 다시 자유로워질 거야."

"그리고 나서는요?"

"우린 여행을 떠날 거야. 오늘 그런 것까지 생각해야 해? 아직 시간은 많아. 연극이 성공을 하면 우린 폭스바겐도 하나 살 수 있을 거야. 그러면 우리는 어디에도 얽매일 필요가 없어."

"그리고 그 다음엔요?"

그렇게 물으면서 나는 웃어 보였다. 그러나 베르톨트는 아무것도 알지 못했다. 폭스바겐을 살 때까지의 계획에 대해서 그는 이미 내게 여러 번 얘기한 적이 있었다. 하지만 그게 전부였다. 폭스바겐 이후에 대해선 언제나 막혀버렸다. 우리는 한동안 둘다 말이 없었다.

"당신, 그 노란 소 생각나요?"

내가 먼저 입을 열었다.

"노란 소?"

"루드비히스호프에서 말예요. 우리를 쳐다보던 소 있었잖아

200

요. 그리고 울고 있는 듯한 산들, 그 검은 산들 생각나요?"

"돌아보는 건 안 돼."

그의 목소리는 좀 흥분되어 있었다.

"당신 맘에 들었다면 다시 가볼 수도 있어. 하지만……"

"당신은 그곳이 맘에 안 들었나요?"

"아니, 나도 맘에 들었어. 하지만 다시 가보면 실망할 거야."

"다시 가보고 싶지는 않아요. 틀림없이 슬퍼질 테니까요. 다른 얘기를 해주세요."

"무슨 얘기를 하라는 거야. 당신이 다 알고 있는 얘기들뿐인데……"

"당신이 처음 나에게 말을 걸었을 때의 그 표정, 그 표정을 다시 한번 보고 싶어요. 그때 그 시상식에서 말이에요."

"글쎄, 내가 어떤 얼굴이었지?"

"그렇다면 내가 우리 집 계단에서 내려올 때의 당신 얼굴이라도…… 좀 앉아요, 베르톨트. 마치 내가 당신을 어떻게 하기라도 할 것처럼 서 있군요. 왜 그렇게 깜짝 놀라죠? 잠깐이면 돼요. 시아버지는 언제 들어올지 몰라요. 어쩌면 오지 않을지도 모르구요. 만약 나중에라도 다른 여자를 얻고 싶다면 당신은 그 표정, 그때 그 표정만 지으면 될 거예요."

"바보 같은 소리!"

"아니, 농담이 아니에요. 그런 표정을 이겨낼 여자는 아무도 없어요. 정말 훌륭한 기술이에요. 당신이 재미있는 얘기를 안 해주니까 내가 하는 거예요. 노래 불러줘요?"

"싫어. 지금은 싫어. 도대체 그게 뭐야?"

"어렸을 때 엄마가 노래를 불러준 적, 없나요?"

"어머닌 한 번도 노래하신 적이 없어."

"우리 엄마도 그랬어요. 우리가 노래하는 것도 싫어했죠. 경박한 일이라고 생각했거든요. 하지만 아버지는 욕실에서 면도하면서 노래를 불렀죠. 물론 자주는 아니었어요. 자신도 모르게 흘러나올 때가 있었죠. 아버지의 노래를 들은 날 아침이면 엄만 꼭 식탁에서 불평을 했어요. 엄마는 불행한 분이었어요. 난 어머닐 미워하지는 않아요. 그래요, 내가 행실이 나쁜 아이라고 했던 엄마 말은 틀리지 않아요…… 글 쓰는 일이 당신을 그렇게 불행하게 만든다면 당신은 왜 글을 쓰죠?"

"그 얘긴 하지 마. 글 쓰는 일이 날 불행하게 하지는 않아."

"내 말을 오해하진 말아줘요. 괜한 호기심에서 하는 얘기가 아니에요. 베르톨트, 정말이에요. 그건 아니에요. 난 알고 싶어요. 진짜 이유를 말이에요. 나로서는 모든 게 낯설어요. 당신이 이해해줘야 해요."

"그래, 그건 다 내 잘못이야. 하지만 그건 달라지지 않아."

"당신은 나도 결국 낯선 사람에 불과하다고 얘기했어요. 그래요, 당신 말이 맞아요. 그건 저도 알고 있어요. 하지만 도대체 왜 그렇죠? 항상 그런 건 아닐 텐데요."

"그게 내가 사는 방식이야."

"뭐가요?"

"글 쓰는 거 말이야."

"이해할 수가 없어요. 내가 너무 바보 같은 건가요?"

"글을 쓰지 않았더라면 나는 존재하지도 않을 거야. 이해고 뭐고 할 것도 없어. 그것에 대해서라면 이야기하지 않는 게 좋아."

"난 글을 쓸 줄 몰라요."

"그러니 고맙게 생각하라구."

"뭐라구요? 글을 쓸 수 있으면 얼마나 좋을까요?"

"아니, 당신은 그럴 필요가 없어."

"당신, 내 얘길 써보는 건 어때요?"

"싫어."

"왜 안 되죠? 내 얘기가 작품 소재로는 잘 맞지 않나요? 다른 사람들이 모르도록 다른 이름을 쓰면 되잖아요?"

"아냐, 안 돼."

"왜 안 된다는 거예요?"

"그냥."

"그걸 읽으면서 난 우리의 시간을 기억할 거예요."

"하지만 당신은 지금, 여기에 이렇게 앉아 있잖아."

그가 너무나도 무뚝뚝한 얼굴로 앉아 있었기 때문에 나는 오히려 웃음이 나올 뻔했다. 왠지 그의 말이 좀 우스꽝스럽게 느껴졌다. 내가 너무 예민한지도 모르겠다. 그때 밖에서 노크 소리가 들렸다. 깜짝 놀라 자리에서 벌떡 일어난 우리는 잘못을 저지르다 들킨 아이들처럼 가만히 서 있었다. 이야기를 하느라 현관의 초인종 소리를 못 듣고 있었던 것이다. 나는 큰 소리로 말했다. "들어오세요!"

특별한 계획은 없었다. 나는 마치 내가 뭘 해야 하는지 알고 있는 사람처럼 행동했지만 정작 시아버지에게 무엇을 기대하고 있었던 건지 알 수 없었다. 나는 그저 우리가 어떤 상태에 있는지를 시아버지가 알아차리지 못하기만을 바랐다. 그러나 그가 방 안으로 들어오자마자 나는 모든 것을 잊어버리고 말았다.

그는 마지막으로 집에서 보았을 때보다 훨씬 더 좋아 보였다. 구릿빛으로 그을린 얼굴에 회색 양복이 잘 어울렸다. 그는 길고 흰 눈썹 아래 선량한 눈으로 우리들을 다정하게 바라보았다. 나는 참을 수가 없었다. 나는 달려가서 그를 끌어안았다. 그는 아마 방 안에 들어선 그 순간 이미 모든 것을 알아차렸을 것이다.

"저희를 방문해주시다니 너무나 감사해요."

내가 시아버지에게 말했다.

"당연하지. 마침 근처를 여행중이었는데, 안 보고 그냥 지나칠 수야 없지."

그는 베르톨트에게도 가볍게 인사한 후 곧장 당신의 일들을 이야기하기 시작했다. 늘 그런 식이었다. 막스는 그걸 그의 능력이라고 했다. 그렇게 해서 사람들을 당황하게 하고, 동시에 압도할 수 있다는 것이다. 사람들이 사업 얘기를 하러 집으로 찾아오면 그는 아주 사소한 이야기, 지극히 개인적인 이야기부터 꺼냈다. 기억력이 아주 좋은 시아버지는 그 사람이 어디에 관심이 있는지, 무엇을 좋아하는지 모두 기억하고 있었다. 그럴 때면 막스는 얼른 사업 얘기를 하고 싶어 몸이 달았다. 시아버지는 사람들과 그런 얘기를 나누는 것을 아주 좋아했다. 물론 흔한 일은 아니었다. 대부분의 사람들은 시아버지의 위치에 호기심과 동시에 부담을 가지고 있어, 시아버지와 자연스럽게 이야기 나누지 못했다.

"그때는 잠깐밖에 얘기하지 못했던 것 같군. 사태가 워낙 어수선해서 말이지…… 게다가 그날 난 아주 어려운 결정을 내린 참이었어. 자네도 알고 있었겠지만……"

시아버지가 베르톨트에게 말했다.

"아닙니다. 전 전혀 모르……"

베르톨트는 말을 더듬었다.

"그렇다면 더욱 다행이군. 그사이 나는 마음이 좀 편안해졌어. 자네 책도 좀 읽고 말야."

"베르톨트는 지금 새 작품을 쓰고 있어요…… 아버님, 일단 좀 앉으세요."

시아버지가 베르톨트의 일에 대해 더이상 이야기하지 못하도록 나는 재빨리 말을 막았다.

"네, 좀 앉으십시오."

베르톨트도 말했다. 우리 세 사람은 앉았다. 어색한 침묵이 계속되었다. 세 사람 중 누구도 먼저 입을 열지 못하고 있었다. 시아버지는 방 안을 한번 둘러보았다. 우리 얼굴을 피하기 위해 일부러 그러는 것 같았다.

"사는 게 이래요."

내가 말했다.

"베르톨트가 일을 끝낼 때까지 임시로 여기서 살고 있어요. 일이 끝나면 이사를 할 거예요. 베르톨트는 아버님께서 이 방을 보시면 마음 상하실 거라고 걱정했어요."

"내가? 이 방이 어때서?"

"베르톨트는 항상 이런 방에서 살아왔대요. 참, 우리 주소는 어떻게 아셨어요?"

"내가 괜히 늙은 여우인 줄 아냐? ……그거야 어렵지 않지. 뮌헨의 어느 큰 출판사에 갔더니 친절하게도 날 위해 협회에 전화를 해주더구나. 거기서 알아냈지. 거기선 모르는 게 없던걸."

"뮌헨에서요?"

내가 물었다.

"오 주 동안 베르히테스가덴에 있었다."

"혼자서요?"

"그래. 나 혼자서 말이다."

"아주 좋아 보이세요."

"날씨가 좋았거든."

"……언제 떠나세요?"

"내일 일찍 떠날 예정이다. 아마 점심때쯤엔 집에 도착할 거야. 내 나이가 되면 밤엔 가능하면 안 움직이는 게 좋거든. 그리고 서두를 필요도 없고. 안 그런가? 어차피 이제 난 별로 중요한 사람도 아니고……"

그가 베르톨트에게 말했다.

"혹시 아버님이 여기 오신 걸 아는 사람은……"

"없어. 물어봐줘서 고맙구나. 나 역시 명확히 해두고 싶었거든. 전혀, 아무도 몰라. 내가 너희들을 찾아왔다는 걸 알아야 할 사람은 없어. 나도 그런 것쯤은 아는 늙은이다."

시아버지는 베르톨트에게 미소를 지어 보이고는 다시 나를 향해 말을 이었다.

"귄터는 잘 지내고 있어. 여행중에도 소식은 매주 듣고 있다. 마지막 엽서는 나흘 전에 온 거야. 여기 있으니 읽고 싶으면 읽어보렴. 게르다가 보낸 거야. 게르다가 귄터를 잘 돌보고 있는 것 같다. 요즘은 그 아이만 돌보지. 덕분에 난 감시에서 벗어났어. 그래, 그렇게 됐어…… 이제 또 무슨 얘기를 해야 하지? 전부 옛날과 마찬가지야. 막스는 잘해나가고 있어. 사업 수완이 있는 애니까. 정기적으로 나한테 짤막한 사업 보고를 하고 있어. 형식적인 것이지만 말야. 워낙 그런 일에는 빈틈이 없는 애잖니. 자기가 옳고 내가 틀렸다는 것을 증명해 보이는 게 재미있는 모양이야."

이야기하는 내내 시아버지는 미소를 띠고 있었다. 그 미소는 나에게가 아니라 베르톨트에게 보내는 것이었다. 나는 베르톨트를 쳐다볼 수가 없었다.

"자, 그게 전부야. 나한테 물어보고 싶은 거 뭐 없니?"

나는 고개를 저었다.

그는 잠시 생각에 잠긴 듯 한동안 침묵을 지켰다. 그리고는 덧붙였다.

"난 아직도 집에서 지내고 있다."

무슨 말인지 처음엔 알아들을 수가 없었다.

"아버님께선 그럼……"

시아버지는 다시 기억을 더듬으며 잠시 말을 멈추었지만 곧 우리를 쳐다보며 말했다.

"그래, 이제 너희들 얘기 좀 들려주렴. 처음엔 어디로 갔지? 나한테 얘기해줄 수 있겠나?"

그는 나에게가 아니라 베르톨트에게 묻고 있었다. 하지만 베르톨트는 대답하지 못하고 머뭇거렸다.

"그걸 알아내려고 자네 책을 두 권 읽었지."

한참 동안 대답을 기다리던 시아버지가 말했다.

"하지만 결국 찾아내지 못했네. 내 탓인지도 모르지. 그 책은 잘 모르겠더군."

"제 책에 관해서 더이상 말씀하지 말아주시면 고맙겠습니다."

베르톨트가 말했다. 그의 말이 어찌나 불손하게 들렸는지 나는 깜짝 놀랐다. 시아버지는 깜짝 놀라 당황한 얼굴로 나를 쳐다보았다.

"제 작품에 관해 평하시려고 여기까지 오신 것 같지는 않은데요."

"베르톨트!"

나는 그를 제지했다.

"여기서 확실히 해두는 게 좋겠군요. 회장님, 회장님께선 제가 점잖을 뺀다고 생각하실지도 모르겠지만, 전 제가 쓴 모든 작품들이 정말 싫습니다. 참을 수가 없습니다. 우리 일에는 성공이라는 게 없습니다. 위안이라는 게 없지요. 아무 보상도 대가도 없습니다. 우리 중 혹시 지난 일을 이야기하는 사람이 있다면 그 사람은 이제 끝장난 겁니다. 그러니 제발 회장님이 방문하신 이유나 말씀하십시오."

내가 화제를 다른 방향으로 돌리려 했지만 때는 너무 늦었다.

시아버지는 베르톨트를 유심히 쳐다보더니 한참 동안 아무 말도 하지 않았다.

"미안하네. 난 전혀 다르게 생각하고 있었다네."

그가 말했다. 그 목소리는 아주 낮고 조심스러워서 조금 슬프게 들렸다.

"자네는 내가 왜 왔다고 생각하나?"

베르톨트는 어깨를 으쓱했다.

"그건 회장님 일입니다. 제가 어떻게 알겠습니까? 더구나 회장님과 얘기하는 것은 저에게 몹시 곤란한 일입니다."

"아니, 그렇지 않아."

시아버지가 단호하게 말했다.

"외람된 말씀입니다만 회장님, 괜히 그러는 게 아닙니다."

"나야말로 곤란하다네."

"우리 서로 솔직하도록 하죠."

"그게 바로 내가 말하고 싶은 걸세."

"회장님께서는 마리온이 어떻게 살고 있는지 보러 오셨습니다. 그게 용건이십니다."

"그렇네."

"혹시 이제 마음의 준비가 됐는지 궁금하신 건가요……"

"베르톨트!"

나는 소리를 질렀다.

"아니다. 내버려둬라. 뢴켄 씨 말이 맞다. 하지만 단 한 가지! 물론 나는 마리안네가 어떻게 지내고 있는지 궁금했네. 그리고 믿지 않겠지만 자네도 어떻게 지내는지 궁금했지. 하지만 단지 그걸 알아보기 위해서 여기에 온 건 아니야. 그 정도야 사람을 통해 알아봐도 되지. 우리가 서로 오해를 하고 있는 것 같아 유감이군. 마리안네가 내 얘기를 하지 않던가?"

내가 대답했다.

"네, 아버님. 별로 많은 얘기를 하지는 못했어요. 아버님에 대해 많이 알고 있지도 못한걸요."

"괜찮다. 뢴켄 씨가 날 솔직하지 못한 사람이라고 생각하는 것 같구나."

"아니에요. 아버님."

"아니다. 내가 왜 여기에 왔는지 설명을 해야지. 말을 꺼내기가 쉽지는 않구나. 자네 정말 우리 같은 사람들도 무언가 큰 일을 할 수 있다고 생각하나? 겉으로 보기엔 그럴지도 모르지. 하지만…… 난 남들이 말하는 그 업적을 허사로 만들 위험한 생각을 오래 전부터 해오고 있었네. 그래서 아들이 내게 금치산(禁治産) 선고를 했던 거야. 자네가 우리집에 왔던 바로 그날 말일세. 정확히 말하자면 바로 그날 자진해서 내가 그렇게 한 거지. 그날 서류에 서명한 건 어쨌든 내 뜻이었으니까. 내 아들이 옳았어. 내가 주저했던 건 남들이 말하는 내 업적을 단념할 생각이 없어서였어. 그래, 솔직히 그랬어. 무슨 말인지 알아듣겠나? 워낙 사업 이야기만 하다보니 개인적인 이야기를 하려니 쉽지 않군. 말투에서 벌써 느꼈겠지만 난 초등학교 교육밖에 받지 못했네…… 내가 왜 여기까지 왔냐 하면…… 사실 내겐 다른 탈출구가 없었네. 나는 늘 그 업적이라는 걸, 다시 말하면 성공을 위해 일해온 사람이야. 나한테 주어진 역할을 언제나 완벽하게 해내야 하는 사람이지. 다른 길은 없어. 알겠나?"

베르톨트는 아무 말도 하지 않았다. 좀 당황했는지 그는 마룻바닥에서 고개를 들지 못했다.

"역시 내가 온 이유에 대한 설명이 충분하지는 않군."

세 사람의 침묵을 깨고 시아버지가 다시 입을 열었다.

"솔직히 말하자면, 내 방문에 이유가 있어야 한다는 걸 이제야 알았네. 처음 이곳에 와야겠다고 생각했을 때는 그저 그게 당연한 것 같았거든. 어느 잡지엔 내 고희에 대한 기사가 났었는데, 물론 자네가 안 읽었길 바라네. 나도 읽어보지는 않았어. 이야기만 들었지. 성공담 어쩌구 하는 얘기였어. 빈손으로 출발해서 오직 근면을 통해서 이 시대 최고의 기업가가 되었다는 뭐 그런…… 기사가 사실과 좀 다르더라도 화내지 말라고 아들이 당부하더군. 사실 그 얘기들은 다 블랑크의 입에서 나온 거였어. 아들은 그런 게 회사 선전도 되고 사업에도 이롭다고 생각했던 모양이야. 틀린 말은 아닐 거야. 어차피 내용이야 중요하지 않지. 중요한 건 '헬데겐'이라는 회사 이름뿐이니까. 그런 얘기를 하자는 건 아니었는데…… 어차피 나와는 상관도 없는 얘기지만 말야. 내가 지금 엉뚱한 소리로 자네를 귀찮게 하는 건 아닌가? 자네 소설에서 말일세…… 작품 얘기가 기분 좋지 않을지도 모르지만, 눈에 띄었던 문장이 있어서 말이야. 그걸 읽고 나는 잠시 정신을 놓고 있었지. 슬프기도 했고 말이야. 소설에서 누가 한 말인지는 기억나지 않는군. 어떤 젊은이였던 같은데, 이름은 잊어버렸어. 그 사람이 그렇게 말했지. '우리에겐 노인이 없어. 어른이 없다구.' 우연히 그냥 나온 말이었어. 물론 특별한 뜻은 없었겠지만 나는 굉장한 충격을 받았다네. 사실 나도 머리는 백발이지만 스스로를 노인이라고 생각한 적은 한 번도 없었거든. 내가 나를 늙은이라고 인정하지 않는 건 쓸데없는 허세 때문만은 아니야. 이젠 내 아들을 나보다 더 어른으로, 나보다 더 현명한 사람으로 받아들일 수밖에 없게 되고 말았지. 말이 나온 김에 하는 얘기지만, 나는 한 번도 나이 든 사람을 찾아다닌 적이 없었네. 내 아버진 가난했고, 그런 아버지 덕분에 나는 더 부자가 되어야겠다고 생각했지. 그게 내 성공의 비결이라면 비결이었네. 무슨 특별한 신조나 이념이 있어서 그걸 위해 매진했던 게 아니라 질투와 가난에 대한 증오 때문이었어. 난 노인들에게 아무것도 기대하지 않았어. 그들은 내게 방해만 될 뿐이었어. 그들을 밀어내기 위해 나는 그들의 약점을 이용했네…… 그래, 난 그렇게 살아왔어. 그게 바로 내가 해온 일이야. 잡지에선 물론 그런 얘긴 언급하지도 않았지. 좋아, 내가 노인이라는 걸 우리 인정하세. 혼자 공원을 산책하면서, 내 앞에서 굽실거리는 웨이터와 수위를 보면서 노인이 무슨 생각을 하는지 아나? 내 경우만 얘기하지. 다른 사람은 또 다를지 모르니까 말이야. 믿지 않을지도 모르겠지만, 난 말이야, 전에 한 번도 며느리에 대해 생각해본 적이 없었네. 내 아들의 결혼 역시 우리 주변에서 흔히들 하는, 좋지도 나쁘지도 않은 그저 그런 결혼이라고 생각했던 거야. 여러 가지 면에서 그저 나쁘지 않은 결혼이려니 생각했지. 우리 같은 사람하고 함께 산다는 게 쉽지 않을 거라는 건 생각도 못 했었어…… 나 역시 며느리의 결심을 막을 수 없었다는 걸 나중에야 알았네. 그 사실이 몹시도 슬프더군. 그건 사실이야. 그리고 한편으론 며느리가 용기를 내서 그런 생활에서 벗어났다는 것이 놀랍기도 하더군. 나로서는 그렇게 힘든 일이었는데 말이야."

"아직 가시지 마세요, 아버님."

자리에서 일어나는 시아버지를 내가 말렸다.

"얘기를 너무 많이 한 것 같구나."

그가 웃으면서 말했다.

"너한테 꽃 한 다발, 과자 한 봉지 못 사왔구나. 미안하다."

"괜찮아요, 아버님……"

"자 그럼……"

"아버님께 아무것도 대접할 것이 없군요. 베르톨트, 당신이 얼른 나갔다 오면 안 돼요?"

베르톨트는가 일어나서 나가려 하자 시아버지가 말리며 물었다.

"내가 오지 않았더라면 뭘 하려고 했지?"

"특별히 할 건 없었어요. 아마 극장에 갔을 거예요. 가끔씩 머리를 식히러 극장에 가거든요. 아버님이 오셔서 기뻐요. 그 동안 다른 사람들과 왕래가 전혀 없었거든요."

"내가 가면 무얼 할 거지?"

"다른 일은 없어요. 베르톨트는 일을 하겠죠…… 당신 어디 갈 데 있어요?"

내가 베르톨트에게 물었다.

"커피만 사오면 되나? 담배 좀 하고."

"금방 갔다 올 거죠?"

"그럼."

"그러지 말고 어디 나가서 함께 커피나 마시자."

시아버지가 말했다. 베르톨트를 쳐다보니, 그는 먼산만 바라보며 아무 말도 하지 않았다.

"아니면 호텔로 가서 함께 저녁을 먹든지."

베르톨트는 어깨를 으쓱하더니 잠시 후 대답했다.

"마리온만 좋다면……"

"아니에요. 당신이 결정해요. 당신, 일 때문에 바쁘잖아요."

"당신만 좋다면 나도 상관없어."

"일, 안 할 거예요?"

"급할 거 없어."

"저녁시간을 허비하면 일을 못 하잖아요."

그는 결정을 내리지 못한 채 문 옆에 서서 마룻바닥만 내려다 보았다.

"그렇다면 그만두자. 나는 괜찮다."

시아버지가 말했다.

"아닙니다, 회장님."

베르톨트가 말했다.

"그냥 가시면 안 됩니다. 그리고 제가 잘못한 게 있다면……"

그는 손짓을 섞어가며 말했다.

"마리온과 상의해서 결정하십시오. 얼른 나갔다 오겠습니다. 꼭 그렇게 해주십시오. 전 아무래도 좋습니다."

"베르톨트!"

그가 문을 반쯤 나갔을 때 내가 소리쳤다.

"왜?"

"길, 조심하세요."

그는 시아버지에게 미소를 지어 보이고는 밖으로 나갔다. 현

216

관문 닫히는 소리가 났다. 나는 시아버지에게 모든 것을 얘기했다. 그에게는 숨길 것도 없었다.

내가 먼저 입을 열었다. 그가 먼저 얘기를 꺼내는 것도, 그가 침묵을 지키고 있는 것도 싫었다. 다른 얘기를 해보려고 했지만, 할 얘기는 한 가지뿐이었다. 피할 수가 없었다.

"저 사람은 늘 자신에게 너무 냉정해요."

시아버지는 내 말을 이해하지 못했다. 일을 할 때도 베르톨트는 자신의 운명을 걸었으니 반드시 그 보상을 받아야 한다거나 하는 식으로 결코 생각하지 않았다.

"그에게서 모든 것을 빼앗아간다 해도 그는 그런가보다 하고 살아갈 거예요. 그게 그의 장점이기도 하고 단점이기도 하죠."

하지만 그 말도 정작 내가 하려고 했던 말은 아니었다. 나는 시아버지의 관심을 다른 데로 돌리기 위해 피어에크 부인에게서 들은 열차 사고 이야기를 꺼냈다.

"베르톨트가 밖에 나갈 때면 혹시 그가 돌아오는 길을 잊어버리지는 않을까 걱정이 돼요. 저는 늘 두려워요. 그가 혹시 돌아오지 않으면 어쩌나 해서…… 아니에요, 그런 일은 없을 거예요. 하지만 언젠가는 그런 일이 있었어요. 전 창가에 서서 그 사람을 기다리고 있었어요. 지금처럼 말이에요. 그는 잠깐 뭘 사러 나갔었어요. 그런데 건너편 집의 담 밑에 그가 쓰러져 있는 게 보였어요. 사람들이 그를 거기에 뉘어놓은 것 같았어요. 구경꾼들이 모여 서 있었죠. 제가 어떤 기분이었는지는 말로 설명할 수가 없어요. 한 남자가 몸을 숙이고 그에게 뭐라고 묻는 것 같았어요. 말소리는 여기까지 들리지는 않았어요. 그는 머리를 들어올리려고 했지만 잘 안 되는 것 같았어요. 너무나 끔찍했어요. 나는 창가에 선 채 어서 구급차를 부르라고 소리쳤지요. 그런데 목소리가 나오지 않는 거예요. 상상이 되세요? 그때 베르톨트가 길을 걸어오는 게 보였어요. 차도를 따라 걸어오고 있었죠. 사람들이 누워 있는 남자를 일으켜세워 담에 기대서게 하더군요. 그때 구급차가 도착했어요…… 그 사람은 베르톨트가 아니었던 거예요. 누군가가 발작을 일으켰던 거죠. 입고 나간 코트가 비슷했던 것뿐이었는데…… 아버님, 제가 너무 예민한 거라고는 생각하지 마세요."

시아버지는 아무 말 없이 창 밖만 내다보고 있었다. 내 쪽은 돌아보지 않았다. 그가 무슨 생각을 하고 있는지 알 수가 없었다. 그의 입에서 나올 얘기가 나는 두려웠다. 그렇게 되면 모든 일이 끝장이다.

나는 덧붙였다.

"그저 착각이라고만은 할 수 없어요. 베르톨트 역시 제 말을 웃어넘겼지만 말이에요. 자기한테는 아무 일도 생기지 않을 거라고 안심시키면서요. 하지만 그 사람도 늘 무서운 상상에 시달리고 있는걸요. 악몽을 꾸는지 그는 늘 잠꼬대를 해요. 제가 흔

들어 깨우면 그는 늘 미안하다고만 할 뿐 더이상 입을 열려고 하
지 않아요. 음식이나 날씨 때문이라고 하지만 그건 핑계일 뿐이
에요. 그를 그렇게 괴롭히는 것이 무엇인지 저는 알 수가 없어
요. 그는 일이나 작품은 중요하지 않다고, 문제가 아니라고 했
어요. 처음에는 절 떼어버리려고 그러는 줄 알았어요. 언젠가
한번은 침대에서 떨어질 뻔한 적도 있었어요. 아버님, 웃지 마
세요…… 하긴, 어떻게 생각하면 우스운 일이죠. 그건 저도 알
고 있어요. 하지만 아버님이 보셨더라면…… 그는 악몽에서 깨
어나기 위해, 스스로를 구하기 위해 일부러 침대에서 떨어졌던
거예요. 그를 붙잡을 사람은 나밖에 없었어요. 그가 고맙다고
했어요. 그때까지도 숨을 몰아쉬고 있었죠. 불을 켰더니 그는
조용히 누운 채 웃으면서 말했어요. '칠을 해야 할 텐데…… 그
낡은 벽돌집 말야. 어두운 적색으로 말야. 계단에 서서 내려다
보고 있는 저 조각가의 미소 좀 봐.' 조각가의 이름도 말했는데,
잊어버리고 말았어요. 베르톨트가 전부터 알고 지내는 사람이
었던 것 같아요. 그가 다시 말했어요. '그 사람 입은 정말 보기
도 싫어. 축축한 입술이 너무 음흉하게 생겼다구. 그런데 대체
어디서 빛이 들어오는 거지? 해도 없고 달도 없잖아. 낮인지 밤
인지도 알 수 없는데 말야…… 난 선로 위에 누워 있었어. 그 빨
간 건물은 역사(驛舍)였던 것 같아. 내가 그 안에 있다가 밖으로
나온 건지 어떤 건지는 잘 모르겠어. 난 거기에…… 그래, 그

창백한 조각가가 나더러 아무 일도 일어나지 않을 거라고 말했어. 난 이미 살해당했다는 거였지. 누군가의 칼에 찔린 것 같아. 하지만 난 아무렇지 않았어. 오히려 재미있었지. 내가 왜 갑자기 선로 위에 누워 있었는지는 잘 모르겠어. 어디에 걸려 넘어졌는지도 모르지. 나는 선로를 따라 길게 누워 있었어. 자갈 때문에 머리가 아파서 머리를 들려고 했지만 그럴 힘은 남아 있지 않았어. 선로는 모두 세 개로 나뉘어지고 있었는데 나는 그중 가운데에 누워 있었지. 그런데 갑자기 왼쪽, 오른쪽 양쪽 선로 위로 기차가 나타난 거야. 그런데 기차가 얼마나 우스꽝스럽게 생겼는지! 꼭 깔때기처럼 생긴 굴뚝에서 엄청난 연기가 나는 아주 오래된 기차였어. 거기다 아이들 장난감처럼 알록달록하게 색칠을 하고 있었지. 파란색과 녹색으로 칠한 바퀴는 마치 양철로 만든 것처럼 얇고 가벼워 보였어. 어찌나 허술하게 매달려 있는지 선로에서 금방 달아날 것처럼 보였어. 하지만 기차는 잘 달리고 있었어. 조금씩 걱정이 되기 시작했어. 내가 누운 선로에도 곧 기차가 들어올 거야. 빨리 피해야 할 텐데…… 하지만 나는 알고 있었어. 기차가 내 몸 위로 지나간다 해도 아무 일도 없으리라는 것을 말야. 난 이미 살해당한 뒤였으니까. 그렇지만 그 색깔들은……'"

그때 시아버지가 내 말을 중단시켰다.

"꿈에 대해선 나중에 얘기하자. 지금은 그럴 시간이 없어."

"네…… 죄송해요, 아버님."

"그 사람은 우리를 위해 나가준 거야. 둘이서 조용히 이야기하라고 말이야."

"아니에요. 저녁식사 때문에……"

"그 얘긴 그만두자. 곧 그가 올 거야. 그렇게 되면 더 얘기할 수도 없어…… 내 질문에 대답해주겠니?"

"네?"

"아주 진부한 질문이야. 화내지는 말아줬음 좋겠구나."

"무슨 말씀이신데 그러세요?"

"혹시 돈이 필요한 건 아니냐?"

"돈이요?"

"우리 둘이서라면 솔직하게 의논할 수 있잖니?"

"돈은 충분해요. 저기 서랍 속에 있어요. 아마 이천 마르크도 넘을 거예요. 필요한 건 없어요. 간간이 잡지 같은 데 기고하기도 하구요. 큰 돈은 아니지만 부족하진 않아요. 떠나올 때 베르톨트가 가지고 나온 돈도 좀 있고 저도 필요한 만큼은 갖고 있었어요. 그는 돈에는 관심도 없어요. 전부 저한테 맡긴걸요. 돈은 충분해요. 11월까지, 아니 그 이후까지도 생활할 수 있을 거예요. 지금처럼만 살아간다면 말이에요. 그리고 그때가 되면 베르톨트는 돈을 더 벌게 될 거구요. 특별히 아끼면서 사는 것도 아니에요. 그런 걱정은 하지 않으셔도 돼요."

시아버지에게 말하면서 나는 차라리 돈 문제라면 훨씬 나을 거라고 생각했다. 하지만 그런 말은 하지 않았다.

"그럼 됐다. 나도 그냥 물어본 거다. 어떤 식으로든 너희들을 도와주고 싶은데, 방법을 알 수가 없어서 말이다. 돈이나 좀 내놓는 수밖에 없는 것 같은데 돈 문제가 아니라니…… 네가 그 사람과 집을 나왔다고 해서 내가 그 사람을 싫어한다고는 생각하지 말아라. 나도 그 사람이 마음에 든다. 하지만…… 나한텐 모든 것이 낯설기만 해서…… 너희들 일에 뭐라고 할 생각은 없다. 방해하고 싶지는 않아. 내가 너희를 잘못 찾아온 것 같구나."

"아니에요. 그렇지 않아요, 아버님. 아버님 편지는 마치 어떤 암시와도 같았어요."

"암시?"

"그 동안 얘기할 사람이 아무도 없었어요. 모든 일을 혼자 처리해야 했어요. 저한테 충고 좀 해주세요, 아버님."

"아니, 난 그럴 자격이 없다."

"아니에요, 아버님. 하실 수 있으세요. 아버님이 아니면 누가 저에게 충고해줄 수 있겠어요?"

나는 옷가게에서 일해볼까 생각하고 있다고 말씀드렸다. 돈 때문이 아니라 베르톨트를 혼자 두기 위해서……

"그 사람을 혼자 두는 게 낫다고 생각하니?"

그가 물었다.

"그가 절 필요로 하고 있는 걸까요? 아버님은 경험이 많으시니 저보다 더 잘 아실 거예요. 전 정말 아무것도 모르겠어요. 모든 게 뒤죽박죽이에요. 내가 그 사람을 방해하고 있는 건 아닌가, 그가 날 필요로 하지 않는 건 아닌가, 그런 생각이 들 때가 많아요. 그는 도대체 다른 사람의 도움을 받으려 하지 않아요. 그에게 저는 짐이 될 뿐이죠. 식사할 때도, 잠잘 때도, 와이셔츠에 단추를 다는 일까지, 그는 모든 일을 혼자서 해결해요. 제가 왜 여기에 있는 건지 알 수 없을 때가 많아요. 이건 결혼생활보다, 죽음보다 더 나빠요. 다른 사람의 도움을 전혀 필요로 하지 않는 사람, 그런 사람이 있으리라는 건 생각도 못 했어요. 처음엔 그에게 제가 필요하다고 믿었어요. 그런데 지금은 죽을 것만 같아요. 얼마 전에 제가 그에게 뭘 물어봤는지 아세요? 나쁘게 생각하지는 마세요, 아버님. 더이상 참을 수가 없었어요. 그래서 물어봤던 거예요. 어린아이를 갖는 게 어떻겠냐구요. 무슨 생각으로 그랬는지는 저도 모르겠어요. 깊이 생각한 건 아니었어요. 그냥 별 생각 없이…… 그냥 이렇게 있을 수만은 없었어요. 이렇게 불안한 상태로는 말이에요. 전……"

"그래서?"

"그런 건 물어보지 않는 게 더 좋을 뻔했어요. 그 사람 얼굴을 보셨더라면…… 그가 아직도 날 필요로 하고 있는 걸까요? 모든 게 저한테 달려 있어요. 그가 여기서 혼자 살고 있는 모습은 상상할 수가 없어요. 여기 이 방에서 말예요. 언젠가 그는 절 찾게 될 거예요. 전처럼 말이에요. 그런데 제가 없으면…… 아버님, 그렇다면 어떻게 되겠어요?"

시아버지는 아무 말 없이 한숨만 내쉬었다. 내가 괜한 말로 그를 괴롭힌 건 아닌가 하는 생각에 미안해졌다.

"아버님이 오시기 전에 이미 전 결정을 내리고 있었어요."

내가 말했다.

"그런데 지금은?"

"보세요, 전 옷까지 갈아입었어요. 베르톨트는 알아차리지 못했지만…… 그 사람은 제가 왜 옷을 갈아입었는지 모를 거예요."

"모른다고?"

"그 사람 머릿속엔 일 생각뿐인걸요."

시아버지는 고개를 저었다.

"아니, 그건 네가 잘못 생각하고 있는 거다. 그는 네가 떠나려는 것을 알고 있어. 그가 밖으로 나가려고 할 때 이미 난 알 수 있었지. 그는 자신이 널 막을 수 없다는 것도 잘 알고 있어. 결정을 너한테 맡기는 것뿐이야. 가만, 내 말을 막지 마라. 시간이 많지 않구나…… 우리 세 사람이 모여 앉아 이 얘길 꺼내는 일은 없었으면 좋겠구나. 내가 온 건 너희들에게 무슨 충고를 하기 위해서는 아니다. 내가 무슨 충고를 할 수 있겠니! 사업가들은 그런 일에 대해선 아는 게 없지. 베르톨트가 옳은지도 모르겠다. 그는 나보다도 훨씬 더 분별력이 있는 사람이니까. 자기 자신에게 냉정하다는 말 말이다. 그래, 그는 너보다도 훨씬 냉정하지. 바로 그래서 내가 그 사람을 신뢰하기도 하지만…… 무슨 충고든 하려면 우선 네 계획부터 알아야 할 것 같구나. 그래야 그것이 실현 가능한 계획인지 어떤지 충고해줄 수 있지 않겠니."

그는 묵묵히 내 대답을 기다렸다. 더이상 피할 수가 없었다.

"우리가 함께 살 수는 없을까요?"

불쑥 그런 말이 나왔다. 전에 한 번도 그렇게 생각해본 적은 없었다.

"우리라니, 누구 말이냐?"

"아버님과 저 말이에요. 아버님과 헤어지긴 싫어요."

"아니, 안 된다. 그건 안 돼."

"제가 두 번이나 실패했기 때문인가요? 그래서……"

"아니다. 그건 아냐. 그렇게 말해줘서 고맙구나. 아주 고마워. 하지만 그건 안 된다. 따로 계획이 있다. 아까 그 말을 했던 것 같기도 한데…… 내 문제는 그렇다고 하고, 그것이 너에게 올바른 해결책이라는 생각은 들지 않는구나."

"어떤 방법도 마찬가지예요. 저한테 올바른 해결책이란 건 없어요."

"그렇다면 가능한 방법을 찾아야지. 우린 여기서 괜한 허세를 부리려는 게 아니잖니, 마리안네. 그건 아무 의미가 없어. 우

225

린 이미 한 발을 밖으로 내밀었어. 그런데 그것이 우리에게 맞지 않는다는 걸 깨달은 거야. 그건 정말 괴로운 일이지. 하지만, 그렇다고…… 그래. 난 언제나 사실만을 보지. 사과든 변명이든 얼른 해치우고 적당히 화해를 하는 것이 나한테는 훨씬 더 쉽구나…… 난 이제 몇 년 동안 조용히 지내면서 남들한테 방해만 되지 않으면 돼. 어차피 사람들이 나한테 바라는 건 그 정도뿐이니까. 하지만 너에겐 아직도 다른 가능성들이 많아…… 자, 나와 함께 가겠니?"

"……어디로요?"

"무슨 말인지 알 텐데……"

"아니에요, 그럴 순 없어요."

"왜 안 된다는 거냐. 내가 보기엔 너도 이미 그렇게 생각하고 있는 것 같은데."

"아니에요. 이대로 돌아갈 순 없어요."

"그렇게 얘기를 많이 했는데……"

"아니에요. 전 이겨내지 못할 거예요."

"아니, 잘할 수 있을 거다. 사람이란 생각보다 훨씬 더 많은 것을 견뎌낼 수 있는 법이다."

"아니에요. 그건 불가능한 일이에요. 그건 안 돼요. 전 차라리…… 안 돼요, 그럴 수는 없어요. 아버님은 이해하지 못하실 거예요."

"알았다. 그 얘긴 그만 하자."

시아버지는 그냥 해본 소리니 신경 쓰지 말라고 했다. 그리고는 내가 다시 안정을 되찾을 때까지 돈이 필요할 거라며 나에게 돈을 좀 주고 싶다고 했다. 베르히테스가덴에서 올 때 약간의 배당금을 받아왔다는 것이었다. 그야말로 나를 비난하지 않는 유일한 사람이었다.

그가 말했다.

"나 역시 모든 것이 무의미한 것처럼 생각될 때가 있지. 내 나이에도 말이다. 부끄러운 일이지. 사람들은 흔히들 말하지. 그래도 인생은 계속된다고…… 누구도 깊게 생각해보려 하지 않아. 그냥 대충 그런 식으로 넘기려는 거지. 하지만 어쨌든 틀린 말은 아니야. 운수가 사나울 땐 흔히들 소리치지. 이따위 인생이 다 뭐야! 정말 지긋지긋해! 하지만 어쨌든 인생은, 삶은 그렇게 계속되는 거다…… 상투적인 얘기는 그만두자꾸나. 우리 한번 냉정하게 생각해보자. 예를 들면 귄터 말이다. 그 아이 얘기를 좀 해보자꾸나."

시아버지는 귄터에게 내가 필요하다고는 말하지 않았다. 오히려 내가 없어도 잘 자랄 거라고 했다. 그가 얼마나 냉철하게 사물을 보는지, 나는 다시 한번 느낄 수 있었다. 그 자신 따뜻한 유년 시절을 보내지 못했고 막스 역시 어머니 없이 자라야 했다. 그는 흔히들 말하듯 아이에겐 엄마가 있어야 한다는 등의

말은 하지 않았다. 어쨌거나 중요한 건 귄터가 아니라 나라는
것이었다.

"자, 다른 얘기는 그만두자."

그래도 그가 엄마로서의 의무라든가, 하는 문제에 대해서는
아무 말도 하지 않아서 마음이 좀 편했다. 사업 얘기를 할 때처
럼 말이다. 그는 한 번도 당신의 사업이 사회적인, 혹은 가정을
돌보는 아버지로서의 의무라고는 생각하지 않았다. 성공을 생
각하다보면 그런 건 큰 문제가 아니었다.

"자, 그럼 이제 어떻게 할 거지?"

갑자기 그가 말머리를 돌렸다.

"다른 건 모르겠지만, 베르톨트가 자기 일에 전혀 가치를 두
지 않는다는 건 정말 이해할 수가 없구나. 그는 언제나 세차게
고개를 흔들며 일을 하고 있어. 핑계라고? 하지만 무엇에 대한
핑계라는 거지? 이해가 안 되는구나. 어떻게 그런 식으로 살 수
있는지…… 그래, 다른 건 얼마든지 이해할 수가 있어. 일상적
인 것에 가치를 두지 않는 것, 그런 일에는 조금도 얽매이기 싫
어하는 것, 뭐 그런 것 말이야. 그런 점에서는 그가 부럽기까지
해. 하지만, 글쎄…… 그 사람 책을 읽으면서 난 그런 생각을
했다."

"그 사람이 아무것도 할 수 없을 거라는 말씀이신가요?"

"내가 어떻게 그런 걸 판단할 수 있겠냐. 아마 그 사람은 다른

사람보다도 훨씬 많은 일을 할지도 모르지. 하지만 그건 중요하지 않아. 그는 정작 말해야 하는 것들을 말하지 않고 있어. 실제 말하는 것보다 훨씬 많은 것을 알고 있는 사람이지. 하지만 조금이라도 그런 모습이 보일라치면 얼른 숨어버려. 그러면서도 누가 자기처럼 살겠다고 나서면 그 사람이 듣거나 말거나 자기가 알고 있는 걸 이야기하지 않고는 못 견디고…… 그것 역시 그의 장점이자 단점일 거야. 하지만 그 사람에게 좋지는 않을 거야…… 다른 사람들에게 늘 무언가를 감추고 있는 것 말이다."

"그 사람 어린 시절 때문일 거예요, 아마……"

"그럴지도 모르지. 난 어차피 잘 모르지만."

시아버지는 시계를 봤다.

"……막스 얘기를 안 할 수가 없구나. 한 번도 그애와 네 얘기를 해본 적은 없다만…… 너도 알잖니, 우리가 개인적인 이야기는 거의 하지 않는다는 거…… 하지만 막스는 네가 돌아올 거라고 생각하고 있다. 막스는 우리와는, 아니 너와는 달라. 그앤 단순하지. 하지만 지금은 그애의 성격에 대해 이야기할 때는 아닌 것 같구나. 미안하다, 이렇게 말을 해서…… 사실 그애가 그러는 건 순전히 사업 때문이야. 어쩌면 그애는 너를 그렇게 생각하고 있는지도 모르지. 잠시 금고에 넣어두었다 꺼내면 언젠가는 비싼 값의 유가증권 같은 걸로 말야…… 난 지금 막스를 비판하려는 건 아니다. 그애는 처음부터 네가 곧 돌아올 거라고 생각했던 것 같다. 잠시 요양을 하러 간 거라고 말이야. 다른 사람들에게도 그렇게 얘기해두었지. 그 사람들이야 그 말을 믿을 수밖에…… 모두들 헬데겐 사에 잘 보이려고 안달들이니까. 이쪽에서 곤란할 건 하나도 없는 셈이지. 네가 몸이 좀 안 좋아서 요양차 베르히테스가덴에 갔었다고, 그리고 거기서 우리가 만나서 함께 돌아왔다고 하면 되는 거니까. 그런 걸 조사해볼 사람도 없을 테고 말이다."

하지만 나는 아무 말도 하지 못했다. 시아버지 역시 크게 기대하고 있는 것 같지는 않았다.

"문제는 너다. 네가 견뎌낼 수 있을지 모르겠다. 강요하지는 않으마. 주변에서 뭐라고 하든 어차피 그건 상관없을 거야. 생활도 마찬가지고…… 여기보다야 심하겠니. 너도 그건 잘 알잖니, 벌써 몇 년을 함께 살았는데…… 하지만 무조건 내 말을 따르라는 건 아니다."

"아니에요, 아버님 말씀이 옳아요. 그 길이 옳다는 건 저도 알고 있어요."

시아버지가 그렇게 걱정해줄 만큼 나는 그렇게 가치 있는 사람이 아니라고 얘기하려다 곧 그만두었다. 그건 말할 필요도 없었다.

"언제 떠나세요?"

내가 물었다.

"글쎄, 오늘 밤에 떠날 수도 있고……"

"그렇게 빨리요?"

"열한시 기차가 있어. 아마 침대칸을 구할 수 있을 거다. 그러려면 먼저 역까지 마중을 나오라고 집에 전화부터 해야겠구나."

"아니에요, 그러지 마세요."

"너만 결심을 한다면 말이다……"

"전 견디낼 수 없을 거예요."

"그래. 어려운 일이지."

"그런 건 상관없어요. 문제는 그래서 행복할까 하는 거예요. 사람들은 내가 베르톨트와 함께였을 때 얼마나 행복했었는지 금방 눈치챌 거예요. 그 일 때문에 불행하기도 했지만…… 막스도 모를 리 없어요. 귄터도, 다른 사람들도 마찬가지예요. 내가 아무리 밝게 웃어도 사람들은 내 미소를 믿지 않을 거예요. 오히려 불쾌하게 바라보겠죠. 제가 아무리 노력한다 해도 그건 달라지지 않을 거예요. 저는 또다시 방황하게 되겠죠. 저는 베르톨트와의 한때를, 행복했지만 또 고통스러웠던 그때를 잊으려 애쓸 거예요. 하지만 저도, 다른 사람들도 제 과거를 완전히 잊어버리지는 못할 거예요. 그럴 만한 자신이 없어요. 여자는 그럴 수 없는 존재예요."

"그래. 무슨 말인지 알겠구나."

"아니에요. 아버님은 모르세요…… 어머님께서는 왜 아버님을 떠나셨죠?"

해서는 안 될 말이었다. 아차 싶었지만 주워담을 수도 없었다.

"죄송해요, 아버님. 제가 정신이 나갔나봐요."

"왜? 물어서 안 될 것도 없다."

"아니에요. 저에겐 그럴 권리가 없어요. 어차피 저하고는 상관없는 일이니까요."

"넌 꽤 많이 알고 있는 것 같구나."

"말이 잘못 나온 거예요. 언짢게 생각하지는 마세요. 하지만…… 저라면 아버님을 떠날 수는 없을 것 같아요."

"그렇지는 않다. 아마 너라도 날 떠났을 거다. 모두들 그건 다 내 탓이라고 했지. 아내는 집을 나간 지 일 년 반 뒤에 어느 병원에서 죽었어. 사인(死因)은……"

"제발 그 얘긴 그만두세요, 아버님."

"그건 일종의 '파산'이었어. 얼른 그렇게 인정해버리고 나면 그만큼 손실이 적어지지. 그래야 다시 일어날 수도 있는 거고…… 하지만 아내가 날 버렸다는 생각이 평생 날 떠나질 않았다. 나도 막스와 다를 바가 없었어. 그 당시엔 말이야. 아내가 보낸 이별의 편지도 난 아예 보려고 하지 않았어. 그 여자의 속마음은 이해하려고 하지 않았던 거야. 난 내 마음대로 아내가 많이 아픈 거라고 생각했지. 아내는 편지에다…… 보고 싶다면 그 편지

를 보여주마. 이상한 일이지만 난 아직도 그 편지를 간직하고 있
어. 편지에서 아내는 내가 무척 불쌍한 사람이라고 쓰고 있었어.
왜냐하면…… 정확한 단어는 생각나지 않지만…… 자기가 생
각하는 삶과는 너무나 다르게 살고 있기 때문이라고 했지. 그리
고는 나를 도와주기에는 자기는 너무나 약하다고 썼더구나. 날
경멸하거나 미워하지는 않는다고도 써 있었지. 아무튼 그런 내
용이었는데, 내겐 청천벽력 같은 이야기였다. 하지만 처음에 난
단순한 히스테리 쯤으로만 생각했어…… 아내와 결혼한 것은
내 명예심 때문이었지. 난 돈 많고 야심 있는 젊은이였고 아내는
오랜 학자 집안에서 자라난 요조숙녀였어. 재수가 좋았지. 처음
엔 그럭저럭 잘되는 것 같았다. 난 무엇보다 내 자신을 믿었고,
성공을 확신하고 있었기 때문에 아무것도 두렵지 않았지. 사업
은 날이 갈수록 커졌어. 아내가 뭔가 힘들어하는 것 같다고 느낄
때면 비싼 물건들을 선물했지. 아내가 그런 내 방식들, 회사나
사업과 관련된 이런저런 내 사고방식들을 증오하고 있다는 걸
알았을 때도 그냥 웃어넘겨버렸어. 그리고 그녀에게 말했지. 왜
당신은 당신이 올라앉아 있는 나뭇가지를 잘라버리려는 거야!
별로 심각하게 받아들이지 않았던 거지…… 결국 아내는 나를
참을 수 없게 되어버렸어. 내 모든 것을 견딜 수 없어했지. 알다
시피 나는 교육을 많이 받지 못했다. 식사할 때 음식을 너무 크게
자른다거나 소리내어 음식을 씹는 것까지, 그녀는 내 모든 것을

싫어했어. 어차피 난 그녀와는 다른 사람이었으니까. 난 그런 내 습관이 유별나다고는 생각하지 않았어. 그런데 한번 그런 생각이 들자 그 다음부터는 그녀와 함께 식사를 할 수도 없게 되었지. 하지만 그때만 해도 그렇게 심각하게 생각하지는 않았어. 그냥 그러려니, 결혼생활이 으레 그런 거려니 했지…… 아내가 아팠는지, 그렇지 않았는지는 전혀 중요한 문제가 아니야. 문제는 그녀가 나를 버렸다는 사실이었지. 그때는 정말 놀라지 않을 수 없었다. 난 막스를 기숙사에 보냈어…… 널 비난하려는 건 아니야. 하지만 막스 입장에서 본다면 말이다, 그애는 널 그렇게 내버려두지는 않을 거다. 그앤 절대로 그렇게 하지 않을 거야. 다른 사람들이 널 괴롭히는 건 보지 못할 아이야. 그건 너도 알잖니. 어쨌거나 그앤 네 남편이니까 말이다…… 예전의 나는, 나는 아무것도 이해하지 못했기 때문에 그랬던 거야. 대체 내게 무슨 일이 일어났는지도 모르고 있었던 거라구. 이제 알겠니? 그애나 나나 좀 무딘 편이지. 내 아내가 그렇게 된 거나, 네가 지금 이렇게 된 거나 모두 너무 소심한 우리의 성격 탓인지도 몰라…… 얘긴 그만해야겠구나. 내가 네 머릿속만 더 복잡하게 해놓은 것 같구나."

"……먼저 베르톨트와 얘기해보겠어요."

"그래. 그렇게 하도록 해라."

"아버님, 이해해주세요."

"그럼, 이해하고말고."

"아니에요, 그럴 순 없어요. 베르톨트는 어떻게 하구요? 저는 어떻게 돼도 상관없어요. 제가 실패자가 되는 건 문제가 아니에요. 제가 잘 견뎌낸다면 그건 아버님 덕분일 거예요. 아버님이 여기까지 오셨고 또…… 아니에요, 그럴 수는 없어요. 제가 마음을 단단히 먹고…… 제가 어떻게 해야 된다고는 말씀하시지 마세요. 아버님도 그렇게는 말할 수 없어요. 전 각오가 다 되어 있어요. 모두 달게 받겠어요. 이미 모든 걸 단념했어요. 남들이 뭐라고 해도 전…… 저는 벌을 받아야 할 거예요."

그때 노크 소리가 났다. 베르톨트였다. 우리를 놀라게 할까봐 일부러 노크를 한 것이다. 우리 얘기를 들은 것 같지는 않았다. 그는 방 안으로 들어와서도 우리에게서 조금 떨어져 서 있었다. 그 거리가 너무도 멀게 느껴졌다. 그를 무시한 채 얘기를 계속할 수도 있을 것 같았다. 그는 자기 때문에 우리가 당황하지 않도록 엉거주춤하게 서 있었다. 마치 우리에게 커피를 갖다주기 위해 들어온 사람 같았다. 그런데 커피는 가져온 걸까?……아래로 늘어뜨린 그의 손에는 갈색 종이로 포장된 커피 병이 들려 있었다.

그는 꼼짝 않고 그 자리에 서 있었다. 그 순간 나는 알았다. 그는 그 순간 모든 것을, 내가 옷을 갈아입었는지, 그리고 내가 어떤 결심을 했는지를 알아차렸던 것이다.

지금 돌이켜보면 나는 그때 이미 잘 알고 있었던 것 같다. 내가 결코 그를 떠날 수 없음을…… 그것은 무서운 배신이었다. 내가 누군가에게, 혹은 어딘가에 속한다면 그건 베르톨트뿐이었다. 그는 시상식장의 연단에 서 있을 때처럼, 축하모임에 모인 수많은 사람들 사이에 서 있을 때처럼 쓸쓸히, 그렇게 서 있었다. 마음이 아팠다. 보고 있을 수가 없었다. 어차피 사람들은 믿지 않을 테니까 그들이 뭐라고 떠들어대든 마찬가지다. 그는 내게 한 마디 말만 하면 되었다…… 단 한 번의 눈짓, 단 한 번의 손짓으로 충분했다. 우리는 서로 너무나도 잘 알고 있었다. 아무 말도 필요하지 않았다. 그러나 그는 그렇게 쓸쓸히 서 있었다. 그의 얼굴엔 어떠한 표정도 떠오르지 않았다. 만약 그랬더라면 나는 그대로 그에게 달려갔을 것이고, 우리는 모든 고통으로부터 벗어날 수 있었을 것이다.

　나는 아무 말도, 아무 일도 하지 못하고 그 자리에 멍하니 앉아 있었다. 나는 기다리고 있었다. 너무나 지쳐 그저 기다리는 것밖에 달리 할 수 있는 것이 없었다. 어쩌면 시아버지에게 부끄러워서였는지도 모른다. 내가 그렇게 꼼짝도 할 수 없었던 건 어쩌면 당연한 일 같았다. 나는 그저 시간만 보내고 있었다. 아무 생각도 나지 않았다.

　시아버지가 자리에서 일어났다. 내가 먼저 결정을 내리도록 시간을 주었는데도 내가 꼼짝도 하지 못하자 먼저 일어선 거였

다. 시아버지는 내가 어떤 상태인지 다 알고 있었다. 시아버지는
더이상 결정할 것도 없음을, 모든 것이 절망적으로 치닫고 있음
을 알고 있었다. 내가 일어나지 않는 것으로 시아버지는 내가 어
떤 결심이 섰으리라 짐작한 것 같았다. 그는 아무 말 없이 베르톨
트에게 손을 내밀었다. 작별의 악수였다. 그리고, 그때 나는 간
신히 입을 뗐다.

"지금 가시는 건 아니죠, 아버님?"

그 말은 좀 이상하게 들렸다. 그 말은, 내가 시아버지와 함께
가려고 하며, 시아버지의 뜻에 따르겠다는 의미로 들렸다. 상황
은 완전히 뒤바뀌었다.

"난 지금 호텔로 간다. 필요하다면 호텔로 전화를 하거라."

시아버지의 말이 끝나기가 무섭게 베르톨트가 말했다.

"다음 골목 오른쪽에 택시 정거장이 있습니다."

"고맙네. 또다시 만나볼 수 있을지 모르겠군, 뮌켄."

"그건 중요하지 않습니다. 재회라는 건 중요한 게 아니니까
요. 불쾌하게 해드려서 죄송합니다."

"불쾌하지는 않았는데……"

"아닙니다. 회장님을 실망시켜드렸습니다. 전 모든 사람들을
실망시키고 있어요. 제가 너무 욕심이 많아서입니다. 온통 현실
성이라고는 없는 것들에 빠져 있으니 말입니다. 저도 회장님처
럼 현명했으면 좋겠습니다."

"내가 현명하다구?"

시아버지는 그 말에 상당히 놀라는 것 같았다.

"그 단어가 마음에 안 드십니까? 좀 진부한 표현이긴 합니다. 욕심이 없다는 말이 더 나을 것 같군요. 아니에요. 그 말도 적당하지 않습니다. 커피를 사러 나가면서 회장님에 대해 생각해봤습니다…… 저는 말하는 것을, 말하는 방법을 잊어버린 것 같습니다. 앞으로 십 년 후까지는 저에 대해 말하지 않을 겁니다. 아무 소용이 없거든요. 이해를 시켜봤자 뭘 합니까? 온통 거짓투성이인데. 네, 전 회장님에 대해서 생각해보았습니다. 하지만 회장님께서 절 도와주실 수는 없을 것 같군요. 특히 저는 말입니다. 그러니 손을 떼십시오. 어차피 도와줄 수도 없는데 질질 끌고 가봐야 잘될 것도 없으니까요. 네, 저도 회장님처럼 그렇게 되고 싶습니다. 그런데 가끔 그리움이 저를 집어삼킵니다…… 늘 그게 문제입니다. 하지만 얘기해봤자 무슨 소용이 있습니까! ……저 때문에 늦어지시는 것 같군요."

그의 그 마지막 말은 시아버지에게서 얼른 벗어나고 싶다는 뜻으로 들렸다. 나는 그가 다시 들어온 후 그를 쳐다보았다. 차가운 얼굴로 나를 바라보고 있는 그는 마치 무언가에 깜짝 놀란 사람처럼 눈썹을 치켜뜨고 있었다. 그의 그 표정은 마치 그렇게 말하고 있는 듯했다. 뭐야? 아, 당신이었군…… 빌어먹을, 날

좀 편안하게 내버려둘 순 없는 거야? 이젠 정말 도저히 참을 수
가 없군. 한순간도 날 혼자 내버려두지 않으니 말야……

시아버지 역시 그의 그 표정을 본 것 같았다. 그는 곧장 나를
돌아보며 말했다.

"뢴켄, 자네에게 비밀로 하고 싶지는 않네. 내 방문은 처음에
생각했던 것과는 결과가 좀 다르게 되고 말았네. 내 소망을 전부
단념하고 아예 오지 않는 게 차라리 나을 뻔했는지도 모르겠군.
하지만 언제라도 한 번은 이런 일이 일어나야 했을 거야. 마리안
네와 나는 많은 이야기를 주고받았네. 어떤 결론도 내지 못했지
만 말일세. 나로서도 이 아이에게 뭐라고 충고할 처지는 아니라
네. 자네에겐 더욱 그렇고…… 언짢게 생각하지는 말아주게,
그리고 마리안네에 대해서도 마찬가지야. 이 아일 나쁘게 생각
하지 말아주게. 이 아이는 모든 애기를 다 털어놓았네. 아마 그
게 두 사람에게 도움이 될걸세. 아마 우리는 다시는 볼 일이 없을
걸세. 글쎄, 서로 듣기 좋게, 상투적인 말만 할 수도 있겠지만 그
런 건 그만두기로 하지. 우리들 모두 너무 심각하게 생각하고 있
는 것 같군. 자, 그럼!"

시아버지는 내게 고개를 한 번 끄덕여 보이고는 곧장 밖으로
나가버렸다. 베르톨트가 그를 현관까지 배웅했다. 그때 바로 일
어나 시아버지에게 함께 데려가달라고 말했어야 했던 건 아닐
까? 멀리 가진 못 하셨을 거야. 난 이미 준비도 다 되어 있잖아.

하지만……

그랬다. 베르톨트와는 상의해볼 필요도 없었다. 트렁크를 들고 그에게 짧은 악수를 건넨 다음 시아버지를 따라가기만 하면 되었다.

가슴이 미어지는 것 같았다. 나는 자리에서 일어섰다. 그리고 곧장 옷장 앞으로 걸어갔다. 옷장 문을 열었을 때, 베르톨트는 이미 내 옆에 와 있었다.

무슨 말이 더 필요하단 말인가? 누가 먼저 얘기를 꺼낼 것인가? 우리는 서로 쳐다보지 않았다. 그건 중요하지 않았다. 우리는 거기에, 바로 그 자리에 그렇게 있었다. 나는 옷장에서 옷을 꺼내 침대 위에 개어놓았다. 왔다갔다하면서 괜히 바쁜 척을 하기도 했다. 베르톨트는 타자기 앞에 앉아 그때까지 자신이 쓴 마지막 페이지를 읽고 있었다.

잘못을 저질러선 안 돼. 그에게 명확하게, 정확하게 얘기해야 해. 아주 확실하게…… 나는 스스로에게 다짐하고 있었다. 어떻게 얘길 해야 할까? 그래요, 우린 한동안 함께 지냈어요. 하지만 이젠 헤어질 때가 온 것 같아요. 우린 서로에게 방해만 되고 있을 뿐이에요. 우리 서로에게 좋은 기억으로 남았으면 해요…… 하지만 나는 그와는 정반대로 얘기하게 될까봐 두려웠다. 생각과는 다른 이야기를 하고 있는 내 목소리를 듣는다면 나는 참지 못하고 그에게 달려가고 말 것이다. 그렇게 되면 그는 그렇게 생각할지도 모른다. 나는 그 없이는 살 수 없을 거라고, 그러니 함께 사는 수밖에 없다고…… 그보다 더 위험한 것은 우리가 서로를 애무하게 될지도 모른다는 것이었다. 슬픔 때문에, 단지 슬프기 때문에 서로를 안게 될 때는 자신의 뜻과는 반대되는 일을 하기가 십상이다. 안 된다. 그게 누구라도 슬플 때에는 서로를 애무해서는 안 된다. 한두 시간, 하룻밤만 지나도, 날이 밝아 길가에서 사람들의 발소리가 들리기 시작하면 그전보다도 훨씬 더 비참해질 것이다. 그런 식으로 슬픔을 피할 수는 없다. 그래서는 안 된다.

그래서, 그래서 나는 짐을 꾸리는 일에만 열중했다. 그런데 갑자기 베르톨트가 읽고 있던 원고지를 구겨버렸다. 나는 깜짝 놀라 동작을 멈추고 멍하니 서 있었다.

"종이야. 놀라지 마."

그가 말하면서 의자에서 일어섰다.

"용서해, 나중에 해도 되는 거였는데…… 짐 싸는 거, 도와줄까?"

"고마워요. 하지만 짐이 많지는 않아요."

그는 내 트렁크를 내려 수건으로 먼지를 털었다.

"잠옷 잊지 마."

"네."

"그걸 먼저 싸야 하는데, 모두들 잊어버리곤 하지. 우스운 일이야. 그걸 꼭 베개 밑에 넣어두고 간단 말야. 호텔에서도 마찬가지야. 어렸을 때 우리집에서는 잠옷을 침대 발치에 놓아두었었는데…… 아무래도 당신 혼자 짐을 싸는 게 낫겠지? 그 동안 난 밖에 나가 있을까?"

"아니에요. 여기 좀 있어요."

"좋아. 하지만 천천히 해. 잊어버리는 게 없도록 말이야, 나중에 내가 보내줄 수도 있지만…… 나한테 할말은 없어?"

"……없는 것 같아요."

"좋아."

"돈은 서랍 속에 있어요."

"뭐라고? 당신 지금 뭐라고 했어?"

"돈 말예요. 가지고 있어요. 잃어버리지 않도록 조심하구요."

"누가 그걸 간수하지? 피어에크 부인?"

"아니에요, 안 돼요. 통장도 버리지 마세요."

"아니, 폐기해버릴 거야…… 당신, 어떻게 그런 생각을 했지?"

"뭘 말하는 거예요, 지금?"

"이 일 전부 말야."

"베르톨트!"

"대단한 사람이야, 당신 시아버지 말이야."

"뭐라구요?"

"진심에서 하는 말이야. 부끄러울 정도라구. 우린 누구나 시
시한 걱정거리들을 갖고 살지. 그런데 그분은…… 난 그분한테
우리와 함께 지내자고 말씀드릴 뻔했어. 그런 말을 할 처지도 안
되면서 말이야. 말했어도 그렇게 될 리야 없었겠지만…… 불면
날아갈 빈 껍질 같은 쓸데없는 존재라는 생각으로 낮이나 밤이
나…… 그래, 이런 이야기, 해봐야 무슨 소용이 있겠어! 내일 아
침 일찍 떠나는 거야?"

"아마 오늘밤이 될 거예요. 열한시에 차가 있대요."

"그래. 그게 낫겠군. 당신을 위해서도…… 질질 끌어서 좋을
게 하나도 없는 일이야. 난 그때쯤 극장에 있을 거야."

"네……"

"영화 프로그램이 실린 신문을 어디다 두었더라? 꼭 필요할
땐 없단 말야!"

"거기, 당신 우편물 밑에 없어요?"

"그랬나? ……뭐 어차피 중요한 것도 아닌걸 뭐. 피어에크 부
인도 신문을 가지고 있을 테고."

"그 여자한테 뭐라고 얘기할 거죠?"

"누구 말이야?"

"피어에크 부인 말이에요. 그녀에게 나쁜 모습으로 기억되고
싶진 않아요."

"아무려면 어때. 그 여자가 무슨 상관이야."

"좋은 여자예요."

"급히 떠날 일이 있었다고 하지 뭐. 시아버지 때문에…… 누가 아프다고 해도 되고. 아무래도 마찬가지지. 그런 건 중요하지 않아. 자, 내가 도와주지."

그는 몸을 굽혀 옷장 밑에 있던 내 구두를 꺼냈다. 청소를 하다가 그랬는지 구두 한 짝은 옷장 밑 깊숙이 들어가 있었다.

"굉장히 가벼운걸."

"네, 예쁜 구두죠."

"당신 발에 잘 어울려. 난 자랑스러웠어. 당신이 그 구두를…… 이 구두, 안 신을 거야?"

"아니요. 그건 여행용이 아니라 발이 아파요."

나는 구두를 받아 가방 속에 넣었다. 가방 속에 넣기 전에 구두 안에는 헌 양말을 끼워넣었다.

"그건 뭐지?"

"양말이에요."

"당신은 정말 절약하는군."

"어머니에게서 배운 거예요. 항상 저에게 꾸중하셨죠. 제가 너무 절약할 줄 모른다고 말이에요."

처음 집을 떠나올 때가 생각났다. 그때도 내가 짐을 쌀 때 베르톨트는 내 옆에 있었다. 물론 그때는 지금과는 완전히 달랐다.

방은 어둠침침했고, 불빛이라곤 작은 스탠드에서 흘러나오는 게 전부였다. 몇 년 전, '루이젠호프 호텔'에서도 그랬었다. 아담한 호텔이었다. 아르님은 그런 호텔을 좋아했다. 짐은 많지 않았다. 서류가방 하나가 다였다. 그때 나는 막스와 결혼하기로 결심했던 것이다. 짐을 싸는 쪽은, 떠나는 쪽은 언제나 나였다.

베르톨트가 내 기분을 알아챈 모양이었다.

"당신, 내가 당신과 함께한 모든 걸 잊어버릴 거라고는 생각하지 마."

"당신 일은 어떻게 되는 거죠?"

나는 타자기를 가리켰다.

"뭐? 아, 그거! 그건 중요하지 않아. 그런 얘기는 할 필요도 없어."

"알고 싶어요. 적어도…… 그건 저 때문인가요?"

"뭐 말이야?"

"나 때문에 원고를 찢은 거예요?"

"그게 당신하고 무슨 상관이야. 그건 그냥 원고일 뿐이야. 그 이상도 그 이하도 아니라구."

"그럼 전부 쓸모 없는 거라는 얘기예요?"

"그래. 별것 아니라구…… 특별한 게 아냐. 염려할 것 없어. 걱정하지 않아도 돼. 어차피 잘되지 않으리라는 걸 뻔히 알면서도 시작하는 거니까. 나도 확실히 그렇게 느끼고 있었어. 이게 다 그 빌어먹을 상 때문이야! 하지만 그걸 적당한 때에 알았으니

더 이상 악화되지는 않을 거야."

"그 작품 정말 끝내지 않을 거예요?"

"저거 말야? 저 거지 같은 작품?"

"그럼 가을에 무대에 올린다는 건 어떻게 되는 거죠?"

"……그야 다른 걸 써도 되고, 재수가 좋으면 일 주일 만에도 쓸 수가 있는 게 글이야. 시간하고는 상관없는 일이지. 이런 건 하나도 중요한 게 아니야. 성공을 하든 말든, 누가 그걸 듣든 읽든, 그런 건 상관없어. 그게 무슨 상관이야! ……당신 시아버지에게 고맙게 생각하고 있어. 커피를 사러 가는 도중에 난 모든 걸 확실히 깨달았어…… 당신 커피 한잔 끓여줄까? 난 한잔 마셔야겠어. 지금 우리의 최선은, 아니 나의 최선은, 지금과는 다른 걸 시작하는 거야. 오래 우물쭈물할 것 없어. 과학자들이 우주선을 만들면 난 그 시험비행단에 지원할 거야. 전에도 그런 생각을 자주 했어. 일이 잘 안 될지도 모르니까 아마 처음엔 지원자가 필요할 거야. 눈 깜짝할 사이에 저 멀리까지 나가 모든 것을 내려다볼 수 있다니 얼마나 신나는 일이야! 그런데 그 멍청이들은 아직도 그 일을 해내지 못하고 있어. 처음 연구를 시작한 지 벌써 사십 년도 더 된 것 같은데 말이야! 이러다가는 내가 너무 늙어버리고 말 거야. 심장이니 뭐니 우선 검사를 할 텐데…… 하지만 아직은 나는 아주 건강해. 너무나 건강하지! 하지만 우리 같은 사람들이 이렇게 건강해서 어디다 써먹겠어?"

"여자도 함께 가나요?"

"뭐라구?"

"그 우주선에 말이에요."

"도대체 무슨 소릴 하는 거야. 당신 짐은 다 싼 거야?"

"아뇨, 저……"

"혹시나 해서 하는 말인데 말야, 내가 당신에게 뭘 숨기고 있다거나 하는 생각은 말아줘, 마리온."

"그렇게 생각해본 적 없어요."

"아니, 모두들 그렇게 생각하고 있어…… 난 비밀은 없어. 비밀 같은 건 아예 가져본 적도 없다구. 그런 얘기를 할 수 없으니, 그냥 그렇게 생각들 하라고 내버려두긴 하지만…… 당신이 떠나고 나면."

"네, 그 다음엔?"

"난 무언가를 쓸 거야, 무언가 꼭…… 아직은 잘 모르겠지만, 난 많은 생각을 하고 있어. 물론 생각은 그렇게 중요한 게 아니야. 그런 건 모두 부차적인 것에 불과해. 내가 쓰려고 하는 건, 결국 이것일 수도 저것일 수도 있는 거야. 중요한 건 말이야…… 슬픈 얘기를 꾸며내는 일이야 누구든지 할 수가 있지. 그런 걸 위해 이런 고통을 당할 필요는 없어. 중요한 건…… 아니야. 그만두지. 그건 말로 표현하기가 힘들어…… 내가 이런 얘기를 하는 건 그 때문이야. 나에게 무슨 비밀이 있다고 당신이 오해할까봐…… 전혀 그렇지 않아. 만약 그렇다 해도 그건 아주 짧은 순간이었을 거야…… 당신이 그리워질 거야."

"하지만 저에 대해 쓰지는 말아요, 베르톨트."

"왜, 왜 안 되지?"

"난 원고가 되고 싶진 않아요. 당신 말대로 당신 일이 그런 거라면 그렇게 하찮게 여겨지고 싶진 않아요."

"내 말 신경 쓰지마. 당신이 그리울 거야…… 당신 곁에 있을 때면 나는 종종 내가 살아 있다는 사실을 잊곤 했어. 아주 드문 일이지. 당신을 바라볼 때 나는 아무것도 아니었어. 당신만이 모든 것이며 나는 아무것도 아니라는 걸 깨닫게 되었다구. 당신도 그건 알았을 거야. 그리고 거기에 만족했고. 그때가 정말 그리워. 하지만, 그건 좋지 않은 일이야, 서로를 위해서도…… 먼저 스스로를 미워하게 되고, 또 상대방까지 미워하게 되니까 말이야. 당신이 나를 너무 냉정하다고 생각할까봐 걱정이 돼. 그렇지 않아. 난 다 알고 있었어."

"……그렇게 생각한 적 없어요."

"아니, 난 천성이 그렇지 못해. 그냥 늘 같은 것 같은데도 남들이 먼저 알아채거든. 그 얘긴 그만두자구. 사람들 앞에 서는 게 너무나 불편해. 난 절대로 당신 시아버지처럼 되지는 못할 거야…… 그분이 지금 당신을 기다리고 있나?"

"네, 호텔에서요. 못 가게 되면 전화를 드려야 해요."

"음, 그렇군. 당신 옆에 그분이 있어서 다행이야. 그분을 기다리게 하지 마."

"세탁물을 챙겨야 해요."

"도와줄까?"

"당신이 도울 만한 일은 없어요."

"빨랫줄에 당신 수건이 걸려 있어."

"고마워요."

"비누도 가져가. 향이 너무 진하더군."

"그래요, 이리 주세요."

나는 그에게서 비누를 받아들었다. 우리는 그 비누를 함께 사용하고 있었다. 베르톨트는 맘에 드는 비누를 찾을 때까지 여러 가게를 돌아다녔었다.

나는 트렁크를 닫았다.

"……다 된 것 같군요. 시간도 됐구요."

"그분이 정말 당신을 기다리고 있어?"

"그럼 도대체 그분이 뭘 하고 계시겠어요?"

"그분한테 전화해도 되잖아."

"무엇 때문에요?"

"내가 아침 일찍, 늦지 않게 호텔까지 데려다줄게. 아니면 곧장 역으로 데려다주거나. 당신 시아버지가 새벽 기차표를 갖고 있다고 해서 하는 말이야. 그렇다면 차표를 바꿀 필요도 없잖아.

아니야, 당신이 하고 싶은 대로 해. 난 아무래도 괜찮으니까."

"그렇게는 안 돼요, 베르톨트."

"그럼 됐어. 그 얘긴 그만둬."

"너무 매정하다고 생각지는 마세요."

"아니, 그렇게 생각하지 않아! 그냥 해본 소리야."

"그렇게는 될 수 없어요…… 나도 당신과 함께 있고 싶어요. 하지만……"

"그런 얘기는 뭐 하러 해. 얘기는 이미 다 끝났잖아."

"그래요, 난 너무 비겁해요. 당신이 늘 놀린 것처럼 전 품위 있는 여자일 뿐인가봐요."

"바보 같은 소리! 돈은 가지고 있어?"

"돈이요? 네, 있을 거예요. 왜 이렇게 덥죠? 이 옷은 너무 덥군요."

"어디 좀 봐."

그가 핸드백을 빼앗아 열고는 정말 돈이 있는지 확인했다.

"좀 더 가져가. 택시도 타야 하고, 또……"

"택시 탈 돈은 넉넉해요. 그리고…… 돈은 아버님이 가지고 계실 거예요."

"아냐, 안 돼. 좀 더 가지고 가. 만약의 경우를 위해서…… 난 어차피 쓸 일도 없는걸 뭐. 그리고 당신 생각이 바뀔지도 모르는 거고…… 여행할 때 돈이 없으면 어떡해."

"그만 해요, 베르톨트. 일을 점점 더 어렵게 만들지 말아요. 생각이 바뀌는 일은 없을 거예요. 충분히 생각하고 내린 결정이에요."

"그래, 그럼 이제 됐군. 더이상 얘기하지 맙시다. 난 이별의 장면 같은 건 싫으니까. 그런 건 영화에나 나오는 거지."

"극장에 갈 거예요?"

"나? 아마 그럴 거야. 안 갈지도 모르지. 아니, 가지 않을 거야. 괜히 시간만 낭비하는 걸지도 몰라. 커피 한잔 마시고 좀 누우려고 해. 자려고만 한다면 지금도 잘 수 있어. 밤에 일어나서 슬슬 일이나 해봐도 되고……"

"세 든 다른 사람들 생각도 좀 하세요."

"타자기를 쓰지 않아도 돼. 펜을 쓰지 뭐. 그런데 당신은? 당신은 뭘 할 거지?"

그때 복도의 전화벨이 울렸다. 우리는 깜짝 놀라 잠시 멍하니 서 있었다. 우리는 꼼짝도 하지 않은 채 귀를 기울였다. 피어에크 부인이 천천히 슬리퍼를 끌고 나와 수화기를 드는 소리가 들렸다. 나는 입술을 깨물었다.

우리 전화는 아니었다. 우리에게 전화를 걸 사람은 없었다. 집을 떠난 후 우리에게 전화가 온 적은 한 번도 없었다. 통화는 짧게 끝났다. 저쪽에서 찾는 사람은 집에 없었다. 나중에 다시 전화하라는 피어에크 부인의 말소리가 들렸다. 그 사람한테는 전화가 자주 왔다.

피어에크 부인이 수화기를 놓고 다시 들어간 뒤에도 베르톨트와 나는 도둑처럼 얼마 동안 꼼짝 않고 서 있었다. 그가 어떤 기분인지 알 수 없었다. 하지만 전화벨이 다시 울린다 해도 이제 놀라지 않을 것 같았다.

"이젠 가야겠어요."

누군가가 열쇠 구멍으로 엿듣기라도 하는 것처럼 나는 아주 작은 목소리로 말했다. 열린 창문으로 거리의 소음이 쏟아져들어왔다.

"가야겠어요, 베르톨트. 난…… 난 두려워요."

그는 묵묵히 내 트렁크를 집어들었다.

"아니에요. 이리 줘요, 혼자 가는 게 더 나아요…… 무겁지도 않은걸요. 피어에크 부인에게도 인사 전해줘요. 그 여자에게는 아무 말 말아줘요. 자 그럼, 베르톨트."

나는 그에게서 트렁크를 빼앗듯 받아들었다. 모피코트는 팔에 걸었다. 팔꿈치로 문을 열려는데 그가 물었다.

"택시 타는 곳까지만이라도 데려다주면 안 될까?"

"안 돼요, 그러지 말아요. 현관까지만 나와요. 남들이 듣지 못하도록 내가 나가면 조용히 문을 닫아줘요. 누군가 만나게 될지도 모르니까요. 그리고 제발 떠나는 내 뒷모습을 지켜보지 말아요. 창문으로라도 말예요. 저는 절대로 돌아보지 않아요. 그럼…… 아 참, 한 가지……"

"뭔데?"

"편지는 보내지 말아요. 절대로 편지하면 안 돼요. 약속해줘요. 당신 편지를 받으면 난 미쳐버릴지도 몰라요."

"내가 당신에게 뭐라고 편지를 하겠어?"

"제발, 제발 약속해줘요."

베르톨트는 거의 눈에 띄지 않을 정도로 살짝 고개를 끄덕였다. 그리고는 내게 문을 열어주었다. 천천히, 그리고 조용히…… 나는 약간 옆으로 비켜섰다. 베르톨트는 복도를 내다보았다. 그리고는 '빨리'라고 속삭이며 손짓을 했다. 그가 먼저 밖으로 나갔고, 나는 그 뒤를 따랐다. 우리는 발끝으로 걸었다. 아래층의 부엌문은 열려 있었다. 주홍빛 저녁놀이 마룻바닥을 비추고 있었다. 피어에크 부인이 설거지를 하는지 시끄러운 소리가 났다. 포크인지 스푼인지, 무엇이 손에서 미끄러지는 소리가 났다. 그 여자는 몇 마디 혼잣말을 했다. 베르톨트가 아무 소리도 내지 않고 현관문을 열었다. 너무 조금 열어서 트렁크를 들고 있는 나는 간신히 옆으로 빠져나갈 수 있었다. 소리가 나지 않도록 베르톨트는 손잡이를 잡고 있었다. 양손에 짐을 들고 있는 나는 현관의 불을 켤 수가 없었다. 계단이 어두웠다. 어찌나 조용히 문을 닫았는지 나는 베르톨트가 뒤에서 문을 닫는 소리를 듣지 못했다. 길은 방 안보다도 훨씬 더 더웠다. 담은 아직 낮의 열기를 내뿜고 있었다. 내 다리는 혼자서 걸어가고 있었다. 내가 신경 쓸 필요는 없었다. 뒤에서 누가 밀고 있는 것 같았다. 원하

253

든 원하지 않든 나는 그렇게 무엇이 미는 대로 걸어가고 있었다. 차라리 다행이었다. 나는 베르톨트가 나를 내다보지 못하도록 우리 방의 창문이 난 반대쪽 길로 내려갔다. 그는 나를 보지 못했을 것이다. 처음에 나는 그가 날 부르지 않을까 걱정했다. 혹시라도 뭘 빠뜨리고 나와서 그걸 주기 위해 날 따라나올지도 모르는 일이었다. 나는 평소보다 빨리 걸었다. 그가 따라오지 못하도록…… 하지만 잊고 나올 게 뭐가 있단 말인가? 어차피 중요한 건 하나도 없었다. 큰길로 나왔을 때 나는 거의 뛰다시피 했다. 그제서야 조금 안심이 되었다. 마침 택시가 보였고, 나는 모피코트를 건 팔을 흔들며 뛰어갔다.

"궁전 호텔이요."

3

　어디선가 그런 문구를 읽은 적이 있다. 잘못을 깨닫게 되면 바로 그만두어야 한다는……

　누가 한 말인지는 잘 모르겠다. 어쩌면 내가 제대로 기억하지 못하고 있는지도 모른다. 변명하고 싶지는 않았다. 난 모든 것을 포기하고 말았다. 하지만……

　사흘, 그 사흘이 문제였다. 막스와 내가 밀라노로 떠난 것이 화요일이 아니라 그 나흘 전 금요일이었다면 상황은 완전히 달라졌을 것이다. 이탈리아 거래처와의 회의는 목요일이었다. 나로서는 어떻게 할 수 없는 일이었다. 그건 막스도 마찬가지였다. 세상 일이란 언제나 아주 사소한 일에 좌우되게 마련이다. 그건 도무지 예측할 수가 없을 정도이다. 정작 중요한 일은 늘 미리 생각하고 준비하기 때문에 닥쳐도 별로 놀랄 일이 없지만 작은 일들은……

나는 은근히 이탈리아 여행을 기대하고 있었다. 집을 떠난다는 것 그 자체가 즐거웠기 때문에 더이상 생각할 것도 없었다. 막스는 자기와의 여행이라 내가 좋아하는 것으로 생각했다. 나는 그가 그렇게 생각하도록 내버려두었다. 집 밖에 있을 땐 언제나 마음이 편했다. 하지만 집에 있을 땐 당장이라도 누군가에게 기습을 당할 것 같아 늘 조마조마했다. 창문에 드리워진 커튼만 조금 흔들려도 나는 흠칫 놀랐다. 라디오 소리에도 마찬가지였다. 슬픈 노래가 흘러나오면 나는 금세 우울해졌다. 문득 그 노래가, 또 진행자의 목소리가 라디오에서 나오는 소리라는 생각이 들면, 내 옆에 아무도 없다는 생각이 들면 견딜 수가 없었다. 사람들과 함께 있을 때면 그래도 견딜 만했다. 아니 억지로라도 괜찮아야 했다. 그러나 혼자 있을 땐, 거기다 몸이 조금이라도 피곤할 때면 위험했다. 그랬다. '위험'했다.

옷을 갈아입으면서, 그리고 또 샤워를 하면서 나는 스스로에게 물었다. 도대체 무엇 때문이지? 누구를 위해서일까? 그런 생각을 잊어버리기 위해서라도 무슨 일에든 집중해야 했다. 스스로에게서 나를 보호하기 위해 나는 큰 소리로 중얼거리기도 했다. 가끔 옆에서 놀고 있던 귄터가 뭐라고 했냐고 물어보면 나 역시 깜짝 놀라곤 했다.

그것은 언제나 독약과도 같았다. 그렇다. 그것은 독약이었다. 무릎과 팔목, 손끝 마디마디에서 느낄 수 있었다. 그것은 묘한 기분이었다. 온몸의 힘이 빠져 축 늘어진 채 손가락 하나 제대로 들 수 없을 때처럼 모든 것이 희미해진다. 독약이 온몸에 퍼진 것 같은 착각이 들 때도 많았다. 어디 요양소에서 쉬고 있는 듯한 기분이었다. 사실 나는 건강한 편은 아니었다. 요양이 필요했다. 하지만 그 병이 내 몸, 내 가슴속 너무 깊숙한 곳에 숨어 있어서 쉽게 찾아낼 수 없을 뿐이었다. 그것은 언제나 한구석에 숨어 있었다. 하지만 그걸 알고 있는 사람은 나뿐이었다. 다른 사람은 아무도 몰랐다.

막스는 아무것도 모르고 있었다. 나는 언제나 그가 원하는 대로 해주었다. 그가 시키는 건 뭐든지 했다. 한 번도 싫다고 말해본 적이 없었다. 막스에겐 그럴 만한 권리가 있었다. 나는 그가 가정을 위해, 사업을 위해 요구하는 모든 걸 그에게 해주었다. 그는 나에게 만족하고 있었다. 내가 모든 걸 극복했다고 생각하는 것 같았다. 모두들 그렇게 생각했을 것이다. 그 편이 나에게도 편했다. 그렇게, 그런 생활에 익숙해지면서 어쨌든 나는 조금씩 극복해나가고 있었다.

내 목소리는 나도 모르는 사이 작아지고 있었다. 다른 사람들이 눈치챈 건 아닐까? 나는 두려웠다. 조금이라도 실수를 할까봐 걱정이 되었다. 다른 사람들의 이야기를 더 잘 듣기 위해서이기도 했다. 목소리가 작아지고 있다고 느끼면 나는 얼른 목소리를 높이거나 크게 웃었다. 그걸 눈치챈 사람은 없었다. 집으로 돌아온 이후 시아버지와 단둘인 적은 거의 없었다.

서로 약속한 적도 없는데 처음부터 우린 피하고 있었다. 가능하면 함께 있지 않았다. 시아버지가 혹시 무엇인가 물어올까봐 나는 두려웠다. 그가 뭔가를 물어보는 듯한 얼굴로 쳐다보는 것이 싫었다. 나는 한 번도 그에게 다른 모든 일을 포기하고 공인으로 사는 게 괴롭지 않냐고 물어보지 못했다. 나는 그가 무슨 일을 하고 있는지 알지 못했다. 그는 집 안을 소리 없이 걸어다녔다. 가끔 마주칠 때면 우리는 다정하게 웃어 보였다. 시장에서 이웃을 만난 것처럼. 그는 가끔씩 귄터와 산책을 나갔고, 저녁 식탁에서는 막스와 사업 얘기를 나누었다. 막스는 시아버지와 내가 무슨 일이라도 꾸미지 않을까, 늘 걱정하고 있었다.

어쩌면 시아버지는 내 상태를 눈치채고 있었는지도 모른다. 그와 얘기를 나누는 게 나았을지도 모른다. 때때로 그의 발소리가 들리면 나는 당장 내려가 잠깐 얘기 좀 할 수 없겠냐고 붙잡고 싶어서 안절부절못했다. 그후, 나는 한 번도 시아버지와 베르톨트에 대해 얘기해보지 못했다. 그런 얘기를 꺼낼 수는 없었다. 하지만 우리 둘이 무슨 얘기를 했다면 그것은 베르톨트 얘기였을 것이다. 언젠가 그가 먼저 얘기를 꺼냈던 것도 같다. 그 사람 소식은 뭐 없냐고…… 베르톨트를 떠난 그 주, 나는 몹시 두려웠다. 혹시라도 그가 편지를 할까봐 걱정이 되었다. 거실 한켠에 정리된 우편물을 들여다볼 용기가 나지 않았다. 베르톨트의 편지가 오면 어떡하지? 뜯어봐야 하나? ……다행히 편지는 오지 않았다. 나는, 완전히는 아니었지만 그래도 조금씩 두려움에서 벗어나고 있었다. 그가 왜 나에게 편지를 한단 말인가? 그는 지금 글을 쓰고 있거나 벌써 다른 위안거리를 찾았을 것이다. 그러는 게 당연했다. 그에겐 이제 내가 필요하지 않다. 내가 그를 떠난 건 내 뜻이었다. 그의 곁에 있기에는 내가 너무 약했다. 그가 날 경멸한다 해도 어쩔 수 없다. 그와 함께 집을 떠났을 때 나는 나를 너무 과대평가했던 것이다.

시아버지와 얘기해보고 싶었다. 내가 베르톨트를 잘못 보았던 것은 아닐까…… 그를 처음 봤을 때 나는 너무 피곤한 상태였다. 그래서 착각을 했는지도 모른다. 그가 정말 어떤 사람인지 몇 번이나 다시 생각해보려고 했지만 쉽지 않았다. 행복했던 기억은 없었다. 행복했다고 느껴지는 기억의 빈 공간이 있긴 했지만, 정작 그 공간을 채우려 들면 어느 하나 거기에 맞는 게 없었다. 그것이 정말로 내가 체험한 사실인지조차 의심스러울 정도였다. 그러면서도 그 빈 공간은 여전히 행복한 기억으로 남아 있었다.

내가 느끼는 모든 불안은 베르톨트가 아직도 날 그리워하리라는 생각에서 비롯된 것이었다. 언제나 그가 멀지 않은 곳에 살고 있는 것처럼 느껴졌다. 바로 옆방 혹은, 다음 길모퉁이 어딘가에 살고 있어서 이름만 부르면 당장이라도 내 앞에 나타날 것만 같았다. 그와 체격이 비슷한 사람이 그가 입고 다니던 바바리를 ─ 빨지 않아서 칼라는 기름에 절어 있고 소맷부리는 다 해진 ─ 입고 있는 걸 보면 나는 깜짝 놀라 한 발짝도 앞으로 나갈 수가 없었다. 그러나 베르톨트와 체격이 비슷한 남자는 많았고 그의 바바리 역시 특별한 것은 아니었다. 정말로 그 사람이 베르톨트라면 모든 노력은 허사로 돌아가고 만다. 나는 아무 저항도 할 수 없을 것이다. 시아버지와 그에 대해 이야기하고 싶었다. 하지만 그럴 수 없었다. 나를 신뢰하는 그의 기분을 상하게 하지는 않을까, 나는 두려웠다.

시아버지는 아마 그렇게 말했을 것이다. 나는 귄터의 엄마이고 막스의 아내라고, 그의 사람은 아니라고…… 누구나 다 그렇게 말했을 것이다. 나 역시 수없이 자신을 타일렀다. 어쨌든 그것은 분명한 사실이었다.

다른 일들은 그리 어렵지 않았다 막스는 영리한 사람이었다. 다른 어떤 남자가 막스처럼 할 수 있을까. 나는 죄책감마저 느끼고 있었다.

그는 귄터와 함께 역까지 우리를 마중나왔다. 시아버지가 그에게 전화를 했던 것이다. 그는 귄터를 안고 있었다. 플랫폼으로 기차가 들어가면서 차창으로 귄터가 손을 흔드는 것이 보였다. 나는 기차에서 내리자마자 귄터를 안았다. 정말 요양을 마치고 돌아온 듯한 기분이었다. 막스는 여행이 힘들지는 않았느냐고 물었고, 시아버지에게도 건강해 보인다고 말했다. 역 앞에는 자동차가 기다리고 있었다. 게르티히가 모자를 벗어 인사했다. 나도 그에게 악수를 청했다. 차 안에서 나는 귄터와 많은 얘기를 했다. 집으로 들어가니 아침식사가 차려져 있었다. 달라진 건 없었다. 게르다 역시 예전과 다름없이 수다부터 풀어놓았다. 귄터가 계속 나를 찾았다는 얘기, 내가 돌아와 무척 기쁘다는 얘기······ 모든 일이 다 해결된 것 같았다.

나는 귄터에게 선물상자를 내밀었다. 물론 내가 준비한 건 아니었다. 그럴 시간이 없었다. 그것은 시아버지가 뮌헨에서 사두었던 것이었다. 시아버지는 기차 안에서 그걸 나에게 주었다. 막스는 그날, 일을 미루고 조금 늦게 출근했다.

내 방도, 옷장은 전부 그대로였다. 나는 잠시 외출을 했다 돌아온 것 같았다. 그냥 그 안에 들어가 살면 그만이었다. 신경 쓸 일은 하나도 없었다. 모두들 내가 돌아온 것을 기뻐했다. 말로만 그러는 것 같지는 않았다. 정말 그들은 기뻐하고 있었다.

내 방을 다시 둘러보고 책을 많이 읽어야겠다고 생각했다. 뭔가 집중할 게 필요했다. 도대체 내가 무엇을 해야 한단 말인가?

그때 집으로 돌아간 건 정말 다행이었다. 일 주일 후가 아이들의 방학이었다. 사람들은 곧 휴가를 떠날 것이다. 아는 사람들을 만나 거짓말을 할 필요가 없었다. 그사이 만난 사람들 역시 여행 준비에 바빠 아무도 나에게 신경 쓰지 않았다.

일 주일 후 모두들 휴가를 떠났다. 나도 귄터와 함께 캄펜으로 떠났다. 한 달 예정이었다. 막스가 제안한 여행이었다. 그는 정말 빈틈없는 사람이었다. "바다로 병후 요양을 가는 거야." 그가 말했다. 그는 함께 있고 싶다고 했고, 주말에 만나러 오겠다고 했다.

게르다도 휴가를 떠났다. 캄펜에는 낯선 사람들뿐이었다. 나는 하루 종일 해변에 나가 있었다. 특별한 건 하나도 없었다. 여느때의 휴가와 똑같았다. 혼자 있고 싶었지만 나는 일부러 사람들과 어울렸다. 막스가 우리를 만나러 오면 그 사람들을 소개해 줄 생각이었다. 내가 사람들을 피하고 있다고, 딴 생각에 잠겨 있다고 생각하지 않도록……

그는 우리를 만나러 와서 일 주일을 함께 머물렀다. 막스는 나에 대해 굉장히 만족해했다. 나는 그에게 그곳에서 알게 된 은행장을 소개시켜주었다. 막스는 그 남자와 자주 시간을 보냈다. 우리는 베스터란트에도 갔다. 그곳 카지노에서 나는 이백 마르크를 땄다. 막스는 게임을 하지 않았다. 게임을 정말 싫어해서인지

게임하는 모습을 나에게 보이기 싫어서인지 알 수 없었다. 그는 나에게 돈을 주고는 게임을 설명해주었다. 게임이 처음이었던 나는 물론 제대로 하지 못했다. 처음에 막스는 화를 냈지만 나는 돈을 땄다. 그는 정말 기뻐했다. 그는 누구에게도 지는 것을 못 견뎌했다. 그래서 그는 내가 그의 말을 듣지 않고 제대로 하지 못했을 때 굉장히 화를 냈던 것이다. 진다는 것은 그에게 수치스러운 일이었다. 나는 딴 돈을 그에게 주었다. 그는 물론 받지 않았고, 우리는 그 돈을 모두 써버리기로 했다.

그날 저녁은 카지노에서 딴 돈으로 내가 샀다. 나는 좋은 포도주도 한 병 주문했다. 그는 두고두고 그 일을 친구들에게 자랑했다. 하지만 나는 슬펐다. 접시에 수저 부딪치는 소리, 웃고 떠드는 사람들, 실내에 흐르는 음악 소리, 레스토랑 한쪽 구석에 기대서 있는 웨이터, 모든 것이 거슬렸다. 도무지 현실 같지가 않았다. 내가 딴 돈도, 막스에게 저녁을 사는 일도, 모두 영화 속의 일 같았다. 내가 맡은 역할을 끝까지 잘 소화해낼 자신이 없었다. 창 밖에서 들리는 파도 소리 때문인지 모든 것이 더욱 비현실적으로 느껴졌다. 섬 한쪽 조용한 곳에 혼자 있고 싶었다. 나는 막스에게 피곤하다고 했고, 우리는 캄펜으로 돌아왔다.

휴가가 끝나고 집으로 돌아오자 사람들은 온통 여행 이야기 뿐이었다. 어디에 갔었고, 호텔과 식사가 어땠으며, 서비스가 어떠했고 날씨가 어땠는지 이야기했다. 그리고는 사진을 보여주었다. 사람들은 나더러 요양을 하더니 얼굴이 좋아졌다고 했다. 나 역시 그렇냐며 아무 일도 없었던 것처럼 행동했다. 그 일은 이미 오래 전에 잊어버린 것처럼 느껴졌다.

　게르다가 나를 어떻게 생각하고 있는지는 알 수 없었다. 수다가 심하긴 하지만 좋은 여자였다. 귄터도 그녀를 잘 따랐다. 하지만 그녀와 함께 있는 건 불안했다. 그녀는 내가 베르톨트를 따라 집을 나갔었다는 것을 알고 있을지도 모른다. 자세히는 모른다고 하더라도 내가 요양을 갔다 왔다고는 생각하지 않을 것이다. 그녀 역시 여자가 아닌가. 그녀를 내보내고 싶었다.

　게르다가 전혀 이상한 낌새를 보이지 않는 것에는 막스 역시 놀랐을 것이다. 그녀는 아무 일도 없었던 것처럼 행동했다. 그게 오히려 화가 나기도 했다. 그녀와 얘기해본 적은 없지만 때때로 그녀가 날 환자처럼 돌보고 있다는 생각이 들었고, 그럴 때면 견딜 수가 없었다. 그녀는 마치 예전에 시아버지를 대하듯 나를 대했다. 나를 믿지 못해 막스가 일부러 그녀를 그냥 두고 있는 건 아닌가 하는 생각까지 들었다.

　결국 나는 막스에게 게르다를 내보내는 게 어떻겠냐고 물어보았다. 그는 눈썹을 치켜올렸다. 내가 무슨 생각으로 그러는지 생각해보는 것 같았다. 나는 얼른 이젠 나 혼자서도 귄터를 돌볼 수 있다고 했고, 막스는 그 말을 마음에 들어했다. 하지만 아직은 그녀를 내보낼 수 없다고 했다. 그녀의 약혼자가 시험을 통과하면 그땐 내보내지 않아도 결혼을 해서 나갈 테니 그때까지만 그냥 더 두자는 것이었다. 끝까지 반대할 수는 없었다. 그녀는 그대로 집에 남게 되었다. 나는 나와 체격이 비슷한 그녀에게 내 옷과 장신구들을 선물했다.

블랑크도 여전했다. 그는 전보다 더 자주 우리집을 들락거렸다. 그는 주로 막스의 방에서 일을 했다. 사업은 날로 커지고 있었다. 하지만 내가 그와 마주할 일은 거의 없었다. 집에서 가끔 마주칠 때면 나는 그에게 가능한 한 친절하게 말을 건넸다. "안녕하세요, 블랑크. 요즘 어때요? 부인도 잘 있죠?" 그는 늘 공손하게 몸을 굽혀 깍듯이 인사했다. "신경 쓰지 말고 하던 일 마저 해요." 내가 그렇게 말하면 그는 안도의 한숨을 내쉬었다. 그가 입고 다니는 짙은 색 줄무늬 양복은 늘 깨끗하게 손질되어 있었다. 안경테 밑, 왼쪽 뺨에 있던 커다란 반점 역시 예전과 똑같았다.

몇 번인가 막스와 함께 회사에 나간 적이 있었다. 막스를 기쁘게 해주기 위해서였다. 사람들은 나를 반겼다. 새로 문을 여는 대리점이 있으면 나도 개업식에 참석했다. 막스는 자신이 사람들을 위해 무언가 했다는 생각에 뿌듯해했다. 나는 벽에 걸린 포스터를 칭찬했다. 이삭 다발을 들고 있는 여자와 낫을 든 남자. 한쪽에는 물레방아와 시냇물이, 그리고 또 한쪽에는 빵 굽는 화덕과 빵을 쌓아놓은 조리대가 그려져 있는 그림이었다. 당연했다. 헬데겐 사는 식료품과 주방용품을 만든 회사였다. 돈을 많이 들인 모양이었지만 아무 특징도 없는 그 그림은 너무 답답해 보였다.

하지만 나는 포스터에 대해 뭐라고 하지 않았다. 그 포스터와 '헬데겐'이라는 이름이 자주 신문에 오르내렸고, 직원들은 모두 막스를 좋아했다. 사람들은 그를 "앞서가는 경영인 막스"라고 불렀다.

막스가 다른 도시로 출장을 갈 때면 가끔씩 나도 그를 따라갔다. 그 도시들은 대부분 지루하고 재미없는 곳이었다. 지루한 회의가 끝나고 저녁이 되면 회의에 참석한 다른 사람들과 만찬에 참석했다. 그는 내가 따라가는 것을 좋아했다. 사람들에게 가정적인 사람으로 비쳐지고 싶은 것 같았다.

어느 날인가는 흔들리는 내 마음을 막스에게 들킬 뻔하기도 했다. 어느 고속도로 분기점에서였다. 게르티히가 운전하는 차 안이었고, 막스와 나는 뒷자리에 앉아 있었다. 막스는 회의 자료를 보고 있었다. 그때 갑자기 노란색 표지판이 눈에 들어왔다. 그리고, 그 표지판엔 내가 베르톨트와 함께 살았던 도시 이름이 적혀 있었다. 그곳에서 178킬로미터…… 몸이 떨리기 시작했다. 세 시간이면 닿을 수 있겠구나…… 표지판은 이내 사라져버렸다. 하지만 너무나 떨리는 몸은 막스에게 숨길 수가 없었다. 그가 무슨 일이냐고 했다. 나는 아무 일 아니라고, 어떻게 해볼 수 없이 떨리는 몸으로 말했다.

우리는 표지판으로부터 점점 멀어지고 있었다. 막스는 그 표지판에 대해서도, 그 도시에 대해서도, 아무것도 알지 못했다. 그는 게르티히에게 다음 휴게소에서 차를 잠깐 세우라고 했다. 우리는 그곳에서 십 분쯤 쉬었다. 좀 나아지는 것 같기도 했다.

……베르톨트가 아직도 그곳에 살고 있는지 어떤지, 나는 그의 소식을 전혀 모르고 있었다.

그리고 가을이 왔다. 여기저기서 모임과 초대가 많아졌다. 나는 가능한 모든 연회에 참석했고, 막스는 그런 나를 만족스럽게 여기고 있었다. 모든 게 예전과 마찬가지였다. 난 늘 피곤했다.

막스는 나를 좀 쉬게 해주었어야 했다. 하지만 내가 맡은 역할은 잘 해내야 했다. 마땅히 그래야 했다. 그는 내게 아무것도 요구하지 않았다. 시아버지가 그에게 시킨 것일까? 아니, 그럴 리는 없었다. 두 사람은 그런 일로 얘기를 주고받는 법이 없었다. 막스가 알아서 그렇게 하고 있는 것이었다. 나는 그에게 고마워하고 있었다. 하지만 매일 밤, 서로의 방으로 들어갈 때면 그가 달라질 수도 있다는 생각에 두려워졌다. 나는 그에게 내 마음을, 그에게 고마워하고 있는 내 마음을 드러내 보이고 싶었다.

그에게 좀더 따뜻하게 대해주고 싶었지만 어떻게 해야 할지 알 수가 없었다. 굳게 마음먹었다가도 그 앞에서는 말을 더듬는 바람에 언제나 그대로였다. 더이상 악화되지 않기를 바랄 뿐이었다. 그렇게 하루하루가 가고 있었다.

다른 여자들은 어떨까…… 나는 가끔 남편과 아이들을 위해 자신을 희생하는 여자들과 나를 비교해보았다. 그 여자들과 나의 차이점은 분명했다. 그 여자들은 현재의 자신의 위치와 역할에 만족하고 적응했지만 나는 그렇지 못했다. 그 여자들이야말로 진정 행복하고 똑똑한 사람들이었다.

무슨 형벌을 받고 있는 듯한 기분이었다. 모두들 나에게 친절했고 세심하게 배려해주었다. 내가 할 일은 지난 일들을 잊어버리는 것, 그것뿐이었다. 하지만 나는 그렇게 하지 못했다. 그것은 모두 내 탓이었다. 그들은 한 집안의 안주인으로서의 나를 칭찬해주었고, 아껴주었다. 그들은 내 모든 것들을 칭찬해주었다. 그것은 물론 내 옆에 막스가 있어서였을 것이다. 그들이 모두 무슨 음모를 꾸미고 있는 것 같아 나는 더욱 긴장했다.

모임이 끝나고 집으로 돌아오면 나는 왠지 모욕당한 기분이 들어 잠을 이룰 수가 없었다. 뭐 잘못한 건 없었나? 나는 늘 스스로에게 물었다. 그리고는 내가 한 말들, 이런저런 대답이며 숨소리에 이르기까지 모두 돌이켜보았다. 혹시 모두들 알고 있는 건 아닐까? 아까 이야기할 때 자동차 회사 회장 부인이 날 보고 웃는 것 같았는데…… 아니야, 그럴 리 없어. 오늘도 다른 날과 똑같았는걸. 예전에 내가 사람들에게 친절하지 못하면 막스는 늘 나를 나무랐다. 요즘 들어선 그러지 않는 걸 보면 나는 확실히 좋아진 것 같았다. 확실히 나는 예전의 내가 아니었다. 그때 나는 그들 속에 있어야 한다고, 겉돌아선 안 된다고 몇 번이고 다짐했다. 그들과 다르게 살아서는 안 된다고……

　나는 엄마가 나를 나무랐듯 나 자신을 나무라고 있었다. 부모님은 나와 전혀 다르게 살았다. 비록 행복하진 않았지만 한 번도 당신들의 삶의 방식이 옳다는 것을 의심해본 적이 없는 사람들이었다. 그들에게 행복이란 그리 중요한 게 아니었다. 하지만 나는 내가 살고 있는 세계, 내 부모님이 살았던 세계와는 다른 세계가 있음을 경험했다. 누군가 내게 다가와 손을 내미는 것조차 힘에 겨웠다. 나는 신경이 예민해졌다. 나는 거의 무방비 상태였다. 다른 식탁에서 유쾌하게 웃는 소리가 들리면 나는 깜짝 깜짝 놀랐다. 그들은 마치 외피(外皮)처럼 탁한 두터운 공기를 두르고 있어서 그 공기를 뚫고 가까이 다가갈 수가 없었다. 우리집에 올 때도 그들은 그런 공기층을 두르고 왔다. 몇 미터 밖에서도 그걸 느낄 수 있었다. 그에 비해 나를 감싸고 있는 공기는 너무도 희박했다. 약한 바람에도 금방 날아갈 것 같아서 나는 두려웠다. 나는 떨어지지 않기 위해, 날아가버리지 않기 위해 늘 계단 난간을 붙잡고 있었다.

　때때로 나는 내 방의 거울 앞에 앉아 나 자신을 뚫어져라 들여다보았다. 다른 일은 완전히 잊어버렸다. 나는 그렇게 꼼짝도 없이 앉아, 거울 속의 나를 보았다. 그것은, 거울을 들여다보는 것은 나인 동시에 내가 아니었다. 나는 베르톨트가 나를 바라볼 때의 그 모습으로, 그의 눈으로 나를 보고 싶었다. 베르톨트가 나를 보았을 때의 내가 어땠는지, 나는 영원히 그때의 모습으로 살고 싶었다. 베르톨트와 만난 그 짧은 시간 동안의 내가 진정한 나의 모습이었기 때문이었다. 하지만 그것은 몹시 고단한 일이기도 했다. 복도에서 무슨 소리가 들리면 반가운 마음에 나는 얼른 밖으로 뛰어나가곤 했다.

어느 날인가는 근처 공원의 덤불에서 눈이 파랗고 동그란 작은 고양이 한 마리를 주워왔다. 태어난 지 한 달도 안 된 듯한 아주 어린 새끼고양이였는데, 어미가 버리고 간 것 같았다. 게르다와 나는 빨대로 우유를 먹이며 고양이를 길렀다. 고양이의 수염이 우유에 젖으면 귄터가 닦아주었다. 고양이가 비틀거리며 방안을 돌아다닐 때면 우리는 고양이가 다치지 않도록 굉장히 조심을 했다. 고양이는 더러운 세탁물 위에서 자는 것을 제일 좋아했다.

지금 그런 얘기를 하자는 건 아니다. 그런 건 중요하지 않다. 베르톨트, 베르톨트 이야기를 해야 한다. 귄터를 팔에 안고 있을 때도 나는 베르톨트를 생각하곤 했다. 문득 그것을 의식할 때마다 나는 부끄러웠다. 그러나 울지는 않았다. 몇 달 동안 한 번도 울지 않았다.

모든 것이 잘되어가는 것 같았다. 집에서의 생활에 빨리 익숙해지고 싶었다. 베르톨트가 성공했다는 소식을 듣게 되면 나는 정말 기뻤을 것이다. 그와 멀리 떨어져 있다는 사실에 마음 아파했을지도 모른다. 그러나 나는 그의 소식을 들을 수 없었다. 그는 아예 이 세상에 존재하지 않았던 사람 같았다. 모든 것이 내 꿈이었던 것만 같았다. 나는 불안했다. 혹시 그의 결혼 소식이라도 들려왔다면 나는 슬펐을 것이다. 그러나 만약 그랬더라면, 나는 더이상 그를 그리워하지 않아도 되었을 것이다.

언젠가 리보브 부인이 내게 물었다.

"뫼켄 씨 소식 좀 들었나요?"

무언가 캐내려는 듯한 말투였다. 나는 그렇게 느꼈다. 하지만 나는 조심하고 있었고, 그녀의 말에 흔들리지 않았다.

"아뇨. 그 사람, 새 작품이라도 발표했나요?"

그 여자도 그건 모르고 있는 것 같았다. 그녀의 남편에게도 물어보았지만 그 역시 모르고 있었다. 그녀의 남편과 다른 이야기를 하고 있는데 리보브 부인이 끼어들었다.

"그 사람, 꽤 호감이 가는 사람이에요. 앞에 나서길 싫어하더군요."

"뫼켄 씨를 위대한 작가라고 생각하시나요?"

내가 그 여자의 남편에게 물었다.

"위대하냐구요? 그거야 아직 확언할 수가 없죠. 하지만 좀 별

난 사람이긴 합니다. 뭔가 좀 불안한 듯하기도 하고…… 요즘엔 그런 게 유행인 모양이죠……"

나는 베르톨트에 대해 더 많은 얘기를 듣고 싶었지만 더이상 물어보지는 않았다.

막스가 이탈리아 여행을 이삼 일만 당겼더라도 모든 일은 잘 해결되었을 것이다. 그러나 그건 그가 결정할 수 있는 문제가 아니었다. 나는 그를 설득하기 위해 온갖 노력을 다 했다. 물론 그는 내가 그러는 이유를 알지 못했다. 나는 그에게 크리스마스 시즌에 여행을 떠나기는 싫다고 했다. 사야 할 물건들도 많은데 크리스마스 시즌에 상가가 붐비는 게 싫다고 말이다. 막스는 혹시 여행을 좀 앞당길 수 없는지 블랑크에게 물어보았다. 그러나 그럴 수가 없었다. 나도 어쩔 수 없는 일이었다. 내겐 충고해줄 사람도 없었다.

병이 나지 않은 게 오히려 신기했다. 두려움과 흥분으로 내 심장은 폭발할 것 같았다. 날짜가 다가올수록 고통은 심해졌다. 어떤 때는 더이상 한순간도 견딜 수 없을 것 같았다. 마음이 아픈 것이 아니라 정말로 심장에 통증이 느껴지기도 했다. 어떻게 해야 할지, 일이 어떻게 될지 알 수 없었다. 그건 내가 결정할 수 있는 문제가 아니었다.

석 주를 견뎌야 했다. 11월 초, 나는 신문에서 베르톨트의 작품이 23일 내가 살고 있는 도시에서 초연될 거라는 기사를 읽었다. 작품의 제목은 '상고심, 기각되다'였다. 제목 때문에 나는 조금 놀랐다. 내가 전에 읽었던 것과는 전혀 어울리지 않는 제목이었다. 그 동안 새 작품을 썼는지도 모르는 일이었다. 하지만 그때는 그런 건 생각할 겨를도 없었다.

그가 왜 하필 이곳에서 첫 공연을 가지는 걸까. 무슨 의도일까? 나 때문에? 나는 그에게 편지하지 말아달라고 당부했다. 그것은 나와 다시는 만나려 하지 말라는 뜻이었다. 우리 도시에서 그의 작품이 초연된다고 하면 내가 얼마나 괴로워하고 또 흥분할지, 그가 모를 리는 없었다. 나를 생각해서라도 그렇게 해서는 안 되었다. 그는 전혀 모르고 있는 걸까? 그의 그런 행동이 날 파멸시킬지도 모른다는 것을? 그것도 온갖 고통과 슬픔으로 괴롭힌 다음에 말이다.

어쩌면 내가 그를 너무 나쁘게만 생각하고 있는지도 모른다. 그런 일은 아마 출판사나 극단에서 맡아서 할 것이다. 어떻게 된 일인지 아무것도 모르는 내가 그를 오해하고 있는지도 모른다. 개막 공연을 이곳에서 하기로 한 건 그 편이 흥행을 생각해서 일부러 그렇게 한 건지도 모른다. 이 도시에서 상을 받은 작가니까, 아무래도 관객을 더 모을 수 있을 테니까 말이다.

그 기사가 처음 난 날, 나는 그 기사를 저녁식사 후에, 그리고 귄터를 재운 후에 또 읽었다. 맞은편 소파에 앉아 정치면과 경제면을 읽고 있던 막스는 문화면을 내게 넘겨주었다. 문화 소식에는 전혀 관심이 없는 사람이었기 때문에 그는 아무것도 모르고 있었다. 나는 조심스레 신문을 들고 방으로 올라갔다. 막스는 웃으면서 말했다. "당신은 연재소설을 봐야 잠이 오는가보군." 지금도 그 순간이 또렷이 기억난다. 그 순간 나는 잠깐 막스가 그 기사를 보고 일부러 그러는 게 아닐까 생각했던 것이다. 그러나 그는 아무것도 모르고 있었다.

신문은 늘 거실 한켠에 놓여 있었다. 집에서 일하는 사람들이 가져다볼 수 있도록 하기 위해서였다. 내가 기사가 난 신문을 들고 방으로 올라갔던 것도 그 때문이었다. 시아버지는 신문을 따로 보고 있었기 때문에 신경 쓸 필요가 없었다. 그런 일에 대해서라면 시아버지는 막스가 아니라 나에게 먼저 이야기했을 것이다. 그러나 신문을 아무 데나 놓아두었다가 게르다라도 보게 된다면…… 나쁜 의도에서는 아니라고 해도 그녀는 분명 여기저기 이야기하고 다닐 것이다. 그녀는 아주 작은 구인광고까지 모두 읽는 여자이다. 잃어버린 개를 찾아주면 사례금을 얼마나 받는지까지 다 알고 있었다. 배우들에 대한 것도 마찬가지였다. 어떤 배우가 어떤 연극에 출연하고 있는지, 이혼을 했는지 결혼을 했는지, 몇 번째 이혼인지. 뭐 그런 것들까지 모두 알고 있었다. 하지만 이번 기사는 한 귀퉁이에 아주 작게, 전혀 눈에 띄지 않을 정도의 단신이었다.

그렇다면 블랑크는 어떡하지? 그는 기사를 봤을지도 모른다.

나는 아무도 믿지 않았다. 모두들 그 기사를 봤으면서도 못 본 척하고 있는 것 같았다. 내가 어떻게 나오는지 지켜보기로 한 것 같기도 했다. 그들을 세심히 관찰했지만 아무것도 알아낼 수가 없었다. 그들은 전과 다름없이 행동했다. 그랬다. 그들은 그 기사를 보지 않은 것 같았다.

달라진 건 없었다. 하지만 그 기사 때문에 마음이 무거웠다. 차라리 누가 먼저 얘기를 꺼내 알려왔다면 나았을지도 모른다. 그랬더라면 좀더 견디기가 쉬웠을 것이다. 그러나 내가 먼저 얘기를 꺼낼 수는 없었다. 베르톨트는 어떨까? 그가 어떻게 하고 있는지 궁금했다. 그것이 나를 불안하게 만들었다. 여러 가지 가능성이 있었다. 하지만 나는 어떻게도 할 수 없었다. 그에게 편지를 해보면 어쩌면 일은 다르게 진행될 수 있을지도 모른다. 하지만 그가 이미 나를 잊었다면? 그가 초대장을 집으로 보내면 어떡하지? 그는 늘 개막 공연에 내가 참석해야 한다고 말했었다. 내가 입고 갈 옷에 대해서도 얘기했었다. 그는 다른 사람들이 뭐라고 하건 전혀 신경 쓰지 않는 사람이다. 어쩌면 그는 막스에게도 초대장을 보냈는지도 모른다. 막스 역시 그에겐 그저 알고 지내는 사람 중의 하나일 뿐이다. 막스가 내 남편이라는 건 그에게 별로 중요하지 않았다.

그날은 어떨까? 베르톨트도 이곳으로 올까? 어쩌면 연습하는 걸 보기 위해 벌써 와 있는 건 아닐까? 그럼 어떡하지? 나는 새로운 소식이 없나 해서 매일같이 신문을 뒤적였다. 그러나 새로운 소식은 없었다. 내 불안은 점점 커지고 있었고, 결국 나는 극장을 찾아가 정말로 연극이 올려지는지 물어보았다. 극장측에선 그렇다고 했고, 나는 표를 두 장 사고 말았다. 네번째 줄의 첫번째 두 자리였다. 제일 첫 줄에 앉고 싶지는 않았다. 내 자리는 출구 바로 옆이었다. 만약을 위해서였다. 베르톨트가 무대 위에서 내려다볼지도 모르는 일이었다.

극장은 전쟁 후에 새로 지은 건물로 좌석이 육백 석 정도밖에 안 되었다. 얼른 예매하지 않으면 표를 구할 수 없을지도 모르는 일이었다. 혹시라도 베르톨트가 초대권을 보내면 그건 즉시 극장으로 되돌려보낼 생각이었다. 그러면 그는 나를 찾아내지 못할 테고, 연극이 끝나고 난 후 조명이 켜지기 전에 몰래 빠져나오면 된다.

나는 막스가 여행을 앞당기기만을 바랐다. 마지막 순간까지도 그 희망을 버리지 않고 있었다. 사흘이 문제였다. 막스와 나는 함께 연극을 보러 간 적이 거의 없었다. 그는 늘 피곤하다고 했다. 그런 그에게 베르톨트의 작품을 함께 보러 가자고 할 수는 없었다.

나는 당황하고 있었다. 극장 매표원은 나를 알아보지 못했다. 내가 베르톨트와 함께 산 적이 있는 여자라는 것을 그가 알 리는 없었다. 그런데도 그가 매표소 유리창 너머로 나를 쳐다볼 때 그는 꼭 이렇게 말하고 있는 듯했다. 당신이 날 속이려구? 당신이 왜 이 작품을 보려고 하는지 알고 있어. 물론 그럴 리는 없다. 내가 너무 예민한 탓이다. 극장 안에서 연습 공연을 지켜보던 베르톨트가 담배를 입에 물고 로비에 나타나지 않을까 두려웠다. 마음을 진정시켜야 했다. 나는 카페를 찾았다. 나는 핸드백에서 입장권을 꺼내 날짜와 좌석 등을 다시 확인했다. 그러는 동안에도 나는 불안했다. 종업원이 계속 나를 지켜보고 있는 것 같았다. 핸드백의 안감을 찢고 거기다 입장권을 숨겨두어야 하는 건 아닐까 하는 생각까지 들었다. 하지만 그랬다가 핸드백을 잃어버리기라도 한다면……

물론 입장권을 잃어버리는 일은 없었다. 밖에서 돌아올 때면 늘 핸드백을 챙겼다. 그 주 들어 나는 벌써 크리스마스 선물 준비를 하고 있었다. 대부분의 물건은 이미 사놓은 상태였다. 나는 매일 저녁 막스에게 이곳 저곳에 보낼 선물에 대해, 또 귄터에게 주어야 할 선물에 대해 이야기했다. 그는 내가 그렇게 하는 걸 좋아했다. 선물 꾸러미는 옷장 속에다 넣어두었다. 쇼핑을 끝내고 집으로 돌아오면 언제나 귄터에게 산타클로스 얘기를 해주었다. 집에 도착해 현관문을 여는 순간 나는 당장이라도 누가 달려올 것만 같아 두려웠다. 아무것도 모르는 아이였지만 귄터를 똑바로 쳐다볼 수가 없었다.

입장권은 화장대 맨 윗서랍의 분첩 밑에 넣어두었다. 그 두 장의 입장권을 몇 번이나 들여다보았는지 모른다. 거기엔 온통 파우더가 묻어 있었다.

23일을 며칠 앞두고 신문에 짤막한 기사가 났다. 그전에 거리 게시판에 공연 광고 포스터가 붙었다. 아주 강렬한 빨간색으로 인쇄된 '상고심, 기각되다'라는 글자 밑에 작은 글씨로 베르톨트의 이름이 적혀 있었다. 너무 작아 눈에 띄지 않을 정도였다. 신문 기사에는 이 작품을 쓴 작가가 병에 걸려 공연에는 참석하지 못한다고 되어 있었다. 억지로 찾아보지 않으면 눈에 띄지도 않는 세 줄, 단신이었다.

나는 안도의 한숨을 쉬었다. 이젠 살았구나 싶었다. 그는 이곳에 오지 못할 것이다. 하지만 좀 슬프기도 했다. 그가 얼마나 아픈 걸까? 누가 그를 돌보지? 아직도 피어에크 부인 집에 살고 있을까? 그가 많이 아플까봐 걱정이 되었다.

입장권을 어떻게 하지? 물론 그냥 찢어버릴 수도 있었다. 비어 있는 두 좌석에 대해 사람들은 이상하게 생각할 것이다. 하지만 상관없다. 그 사람들은 어차피 나란 사람에 대해 아무것도 모르니까. 표를 사고 공연에 오지 않았다고 해서 그 사람을 찾지는 않는 법이다.

사흘! ……두번째 기사를 사람들이 보지 않았을 리가 없었다. 사람들은 깜짝 놀랄 것이다. 사람들이 곧잘 지나치는 지면에 난 단신이긴 했지만, 두 번씩이나 보지 못할 리는 없다. 그럴 수는 없다.

하지만 모두들 아무것도 모르는 것처럼 행동했다. 정말로 끔찍한 일이었다. 그들의 행동을 도무지 이해할 수가 없었다. 어떻게 된 걸까? 집으로 돌아온 후 나는 부단히 노력해왔다. 그사이 아무 일도 없었으며, 나는 이제 그들 곁을 떠나지 않을 거라는 걸 끊임없이 증명해 보여왔다. 그들은 대체 나에게 뭘 원하는 걸까?

그러나 나는 아무것도 알아낼 수 없었다. 모두들 크리스마스 얘기뿐이었다. 저녁이면 블랑크가 왔다. 그의 불투명한 갈색 눈에서 역시 아무것도 알아낼 수가 없었다. 그는 예전과 다름없이 가볍게 목례를 하고 사라졌다. 서재에서 막스와 이야기하는 소리가 들려왔다.

게르다는 정말 더이상 참을 수가 없었다. 그녀를 어서 내보내고 싶었다. 어서 빨리 결혼해서 나가주었으면!

그렇게 이틀이 지났다. 베르톨트가 나를 난처하게 만드는 일은 없을 거라고 믿고 있었지만 긴장감은 커져만 갔다. 도대체 내가 무엇을 두려워하고 있는지도 알 수 없었다. 하지만 두려웠다. 나는 점점 약해지고 있었다.

결국 일은 벌어지고 말았다. 분명히 예측할 수 있는 상황이었다. 하지만 나는 내 상상 속에 갇혀 있느라, 일어나지 않을 일들을 생각하느라, 정말로 일어날 수 있는 일에 대해서는 생각조차 않고 있었다.

공연 전날 밤 베르톨트의 사진이 신문에 났다. 막스는 언제나 그렇듯 문화면을 내게 넘겨주었다. 문화면 톱 기사라 누구라도 그냥 지나칠 수는 없었다. 지면의 반을 차지한 그의 사진 밑에는 그가 우리 도시의 문학상을 수상한 작가이며, 병중이라 공연에 는 참석하지 못한다는 내용이 적혀 있었다. 공연 홍보를 위해 극 장측에서 실은 기사였다.

사진은 썩 잘 나온 편은 아니었다. 분명 베르톨트이긴 했지만 내가 아는 그 베르톨트의 얼굴은 아니었다. 아주 오래된 사진 같 았다. 베르톨트는 사진 찍는 걸 좋아하지 않았다. 자기 사진 한 장 갖고 있지 않은 사람이었다. 아르님 역시 사진 찍는 걸 싫어했다.

신문을 넘겨본 사람이라면 누구나 그 기사를 봤을 것이다. 시 아버지는 위층 당신 방에서 주로 신문을 보았다. 막스와 내가 함 께 있는 시간을 주기 위해 저녁식사 후에는 늘 자리를 피하곤 했 다. 시아버지는 다 알고 있었을 것이다. 내일 아침이면 게르다 역시 알게 될 테고, 그녀는 신문을 들고 나에게 뛰어올 것이다. 블랑크 역시 마찬가지다.

내게 그 신문을 넘겨주기 전에 막스도 사진과 기사를 보았을 것이다. 어쩌면 베르톨트가 아프다는 소식에 기뻐했을지도 모 른다. 그러나 그의 행동으로는 그가 무슨 생각을 하고 있는지 알 수 없었다. 나 역시 평소와 다름없이 행동했다. 나는 그 사진을 한번 훑어본 다음 관심 없는 척 신문을 접어 소파 위에 놓았다. 막스에게 내가 전혀 동요하지 않음을 보여주어야 했다. 막스는 기억력이 좋았다. 그날은 한 사업가의 부고가 실려 있었다. 만난 지 얼마 안 되는 사람이었는데, 아직 쉰둘밖에 안 된 남자였다. 막스와 나는 그 사람에 대해 이야기했다. 나는 막스에게 건강에 좀더 신경 쓰라고 했다. 모든 게 거짓투성이였다. 기분이 좋지 않았다.

막스는 베르톨트에 대해서는 한마디도 하지 않았다. 우리는 둘 다 베르톨트라는 사람을 전혀 모르는 것처럼 행동했다. 나는 밤새 잠을 이루지 못했다. 수면제를 먹었지만 소용없었다. 머리가 완전히 마비된 듯한 기분이었다. 내일, 내일, 내일은 어떻게 될까…… 머릿속은 온통 그 생각뿐이었다.

나는 무엇을 두려워하고 있었던 걸까? 어떻게 할 도리가 없었다. 자고 싶었지만, 모든 걸 잊고 잠들고 싶었지만 그럴 수가 없었다. 작품이 어떻든 상관없었다. 물론 그가 성공하길 바랐지만, 하지만 그건 내 일이 아니었다. 그건 중요하지 않았다.

다음날 아침, 막스의 아침식사를 챙기려고 내려와보니 거실에 두었던 신문은 없었다.

막스는 전날과 다름없었다. 설마 그가 신문을 가지고 있는 건 아니겠지. 그런 바보 같은 생각을 하다니…… 지각하지 않기 위해 막스는 늘 아침을 서둘러 먹었다. 누군가에게 쫓기는 듯 보일 정도였다. 그는 늘 사장은 누구보다 일찍 출근하고 가장 늦게 퇴근해야 한다고 말했다. 회사를 넘겨주기 전 시아버지도 그랬었다. 늘 시간에 쫓기면서도 막스는 여유 있어 보이려 애를 썼다. 그날도 마찬가지였다. 그의 머릿속은 온통 회사 생각뿐이었을 것이다. 하지만 우리는 여행에 대해 얘기했다. 셔츠를 몇 벌이나 가지고 갈지, 뭐 그런 게 다였다. 나는 뭐든지 빠뜨리는 게 있어서는 안 된다고 했고, 막스는 나에게 너무 신경 쓰지 말라고 했다. 필요하면 이탈리아에서 셔츠를 살 수도 있었다.

우리는 언제나 단둘이서 아침식사를 했다. 나는 커피 한 잔이면 그만이었다. 뭔가를 먹기에는 시간이 너무 일렀다. 그러니까 그날 아침 내가 찻잔만 앞에 놓고 그와 함께 식탁에 앉아 있었던 건 특별한 일도 아니었다. 막스는 아침에 다른 사람이 옆에 있는 걸 몹시 싫어했다. 나에게도 그렇게 일찍 일어날 필요가 없다고 더 자라고 했지만 나는 그게 내 의무라고 생각했다. 그 역시 속으로는 좋아하는 것 같았다. 일곱시에 일어나는 건 어려운 일도 아니었다. 원하기만 한다면 나는 하루 종일이라도 잘 수 있었다.

식사가 끝난 후 막스는 담배에 불을 붙였다. 언제나 그렇듯 나에게도 한 대 권했다. 나는 거의 담배를 피우지 않았다. 낮에는 더욱 그랬다. 그는 의자를 뒤로 밀며 자리에서 일어났다. 나는 드레스룸까지 그를 따라갔다. 거울 앞에서 그는 모자와 외투를 집어들고 조심스럽게 넥타이를 고쳐맸다. 매일 아침이 똑같았다. 입에 물고 있는 담배에서 오르는 연기 때문에 눈을 찡그리는 것까지…… 밖에는 게르티히가 자동차를 대기시켜놓고 있었다. 그가 나간 후 현관문이 닫히고 나면 나는 드레스룸에 선 채 차가 나가는 소리를 들었다. 자동차 문이 닫히고 시동이 걸리고 자갈길 위로 차가 굴러갔다. 어떻게 될까…… 사무실에서 사람들이 연극 얘기를 할지도 모른다. 블랑크가 신문에 표시를 해놓고 막스를 기다리고 있겠지. 어쩌면 빨간색 펜으로 표시한 신문을 그의 책상 위에 올려놓았는지도 모른다. 막스는 어떤 반응을 보일까? 도무지 짐작조차 할 수 없었다.

막스가 다시 집으로 차를 돌려 툭 터놓고 이야기하자고 한다면? ……그렇다면 당장이라도 여행을 떠나버릴 수 있을 텐데…… 그래, 그게 제일 좋은 방법이었다. 나는 그에게 모든 것을 맡기고 싶었다. 막스에게 맡기고 싶었다. 나는 전혀 흥분되거나 불안하지 않다고, 베르톨트가, 아니 뮌켄 씨가 이곳에 오는 것도 아닌데 내가 왜 긴장하겠냐고 그에게 말하고 싶었다. 막스는 어쩌면 내가 계속 베르톨트와 연락하고 있을 거라고 믿고 있을지도 모른다.

하지만 그럴 수는 없었다. 그건 막스의 방식이 아니었다. 그는 그렇게 솔직하게 마음을 드러내지 못하는 사람이었다. 그에게 전화를 걸어 집으로 오게 하는 게 어떨까? 너무 소란을 떨 필요는 없는데…… 아침식사때 얘기했더라면 일하고 있는 사람을 오라고 할 필요도 없었을 텐데…… 아냐, 아버님과 얘기를 해보는 게 낫겠어.

나는 내 방으로 올라갔다. 마음이 좀 편해지는 것 같았다. 그렇다. 그게 최선이다. 아버님께 말씀드리고 회사에 좀 가달라고 부탁하자…… 무슨 구실을 대어도 괜찮을 것이다. 전에도 가끔씩 회사에 나가곤 했으니까. 막스를 만나기 위해서일 때도, 그냥 한번 둘러보기 위해서일 때도 있었다. 막스와 사업 얘기를 하다가 우연인 척 연극 얘기를 꺼낼 수 있을 것이다. 그래, 그러면 된다. 막스더러 얘기해보자고 할 필요도 없다. 서로 고통스럽기만 할 테니까. 난 막스가 하는 대로 따라가기만 하면 된다. 내가 결정할 일은 없다. 나는 이 고통에 벗어날 수 있을 것이다.

마음이 정말 편해졌다. 콧노래가 나올 정도였다. 시아버지와 얘기하는 건 힘든 일이 아니었다. 그는 내가 몇 마디만 하면 금방 알아차릴 것이다. 시아버지가 방에서 나오기만 기다리자. 다시 눕지는 않았다. 더 불안해질지도 모르니까. 나는 잠시 방 안을 서성이다가 머리를 손질했다. 무엇을 해야 할지 알 수가 없었다. 너무나 불안했다.

게르다 때문이었다. 일을 모두 그르치고 말았다. 아니, 내 탓이었다. 게르다와는 상관없었다. 변명하고 싶지는 않다.

아침 인사를 하러 귄터와 들어와서는 그녀는 곧장 떠들어댔다.

"신문 보셨어요? 오늘 뢴켄 씨 작품이 공연된대요."

"누구라고?"

귄터의 장난감을 정리하면서 내가 물었다.

"뢴켄 씨 말이에요."

그녀는 조금 흥분해 있었다.

"전에 우리집에 오셨잖아요. 상을 받은 날이오."

"아, 그 사람!"

난 관심 없는 척하며 귄터에게 크리스마스와 산타클로스 얘기를 했다. 하지만 게르다는 베르톨트 이야기를 그만두지 않았다.

"그 사람 사진이 신문에 났어요."

"사진? 누구 사진 말이야?"

"뢴켄 씨 사진 말예요. 가져다드릴까요?"

"아니, 됐어."

나는 귄터 옆에 쪼그리고 앉았다가 다시 일어났다.

"그분을 또다시 집에 모셔올 순 없을 거야. 시간이 없거든."

"그분은 편찮으세요. 여기에 오시지 못한대요."

"안됐네. 그 작품, 제목은 뭐래?"

"상고심이 어떻다나 하는 작품이에요."

"오늘 저녁이라고?"

"네, 첫 공연이래요."

"오늘이 며칠이지? 23일인가? 아 참, 이제 생각났네. 좀 기다려봐, 뭐 줄 게 있어. 여행 때문에 깜빡했지 뭐야. 그걸 어디다 두었더라……"

나는 화장대 서랍을 열었다.

"얼마 전에 연극표를 받은 게 있어. 어디 있지? 아, 여기 있네. 그래, 오늘 저녁이야. 네번째 줄, 일등석이야. 이걸 어디서 받았는지 모르겠네. 그래, 그 뮌켄 씨 작품이야. 어쩌면 그 사람이 우리에게 표를 보내라고 했는지도 모르지. 어쨌든 막스 회사에서 그 사람에게 상을 주었으니까. 아마 그랬을 거야. 게르다가 신문을 봐서 정말 다행이야. 그러지 않았으면 아까운 표를 썩힐 뻔했어…… 파우더가 좀 묻었네. 어차피 막스도 별로 관심이 없을 테고, 난 여행 준비 때문에 정신이 없어서…… 약혼자랑 가서 보고 와."

"제가요?"

"그래, 어차피 누가 봐도 마찬가지일 텐데 뭐. 약혼자한테 얼른 전화해봐. 전화 연락은 되지?"

그녀의 약혼자와 연락이 되는 데 삼십 분이 걸렸다. 모든 일이 잘될 것 같았다. 게르다도 몹시 좋아했다. 그녀는 그런 공연에 많이 가보지 않은 것 같았다. 더구나 개막 공연에는…… 거기다 한번 만난 적이 있는 작가의 공연을 본다는 게 너무나 자랑스러운 것 같았다. 그녀는 내게 그런 곳에는 어떤 옷을 입고 가야 하는지, 따로 준비할 건 없는지 물어보았고, 나는 내 옷장을 뒤져 그녀에게 어울릴 만한 드레스를 한 벌 찾아냈다. 난 그녀가 점잖게 보였으면 했다. 옷은 조금만 손보면 될 것 같았다. 게르다는 다른 건 아무것도 필요 없다고 했다. 나 역시 기뻤다. 한결 기분이 나아졌다. 나는 그녀에게 옷에 어울리는 숄도 하나 주었다. 그리고 점심식사 후엔 나가서 약혼자와 시간을 보내도 좋다고 했다.

많이 흥분했는지 게르다는 표를 빠뜨릴 뻔했다. 그녀가 방에서 나간 뒤에도 표는 화장대 위에 그대로 있었다.

시아버지가 나가는 소리가 들렸다. 방 문을 열고 그를 부르기만 하면 되었다. 하지만 그러지 않았다. 나이 든 분을 괴롭힐 이유가 없었다. 그럴 필요가 없었다. 그런 일은 가능하면 이야기하지 않는 게 좋다.

하지만 오후가 되자 다시 괴로워지기 시작했다. 일분일초도 가만히 있을 수가 없었다. 전화 때문이었다. 게르다는 이미 외출하고 없었다. 집에 있는 사람은 나와 귄터, 그리고 가정부뿐이었다. 귄터를 재우고 나서 나도 좀 자려던 참이었다. 그런데 아래층에서 전화벨이 울렸다. 다른 날보다 유난히 전화가 많았다. 나는 그냥 침대에 누워 밖에서 나는 소리에 귀를 기울였다. 전화벨이 세 번쯤 울리자 가정부가 나와 전화를 받았다. 통화는 길지 않왔다. 나에게 온 전화는 아니었다.

나는 귄터를 깨웠다. 그즈음 아이는 말을 잘 듣지 않았다. 우유를 마실 시간이었지만 아이는 먹지 않으려 했다. 그때 또 전화가 왔다. 나는 아이에게 우유를 잘 마시고 있는지 물어보려고 산타클로스 할아버지가 확인 전화를 하는 거라고 말해주었다. 가정부가 방 안으로 들어왔다. 뮌켄이라는 분이신데, 사모님을 찾으세요…… 나는 은근히 그런 말을 기다리고 있었지만 전화는 양장점에서 온 것이었다. 여행할 때 입을 옷을 좀 고쳐달라고 맡겼더니 가봉하러 나오라는 얘기였다. 나는 내일 가겠다고 했다.

귄터와 나는 색색의 색종이를 상자에 붙였다. 크리스마스에 아이는 할아버지에게 상자를 선물하고 싶어했다. 나는 너무 흥분하고 있어서 그 무엇도 제대로 할 수가 없었다. 풀이 묻은 손가락에 종이가 붙어 떨어지질 않았다.

전화벨이 또 울렸다. 나는 밖으로 나가 누구에게 온 전화냐고 물어보았다. 막스의 전화였다. 회사로 전화해달라고 했다는 것이었다. 다음은 게르다였다. 특별한 용건은 없었다. 전화벨만 울리지 않으면 집 안은 쥐죽은듯 조용했다. 나는 다음 전화를 기다리고 있었다. 하지만 다음 전화는 잘못 걸려온 전화였다. 잘못 온 전화? 내가 물었다. 어떤 남자가 전화번호를 잘못 돌렸나봐요…… 오늘 같은 날은 또 없을 것 같았다. 아니, 어쩌면 베르톨트일지도 몰라. 내가 전화를 받지 않아서 그냥 끊어버린 거야……

아냐, 베르톨트일 리는 없었다. 시외전화는 교환을 통해 받아야 했다. 날씨는 그리 좋지 않았지만 귄터를 데리고 산보라도 나갈 생각이었다. 하지만 집을 나갈 수가 없었다. 그러고 싶지 않았다. 잠깐 나간 사이에 무슨 일이 생길지 모른다. 어쩌면 그가 전화를 할지도 모르는데…… 귄터를 가정부와 함께 내보낼까? 그러면 혼자 있게 되는데…… 아니, 귄터가 있어서 그나마 힘이 되었다.

베르톨트가 날 찾아오리라는 것을 난 이미 알고 있었다. 무슨 일이 일어날지 나는 느끼고 있었다. 그는 지금 이곳으로 오고 있을 것이다. 조금씩 조금씩 나에게로 다가오고 있을 것이다. 그걸 증명할 방법은 물론 없다. 하지만 나는 알고 있었다. 나는 느끼고 있었다. 지금쯤 그는 생각하고 있을 거야. '이제 세 시간 후면 도착이군…… 이제 두 시간 사십오 분…… 이제 두 시간 반…… 왜 이렇게 시간이 더디 가지? 아직도 두 시간이나 남았잖아. 이제 곧 그녀를 만나게 돼. 그녀 곁에 가게 되는 거야……'

마음이 졸아드는 것 같았다. 나는 당장이라도 집에서 뛰쳐나가 그를 맞이하고 싶었다.

그때 또 전화가 왔다. 블랑크였다. 가정부가 무슨 서류인가를 찾아 서재로 갔다. 무슨 서류지? 그런 걸 빠뜨리고 다닐 사람이 아닌데…… 어쩌면 나를 감시하려는 핑계일지도 몰라. 내가 집에 있는지 없는지 확인하려고 말이야.

다섯시쯤 되어 시아버지가 들어왔다. 귄터를 부르자 아이는 계단 아래까지 뛰어내려와 할아버지를 맞았다. 두 사람은 함께 층계를 올라왔다. 계단을 반쯤 올라와서 아이는 팔을 벌리고 할아버지를 막아섰다.

"들어오시면 안 돼요, 할아버지. 산타클로스가 있어요."

시아버지가 나를 쳐다보았다. 나는 고개를 끄덕여 보였다. 그는 흰 눈썹 아래로 나를 바라보고 있었다. 벌써 다 알고 계신 건 아닐까? 베르톨트가 여기로 오고 있다는 것을? 아냐, 그럴 리 없어. 나는 풀이 묻은 손을 그에게 보였다. 내가 귄터와 놀고 있었음을 확인시켜주기 위해서였다.

"오늘은 아래층에서 같이 밥 먹어도 된대요."

귄터가 말했다.

"그러냐?"

"게르다 아줌마가 외출을 했거든요. 극장에 갔어요."

"그래? 크리스마스 성극 같은 거 말이냐?"

시아버지는 아이를 보며 말했다. 일부러 날 보지 않는 것 같았다.

"우린 언제 구경 가요?"

"엄마가 여행 가신 뒤에 가자꾸나. 아니다. 네가 말을 잘 들으면 가지."

시아버지가 귄터의 머리를 쓰다듬었다.

290

"그럼 오늘은 우리뿐인 거냐?"

그가 내게 물었다.

"네."

"잘됐다."

시아버지는 곧장 다시 계단을 올라갔다. 나는 그의 등을 쳐다보았다. 왼손으로 난간을 붙잡고, 그는 천천히 계단을 올라갔다.

그가 층계를 오르는 동안에도 베르톨트는 점점 내게 다가오고 있었다. 시아버지와 나는 가끔 눈짓을 주고받곤 했다. 그건 두 사람이 간직하고 있는 비밀에 대한 신호이기도 했다. 둘이서 마주 보고 몰래 웃을 때도 있었다.

……자, 이제 얼굴을 드러내요, 베르톨트! 사람들은 다들 당신이 먼 곳에서 아픈 줄 알고 있어요……

"자, 우리 멋지게 모양을 내야지!"

내가 귄터에게 말했다.

"신사는 놀이옷을 입고 식탁에 나타나는 게 아니란다."

나는 아이의 옷을 갈아입혔다. 조금이라도 시간을 빨리 보내고 싶었다. 놀이옷을 입고 식사를 하는 게 뭐가 어떻단 말인가! 하지만 아이는 내가 그렇게 말하는 걸 좋아했다.

괜히 즐거워지는 것 같은 기분이었다. 축제 기분 좀 내볼까? 사람들이 이상하게 생각할지도 몰라. 아무 일 아니라고 해도 모두들 이상해할 거야.

"자, 이젠 엄마가 옷을 갈아입어야겠구나. 자, 가자."

귄터는 내 방에 있는 것을 아주 좋아했다.

베르톨트가 금방 날 알아볼 수 있는 옷을 입어야 했다. 그후 한 번도 입지 않은 그 옷은 칼라가 구겨지고 어깨에도 주름이 잡혀 있었다. 트렁크에 쌀 때 잘못 넣은 모양이었다. 다시는 그 옷을 보고 싶지 않았고, 옷장에 걸어둔 후 한 번도 꺼내보지 않았었다.

나는 다리미를 꺼내 욕실로 가지고 갔다. 시간은 많았다. 귄터는 옆에 서서 날 쳐다보고 있었다. "다리미는 왜요, 엄마?" "젖은 수건은 뭐 하는 거예요?" 나는 귄터에게 모두 설명해주었다.

다림질을 끝내고 옷을 입어보았다. 목선이 깊이 팬 옷이라 그런지 어깨에 숄을 둘러도 좀 추운 것 같았다. 가정부에게 난방이 꺼진 게 아니냐고 물어보았다. 그녀는 곧 보일러를 살펴보러 나갔다. 스팀에 손을 대보았다. 차갑지는 않았다. 긴장해서 잠을 못 잔 얼굴이 표가 날까봐 걱정이 되었다. 다른 사람들이 알아차릴 정도는 아니었다.

어쩌면 베르톨트는 벌써 도착했는지도 모른다. 그는 사람들을 만나보기 위해 극장에 갔을 것이다. 날 생각할 여유는 없을 것이다. 이제 전화는 오지 않았다.

연극은 일곱시 반에 시작한다. 특별한 일이 없는 한 우리는 그 시간에 저녁을 먹는다. 설마 두 시간 동안 무슨 일이 일어나지는 않겠지. 나는 다시 평온해졌다.

그때 남편이 들어오는 소리가 들렸다. 문 닫는 소리만으론 그의 기분을 알 수 없었다. 나는 귄터의 손을 잡았다.

"자, 아빠가 오셨네. 나가봐야지. 우리가 얼마나 멋을 냈는지 보시도록 천천히, 그리고 점잖게 걸어야 한다. 자, 엄마 왼쪽으로 와야지. 남자들은 언제나 왼쪽에 서는 법이란다."

우리는 천천히 층계를 내려왔다. 한 계단 한 계단, 박자를 맞추느라 작은 소리로 콧노래까지 불렀다.

막스는 우편물을 놓아두는 쟁반 옆에 서 있었다. 등을 돌리고 서 있던 그가 인기척에 몸을 돌렸다. 나는 그에게 미소를 보냈다. 그는 깜짝 놀란 듯했다. 손님 초대라도 한 걸로 생각한 것 같았다. 입꼬리가 약간 올라갔다. 불빛 때문인지, 어떻게 보면 입술을 깨무는 것 같기도 했다. 나는 그를 향해 웃어 보였다. 옷을 갈아입은 건 잘한 일이었다. 기운이 좀 나는 것 같았다.

"나도 아래층에서 먹을 거예요."

귄터가 그에게 소리쳤다.

"그래?"

그의 말투는 어느새 시아버지를 닮아 있었다.

"게르다 아줌마가 외출을 했어요. 극장에 간대요."

"그래, 아주 멋진데."

남편은 귄터를 안아올렸다. 그는 아이한테만 정신이 팔린 척하면서 나를 쳐다보지 않았다.

"우리 어때요? 멋있죠?"

"나도 옷을 갈아입어야 하나?"

그가 날 쳐다보면서 물었다.

"그냥 그래본 거예요. 집에 우리뿐이라서……"

그는 다시 우편물을 들여다보았다.

"그래? 오늘 외출을 내보냈다구?……잘했어, 아버지는 집에 안 계신가?"

"아니에요, 위층에 계세요. 왜요? 무슨 일 있어요? 저한테는 아무 말씀도 없으시던데."

막스는 편지 봉투를 하나를 들어 구기더니 그걸 찢어버렸다.

"아냐, 게르다가 영화관에 갔다고?"

"아니에요, 극장이에요. 국립극장에 갔어요, 약혼자하고."

내 대신 귄터가 말했다.

"그래? 그랬군."

"식사 준비가 끝날 때까지 뭘 좀 마시겠어요?"

내가 물었다

"그럴까?"

그로서는 내가 하는 대로 할 수밖에 없었을 것이다. 그는 홈 바쪽으로 갔다. 손님이 왔을 때, 그것도 몇 번을 제외하면 우리는 식사 전에는 거의 술을 마시지 않았다. 막스는 별로 술을 즐기지 않았다. 사업상 모임에 참석했을 때나 가끔 마시는 정도였다.

"뭘 드시겠습니까?"

그가 웨이터처럼 물었다. 우리 세 사람은 바 앞에 서 있었다.

"이 젊은 신사분께는 소다수를 넣은 오렌지 주스를 주세요."

나도 연극을 하듯 손님처럼 말했다.

"차게 해주세요."

귄터도 한마디 거들었다.

"그리고 난…… 화이트 와인을 주세요. 진을 한 방울 떨어뜨려주세요. 그런데 저기 저건 뭐죠?"

나는 전에 보지 못하던 병을 가리켰다. 은종이로 병의 목 부분을 감싸놓은 큰 병이었다.

"페르노트야."

남편이 말했다.

"그럼 그걸로 주세요, 페르노트."

"저건 아주 독한 술이야."

"그래요? 독주라구요? 어디서 구하셨죠?"

"브로렐슨 가게에서 산 거야. 궁금해서 말이야. 지금 장난하는 거지? 딴 걸 마시도록 해."

"아니에요. 페르노트 한 잔 주세요."

"물하고 섞어서 마셔야 해."

"아니에요. 이리 좀 주세요. 물 안 섞어도 괜찮아요."

막스가 페르노트를 갖고 있다는 것은 정말 뜻밖이었다. 어쩌면 의도적인 것일 수도 있었다. 나는 루드비히스호프에서 처음으로 페르노트를 마셔보았다. 여인숙의 주인이 그걸 갖고 있었다. 베르톨트는 별로 좋아하지 않았지만 나에겐 그 술맛이 퍽 인상적이었다.

막스는 코냑을 마셨다. 우리는 잔을 들고 바 옆의 작은 탁자로 갔다. 막스와 귄터와 나는 축배를 들었다. 그때 우리를 본 사람이 있었더라면 그는 아마 굉장히 행복한 가정이라고 생각했을 것이다.

"블랑크가 오나요?"

술잔을 비운 후 내가 물었다.

"아니, 갑자기 블랑크는 왜?"

막스가 눈썹을 치켜올렸다.

"아니에요. 그냥 물어본 거예요."

"특별히 올 일은 없어."

그때 시아버지가 내려왔다. 두 사람은 평소와 다름없었다. 공연에 대해서는 서로 아직 아무 말도 하지 않은 것 같았다.

식탁에서 나는 또다시 웃음을 터뜨릴 뻔했다. 두 사람은 마치 무슨 의무이기라도 한 양 이야기를 늘어놓았다. 가능하면 얘기가 끊기지 않도록 애쓰는 것 같았다. 여행을 떠나기 전에 시아버지에게 모두 보고해야 하는 것처럼 막스는 사업 이야기를 했고, 시아버지도 마치 당연한 듯 그 이야기에 참견을 했다. 그는 막스에게 이것저것 물어보았고, 앞으로의 사업 계획도 물어보았다. 하지만 나는 알고 있었다. 시아버지는 이제 사업에는 전혀 관심이 없었다. 그는 오히려 그런 이야기를 귀찮아하고 있었다. 남자들은 참 이상했다. 그들은 둘 다 나를 두려워하고 있었다. 이상한 일이었다.

이런저런 이야기 끝에 다행히도 두 사람은 그럴 듯한 얘깃거리를 찾아낸 것 같았다. 두 사람은 어느 대기업 회장에 대해 오랫동안 얘기를 주고받았다. 그의 발언이 문제가 되어 그 회사 직원들이 스트라이크를 일으킬 위험에까지 이르렀다는 것이었다. "하필이면 이럴 때…… 우리 쪽에도 피해가 있을 것 같습니다. 집에서 식구들끼리 한 말도 아니고 그렇게 공개적으로……" 막스의 말에 시아버지도 한마디 했다. "모두 노동조합에서 선동해서 날뛰는 거야. 너도 대학 땐 그러지 않았니……"

나는 소리치고 싶었다. 난 알고 있어요. 알고 있단 말예요. 당신들이 알지 못하는 것을! 무슨 어린애 장난인가요! 입 안에서 이런저런 말들이 뱅뱅 돌았다. 두 사람이 고통스러워하는 모습을 보고 싶었다. 하지만 나는 어떻게도 할 수 없었다. 나는 그저 그들의 말에 잠깐씩 호응해주면서 아이와 이야기를 나누었다.

거실에 괘종시계가 있었기 때문에 몰래 손목시계를 들여다볼 필요는 없었다. 식사 시간은 보통때보다 길었다. 모두들 식탁을 떠나는 것이 두렵기나 한 듯 자리를 지키고 앉아 있었다. 식사가 끝나면 도대체 무슨 얘기를 한단 말인가. 식사가 길어지는 것에 대해 가정부는 이상하게 생각하고 있을 것이다. 하지만 누구 하나 이젠 귄터를 재워야 한다고 말하는 사람도 없었다. 나도 아무 말도 하지 않았다. 다행스러웠다. 시간을 보내기가 훨씬 쉬웠다. 두 사람은 계속해서 사업 얘기에 열중하고 있었다. 방해가 될까 걱정할 필요는 없었다. 내 머릿속은 온통 공연과 베르톨트에 대한 생각뿐이었다. 연극은 두 시간이면 끝나겠지. 늦어도 아홉시 사십오분에는…… 게르다가 곧장 집으로 온다 해도 열시 전에는 도착하기 힘들 것이다. 열시 반은 되어야 할 것이다. 약혼자와 맥주라도 한잔할지도 모르니까. 적어도 그때까지는 이렇게 시간을 보낼 수밖에 없다.

"어머나, 벌써 아홉시가 지났군요."

식탁에서 일어나면서 내가 말하자 막스도 대꾸했다.

"우리끼리 있으니까 좋군! 귀찮은…… 아니 다른 사람이 없으니 말야."

"너 이제 자야 할 시간이야. 자, 안녕히 주무세요, 인사해야지."

내가 귄터를 보며 말했다.

"아침까지 푹 재우도록 해. 게르다한테도 아침에 늦게까지 재우라고 말해놓고."

"극장에서 언제 돌아올지 몰라서요."

"그래? 그럼 쪽지를 써놓던가."

막스는 신문을 집어들어 반으로 접었다. 그의 기사를 숨기려는 것 같았다. 그럴 필요 없어요. 오늘은 베르톨트에 대한 기사가 없었어요. 하지만 내일은…… 내일은……

귄터가 할아버지에게 인사를 하고 막스에게로 갔다. 막스가 아이에게 말했다.

"잘만 되면 우리 이제 자주 기회를 갖자꾸나."

"무얼 말인가요?"

내가 물었다.

"오늘처럼 멋진 저녁 말이야."

"……무슨 위기라도 느낀 건가요?"

"뭐? 뭐라고 했어?"

"당신, '잘되면'이라고 했잖아요. 그 회장 때문인가요?"

"아, 아냐. 그건 나랑 아무 상관 없어. 우리한테는 아무 영향도 없을 거야. 내 말은…… 내 말은 그러니까, 그냥 일이 순조롭게 진행되었으면 좋겠다는 거야. 아무 일 없이……"

그때 전화가 왔다. 전화기는 내 바로 옆에 있었다. 내가 받는 게 자연스러웠다. 하지만 나는 막스에게 고갯짓을 해 그가 전화를 받게 했다. 시아버지는 옆으로 비켜서서 나를 주의 깊게 쳐다보고 있었다. 막스가 수화기를 들었다.

"네, 헬데겐입니다…… 아, 자네였군. 그래? 그랬어? 잘됐군. 고마워, 내일까지는 시간이 있으니까. 그래 알았네. 내일 보자구."

"블랑크인가요?"

"그런데…… 왜?"

"그 사람 아니면 이 시간에 누구겠어요?"

"왜 착한 블랑크한테 당신은 늘 감정이 좋지 못하지?"

"내가요? 아니요, 그렇지 않아요. 그 사람이 나한테 뭐 잘못한 것도 없는데, 내가 왜 그러겠어요? 왜 그런 말을 하죠? ……그가 지금 극장에 있나요?"

"어디……? 갑자기 왜 그런 말을 하지?"

"그냥 말해본 거예요. 그 사람은 극장에 가면 안 되나요?"

막스가 묘하게 웃었다.

"블랑크가 연극에 관심이 있는 줄은 몰라서 말야."

거짓말하지 말아요. 나는 속으로 중얼거렸다. 블랑크가 지금 극장에서 전화를 했다는 거 다 알고 있어요. 내가 어떻게 알았는지는 전혀 중요하지 않아요. 아무튼 난 그걸 알고 있어요.

"블랑크는 꼭 필요한 사람이야. 당신이 이해해야 해. 정말 꼭 필요한 사람이라구."

막스가 말했다.

"자, 가서 자야지."

나는 아이의 손을 잡고 계단을 올라갔다. 두 남자를 뒤에 남겨 놓고서…… 계단 하나를 오르자마자 좋은 생각이 떠올랐다. 층계를 오르면서 나는 노래를 불렀다. 물론 전에는 그런 일이 한 번도 없었다. 귄터를 재울 때말고는 노래를 부른 적이 없었다. 이번엔 한번…… 얼마나 재미있을까! 두 사람이 어떤 표정을 지을지! 나는 귄터와 함께 노래를 불렀다.

시골뜨기 하나가 집에서 달려나오네.
시골뜨기 양반, 어딜 가시죠?
동네 놀이판에 간단다.
돼지 한 마리 잡아
포도주 실컷 마시고
저녁 내내 재미있게 놀아야지.

귄터와 나는 노래에 맞추어 천천히 계단을 올라갔다. 등뒤가 갑자기 텅 빈 듯한 기분이 들었지만 돌아보지 않았다. 막스는 신문을 손에 든 채고, 시아버지는 안 보는 척하면서 우리를 올려다보고 있었다. 내가 어릴 적 기르던 강아지처럼 말이다. 내가 옷을 갈아입고 있으면 강아지는 한쪽 구석에 엎드려서는 관심 없는 척하면서도 자세히 관찰하곤 했다. 내가 함께 갈래? 물어보면 강아지는 얼른 따라나섰다. 아무 관심도 보이지 않으면 강아

301

지는 몹시 슬퍼했다. 어떤 때는 한숨까지 쉬었다.

두 사람은 무슨 생각을 하고 있었을까? 저런, 노래를 다 부르다니! 그것도 아이까지 함께 말이야. 즐거운 모양이지? 설마 우리가 잘못 본 건 아니겠지?…… 생각하고 싶은 대로 실컷 생각하라지! 즐거워하고 있다고? 노래를 부르면 다 즐거운 건가? 단순하기도 하지! 내가 어렸을 때도 마찬가지였다. 어쩌다 노래를 부르지 않고 휘파람을 불거나 하면 엄마는 등뒤에서 소리치곤했다. 버릇없게 얘가! 그러나 그 말은 옳은 말이 아니었다.

또다시 아르님이 생각났다. 노래 때문인 것 같았다. 이상한 일이다. 어떤 일이라도 결국은 아르님을 생각하게 되니 말이다. 베르톨트보다도 그를 더 많이 생각하는 것 같았다. 그때도 나는 괴롭거나 울고 싶을 땐 오히려 더 즐거운 척했다. 누구에게도 내가 슬프다는 걸 알게 하고 싶지 않았다. 다른 사람들이 내 비밀을 알게 되는 건 정말 참을 수가 없었다. 내가 원하는 건 언제나 단 하나뿐이었다. 날 가만히 내버려두라는 것, 그것 하나뿐이었다. 엄마는 고개를 흔들며 아버지에게 말하곤 했다. "이제 제발 정신 좀 차렸으면 좋겠어요." 불쌍한 아르님! 그렇게 뚱뚱해지다니……

자, 꼬마야. 어서 가서 자야지. 엄마는 다시 아래층에 내려가 봐야 해. 아빠랑 할아버지랑 할 얘기가 있거든…… 그래, 엄만 지금 정신을 차릴 수가 없어. 조금도 즐겁지가 않단다. 그냥 그런 척한 것뿐이지. 그건 아마 두 사람도 모를 거야, 네 할아버지와 아빠 말이야. 엄마는 너무 너무 슬프단다. 아래층에선 아마 엄마에 대해 얘기하고 계실 거야. 엄마는 그분들을 도와드려야 해. 이해해줄 수 있겠니? 어쩌면 엄마에 대해 오해하고 계실지도 몰라…… 우리 오늘 저녁엔 정말 재미있었지, 그렇지?…… 아유, 저런, 신사양반! 옷은 얌전히 의자에 걸어둬야지. 옷을 그렇게 내동댕이치면 누가 그걸 다림질해주니! 유비를 좀 보렴. 고단했는지 마룻바닥에 누워서 자고 있구나. 저러면 안 돼. 어휴, 더럽기도 하지. 내일은 토요일이지? 내일 유비를 목욕시키자. 비누 거품을 살살 내서 털을 닦아줘야지. 나중에 드라이어로 말려주면 유비도 좋아할 거야. 아마 너도 놀랄걸. 그런데 게르다가 목욕 스폰지를 어디다 두었지?

불쌍한 귄터!

아래층에서 엄마에 대해 뭐라고 하고 있는지 너 아니? 넌 아직 너무 어려. 네가 자라서 말이다…… 알고 싶은 게 있으면 할아버지한테 여쭤보렴. 할아버지가 다 말씀해주실 거야. 다른 사람들은 모두 엄마를 욕할 거야. 틀림없어. 넌 지금은 이해할 수 없을 거야. 엄마를 이해해주는 사람은 할아버지뿐이란다. 그런데 할아버지께서 돌아가시면 어떡하지? 불쌍한 할아버지! 불쌍한 엄마!

유비가 왜 이렇게 지저분한지 이제야 알겠구나. 그 작은 발로 온통 집 안을 돌아다니면서 코를 난간에 문지르고, 아래층에서 무슨 얘기를 하나 몰래 듣고 다니니까 그렇지. 그러니 고단할 수밖에…… 귄터, 네가 유비를 야단 좀 쳐줄래?

아냐, 넌 할아버지한테 그런 걸 물어봐선 안 돼. 절대로 그래선 안 돼. 아마 아빠가 몹시 화를 내실 거야. 아빠는 엄마를 정말로 좋아하고 있단다. 아빠는 아주 큰 회사를 갖고 계셔. 굉장히 큰 회사지. 아빠는 많은 사람들을 돌봐야 해. 아빠 회사는 자꾸만 커지고 있어. 아마 이 세상에서 제일 큰 회사가 될지도 몰라. 그것도 모두 널 위해서란다. 네가 훌륭하게 자라도록 하기 위해서야. 아빠는 시간이 없으시단다. 네가 이해를 해야 돼.

불쌍한 네 아빠!

가만히 있어, 움직이지 말고! 이 벌거숭이야! 잘 씻어야지. 귀에 비누가 그대로 묻어 있는 걸 보면 게르다가 뭐라고 하겠니? 그리고 산타 할아버지는 또 어떻구?

너도 언젠가는 결혼을 하게 될 거야. 어른이 되면 모두 결혼을 하는 거란다. 네 아내가 이 엄말 어떻게 생각할까! 엄마는…… 모두들 엄마를 욕하게 될 거야. 네 아내에게 엄마 얘기는 하지 말아라. 엄마 얘길 듣고 나면 네 아내도 이 엄말 욕하게 될 거야. 그럼 넌 아내와 다투게 될지도 몰라. 엄만 네 아내가 엄마 욕을 하는 것도 싫지만 너희들이 다투는 건 더욱 싫어.

불쌍한 우리 꼬마 벌거숭이!

자, 이젠 이를 닦아야지. 꼭 엄마가 말을 해줘야 하니? 그런 건 너 혼자 알아서 할 수 있어야 해. 아빠는 주무시기 전에 꼭 이를 닦으시잖니. 할아버지도 그렇고. 아무도 지켜보는 사람이 없어도 말이야. 엄마가 언제까지나 널 돌볼 수 있는 건 아니란다.

아빠랑 할아버지는 지금 아래층에서 엄마를 기다리고 계셔. 그분들은 엄마가 뭔가 얘기를 꺼내기를 기다리고 계시단다. 그걸 알고 싶어하시거든. 그렇지 않으면 오해를 할지도 몰라. 어쩌면 벌써 오해가 시작되었는지도 모르지. 네가 늑장을 부리니까 내려갈 수가 없잖니. 그분들은 엄마를 믿지 않을 거야. 아무도 불쌍한 네 엄마를 믿지 않는단다.

행진! 침대 속으로! 유비가 있잖니. 어휴, 안 되겠다. 너무 지저분하구나!

엄마가 유비한테 말해줄까? 우리 똑똑한 유비는 엄마 말이라면 뭐든지 다 믿어주니까 말이야! 아마 유비가 나중에 너에게 다 얘기해줄 거야. 네가 잠이 든 다음이나 그후에라도…… 자, 유비야, 시작해볼까? 막스는 말야…… 막스? 막스? 유비한테는 어떻게 말해야 하나? 아빠 말야, 유비야 너한텐 막스라고 해선 안 되겠구나."

오늘은 노래 안 불러도 되겠지? 층계를 올라오면서 벌써 한 번 불렀잖니. 이런, 말썽꾸러기 같으니라구.

엄마는 이제 가봐야 해. 아래층의 두 분도 이제 주무셔야 하니까. 엄마는 아직 잘 수가 없어. 아래층에서 기다리시니까.

자, 유비야, 얘기를 들어봐. 막스는 말이다…… 막스가 뭐라고 했었지? 네가 한번 얘기해보겠니.

아니, 모두 그만두는 게 낫겠다. 사람들은 아마 한때의 불장난이라고 말하겠지…… 자, 이젠 어서 자거라.

하지만 다른 사람들은 아무도 모른다. 남들이 얘기하는 대로 그냥 믿을 것이다. 그리고 그 다음날 아침이면 벌써 그런 얘기는 까맣게 잊어버릴 것이다. 언젠가 아이가 물어보면 사람들은 귄터에게도 그런 식으로 이야기할 것이다. 그때 난 이미 거기에 없을 테니까 아이에게 그게 아니라고 설명해줄 수도 없다. 아이의 침대 머리맡을 지키고 있는 것도 이게 마지막일 것이다. 두 사람이 아래층에서 나 때문에 골치를 썩고 있었다는 것, 엄마가 자기 곁에 앉아 있었다는 사실마저도 귄터는 까마득히 잊어버리고 말 것이다.

차라리 그게 나을지도 모른다. 나중에 아이가 대체 무슨 일이 있었냐고 물어보면 아마 사람들은 제멋대로 얘기해주겠지. 혼자 있을 때면 아이는 나에 대해 이런저런 생각들을 할 것이다. 난 아이를 도와줄 수 없고, 그건 유비도 마찬가지이다.

"아버지께 말하던가요?"

막스가 물었다.

시아버지는 우리를 방해하지 않기 위해 손님이 없을 때는 늘 식사가 끝나자마자 이층으로 올라가곤 했다. 그러나 그날은 달랐다. 그는 그냥 아래층에 있었다. 우연이었는지도, 어쩌면 나를 위해서일 수도 있다. 어쨌든 그날의 분위기는 평소와는 달랐으니까.

"무슨 얘기 말이냐?"

막스는 더 이상 참지 못하고 신문을 손으로 두드렸다.

"이 빌어먹을 기사 말입니다."

"연극 말이냐? 아니, 그 아인 한마디도 안 했다."

"블랑크가 지금 극장에 있다는 걸 어떻게 알았을까요?"

막스의 목소리가 흥분해서 떨리고 있었다.

"중간휴식 시간에 전화한 건데 말입니다…… 마리온이 어떻게 알았을까요? 혹시 누가 말해준 걸까요? 가정부가 혹시…… 그 여자가 알고 있었는지도 모르겠군요. 전 오늘 오후에야 알았습니다. 그것도 우연히 알게 된 겁니다. 블랑크에게 심하게 뭐라고 했습니다. 블랑크도 몰랐다고 하더군요. 연극 같은 것에는 워낙 관심이 없는 사람이니 아마 사실일 겁니다…… 그런데 입장권은 어디서 났을까요?"

"게르다 말이냐? 자기가 샀겠지."

"샀다구요? 그렇지 않다는 건 아버지도 잘 아실 텐데요."

"마리안네가 주었는지도 모르지."

"저 몰래 말이죠?"

307

"네가 그 아이와 솔직하게 얘기해보는 게 어떻겠냐. 내 생각엔 그게 최선인 것 같구나."

"저한테 솔직하게 얘기하는 사람이 어디 있기나 합니까? 이 집안에서 벌어지는 일에 대해 전부들 저한테 숨기니 말입니다."

"이 집에선 아무 일도 벌어지고 있지 않아. 그건 내 말이 맞을 거다."

"아버지는 언제부터 알고 계셨습니까?"

"연극 말이냐? 이 주일 전에 기사를 봤지……"

"그런데도 저한테 알리지 않으셨다는 겁니까?"

"무엇 때문에 너에게 그 얘길 해야 하지?"

"왜냐구요?"

시아버지는 어깨를 으쓱했다.

"네 일에 끼어들고 싶진 않구나."

"하지만 이건 경우가 다르지 않습니까!"

"아니, 이런 경우엔 더욱 그렇지. 내 의도와는 달리 한 번 끼어든 적이 있긴 하지. 하지만…… 내가 보기엔 네가 너무 예민한 것 같구나."

"너무 예민하다구요? 그런 말씀 마십시오. 그 놈팡이가 우리 얘기를 작품으로 썼다면…… 그렇게 비양심적이고 무모한 짓을 한다면…… 그건 있을 수도 없는 일입니다. 그건, 그건……"

"그래서? 블랑크가 너한테 뭐라고 보고를 하더냐?"

"블랑크요? 블랑크는 왜 찾으십니까?"

"네가 블랑크를 보낸 거 아니냐? 감시하라고 말이다."

"작품이요? 작품 말씀인가요? 중세 때의 얘기라는군요. 우리하고는 상관없는 내용이랍니다. 하지만, 막았어야 합니다. 그놈에 대해 좀 알아봤습니다. 요주의 인물입니다. 십 년이 넘도록 극좌파에서 활동한 놈입니다. 증거자료도 있습니다. 이런 치들은 뻔해요. 너무 게을러서 제대로 된 직업을 구할 수도 없죠. 집안은 괜찮은 편인데 꽤 오랫동안 어느 공장에선가 일을 했던 것 같습니다. 루드비히스하펜이라든가 뭐라든가…… 나중에 그 서류를 한번 보세요. 볼 만합니다. 집에서도 포기한 사람이라고 하더군요. 그 어머니라는 사람 말이, 네, 그놈 어머니 말입니다…… 그놈 어머니 말이…… 그 말이 서류에 그대로 적혀 있는데…… 정말 자신도 아들이 겁이 난다고 했다는군요. 그 정도면 정말 구제할 수 없는 인간 아닙니까!"

"흠……"

"그런 거야 뭐 상관없습니다. 그 연극은 다른 곳에서 올렸어야 합니다. 여기에서 뭘 어떻게 하겠다는 건지…… 극장은 우리 회사에서 상당한 액수를 지원받고 있어요. 우리 헬데겐 가문이야말로 이 도시의 최고 납세자가 아닙니까! 시장한테 한마디만 했더라도 이런 일은 일어나지 않았을 겁니다. 충분히 그럴 수 있었을 겁니다……"

"너, 너무 심각하게 받아들이고 있는 것 같구나. 복수심에 불타고 있는 사람처럼 보여."

"복수심이라구요? 아버지, 좀 들어보십시오. 이건 자기방어입니다. 저는 우리 도시를 그따위 쓰레기로부터 보호해야 할 의무가 있다고 생각합니다. 그게……"

막스는 말을 끝내지 못했다. 전화가 왔던 것이다. 그는 달려가서 가정부가 들고 있는 수화기를 낚아챘다.

"네, 헬데겐입니다. 네, 네? 아, 실례했습니다. 요즘 어떠세요? 부군께서는요? 네, 네? 제 처는 집에 있는데요. 연극 말씀이신가요? 무슨 특별한 일이라도 있나요? 누구 작품이요? 그래요? 아뇨, 전혀 몰랐습니다. 집사람은 지금 짐을 꾸리고 있어요. 네, 다음 화요일입니다. 밀라노로 갑니다. 물론 처도 함께 갑니다. 바람도 좀 쐬고 일이 좀 있어서요. 아닙니다, 오래 있지는 않을 거예요. 크리스마스 때문이냐구요? 네, 네? 네. 만나뵙기가 힘들군요. 부군께서도 마찬가지일 겁니다. 아뇨. 네? 처는 이제 완전히 회복이 됐어요. 의사들이야 뭐 항상 똑같이 말하죠. 집사람이 알아서 조심해야지요. 그런 모임엔…… 네? 월요일이라구요? 우리는 화요일에 떠나는데요. 그건 처가 결정할 일이죠. 전 잘 모르겠습니다. 처를 바꿔드릴까요? 지금 삼층 귄터 방에 있습니다. 가정부가 외출을 나가서요. 네, 부군께 안부 전해주십시오."

막스는 방에 있는 나에게로 전화를 돌렸다.

"카우어 부인이야."

막스는 다시 시아버지 쪽을 돌아보며 말했다.

"수다가 보통이 아니군요. 청산유수예요. 카우어 씨와의 관계만 아니면…… 좀 보십시오. 아버지. 그 여자가 왜 지금 전화를 걸었겠습니까? 우리더러 극장에 가지 않았느냐고 은근히 묻는 것 좀 보십시오. 막았어야 해요. 그런 짓을 말입니다. 여행만 갔다오면…… 그런데 마리안네가 아버지께 정말 아무 말도 안 하던가요? 이번 일에 대해서 말입니다."

"아까도 말했지만, 한마디도 없었다."

"그럼 어떻게 알았을까요?"

"신문에서 봤겠지, 우리처럼……"

"무슨 연락이라도 있었던 게 아닐까요?"

"그런 얘기는 한 번도 해본 적이 없다. 의식적으로 피해왔지."

"하지만 아버지께선 저보다 집에 계시는 시간이 많지 않습니까. 그러니 집에서 무슨 일이 벌어지고 있는지 아실 텐데요."

"도대체 무슨 일이 벌어진단 말이냐? 내가 그애를 감시라도 해야 한단 말이냐! 하지만 그애가 우리 몰래 그 사람과 연락하고 있는 것 같지는 않구나. 그건 그애답지 않은 짓이야."

"아, 여자들은…… 여자들은 언제나 말도 안 되는 짓을 저지르곤 하죠."

"난 통 모르겠구나, 막스."

"네? 뭘 모르겠단 말씀입니까?"

막스가 격양된 목소리로 물었다.

"왜 마리안네한테 솔직하게 얘기하지 않는 거지? 내가 보기엔 그게 유일한 길인 것 같은데 말이다. 그애도 네가 그렇게 해주길 바라고 있는 것 같고……"

"제가요? 제가 어떻게 얘길 꺼낸단 말입니까? 왜 항상 제가 해야 합니까? 싫습니다. 전 그냥 넘어갈 생각입니다. 어차피 그렇게 중대한 일도 아닌데요, 뭐…… 아마 누구라도 제가 이 일을 현명하게 처리했다고 생각할 겁니다…… 하지만 무슨 일에든 한계가 있는 법입니다. 만약 두 사람이 뒤에서 공격을 한다면…… 만약 그렇다면 이젠 끝을 봐야 할 겁니다. 그렇지 않으면…… 아무래도 저는 아버지를 이해할 수가 없습니다."

"날?"

"이런 얘기를 해서 죄송합니다. 네, 전 아버지가 아내를 설득해주신 것에 대해 고맙게 생각하고 있습니다. 어쨌든 아내가 돌아왔으니까요."

"난 그앨 설득하지 않았다. 그애 자신이 결정한 거지."

"아무래도 상관없습니다. 아내로서는 그럴 수밖에 없었을 겁니다. 아무튼 아내는 아버지와 함께 돌아왔습니다. 자세한 사정이야 잘 모르겠지만…… 솔직히, 저는 더이상 아내 문제로 신경 쓰고 싶지는 않습니다. 그런데, 어떤 때는, 이 일에 있어서는 말입니다, 마치 아버지와 제가 맞서고 있는 듯한 기분입니다……생각해보니, 정말 그런 것 같군요."

시아버지는 한참을 아무 대답도 하지 못했다.

"……글쎄다…… 너에게 어떻게 말을 해야 할지 모르겠구나."

"아버지의 관심은…… 전 아버지를 잘 모르겠습니다."

시아버지는 아주 조심스럽게 말을 꺼냈다.

"막스, 넌 완전히 잊고 있는 것 같구나. 내가 네 일에 더이상 관여하지 않기로 했다는 걸 말이다. 법적으로도 완전히……"

"전 지금 회사 얘기를 하는 게 아닙니다. 우리집, 마리안네 얘기를 하고 있는 겁니다."

"그앤 네 아내야. 그아이에 대해선 내가 어떻게 할 수 있는 문제가 아니다."

"하지만 아버지는 제 아버지이시고, 귄터의 할아버지이십니다."

"그 얘긴 이제 그만두자."

"또 피하시는군요…… 하긴, 모두들 절 피하죠."

"그래, 네가 그렇게 생각한다면…… 아니다, 나로서도 할말이 없구나. 하지만 내가 너에게 할 수 있는 유일한 충고는, 아까도 말했지만 그애와 직접 얘기해보라는 거다."

"아버지도 아셔야 합니다. 사업은 날로 번창하고 있습니다. 아마 매일 매일, 아니 매시간 발전한다고 해도 과언이 아닐 겁니다. 그건 숫자로도 증명해드릴 수 있습니다…… 그건 모두 아버지가 하신 일입니다. 저절로 발전하고 있다고 해도 될 정도이기 때문에 거의 손을 대지 않아도 될 정도입니다. 그렇다고 그냥 내버려둔다면, 그냥 내버려둔다면…… 제가 괜히 엄살을 떠는 거라고는 생각하지 마십시오. 저는 온몸과 온 마음을 회사에 바치고 있습니다…… 막중한 책임을 떠맡고 있는 만큼 저는 확신을 가져야 합니다. 집안 일이 잘 돌아가고 있다는 절대적인 믿음 말입니다. 모든 일에 제가 직접 나서서 챙길 수는 없는 거니까요. 제가 너무 욕심을 내고 있는 건가요? 맙소사, 이게 도대체 뭡니까! 집안 식구들은 모두들 자기가 하고 싶은 대로 하고 있으니! 그럼 전, 전 뭐죠? 이런 일만 없다면 편안하게 살 수 있었을 겁니다. 그런데 식구들은 아무도 그걸 이해해주지 않으니……"

"우린 다 이해하고 있다, 막스. 그건 부정할 수 없는 일이야. 하지만…… 넌, 넌 도대체 뭘 그렇게 두려워하는 거냐?"

"두려워한다구요? 전 아무것도 두려워하지 않습니다. 전 단지 저를 보호하려는 것뿐입니다. 남들이 등뒤에서 제 얘길 하는 건 싫습니다."

"결정을 두려워하고 있는 게 아니냐? 그러니까, 오늘 저녁 일 같은 거 말이다."

"오늘 저녁 일이라구요? 그게 뭐 어쨌다는 겁니까?"

막스는 무슨 말인지 모르겠다는 듯 물었다.

"아니다, 그냥 물어본 거다. 어떤 일을 결정해야 할 때는, 특히 그게 네 인생에 어떤 전환점이 될 결정이라면, 태도를 명확하게 해두는 게 좋아. 내가 아는 한 뮌켄 씨는 여기에 오지 않을 거다. 아프다고 신문에 났지 않느냐."

"그 놈팡이가 저와 무슨 상관이 있단 말입니까. 그놈이 오든 안 오든 저는 상관없습니다."

"그래, 아니다, 아냐. 난 이제 자러 가도 되겠지? 마리안네와 단둘이 얘기해보는 게 좋겠구나."

"아닙니다. 그럴 필요 없습니다. 잠시만 더 함께 계세요."

"네가 원한다면 그렇게 하지…… 하지만 막스, 나를 그렇게만 생각하지는 말아줬음 좋겠구나, 막스…… 금치산 선고를 받은 사람으로만 말이다."

"또 그 말씀이시군요. 전 잊어버린 지 오래입니다."

"그렇다면 다행이구나. 난 그저…… 네가 알아줬음 하는 것뿐이다. 난 아직 정신이 멀쩡하다."

바로 그때 내가 아래층으로 내려갔다. 두 사람은 얘기를 중단했다.

"귄터는 자나?"

나한테 묻는 막스의 목소리가 지나치게 컸다. 일부러 무언가를 의식한 듯한 목소리였다. 그의 날카로운 목소리로 두 사람이

나 때문에 다투었다는 것을 눈치챘다. 나 때문에 다투다니, 두 사람을 보니 마음이 아팠다. 솔직하게 얘기해야 했다. 그게 최선이었다. 난 지쳐 있었고, 너무나 피곤했다.

"함께 계셔주셔서 참 좋아요."

내가 시아버지에게 말했다.

"앉으세요, 아버님. 아직 이른 시간이에요."

거실의 괘종시계는 아홉시 반을 가리키고 있었다. 소파에 가 앉는 그에게 나는 미소를 지어 보였다.

"카우어 부인이 뭐래?"

막스가 물었다.

"뭔가 캐내려고 전화한 것 같아요."

막스는 얼굴을 잠깐 찡그렸다가 얼른 다시 폈다.

"기분 나쁜 여자야."

"모두들 그렇게 얘기해요. 월요일 초대는 고맙지만 갈 수 없다고 했어요, 여행 때문에…… 괜찮죠?"

"그래, 잘했어. 그 남편을 생각해서 잘 대해줘야지. 그리고 이번 기회에……"

"온갖 소문의 뿌리를 뽑아야 한단 말이죠? 모임에 가면 모두들 연극에 관해 얘기할 테고, 당신은 또 불쾌해지겠죠."

"그런 일엔 관심 없어!"

화가 난 듯 막스는 소리쳤다.

316

"나와 아무 상관 없는 일이야. 아니 우리들 어느 누구와도 상관없는 일이야. 카우어 부인, 그 여자 이젠 신경 쓰지 않아도 될 거야. 벌써 다 입을 막아놨으니까."

"그럼, 그 여자한테 월요일 초대에 가겠다고 전화할까요?"

"그 여자 얘긴 그만 집어치워!"

"당신이 나 때문에 화내는 건 싫어요."

"마음에도 없는 소리 하지 마."

"아니에요. 진심이에요. 난 극장에도 안 갔잖아요."

"그래…… 꼭 나 때문에 안 갔다는 소리로 들리는군."

"그래요, 어쩌면 저 때문일 거예요…… 뭘 좀 마시겠어요?"

"그러지."

막스가 말하면서 일어섰다.

"뭐 마실 거야?"

"그야 물론 페르노트죠."

내가 웃으면서 말했다. 막스는 그 웃음이 불쾌한 모양이었다. 내가 웃을 수 있다는 사실이 그를 화나게 한 것이다.

"그 독주를?"

그가 식사 전처럼 말했다.

"협심증이 일어날 수도 있다구요? 하지만 가끔은 괜찮아요…… 아버님은 뭘 드시겠어요?"

뭔가 골똘히 생각하고 있던 시아버지는 깜짝 놀랐다. 어쩌면 내 생각을 하고 있었던 것 같다.

"난 그만두겠다. 글쎄…… 코냑 약간에 소다수를 좀 섞어주든지…… 독하지 않게 말이야."

"전 좀 목이 말라요. 음식이 짰나봐요. 아니면 날씨 탓이거나."
내가 말했다.

"아마 날씨 때문일 거다. 뙤 때문인가 보다."

"며칠만 일찍 이태리로 떠났으면 좋았을걸 그랬어요."

냉장고 앞에 서서 술을 따르고 있던 막스는 시아버지와 내 얘기를 듣고 있었다.

"그렇게 할 수는 없었어."
막스가 말했다.

"알아요. 저도 알고 있어요. 그냥 그랬더라면 더 좋았을 것 같아서요. 막스, 난 이 문제에 대해선 나중에 얘기하려고 했어요. 적당한 때에 당신에게 조심스럽게 얘기하려구요…… 오해하지는 말았으면 좋겠군요."

"그런 얘기는 아무 소용이 없어."
막스가 말했다.

"난 얘기해야겠어요, 막스. 내가 당신에게 숨기는 게 있다고 생각까할봐 그래요. 블랑크가 당신에게 모든 걸 제대로 설명하지는 못할 테니까요."

"블랑크는 빼도록 해…… 자, 잔 여기 있어."

318

"신문에 씌어 있더군요. 작가가 아파서 공연에 오지 못한다구요."

"서툰 수작하지 마."

"그럼 블랑크는 내가 모르는 무슨 내막이라도 알고 있단 말인가요?"

"블랑크는 회사 일 때문에 고용한 사람이야. 우리 사생활과는 아무 상관이 없다구. 다른 얘기나 해."

"자, 건배해요. 아버님, 건배하세요. 그런데 당신 왜 그렇게 페르노트를 아끼는 거죠? 그 병 이리 주세요. 오늘 밤엔 술꾼 심정을 이해할 수 있을 것 같군요. 가끔 밖에 나가보고 싶을 때가 있어요. '엑셀시올' 같은 데 말예요."

"'엑셀시올'이라구?"

막스가 의아한 얼굴로 물었다.

"아, 아니에요. 거긴 너무 비싸요. 거길 가면 아는 얼굴을 마주치지 않을 것 같아서 하는 얘기예요. 극장에 갔던 사람들요. 낯선 얼굴들과 음악, 그리고 당신과 내가 춤을 추고……"

"왜 전엔 그런 말을 한 번도 하지 않았지?"

"당신이 날…… 아니에요, 그 얘긴 그만둬요. 하지만 한번쯤 아무도 모르는 곳에 가서 아무렇게나 돌아다녀보고 싶었던 건 사실이에요. 우린 아직 젊잖아요."

"당신이 그러고 싶다면…… 지금이라도 나가지. '엑셀시올'

은 열두시에 문을 닫으니까."

"……게르다를 기다려야 해요. 아직 열시도 안 된걸요."

"내가 있겠다. 내가 게르다가 올 때까지 기다리지."

시아버지가 말했다.

"아니에요, 아버님. 그러실 필요 없어요. 저희 때문에 아버님을 귀찮게 할 순 없어요. 중요한 일도 아닌데요, 뭐. 막스 말이 맞아요. 정 가고 싶으면 나중에 가도 되구요…… 여자들이 페르노트 마시는 거 나쁘지 않죠?"

"왜 그걸 물어보지?"

아버님이 물었다.

"……아버님이 절 그렇게 쳐다보셔서요. 취하진 않을 거예요. 취하고 싶지 않아요. 커피 가져오라고 할까요?"

"난 안 마시겠다."

"그럼 우리만 마시죠."

"내가 말하고 싶은 건……"

막스가 입을 열었다. 아마 한참 동안 뭔가 할말을 찾았던 모양이었다. 그는 약간 흥분한 얼굴이었다.

"……카우어 부인의 초대 때문에 생각난 건데, 전에 그 집에 갔다가 스트라이크의 위험에 대해 이야기했던 게 생각났어. 주교님이 내게, 아니 우리한테 말하더군. 교회측에선 비난을……"

그때였다. 전화가 온 것은…… 세 사람이 모두 달려갔다. 벨소리가 전보다 더 길고 요란하게 들렸다.

"시외전화로군."

막스가 말했다. 어떻게 해야 할지, 순간 그도 정신이 나간 것 같았다. 그는 어떻게 할 거냐고 묻는 듯한 얼굴로 나를 쳐다보았다. 시외전화라구? 신문에 씌어 있지 않았던가, 베르톨트는 아프다고…… 하지만, 그런데도 나는 그 순간, 그가 이곳에 와 있다고 믿고 있었다.

막스는 재빨리 정신을 수습하고 수화기를 들었다.

"여보세요? 네. 누구라구요? 아, 자네로군, 오토. 명예는 무슨 명예! 아냐, 괜찮네. 방해는 무슨…… 식구들끼리 한잔하며 얘기하고 있는 중이었어. 그래? 응! 그래, 알겠어. 그래, 그래. 음. 알겠네. 다음주에 남은 절반을? 잘됐군. 확실하지? 통과될 것 같냐는 얘기야. 그래, 확실하다구! 아냐, 믿어도 돼. 아니, 그런 덴 관심 없어. 고맙네. 자네한테 늘 고맙게 생각하고 있어. 리즈베트는 어때? 애들은? 홍역이라구? 큰일이로군. 응. 크리스마스 전에 통과를 시켜야지. 그거야 빠를수록 좋지. 식구들한테 인사 전해주게. 마리안네도 안부 전하네. 5일쯤에는 돌아올 거야. 이곳에 오게 되면 꼭 우리집에 들르게. 정말 고맙네. 잘 있게."

내 오빠 오토였다. 시아버지와 나는 잠깐 서로 마주 쳐다보았다. 좀 맥이 빠지는 듯한 표정도 없지 않았지만 막스는 굉장히 기뻐했다. 막스에게는 중요한 전화였다. 그는 우리에게 남들한테는 절대로 얘기하지 말라고 했다. 그랬다간 오토의 입장이 난처해질 거라고 말이다. 상공부 회의가 열릴 계획인데, 무슨 외국환 수입허가에 관한 내용이라는 것 같았다.

막스는 함부르크에 전화를 해야겠다며 자리에서 일어났다. 그는 당장 시외통화를 신청했다. 그는 교환원에게 연결 시간이 얼마나 걸리느냐고 물었고, 교환원은 밤에는 잠깐이면 된다고 했다. 그 베어만이라는 사람은 나도 아는 사람이었다. 우리집에도 몇 번 온 적이 있는 그는 함부르크에 있는 어느 기업의 회장이었다. 굉장히 크고 뚱뚱한 그 사람이 한 번 웃을 때마다 온 집 안이 들썩거렸던 것 같다.

막스는 기분이 아주 좋았다.

"홍역에 걸렸대. 애들 말야."

그가 말했다. 그러다가 전화 때문에 끊어진 이야기가 생각났다.

"아, 얘기가 중단됐군. 무슨 얘기였지?"

"저한테 무슨 말인가 하려고 했어요."

"당신한테?"

"……교회 얘기인 것 같았는데……"

"아, 그랬지."

그는 교회에서 회사 일로 우리를 비난하고 있다고 했다. 우리가 어떤 문제에 관해서는 너무 관심이 없다고 말이다. 주교님께서 기업가는 마르크스와 엥겔스를 꼭 읽어봐야 한다고 했다는 것이다. 막스는 살짝 웃었다.

"아냐, 그럴 것까지는 없어. 마르크스와 엥겔스까지 읽을 건 없지…… 그럴 필요는 없어. 읽을 시간도 없고…… 하지만 생각해보면 그분 말씀도 틀린 건 없어. 어차피 읽어둬서 해가 될 것도 없고……"

시아버지와 나는 조용히 귀를 기울이고 있었다. 막스는 한창 열을 올리면서 설교를 늘어놓았다. 우리는 마치 회사 직원이라도 된 듯 그의 말을 듣고 있었다.

"……외국인들을 고용하는 것만 해도 그래. 어려운 문제지…… 어디서부터 일을 시켜야 할지 말야."

다음 회의 때 그는 그 문제에 대해 제안을 할 생각인 모양이었다. 그들을 고용하는 것 자체는 별로 문제될 게 없지만, 그들에게 스스로 회사의 한 구성원이라는 느낌을 갖도록 하는 것은 쉽지 않다는 것이었다. 가능한 편안한 분위기에서 일할 수 있도록 해야 했다. 막스는 그 문제에 대해 우리의 의견을 들어보고 싶다고 했다.

그는 나를 쳐다보며 말했다.

"어때? 이런 문제에 대해선 여자들 생각이 그래도 나을 것 같은데……"

"저요?"

"그래, 당신도 한번 생각해봐…… 아버지, 아버지 생각은 어떠세요?"

우리에겐 아무래도 마찬가지였다. 우리가 무슨 얘기를 할 수 있단 말인가. 시아버지 역시 아무 대답도 하지 않았다.

"제가 어떻게 말해야 하는 거죠? 아버님이 말씀 좀 해주세요."

시아버지에게 내가 말했다.

시아버지는 자세히 말할 필요는 없다고, 그냥 생각나는 대로 말하면 된다고 했다. 관심이 없다면 얘기하지 않아도 상관없다고……

"글쎄요, 난 잘 모르겠어요, 막스. 내가 어떻게 해야 하는지만 말해줘요. 그럼 그대로 할 테니까."

막스는 그런 뜻이 아니라고 힘주어 말했다. 내 고분고분한 태도가 오히려 거슬렸던 모양이었다.

나는 다시 한번 말했다.

"말만 해줘요, 내가 뭘 해야 하는지…… 우리 여행 떠나기 전에……"

그때 전화가 울렸다.

"함부르크 전화인가보군. 자. 난 내 방으로 가겠어. 통화가 길어질 테니까."

"전 정말 참을 수가 없어요."

둘만 남게 되자 나는 시아버지에게 말했다.

"전화 말예요. 도저히 견딜 수가 없어요."

나는 일어나서 페르노트를 또 한 잔 따랐다. 그리고는 시아버지에게 가볍게 웃어 보였다.

"전 정말 바보죠. 그렇죠?"

"뭘 그렇게 두려워하는 거냐?"

시아버지가 목소리를 낮추며 서재 쪽을 쳐다보았다.

"뭘 두려워하냐구요? 어떻게 아셨죠? 네, 전 정말 두려워요. 전화벨 소리가 나면 정말 미칠 것만 같아요…… 정말 아무것도 안 드시겠어요, 아버님? 전 알고 있어요. 다른 사람들이 말해주지 않아도 다 알아요. 저는 부정한 여자예요…… 정말 아무것도 안드시겠어요?"

"아니, 나는 됐다. 그리고 너도 그만 마셔라."

"하지만 걱정 마세요. 제가 뭘 어떻게 할 수 있겠어요? 아버님, 전 제가 어떤 신념을 가지고 살아왔다고 생각해요. 굉장한 노력이 필요했죠. 지난 몇 달 내내…… 전 자신 있어요. 고집스러울 정도죠. 어려서부터 그런 말을 많이 들어왔거든요. 절 비웃지 마세요. 저 자신도 이미 스스로를 비웃고 있으니까요. 그런데 이게 뭐죠? 실수 하나에, 그래요, 모두들 저지를 수 있는 실수 아닌가요? 그 실수 하나 때문에 계속 탄식만 하고 있으니 말이에요. 하지만 다 끝난 얘기예요. 전 이제 어디에도 속하지 않아요.

그럴 수 없어요. 아버님, 아세요? ……그래도 극장에 가는 건데 그랬어요. 그게 더 정직한 일이었을지도 몰라요."

"그 사람 여기에 와 있냐?"

시아버지가 물었다.

"그럼요. 와 있고말구요."

"그래? 어떻게 그걸 알았지?"

"오늘 오후부터 알고 있었어요."

"그 사람이 전화를 한 거냐?"

"전화요?"

"미안하다. 그런 질문을 해서……"

"아니에요. 어떻게 그런 생각을 다 하셨죠? 전화는 없었어요. 그 사람과 통화한 적은 없어요. 하지만 전 알고 있어요. 웃지 마세요, 아버님. 그런 걸 그냥 느낄 수 있는 게 여자예요. 전화벨이 울릴 때마다 전기 충격이라도 받는 듯한 기분이 들어요. 지금은 막스가 통화중이니까 그나마 좀 안심이 되지만요. 왜냐하면…… 아버님도 아시잖아요. 그 사람이 어떤 사람인지…… 그는 아무렇지도 않게 이곳에 와서 저에게 전화를 걸 사람이에요. 아무렇지도 않게…… 아주 당연한 일인 것처럼 말예요. 지금은 막스가 통화중이니까…… 그래요, 그 동안은 안심해도 될 거예요…… 전화를 해서 그 사람이 뭐라고 할지도 저는 알고 있어요. 당신 왜 오지 않았지? 약속했잖아. 내가 당신 자리를 예약

326

해뒀는데. 제일 앞자리로 말이야…… 그래요, 그 사람은 내가 안 왔다고 화를 낼 거예요. 그 사람한테 뭐라고 해야 할지 정말 모르겠어요. 난 남편이 있는 사람이라고, 막스의 아내라고 아무리 얘기해도 마찬가지일 거예요. 아무 소용 없어요. 그는 내 말을 듣지 않을 거예요. 저를 너무 잘 알고 있으니까요…… 그 사람한테 제가 뭐라고 해야 하죠? 그 사람은 어떻게 될까요? 그는 지금 계속 저에게 전화를 하고 있을 거예요. 어디에서 전화를 할지는 모르겠어요. 극장? 어쩌면 호텔에서일지도 모르죠. 어느 호텔일까요? 벌써 열시가 지났는데……"

나는 일어섰다.

"지금 떠나면 극장 앞에서 그 사람을 붙잡을 수 있을 거예요."

"그렇게 흥분할 것 없다. 자, 앉거라."

"죄송해요. 제가 정말 어떻게 되었나봐요. 좀 도와주세요, 아버님. 전화가 또 오면 그땐 아버님이 받아주세요. 이번엔 틀림없이 그 사람일 거예요. 틀림없어요. 전 막스가…… 아니에요. 전화가 오면 그냥 수화기를 들고 제가 여행을 떠났다고 해주세요. 그 사람에게 말예요. 아버님 말은 아마 믿을 거예요. 그 사람, 아버님을 좋아하니까요. 네, 그인 아버님을 정말 좋아했어요. 정말이에요."

"만약 그 사람이 전화를 안 하면?"

"전화를 안 한다구요? 그게 무슨 말씀이세요?"

"그럴 수도 있는 거 아니냐? 그런 경우도 생각해봐야지."

"……네, 그래요. 그렇고말고요. 그런 생각은 못 했어요. 정말 어리석었어요. 그렇다면 다행이죠. 흥분할 필요도 없어요. 우린 화요일에 여행을 떠날 테고, 여행에서 돌아오면 크리스마스 때문에 온 세상이 떠들썩할 테니까요…… 그런데 게르다는 왜 이렇게 늦는 걸까요? 생각보다 연극이 긴 모양이죠? 아버님, 절 그때까지 혼자 내버려두지 마세요. 주무시러 가시려면…… 잠깐만요. 그럼 아버님은 그 사람이 전화를 걸지 않을 거라고 생각하시는 건가요?"

"그야, 내 알 수 없지."

"아니에요, 아버님. 솔직하게 말씀해주세요. 그러니까, 아버님은 그 사람이 절 벌써 오래 전에 잊었을 거라고 생각하시는 거죠?"

"난 잘 모르겠구나, 애야. 그냥 그런 가능성도 한번 생각해봐야 할 것 같아서 해본 소리다."

"아버님 말씀이 옳으세요. 그래요, 모든 걸 미리 생각해둬야해요. 아버님이 옳아요. 아버님께선 항상 이성적으로 판단하시는걸요. 그런데 전…… 아니에요, 말씀해주셔서 고맙습니다."

"미안하구나, 괜한 소리를 해서."

"아니에요. 그 사람 그 동안…… 그래요, 그인 나와 전혀 다를지도 몰라요. 그게 현명한 일이기도 하구요. 그 사람에게도 말이죠. 전 그 사람에게 아무것도 아니에요. 제가 너무 어리석은 거예요. 신경 쓰지 마세요. 바보 같은 소리로 아버님을 지루하게 해드려서 죄송해요. 이게 다 전화 때문이에요. 막스, 통화가 길어지는군요. 그 뚱뚱한 베어만 씨…… 그 사람은 옷감도 많이 들겠죠? 뭐 하나 말씀드릴까요, 아버님?……전 정말 결혼을 잘한 것 같아요. 저희 집에서도 다들 그렇게 말하죠. 특히 엄마가 그랬어요. 아버진 워낙 말씀이 없으신 분이라…… 엄마는 저보다 훨씬 나은 친구들이 모두 힘들게 살고 있다며 저는 정말 운이 좋은 거라고 했어요. 엄마 말이 맞아요. 저에게는 모든 게 너무 과분해요. 훌륭한 남편에, 귄터 같은 아이, 거기다 돈도 부족하지 않고…… 그래요, 모든 게 다 있어요. 더 이상 필요한 게 뭐가 있겠어요? 막스가 아까 한 얘기 어떻게 생각하세요?"

"뭐 말이냐?"

"교회와 외국인들 얘기 말예요."

"글쎄다."

"그건 제 일이기도 하잖아요. 아버님 조언대로 할게요. 막스를 돕고 싶어요. 막스가 저에게 만족했으면 좋겠어요. 아버님도 그이처럼 생각하고 계신가요?"

"그런 일로 골치 썩을 것 없다. 내 생각엔 그런 건 아무 일도 아닌 것 같구나."

"아니에요. 그건 저에게 정말 중요한 문제예요. 아버님이야말로 제가 늘 이야기하고 싶은 유일한 분이에요. 아버님이 아니면 제가 누구와 이런 얘기를 하겠어요. 예전에는 아버님과도 그러지 못했죠. 전 너무나 어리석었어요. 아버님이 두려웠죠. 죄송해요, 아버님. 용서하세요. 하지만 아버님껜 정말 잘하고 싶어요. 제가 다시 돌아온 것도 아버님 때문인걸요. 생각해보니 전 아버님을 괴롭혀드리기만 한 것 같아요. 정말 그런 것 같아요. 웃으실지도 모르겠지만, 저에겐 정말 아버님뿐이에요. 제가 그 사람을 어떻게 알게 되었는지 아세요? ……한마디 때문이었어요. 단 한마디였어요. 그 사람이 저를 보고는, 이 얘기는 아직 아무도 몰라요, 누구한테도 말해본 적이 없거든요. 그 사람이 저한테 말하기를, 저와 함께라면 이대로 죽을 수도 있을 것 같다고 했어요. 그게 다였어요…… 그 사람과 함께 지내면서, 저는 정말 행복했어요. 그 시간은 절대로 잊을 수 없을 거예요. 정말 잊을 수 없을 거예요. 하지만 막스에겐 말하지 마세요. 베르톨트가 저에게 한 말 말이에요. 그 사람은, 막스 말예요, 아마 절 비웃을 거예요…… 베르톨트가 왜 전화를 하지 않는지 알 것 같아요. 이상한 일도 아니에요. 그 사람은 아마 내가 당연히 극장에 가 있을 거라고 생각했을 거예요. 아마 전혀 의심하지 않았을 거예요. 아마 무대 뒤에서 저를 찾았을 거예요…… 그런데 전, 전 가지 않았어요. 네, 그래요. 그는 지금 정말 괴로워하고 있을 거예요. 아버님, 그게 잘못일까요? 행복해지고 싶은 게, 행복해지고 싶다고 생각하는 게, 그게 잘못일까요?"

그때 누군가 현관문 여는 소리가 났다. 나는 얼른 자리에서 일
어났다. 시아버지가 내 팔을 붙잡지 않았더라면 나는 아마 그때
까지도 정신을 차리지 못했을 것이다. 게르다였다. 그녀말고 현
관 열쇠를 가지고 다니는 사람은 없었다.

거실로 들어온 그녀의 볼이 상기되어 있었다.

"아, 아직들 안 주무셨군요."

그녀가 소리쳤다.

시아버지와 나는 멍하니 서서 그녀의 얘기를 들었다. 그녀는
몹시 흥분해 있었다. 조금이라도 빨리 이야기하려고 서두르다
가 말을 더듬기까지 했다. 그러니까, 연극은 그렇게 늦게 끝나지
않았다. 그녀는 좀더 일찍 올 수 있었다. 하지만 너무 오래 박수
를 치는 바람에 약혼자에게 욕까지 얻어먹었다. 막이 완전히 내
려올 때까지 그녀는 끝까지 박수를 쳤다. 거의 모든 관객들이 자
리를 뜰 때까지…… 약혼자는 계속 팔을 잡아당기면서 가자고
했지만 그녀는 분장실까지 찾아갔다. 거기까지 가서 다시 박수
를 치자 남아 있던 몇 안 되는 다른 관객들도 함께 박수를 쳤다.
그녀는 약혼자에게 자기가 어떻게 그 연극을 쓴 작가를 알게 되
었는지 얘기했다. 리보브 부인과 그녀의 남편뿐 아니라 시장까
지, 많은 사람들이 연극을 보았다…… 게르다는 눈물까지 흘렸

다며 다시 한번 연극을 보고 싶다고 했다.

"아주 슬픈 내용이었나보군."

그녀의 이야기를 다 듣고 나서 시아버지가 말했다.

"네. 아주 슬픈 내용이에요. 아니, 안 그런지도 몰라요. 약혼자는 계속 절 놀렸거든요. 별로 슬픈 장면도 아닌데 왜 그렇게 눈물을 짜냐구요. 결국 다들 행복하게 끝났지만, 연극을 보는 내내 얼마나 마음을 졸였는지 몰라요. 하지만 그 여자가 남편한테 "기안니, 당신 왜 그렇게 우울한 거예요? 제 탓인가요?"라고 말하며 다가가는데도 남편이 피하는 걸 보고는 정말이지 울지 않을 수가 없었어요. 그녀의 손이 몸에 닿으려고 하자 남편은 움찔하며 뒤로 물러섰어요. 약혼자는 여자가 남편을 놀리고 있는 거라고 했지만, 아니에요, 여자는 남편에게 솔직하게 얘기해보자고 사정을 했는걸요. 결국 남편도 그 말에 따르긴 했지만 말이에요."

"그랬어?"

내가 물었다.

"네, 그 남편은 아내와 파올로를 죽이죠. 질투심 때문에요. 아주 옛날 얘기예요. 수백 년 전 이탈리아가 배경이에요. 하지만 의상은 지금 우리가 입고 다니는 복장이었어요. 프란체스카가 입었던 그 옷은 정말 멋있었어요…… 결국 다시 재판을 하게 된건, 프란체스카가 자기 남편이 벌을 받아야 한다고 말했기 때문이에요. 자기와 파올로를 죽였으니까요. 물론 그녀가 직접 그렇게 말한 건 아니에요. 작가의 입을 통해 그걸 얘기하고 있었죠."

"작가라니?"

"단테 말이에요. 오래된 작가죠. 하지만 무대에 등장하는 단테는 그렇게 늙지 않았더군요. 여주인공이 말했어요. 그가 자기를 잘못 이해했다고, 그가 기절한 건 그 때문이라구요."

"기절? 누가?"

"여자들과 얘기를 주고받던 단테 말이에요. 그 벌로 그는 재판이 진행되는 내내 앞에 앉아 있어야 했죠. 판결문도 읽어야 했구요. 프란체스카는 그가 사실을 왜곡했다고 했어요…… 통화중이셨나보군요."

게르다가 말했다. 거실에 있는 전화기에서 희미하게 통화중 신호가 나오고 있었다.

"응, 사장님이 안에서 전화를 하고 계셔."

내가 말했다.

"어머, 사장님께서도 아직 안 주무시는 거예요? 여기 공연 팸플릿이 있으니 한번 읽어보세요."

"거기다 둬. 고마워."

"하지만 나중에 꼭 다시 주세요. 평생 보관할 거니까요. 그 안엔 뮌켄 씨 사진도 있어요. 그분이 쓴 작가의 말도 있구요. 아직 읽어보진 못했어요. 그분은 나중에 무대 위로 올라왔어요. 제일 마지막에요. 배우들이 그분을 무대 위로 끌어올렸죠."

"뭘 좀 먹지 그래? 배고플 텐데……"

"아니에요. 쉬는 시간에 극장 식당에서 샌드위치를 먹었어요. 사람들이 얼마나 많이 왔는지 몰라요."

"성공인 모양이지?"

"그럼요. 굉장했어요. 틀림없어요! 정말이지……"

어느 사이엔가 막스는 통화를 끝내고 거실로 나와 있었다.

"어머, 사장님! 지금 사모님께 연극 얘기를 해드리고 있는 중이었어요. 두 분이 함께 보셨으면 정말 좋았을 뻔했어요. 가끔씩 만나시던 분들은 전부 극장에 오셨더군요. 약혼자한테 그분들 성함을 가르쳐줬어요. 그이는 연극이 별로였나봐요. 비도덕적이라고 욕까지 하더군요. 비평가들은 그렇게 생각하지 않았으면 좋겠어요. 그러면 뮌켄 씨가 너무 불쌍하잖아요. 절대로 그렇지 않은데……"

"내일 신문을 보면 알게 되겠지."

"아직도 흥분이 가시질 않아요. 신문이 올 때가지 기다릴 수 없을 것 같아요. 생각해보세요, 사장님……"

게르다가 다시 수다를 늘어놓을 작정인 것 같았다.

그때 내가 일어나면서 말했다.

"오늘은 이만하도록 해. 즐겁게 저녁을 보냈다니 나도 기뻐. 잘 자요, 게르다."

"네, 정말 즐거웠어요. 입장권 너무 감사합니다."

"귄터를 아침 늦게까지 자게 내버려둬요. 늦게 잠이 들었으니까."

나는 그녀의 등뒤에 대고 소리쳤다. 그녀의 장광설에 귀가 멍할 정도였다.

"이제서야 끝났군요…… 통화가 꽤 길었네요."

내가 말했다.

"베어만과 사업 근황에 관해 좀 얘기할 게 많아서 말야."

"아직도 외출할 생각이냐?"

막스의 말에 시아버지가 물었다. 나를 도와주기 위해서 일부러 그러시는 것 같았다. 우리는 잠시 멍하니 선 채 무슨 말을 해야 할지 모르고 있었다.

"그만두는 게 나을 것 같군요. 그렇죠, 막스?"

"당신 마음대로 해. 당신이 나가고 싶지 않다면……"

"전 좀 피곤하군요."

막스도 나갈 생각은 없었을 것이다. 아니, 그럴 생각은 처음서부터 없었다. 시아버지가 먼저 올라가겠다고 했다. 나는 게르다의 수다를 듣게 해서 죄송하다고, 그리고 늦게까지 함께 있어줘서 고맙다고 했다. 나는 시아버지를 층계 아래까지 모시고 갔다. 두 계단쯤 올라갔을 때였다. 막스는 내가 시아버지와 함께 위층으로 올라가려는 줄 알았던 모양이었다.

"당신한테 할 얘기가 있어, 마리안네."

막스는 그렇게 말하고는 한숨을 쉬었다.

"그래요? 할 얘기가 있다구요? ……그럼 아버님, 그럼 안녕히 주무세요."

시아버지는 날 잠깐 바라보더니 위로 올라갔다.

"무슨 일이죠?"

내가 물었다.

"내가 당신 일에 가능하면 간섭하지 않으려 한다는 건 당신도 알고 있을 거야."

"아니에요. 당신은 그럴 권리가 있어요."

그로서는 나와 이야기하는 것이 쉽지는 않았을 것이다. 그는 거실 탁자 쪽으로 가더니 담배를 한 개비 집어들고 그것을 손등에 대고 두들겼다. 그건 뭔가 중요한 말을 하기 전 그의 습관이기도 했다.

"나도 한 대 줘요."

내가 말하자 그는 담뱃갑을 집어들어 내 쪽으로 건네주었다.

"무슨 일이죠?"

담뱃불을 붙이면서 내가 물었다.

"……나도 전혀 아무렇지 않은 건 아냐…… 그 일에 대해 아무 말도 하지 않는다고 해서 내가 아무렇지도 않은 건 아니라구. 그렇게 생각하지는 말아줬음 좋겠어."

초조한지 그는 가만히 있지 못했다. 그는 다시 층계 쪽으로 걸어갔다.

"알고 있어요, 막스. 미안하게 생각하고 있어요. 연극 때문에 또다시 당신을 괴롭히게 되었어요. 내 잘못이에요. 그래요, 당신은 아무 잘못 없어요…… 하지만 나로서는 어쩔 수가 없었어요."

"이쪽으로 가까이 와. 큰 소리로 얘기하고 싶지는 않으니까. 식구들이 다 듣게 할 필요는 없잖아."

그는 혹시 게르다가 엿듣고 있지는 않나 위층을 올려다보았다. 나는 몇 발짝 그에게 다가갔다. 나는 물었다.

"그 사람이 전화를 했나요?"

"어떻게 알았지?"

"……오늘 하루 종일 그게 두려웠어요."

"그래, 전화를 했더군."

"지금이요?"

"내가 방에 들어가자마자 전화가 왔어. 함부르크와 통화한 직후에 말야. 당신을 찾더군."

"네. 그럴 줄 알았어요."

웃어 보이고 싶었지만 내 얼굴은 굳어 있었다.

"막스, 당신에게 정말 미안해요."

"전화를 바꿔주지 않는 게 낫다고 생각했어."

"……난 받지 않았을 거예요, 절대로! 절대로 받지 않았을 거예요."

"당신이 지금 이탈리아 여행중이라고 했어."

337

"그래요, 잘했어요. 아마 내가 당신이었더라도 그랬을 거예요. 그리고 어차피 틀린 말도 아니구요. 우린 곧 이탈리아에……"

"그랬더니 아무 말도 않더군."

"아무 말도 하지 않았다구요?"

"당신이 12월이나 되어야 돌아올 거라고 했어. 12월 중순까지는 아마 안 돌아올 거라고 말야."

"네, 잘했어요. 우린 정말로 아직 언제쯤 돌아올지 결정하지 못하고 있었잖아요. 그렇죠? 안 그래요?"

"……그게 전부야."

"그 사람이 정말 아무 말도 않던가요?"

"아니, 아무 말도 없었어."

"전혀?"

"그래."

"그렇군요. 하지만 그럴 수밖에 없었을 거예요. 아마 더 할말도 없었을 테죠. 그런데 당신 말을 믿는 것 같긴 하던가요?"

"글쎄, 아무 대꾸가 없었으니까…… 하지만 수화기를 놓지 않고 한참을 그냥 기다리더군. 계속 숨소리가 들렸어."

"숨소리가요?"

"어쩌면 내 상상이었는지도 모르지. 저쪽이 아주 시끄러웠거든. 접시가 달그락거리는 소리도 들리는 것 같고…… 아마 어디

338

술집에서 전화를 걸었던 것 같아. 그 사람이 아무 말도 하지 않아서 내가 먼저 전화를 끊었어. 더 할 얘기도 없고 해서……"

"……그랬군요. 당신을 괴롭게 해서 미안해요."

"내 딴에는 예의를 지키느라 애를 쓴 것 같은데…… 통화할 때 말야."

"고마워요."

"……그리고 아주 사무적으로 얘기했지. 흥분하거나 하진 않았어. 무슨 뜻인지 알겠지?"

"고마워요. 그리고 미안해요."

"당신한테 얘기해두는 게 나을 것 같아서…… 미안해, 당신 전화를 물어보지도 않고 내가 받아서……"

"아니에요. 고마워요, 막스. 이젠 됐어요. 나한테 물어볼 필요도 없는 일인걸요. 당신에겐 그럴 권리가 있어요. 나한테 이렇게 이야기해주지 않았어도 상관없었을 거예요. 어쨌든 자세히 얘기해줘서 고마워요. 나도 어떻게 해야 하는지 알아두어야 하니까요. 잘됐어요…… 난 이제 그만 자야겠어요. 고마워요."

나는 혼자 있고 싶었다. 내 속마음을 그가 눈치채지 않았으면 했다. 그건 그에 대한 예의가 아니었다. 내가 얼마나 떨고 있는지 그가 알아서는 안 되었다. 아니, 난 전혀 떨지 않았다. 단지 목소리가 조금 떨렸을 뿐이었다. 하지만 그걸 숨길 수가 없었다.

막스가 말했다.

"내가 말하고 싶은 건……"

"더 할말이 있어요?"

"뭐 별 애기는 아냐. 그러니까 말이야, 이상하게 생각하지는 마. 하지만……"

"무슨 말이든 상관없어요. 어서 해봐요. 당신을 오해하거나 하지는 않아요."

"그래…… 그러니까 내 말은, 실수라고 생각하라는 거야. 그런 작은 실수 하나 때문에 불안해할 필요 없어. 그런 것쯤은 쉽게 극복할 수 있을 거야."

나는 그 자리에 서 있었다. 그에게 무슨 말을 해야 할지 알 수가 없었다.

"……표현이 좀 이상했다면 미안해. 내 말은, 그러니까, 그런 일은 누구에게나 있을 수 있다는 거야. 신경 쓸 것 없어."

"……고마워요, 그렇게 말해줘서…… 신경 쓰지 않을게요. 당신, 더 있다 잘 건가요?"

"서류 좀 볼 게 있어. 여행 때문에 말야. 미리 준비를 해둬야지."

"너무 오래 있진 말아요. 이젠 건강도 좀 생각하구요."

"이제 겨우 열한시 십분인걸."

"……그렇군요. 그럼 잘 자요."

나는 내 방으로 올라갔다. 복도에서 나는 소리를 놓치지 않으려고 나는 문을 약간 열어놓았다. 막스가 불을 끄고 자기 방으로 들어가는 소리가 들렸다. 하지만 방 문 닫히는 소리는 들리지 않았다. 그 역시 방 문을 열어놓고 있는 모양이었다.

거실 괘종시계의 초침 소리가 들렸다. 똑딱 똑딱…… 시계는 조금의 서두름도 없이 일정하게 움직이고 있었다. 집 안은 너무나 조용했다. 지하실에서 누군가 왔다갔다하는 소리가 들리는 것 같았다. 막스일 리는 없었다. 그는 거의 지하실에 내려갈 일이 없었다. 가정부인 것 같았다. 다른 사람일 리는 없었다. 베르톨트가 지하실로 들어올 리도 없는 거니까……

막스는 그의 숨소리를 들었다고 했지……

나는 불을 켜지 않았다. 어둠 속에서도 기다릴 수 있으니까. 불을 켜면 눈이 부셔 통증이 느껴질 정도였다. 보이지 않는 데서 기다리는 게 훨씬 나았다. 갑자기 답답한 느낌이 들어 나는 욕실로 가서 불을 켰다. 좀 시원한 느낌이 들지 않을까 싶어 욕조에 찬물을 받았다. 한동안 사용하지 않던 것이기라도 한 듯 수도꼭지가 요란한 소리를 냈다. 온 집 안에 다 들릴 정도였다. 몇 번 수리를 했었지만 통 말을 듣지 않았다. 나는 얼른 다시 물을 잠갔다. 물은 미지근했다. 나는 그 물로 입술을 좀 적셨다. 막스가 물 소릴 듣고 있었다면 그는 아마 내가 목욕이라도 하려는 줄 알았을 것이다. 어쩌면 전혀 신경 쓰지 않고 있었는지도 모르지만…… 다시 방으로 들어와서 나는 무슨 일이 일어나지 않나, 밖에서 나는 소리에 신경을 곤두세웠다. 욕실 불 때문에 어둡지는 않았다.

　도대체 나는 무엇을 기다리고 있었던 걸까. 아마 누가 나에게
물어보았다면 나는 아무 대답도 하지 못했을 것이다. 사실 난 마
음이 조금 진정된 상태였다. 더 생각할 것도, 걱정할 것도 없었
다. 그저 기다릴 뿐이었다. 그냥 기다리기만 하면 되었다. 마음
은 평화로웠다.

　나는 막스에게로 내려가서 그에게 당장 무슨 얘기라도 해야
했다. 그랬어야 한다는 걸 나는 알고 있었다. 정숙한 여자라면
그렇게 해야 했다. 그리고 시간도 아직 넉넉했다. 베르톨트의 전
화 이야기를 하면서 막스는 어쩔 줄을 몰라 쩔쩔맸다. 모두 나에
게 달려 있다. 베르톨트가 정말 나를 찾아온다면 나는 막스의 방
에 숨어 그가 갈 때까지 기다려야 했다. 그게 옳았다.

　나는 막스에게서도, 다른 사람들에게서도 너무 멀리 떨어져
있었다. 그 거리를 좁힐 수가 없었다. 물론 막스는 알지 못했다.
모두들 내가 별일 없이 잘 지내는 줄 알았지만 무언가가 나를 그
들로부터 자꾸만 멀어지게 하고 있었다. 나는 사람들로부터 서
서히 멀어지고 있었다. 이젠 그 사람들이 내 말을 이해하지 못할
거라는 생각마저 들었다. 내 입술을 달싹이는 것을 볼 수 있을지
는 몰라도 내 말은 전혀 이해할 수 없게 될 것이다. 그리고 나 역
시 그들을 이해하지 못하게 될 것이다.

　막스는 그의 숨소리를 들었다고 했지……

어쩌면 베르톨트는 오지 않을지도 모른다. 모두가 쓸데없는 상상일 뿐이다. 그는 지금 아주 잘 지내고 있을지도 모른다. 그리고 나에 대해서는 생각조차 하지 않을 것이다. 그렇다면 차라리 다행이다. 이제 막스와 그런 얘기를 할 필요도 없을 것이다. 막스의 말처럼 그저 작은 실수였다면 그 이상 일을 벌여서는 안 된다. 더이상 생각하지도 말아야 한다. 그저 심한 감기를 앓고 난 것처럼 그냥 잊어버리면 된다. 그 말을 할 때 막스는 얼마나 괴로웠을까.

그런데 베르톨트는 왜 처음에 오지 않으려고 했을까? 정말로 아팠다가 갑자기 오게 된 걸까? 이유가 있을 텐데…… 무슨 일이 있어도 개막 공연에는 참석해야 한다고 극단측에서 그에게 전화를 했는지도 모르지. 그가 없이 작품을 올릴 수는 없다고 말이야. 그래, 나랑은 상관없는 거였는지도 몰라. 아버님도 그렇게 생각하고 계실 거야. 막스와 통화하면서는 왜 아무 말도 하지 않았을까? 나는 수화기를 붙잡고 서 있는 그의 모습을 상상해보았다. 정말 술집의 공중전화였을까? 어쩌면 호텔이었는지도 몰라. 그는 수화기를 든 채 서 있고, 그 뒤로 쟁반을 든 웨이터들이 바쁘게 지나다녔는지도 모르지. 레스토랑의 소음이 들리고 그리고 그의 숨소리가……

남편은 혹시 날 의심하고 있는 건 아닐까? 그가 있는 레스토랑을 알아내 내가 그에게 전화라도 할까봐? 어쩌면 그래서 방 문을 닫지 않았는지도 몰라.

머릿속이 복잡해지면서 다시 불안해졌다.

너무 오래 걸리네…… 불쌍한 베르톨트! 좀더 빨리 올 수는
없을까? 어쩌면 택시 탈 돈도 없을지도 몰라. 전차를 타면 삼십
분도 더 걸릴 텐데…… 어쩌면 아직 극장에서 나오지 못했을지
도 몰라. 아까 괘종시계가 열한시 반을 쳤던가? 조용했지만 이
런저런 생각을 하느라 시계 소리를 못 들은 모양이었다.

나는 안절부절못하고 방 안을 왔다갔다했다. 집 안이 너무나
조용했다. 바닥엔 두꺼운 양탄자가 깔려 있었다. 옷장 거울 속으
로 뭔가 허연 것이 보였다. 두루마리 같은 그것은 연극 팸플릿이
었다. 그사이 그것을 까맣게 잊고 있었던 것이다. 나는 스탠드를
켜고 침대에 걸터앉아 그것을 읽기 시작했다.

거기에는 배역과 배우의 이름들이 적혀 있었다. 공연 사진도
몇 컷 실려 있었다. 무대 위 두 여배우의 모습이 멋있어 보였다.
혹시 베르톨트가 이 여자들 중의 하나와 사랑을 하고 있는 건 아
닐까? ……충분히 그럴 수 있는 일이지. 그렇다면 어느 여자일
까? 좀더 젊어 보이는 여자? 아니야, 베르톨트는 젊은 여자는 좋
아하지 않는다고 했었는데…… 그렇다면 이 여자일까?

나는 베르톨트가 쓴 작가의 말을 읽었다.

이것은 프란체스카와 파올로의 이야기가 아니다. 그들의

비극은 이미 대단원의 막을 내렸으며 우리에게 하나의 완성된 사건으로서의 의미를 주었다. 인류 역사의 모든 위대한 연인들은 지상에서 파멸을 당했다. 세상은 그런 식으로 스스로를 위로하며 버티어오고 있는 것이다. 모든 위대한 여인들은 후회 없이 사랑과 파멸에 몸을 던졌다. 그들은 어느 시대에도 늘 인류로부터 배척을 당해왔다. 때로는 신의 판결에 있어서까지도…… 극작가인 나로서도 이에 대해선 더이상 어떻게 해볼 도리가 없다.

오늘날 서로 사랑하는 사람들에 관해 글을 쓴다는 것이 과연 가능한가, 하는 점은 의심스럽지 않을 수가 없다. 이 시대에도 마찬가지이지만 편협한 생존에만 관심이 있던 과거에 꿈을 실현한다는 것은 어려운 얘기였다.

프란체스카와 파올로는 단지 증인일 뿐이다. 정확하게 말하자면 말라테스타의 석방의 증인인 것이다. 이 작품에서 중요한 것은 다름아닌 말라테스타이다. 그의 비극은 오늘날까지도 끝나지 않고 있다. 그는 확실히 비극적인 인물이다. 그를 위해서 지금 다시 재판이 열리고 있는 것이다.

단테 역시 책임이 무겁다. 남편이 자기와 애인을 살해한 것에 대해서, 근친 살해범들은 천길 지옥 카이나로 보내야 한다는 말을 프란체스카가 했다고 옮긴 사람은 바로 단테이다. 이 이야기는 최대한 정확하게 전달되어야 할 것이다. 프란체스카는 "우리의 목을 빼앗아간 그를, 카이나가 기다리고 있어요"라고 말했다. 아니 그렇게 말했다고 한다. 하지만 말라테스타는 그때까지도 살아 있었고, 바로 그 때문에 프란체스카의 뜻대로 판결을 내려야 하는지 어떨지가 문제가 된 것이다. 말라테스타는 지금도 살아 있을까?

그렇다면 프란체스카의 발언이 과연 법적인 타당성을 갖는지에 대해서도 생각해볼 문제이다. 이 문제에 대해서 우리는 단테의 보고를 따르는 수밖에 없다. 그런데 단테는 작가이다…… 작가는 법 앞에서 신뢰를 받고 있는 존재인가?

젊은 여인의 아름다운 자태로 인해 어떤 증언이 어긋나고 또 실수가 생기는 것은 이미 오래 전부터 계속되어온 일이다. 발언이 계속되는 동안 입을 다문 채 프란체스카 옆에서 왔다갔다하면서 그녀의 어깨 위에 손을 얹어놓고 있는 파올로는 어떻게 된 것일까? 그의 침묵은 확실히 이상한 느낌을 준다. 프란체스카의 아름다움에 매혹되어 단테가 눈치채지 못했던 작은 손짓을 통해 그는 이렇게 말하고 있는 건 아닐까? 말라테스타가 우리와 무슨 소용이 있지? 온 세상이 그가 옳다고 아우성을 쳤어. 그렇게 살아남은 그는 이미 그 자체로 엄중하게 벌을 받고 있는 셈이야.

유일한 증인인 단테가 발언 도중, 결정적 순간에 기절을 했다는 것은 숨길 수 없는 사실이다.

이 상고심은, 떠도는 소문이 자기의 평판을 나쁘게 하고 있다고 말라테스타가 이의 신청을 했기 때문에 이루어진 것이다. 상고심은 기각된다. 말라테스타의 요구가 부당하기 때문이 아니라, 그것이 극히 신빙성이 없고 그릇된 증거 위에서 이루어진 까닭이다. 말라테스타에 대한 재판은 아직 끝나지 않았다. 아직 판결이 내려지지 않았다. 불안한 미완의 상태 속에 있긴 하지만 말라테스타는 그런 대로 마음 편하게 지내고 있다.

그는 작가의 태만에 불만을 토로하면서 새로 열리는 재판이 자신에게 상당히 유리하게 판결 내려질 거라고 말하고 있다. 단테의 증인으로 등장한 프란체스카는 그녀의 그 비둘기같은 부드러움으로 그를 보호하려 하지만, 단테가 기절을 하고 말았기 때문에 그대로 포기하고 만다. 미소를 지으며……그런데 그는 정말 왜 쓰러진 것일까? 혹자는 연민 때문이라고 말하고 혹자는 그가 법정에 굴복한 것이라고도 한다. 그럴지도 모른다. 어쩌면 그것은 프란체스카와 파올로의 경우처럼 그 누구도 비극의 대단원에 관여할 수 없다는 인식 때문인지도 모른다.

물론 단테에겐 죄가 있다. 작가란 연민에도, 어떠한 압력에도 기절을 해서는 안 된다.

하지만 절망 가운데 빠져 있을 땐 입을 다물어야 한다. 그러나 누가 작가를 법정에 끌고가 괴롭힐 수 있단 말인가? 그건 쓸데없는 짓이다. 작가란 확실히 희비극적인 존재이다.

여기까지였다. 베르톨트는 대체 무슨 말을 하고 싶었던 걸까? 아무래도 베르톨트가 사람들을 놀리고 있는 것 같았다. 그건 물론 좋지 않은 일이다. 만약 정말로 그렇다면 사람들은 불쾌하게 생각할 것이다. 자기한테 손해가 될 작품을 도대체 왜 썼을까?

프란체스카 얘기는 보지 않아도 뻔하다. 단테가 질투를 한 것이다…… '비둘기 같은 부드러움'이라고?

내가 얼마나 오랫동안 생각에 잠겨 있었는지는 알 수 없었다. 그렇게 오래 앉아 있었던 것 같지는 않았다. 어쩌면 오 분도 채 안 되었는지도 모른다. 나는 마치 잠이 든 것처럼 깊은 생각에 잠겨 있었다.

그러나 나는 분명히 들을 수 있었다. 누군가가 아주 나지막하게 창문을 두드리고 있었다. 손가락으로 살짝, 조심스럽게 두드리는 소리였다. "빨리 해!" 잘못 들은 게 아니었다. 물론 환청도 아니었다.

스탠드 불빛이 더욱 밝게 느껴졌다. 나는 얼른 불을 껐다. 그리곤 거의 붙박인 듯 그대로 침대에 앉아 있었다. 손가락 하나 움직일 수가 없었다.

아주 작은 새가 부리로 창문을 쪼고 있는 것 같기도 했다. 처음에 나지막하고 조심스럽게 들리던 그 소리는 점점 더 커지고 또 빨라지고 있었다.

누가 창문에 흙을 던지는 것 같기도 했다. 혹시 베르톨트? 그 사람 설마 정신이 나간 건 아니겠지? 막스가 다 듣고 있을 텐데…… 집 안에 있는 사람들은 아마 모두들 들을 거야. 지하실은 물론이고 이층까지 전부 말이야. 그런데 흙은 어디서 났을까. 두 손으로 던지고 있는 것 같은데……

나는 결국 일어서고 말았다. 쉬운 일은 아니었다. 몸이 납덩이처럼 무거웠다. 나는 천천히 창가로 다가갔다. 그 몇 걸음을 걷는 동안에도 나는 몇 번이나 걸음을 멈추고 소리가 멈추지 않는지 귀를 기울였다. 내려진 커튼을 젖히고 싶진 않았다. 아니 겁이 났다. 나는 커튼 뒤에 서서 다시 귀를 기울였다. 밖에서 혹시 나를 알아볼까봐 겁이 났다.

나는 커튼 사이 조금 벌어진 틈으로 조심스럽게 밖을 내다보았다. 나는 웃음을 터뜨릴 뻔했다. 우박이 내리고 있었다. 창틀 한쪽 구석으로 굵은 얼음 덩어리들이 쌓여 있는 게 보였다. 우박은 계속해서 창문에 부딪히며 바닥으로 떨어졌다.

우박이 내리다니, 이상한 일이었다. 무슨 날씨가 이렇담! 11월같지 않게 하루 종일 무덥더니 내리지 않던 우박이 갑자기 다 내리고…… 아래층에서 막스 역시 깜짝 놀라 창가에 서서 밖을 내다보고 있겠지……

이런 날씨에 베르톨트가 올 리가 없어. 오지 않을 거야! 절대로 오지 않을 거야. 있을 수 없는 일이야. 그럴 수는 없어…… 그래, 짐이나 좀 꾸려야겠어. 뭘 빠뜨리고 갈지도 모르니까……

나는 그때까지 짐 싸는 일을 계속 미루고 있었다. 미리 싸두면 옷들이 많이 구겨질 것 같아 가능한 한 떠나기 직전에 짐을 꾸리려 했던 것이다. 그리고, 지금이 바로 그때였다.

그때 누가 초인종을 눌렀다.

그 초인종 소리……! 처음에 초인종은 길게 한 번 울렸다. 그리곤 잠시 기다리는 것 같았지만 그리 오래 참지는 못했다. 금방 다시 초인종이 울렸다. 이번에는 연속적으로 짧게 세 번이었다. 비상! 온 집안 사람들이 다 일어났다. 그만 해도 돼요, 베르톨트…… 난 웃지 않을 수 없었다. 소리내어 큰 소리로 웃을 순 없었지만, 속으로 나는 웃고 있었다.

막스가 방에서 나와 층계참의 불을 켰다. 보이진 않았지만 소리로 모두 알 수 있었다. 나는 방문 뒤에 서 있었다. 살짝 열린 문틈으로 한 줄기 불빛이 흘러들어왔다. 방 문이 안쪽으로 열려 있었기 때문에 밖에서 무슨 일이 일어나는지 내다볼 수는 없었지만 소리는 전부 들을 수 있었다.

막스가 현관으로 나가, 안쪽으로 잠긴 문을 열었다. 밖에서는 베르톨트가 주먹으로 문을 두드리고 있었다. 그는 너무나도 서

두르고 있었다. 문을 열러 나온 사람이 막스라는 걸 그는 알고 있기나 한 걸까? 어쩌면 현관문 유리에 비친 실루엣을 보고 이미 눈치챘는지도 몰라. 그렇다면 막스는 밖에 있는 사람이 베르톨트라는 걸 알고 있을까? 어쩌면 베르톨트는 우유 구멍에 코를 대고 어린아이처럼 집 안을 들여다보고 있을지도 몰라. 삐에로처럼 코가 납작해져서 말이야.

자물쇠는 두 개였다. 보통때 쓰는 것말고 안전용 자물쇠가 하나 더 달려 있었다. 문은 베르톨트 생각만큼 그렇게 빨리 열리지는 않았다. 만약 막스가 문을 열지 않으면 베르톨트는 어떻게 할까? 계속 초인종을 누르고 있을까? 아니면 손잡이를 흔들어댈까?

"이제야 됐군."

베르톨트가 말하는 소리가 들렸다. 조금 화가 난 듯한 목소리였다. 그가 막 집 안으로 들어서고 있었다. 현관문을 통해 들어오는 바람에 내 방 문이 닫히려 했다. 나는 조용히 방 문을 닫았다. 내가 위층에서 듣고 있음을 굳이 알릴 필요는 없다.

"뭐요?"

막스가 물었다.

"이렇게 우박을 맞고 서 있게 하실 겁니까? ……여기 날씨는 참 이상도 하군요."

"이것 보세요!"

용건도 말하지 않은 채 성큼 집 안으로 들어서는 베르톨트를 뒤쫓으며 막스가 말했다.

"네? 벌써 다들 자나 보죠?"

내가 정말 어떻게 되었었나보다. 그 순간, 하마터면 나는 웃음을 터뜨릴 뻔했다. 막스 때문이었다. 모든 게 너무나 우스웠다. 그는 지금 어떤 표정을 짓고 있을까! 순간, 그의 얼굴이 보고 싶었다.

"미리 말해두겠지만……"

막스는 말을 다 끝맺지도 못했다. 흥분한 베르톨트가 그의 말을 가로막았던 것이다. 그가 말했다.

"제가 깨울까요?"

"여기는 내 집이요."

막스가 말했다. 잔뜩 화가 난 목소리였다.

"그야 물론이죠. 누가 그렇지 않다고 했습니까? 그리고 아주 아름다운 저택이죠. 거기다 아주 따뜻하기까지 하구요. 바깥 날씨는 아주 형편없습니다."

"전화로 다 말했잖소. 내 처는……"

"저런, 도대체 믿질 않으시는구만!"

베르톨트가 다시 그의 말을 막았다.

"금방 냄새를 맡을 수 있어요. 이름이 아르페지오였던가? 그 향수 말이에요. 금방 맡을 수 있다구요. 사냥개처럼 말이죠. 흠

흠…… 그 여자한테 아주 잘 어울리는 향수죠. 내가 가서 데려 올까요?"

난 웃지 않을 수 없었다. 막스와 통화하는 동안 그가 그렇게 숨소리를 냈던 것도 모두 향수 때문이었던 것이다.

"다시 한번 말해두는데……"

"왜 그러십니까? 무슨 말씀이시죠? 우린 시간이 없어요. 공연에 참가한 사람들이 전부 우리를 기다리고 있어요. 내가 곧 돌아오겠다고 약속했거든요. 전 주인공을 데리러 온 것뿐입니다. 정말 좋은 사람들이죠. 특히 말라테스타의 아내가 그렇죠. 그의 두번째 아내, 그 여자는 정말 대단해요. 입심이 아주 대단하다니까요. 사장님, 아주 걸물입니다. 사장님 같은 사람은 한입에 집어삼켜 요절을 낼 겁니다. 이곳 극장에 그런 배우가 있다는 걸 미리 알았더라면 내가…… 자, 마리온을 침대에서 끌어냅시다. 모두들 깜짝 놀라게……"

"당신한테 말해두겠는데……"

"그만두십시오. 도대체 왜 이러십니까! 날 이렇게 취급하시면 안 됩니다."

"내 집에서 나가라는 마지막 경고요. 당장 이곳에서 나가시오!"

"왜 이러시는 건지 통 모르겠군요. 저도 이 집에 오래 있을 생각은 없습니다. 마리온만 얼른……"

"경찰을 부르는 수밖에 없겠군."

"경찰이요? 경찰이 왜 필요합니까? 그러지 않으셔도 전 갈 겁니다. 저런, 사장님께서 왜 이러실까! 정신 차리십시오. 사장님은 대기업가가 아닙니까. 상당한 인물이시죠. 제가 말씀드리는건 전부 사실입니다. 경찰이요? 낭만주의자시군요. 그렇게 해서는 이 세상을 살아가실 수가 없어요. 결국 니힐리스트가 되어 종말을 고하게 되거든요. 제 말 믿으십시오. 그런 건 제가 더 잘 압니다. 도대체 무엇 때문에 마리온을 괴롭히려는 겁니까? 그러지마세요. 전 장장 오백 킬로미터를 달려왔습니다. 꼬박 여덟 시간을 말입니다. 저 고물차를 타고 말이죠. 한번 좀 내다보십시오. 다행히 늦지는 않았죠. 그런데 뭡니까? 그녀가 극장에 안 나타나다니! 있을 수 없는 일입니다. 하마터면 전 경찰을 부르러 갈 뻔했습니다. 뭡니까? 사람을 그렇게 괴롭힐 수 있는 겁니까? 제가 작품을 왜 썼겠습니까? 제 자신의 만족을 위해서요? 그런 거라면 어렵지 않습니다. 절 한번 쳐다보십시오. 여기 서 있는 저도 꽤 유명한 사람입니다. 사람들한테 물어보세요. 그런데 저도어쩔 수가 없습니다. 경찰은 불러 뭘 어떻게 하시려구요?"

내가 나타나야 했다. 그렇지 않으면 싸움이 커질 것 같았다. 베르톨트의 농담 때문에 그래도 크게 걱정이 되진 않았지만 말이다.

나는 입가에 웃음을 머금고 계단을 걸어내려갔다. 두 사람 모두 입을 벌린 채 날 쳐다보고 서 있었다. 아니, 입을 벌리고 있진 않았다. 그건 그냥 해본 소리다. 막스는 계단이 이어지는 거실의 기둥 앞에 서 있었다. 잔뜩 화가 난 얼굴이었다. 베르톨트는 나를 찾아 두 계단쯤 올라서 있는 중이었다. 그랬다. 그는 거기에 서 있었다. 나는 그를 멍하니 바라보았다. 달리 어떻게 할 수가 없었다. 나는 아무 말도 하지 않았다. 할 수가 없었다. 그저 미소 지을 뿐이었다.

"당신 이제야 오는군."
베르톨트가 막스를 보면서 얘기했다.
"기분 나빠하지 마십시오, 사장님. 제가 마리온을 '당신'이라고 부르는 거 말입니다. 습관이 되었거든요…… 왜 그렇게 오래 기다리게 만들어? 당신을 깨우러 가려고 했잖아."
술을 조금 마신 듯했지만 많이 취한 건 아니었다. 다른 남자들처럼 보기 흉할 정도는 아니었다. 그는 마치 건장한 청년 같아 보였다. 그는 예의 그 낡은 바바리를 입고 있었다. 비에 젖은 머리칼이 온통 앞으로 흘러내리고 있었지만 얼굴만은 빛나고 있었다. 나를 다시 만나게 된 것이 기쁜 것 같았다.
나는 계단을 내려갔다. 그가 나에게로 달려오리라고 생각했지만 그는 눈을 나에게 고정시킨 채 올라왔던 두 계단을 다시 내려갔다. 현관까지 뒷걸음질을 치려는 걸까? 그러나 그렇지는 않왔다. 그는 계단 아래에 그대로 서서 나를 기다렸다. 막스가 한쪽 옆에 서 있는 것 같긴 했지만 그를 쳐다볼 수가 없었다. 나는 베르톨트에게서 눈을 뗄 수가 없었다.

"자, 천천히 걸어와."

베르톨트가 낮은 소리로 말했다.

"한 계단 한 계단, 전처럼. 귀부인처럼 미소를 지으면서······ 그래, 그래, 그렇게! 좀 보세요, 사장님. 저런 모습은 찾아보려야 찾아볼 수 없습니다. 그 무엇으로도 표현할 수 없지요. 무대 위에 올려놓을 수도 없구요. 전 이미 한번 경험한 적이 있습니다. 사장님은 그때 함께 계시지 않았습니다. 아마 여행중이었을 겁니다. 내가 그것을, 마리온의 저 모습을 두번째로 보았을 때, 그땐 다리가 다 떨렸지요. 그때 제 주위엔 온통 쓰레기뿐이었습니다. 마리온을, 마리온의 저 모습을 보고 나니 다른 것은 모두 쓰레기인 것만 같았습니다. 그런데 지금······ 아, 그때와 같은 옷이군요. 사장님, 그때와 꼭 같은 옷입니다. 참 멋진 옷이지요. 하지만 옷 때문만이 아닙니다. 사장님께서는 믿지 않으시겠지만······ 그런데 당신 왜 극장에 오지 않았지? 얼마나 기다렸는데······ 사장님이 못 가게 했나?"

나는 고개를 저었다. 어떤 말도 할 수가 없었다. 물론 막스가 보내주지 않았다는 뜻은 아니었다. 하지만 베르톨트는 마음대로 해석했다.

"저런, 정말 이상한 양반이로구만! 자. 이제 가지!"

"우선 커피 한잔 할래요?"

내가 물었다.

"커피? 커피는 갑자기 왜?"

"아까 술을 좀 마셨어요."

말하지 않았어도 좋을 뻔한 말이었다.

"괜찮아. 커피는 거기에서도 마실 수 있을 거야. 커피와 샴페인을 한잔 시켜주지. 그럼 밤새도록 괜찮을 거야."

"페르노트를 마셨어요."

"괜찮아. 거기도 페르노트는 있을 거야. 도대체 무엇 때문에 그러는 거지? 벌써 시간이 많이 지났는데……"

우리는 서로 마주 보고 서 있었다. 나는 한 계단 더 높은 곳에 서서 그의 붉은색 체크무늬 목도리를 매만져주었다. 그리고 흘러내린 머리도 쓸어올려주었다. 우리는 서로를 쳐다보았다. 전과 다름없는 눈빛이었다. 그리고 꼭 같은 입술이었다. 그와 함께 가는 것은 당연한 일이었다.

"다들 지금 어디에 모여 있는 거죠?"

"극장 식당이지, 어디겠어? 전부 좋은 사람들이야. 샴페인을 내놓은 사람도 있어. 이름이 뭐라더라, 하여튼 돈 많은 사람이래."

베르톨트와 가야 했다. 나는 알고 있었다.

"마리안네……"

그때 막스가 입을 열었다. 막스가 있는 쪽을 돌아보려고 했지만 그렇게 되지 않았다.

"또 무슨 말씀이십니까? 우리를 막지 마십시오, 사장님. 저런, 흥분하셨군요. 우리야 그럴 수 있다지만 사장님은 흥분할 이유도 없을 텐데요."

베르톨트가 내 대답을 가로채고 말했다.

"너무 큰 소리로 떠들지 말아요, 베르톨트. 모두 깨겠어요."

"내 목소리가 좀 컸나?"

"네, 그래요."

"그래, 내가 좀 흥분했나보군. 연극 때문에도 그렇고, 그리고…… 그 어른신께서는 아직도 여기에 사시나?"

나는 고개를 끄덕였다.

"난 여기 안 계시는 줄……"

"마리안네."

다시 한번 막스가 불렀다.

"당신이 우리의 사생활에 대해 저 술주정뱅이와 토론하고 싶다면……"

"잠깐, 술주정뱅이라구? 지금 저한테 하시는 말씀입니까? 버찌 브랜디 몇 잔에다 샴페인 몇 잔으로요? 우리들만큼만 말짱해보십시오. 한 잔만 마셔보아도 말짱하다는 게 뭔지 알게 되실 겁니다. 내가 지금 취한 걸로 보이십니까? 아닙니다. 존경하는 사장님. 지금 제가 뭘 해야 할지는 잘 알고 있습니다. 전에는 몰랐을지도 모르지만, 아닙니다, 지금은 확실히 알고 있습니다."

"목소리가 너무 커요, 베르톨트."

"아, 괜찮아. 신경 쓸 것 없어…… 사장님, 왜 그렇게 화를 내십니까? 함께 가보십시오. 그래요, 그게 좋겠군요. 당신 회사의 홍보를 위해서도 쓸 만한 방법을 가르쳐드릴 테니까. 그야 하나도 어렵지 않습니다. 두고 보십시오. 아마 매상이 두 배는 뛸 테니까. 술을 이용하라는 게 아닙니다. 사람들의 심리를 좀 이용하자는 거죠. 이봐, 마리온, 우리가 취하지 않았다는 걸 사장님한테 보여드려야지."

"그런 이상한 목도리는 또 어디서 난 거예요?"

내가 물었다.

"목도리? 무슨 목도리?"

그는 깜짝 놀라며 목을 만져보았다.

"아, 이거! 그냥 한번 둘러봤지. 당신 알아? 나 폭스바겐도 한 대 샀어."

그의 얼굴이 기쁨으로 빛났다.

"밖에 세워뒀지. 아직 산 지 일 주일밖에 안 됐어. 중고인데, 칠은 좀 벗겨졌지만 그래도 백 마일 정도는 가뿐하다구. 언덕을 탈 때도 구십 마일은 나온다니까. 이제 우리는 정말 완전히 자유를 얻은 거야."

"막스!"

나는 막스를 돌아보려 했다. 하지만 역시 그렇게 되지 않았다. 머리가 한쪽으로 조금 돌아가긴 했지만 눈은 여전히 베르톨트에게 붙박여 있었다.

"막스, 지금 어딜 가는 거예요?"

나는 무작정 그에게 말했다.

"그럼 내가 지금 그따위 술주정을 듣고 있어야 한다는 거야?"

그의 목소리가 되돌아왔다.

"어, 어딜 가십니까, 사장님."

베르톨트가 소리쳤다.

"우리에겐 사장님이 모르는 비밀이 있어요."

그러나 소용없었다. 막스는 곧장 자기 방으로 들어가 소리나게 문을 닫았다.

"쏜살같이 사라져버리는군. 고집쟁이 사내아이처럼! 내버려 둬, 곧 이성을 찾을 테니까. 설마 경찰을 부르려는 건 아니겠지?"

나는 고개를 저었다.

"아마 블랑크에게 전화를 할 거예요."

"아, 그 멍청한 블랑크! 아직도 이 집에 드나드나? 그 사람 생각은 못 했는걸. 난 사실 좀 취했어."

"알고 있어요."

나는 다시 한번 그의 이마로 흘러내린 머리를 쓸어올려주었다.

"많이 취한 건 아냐. 좀 급하게 마시긴 했지만 말야. 몹시 흥분 해 있었어. 당신이 극장에 없었으니까. 오늘 아침부터 계속 빈속 이야. 속이 좀 부글거리는 것 같은데……"

"먹을 것 좀 드릴까요?"

"필요 없어. 경찰 때문에 그래. 그 사냥개 같은 놈들이 내 자동 차 열쇠를 빼앗아갈지도 몰라. 술을 마셨으니까. 여배우하고 함 께 마셨지."

"성공적이었나요?"

"성공? 뭐 말야?"

"당신 작품……"

"그게 나랑 무슨 상관이야. 아마 성공하지 못할 거야. 누구도 흥미 없어하거든. 자, 가자구. 모두들 당신을 기다리고 있어. 당 신 얘기를 해놓았거든. 당신 외투 어디 있지?"

나는 위층을 가리켰다.

"내가 가서 가져올까?"

당장에라도 올라갈 듯한 베르톨트를 내가 붙잡았다.

"그냥 두세요. 드레스룸에도 코트가 있으니까요. 가까운 데 나갈 때 입는 것이긴 하지만."

"자동차에 히터를 틀어놓았어…… 맙소사! 그러고 보니 엔진 을 켜놓고 온 것 같군. 경찰이 그걸 보면…… 자, 얼른 가자구!"

그는 내 팔을 잡아끌었다. 그러더니 갑자기 그는 그대로 멈춰

서서 날 쳐다보았다.

"내가 지금 어떻게 하고 싶은지, 당신 알아?"

"여기선 싫어요!"

나는 그의 머리를 쓸어올렸다.

"난 줄곧 당신을 느껴왔어. 지난 석 달 동안 내내 말이야. 아니 어쩌면 그 이상인지도 몰라. 하지만 정말이야. 당신을 느꼈어. 당신의 얼굴과 가슴을 여기 내 손 마디 마디마디에…… 정말이야. 난 거의 미칠 지경이었어. 당신이 원하지 않았기 때문에 편지도 보내지 못했지. 당신이 좀 보내지 그랬어?"

"그럴 수는 없었어요…… 그럴 순 없었어요."

"자, 괜찮아. 이젠 됐어. 하마터면 당신을 만나지 못할 뻔했어. 당신이 좋아하지 않을까봐 걱정이 되었지."

"전 당신이 아픈 줄 알았어요."

"그건 핑계였어. 하지만 오늘 아침엔 정말 더이상 참을 수가 없더군. 그래서 단숨에 달려왔지. 거의 오백 킬로미터가 넘는 거리를, 한 번도 쉬지 않고 말야. 차에 올라탄 후 단 일 초도 쉬지 않았어. 빈손으로 그렇게 집을 나왔지. 칫솔 하나 챙겨오지 못했어."

"알고 있어요."

"당신 내 생각, 했어?"

"네. 하지만 여기서는 그런 말 하지 말아요."

"폭스바겐은 근사해. 한번 보도록 해. 그 사람은 안에서 뭘 하는 거지? 같이 안 갈 작정인가?"

"막스도 함께 가야 하나요?"

"가고 싶어하면 함께 가지 뭐."

"가지 않을 거예요."

"잠이나 자려는 모양이지?"

"그런가봐요."

"할 수 없지, 그렇다면…… 밖에 우박 내리는 거 당신 알고 있어? 여기 날씨는 정말 이상해. 오후부터 조금 이상해진다 싶었더니…… 강 저쪽에 있는 그 산을 지나올 때부터 말야. 그 산 이름이 뭐라더라…… 아무튼 이 도시가 보이기 전부터 그랬어."

우리는 그대로 계단 밑에 서 있었다. 너무 흥분한 나머지 그는 단숨에 모든 이야기를 하려고 했다. 그는 자신이 우리집에, 그러니까 막스의 집에 와 있다는 것도, 막스가 지금 어딘가에 전화를 하고 있다는 것도 전혀 의식하지 못했다. 나는 그의 목도리를 다시 매만져주었다. 그는 그런 것에는 전혀 관심이 없었다. 나는 그의 말에 귀를 기울이고 있었다. 다 알아들을 순 없었지만 나는 가끔씩 네, 하고 대답하면서 미소를 보냈다. 그의 목소리를 들으며 그의 곁에 있다는 생각에 너무나 행복했다. 흥분한 그의 얼굴 역시 행복해 보였다.

그는 검은 구름 위로 내비치던 노란 해 얘기를 했다. 아주 노란 해 위로 검은 구름이 잔뜩 덮여 있어서 해의 일부만이 차창을 비추었다고 했다. 커브를 돌거나 길옆으로 언덕이 나타날 때면 밤처럼 깜깜해졌다가 평지에 나와 똑바로 운전을 하다보면 햇살이 다시 환하게 비쳤다는 것이다.

"얼마나 이곳으로 오고 싶었는지 몰라."

그의 말은 중요하지 않았다. 그리고 당장 해야 할 이유도 없었다. 이제 우리는 다시 만났다. 서두를 필요가 하나도 없었다. 그러나 그의 이야기를 막고 싶지 않았다. 나 역시 서두를 필요가 없었다. 난 베르톨트처럼 피곤하지도 않았다. 어렸을 때부터 나는 조금만 흥분해도 온몸이 아파왔다. 크리스마스 같은 때 말이다. 너무 기쁘면 그랬다. 오늘 오후만 해도 마찬가지였다. 기쁜 일이 있을 때면 난 정신을 차리지 못했다. 그런데 지금은 너무나 가뿐했다.

"언덕들을 지나고 도시가 나타나기 시작하는 초입에 술집이 하나 있더군. 아주 낡은 목조건물이었어. 유원지 술집인 것 같았는데, 당신 거기 알아?"

나는 고개를 끄덕였다. 그가 그것을 원하는 것 같았다.

"거기엔 정원도 있더군. 밖에서 커피를 마실 수 있도록 해놓았어. 알고 있어?"

나는 다시 고개를 끄덕였다.

"정원은 좀 쓸쓸해 보였어. 한 여자가 빨랫줄에다 식탁보를 널고 있었지…… 당신 왜 그래?"

그가 물으면서 묘한 얼굴이 됐다.

"비가 오는데 왜 빨래를 널었을까요?"

"그때는 아직 비가 오지 않았어. 아마 소독하려고 그랬나보지. 여자는 빨래 뒤쪽에 서 있었어. 실루엣밖에 보이지 않았지. 나는 급하게 브레이크를 밟았어. 까딱했다간 낭떠러지 아래로 굴러떨어질 뻔했지. 브레이크가 말을 잘 안 들어. 아주 구형이라 싸게 사긴 했지만."

"전 빨래 널어본 지 오래된 것 같아요."

내가 말했다.

"쉿!"

"왜 그래요?"

"전화기에서 찰칵 소리가 났어. 통화를 끝낸 모양이야."

"내버려둬요. 전 목이 말라요."

"나도 그래. 우리 이제……"

"기운이 다 빠져버린 것 같아요."

"얘기를 너무 많이 해서 그래. 내가……"

베르톨트는 내 어깨 너머로 위층을 올려다보았다. 나도 돌아다보았다. 시아버지가 서 있었다. 그는 막스와 내가 작년 생신에 선물한 푸른색 나이트 가운을 입고 있었다. 그는 검소하고 소박한 분이었다. 그런 옷은 당신에게 쓸데없는 사치라고 했었지만 가운은 시아버지에게 아주 잘 어울렸다. 난간에 몸을 기댄 채 시아버지는 우리를 보고 있었다. 그리고는 다정하게 웃어 보였다. 베르톨트 역시 시아버지를 향해 미소를 보냈다.

"깨셨나보군요."

베르톨트가 말했다.

"아니. 아직 자지도 않았는걸. 실은 자네를 기다리고 있었네."

"다시 만나뵙게 되어 기쁩니다. 전……"

베르톨트는 몇 계단 위로 올라가서 시아버지에게 악수를 청했다. 그리곤 허리를 깊숙이 숙여 인사했다. 모두 진심에서 우러나온 행동이었다. 마치 시아버지의 손에 입맞춤이라도 할 것 같았다.

"자네에게 말하려고 했네…… 자네가 옳아. 글을 쓴다는 건 남자가 할 일은 아닌 것 같아."

"제가 그런 말을 했던가요?"

"안 했는지도 모르지. 하지만 난 그렇게 생각하고 있었네. 자네가 그렇게 생각하지 않는다면, 아마 내가 자네에 대해 그렇게 생각하고 있었나보군. 그리고 자네를 안심시켜주기 위해서라도 그 말을 하고 싶었네. 그 사실을 알게 되어서 난 참 다행으로 생각하고 있던 참이네. 하지만 난 이제 신문사나 방송국으로 가려고 하네. 아니면 연극 평론가가 되어도 좋고…… 아무튼 뭐 그런 거 말일세. 모든 직업들이 여덟 시간씩 일하고 일정한 보수를 받지. 그런 것에 비하면 이건 아주 간단한 것 같아. 그렇게 되면 시간도 훨씬 넉넉해지고."

"우린 가야 해요, 아버님."

내가 말했다.

"그래."

"축하하러 가는 거예요. 지금은 막스를 기다리고 있는 중이구요."

"그러냐?"

"축하 모임에 참석해주신다면 우리로서는 더할 나위 없는 영광이 될 것 같습니다…… 하지만 감히 함께 가시자고는 못하겠습니다."

베르톨트는 아주 공손하게 말했다. 목소리에서도 존경심이 묻어나는 듯했다.

"고맙네, 뢴켄. 하지만 그러기엔 난 너무 늙었어."

시아버지 역시 정중하게 거절했다.

"베르톨트는 폭스바겐을 샀어요."

내가 말했다.

"잘됐군. 조심해서 운전하도록 하게."

그때 또 이상한 일이 일어났다. 그날 저녁엔 다른 날보다 이상한 일이 많았다. 게르다가 갑자기 나타난 것이다. 그녀는 오래전부터 복도에 나와 있었던 것 같았다. 그러다가 더이상 참을 수 없어 뛰쳐나온 것이었다.

"뮌켄 씨, 축하해요. 오늘 극장에 갔었어요…… 외투를 갖다 드릴까요, 사모님?"

우리는 놀란 얼굴로 그녀를 쳐보았다. 시아버지 역시 마찬가지였다.

"아니, 괜찮아. 바바리를 입을게."

"모자는요?"

"모자가 무슨 필요 있습니까, 아가씨. 정 필요하면 제 모자를 써도 되구요."

베르톨트가 말하며 주머니에서 구겨진 베레모를 꺼냈다.

"그리고 제 목도리도 있구요."

우리는 웃었다. 게르다만이 잔뜩 긴장한 채 아무 말도 하지 못했다.

"자, 출발!"

베르톨트가 소리를 치면서 계단을 내려가려고 할 때였다. 막스가 방 문 안쪽에 서 있는 것이 눈에 띄었다.

"아, 저기 사장님이 계시는군. 자, 어떠십니까? 준비는 다 되셨는지요?"

막스의 얼굴은 창백했다. 그는 베르톨트를 쳐다보지 않았다.

"뮌켄."

시아버지가 그를 불렀다.

"네? 왜 그러시죠?"

"아들을 모욕하지 말아주었으면 좋겠네."

"아닙니다. 모욕하는 게 아닙니다. 함께 가자고 그러는 겁니다. 즐겁게 놀자고 말입니다."

"마리안네, 잠깐만."

막스가 말하면서 두 걸음 정도 앞으로 다가섰다.

"네?"

내가 막스 쪽을 돌아보았지만 베르톨트는 더이상 참지 못하고 서둘렀다.

"가면서 얘기합시다."

"내 아내와 얘기하도록 해주시오."

막스가 말했다.

"막스, 무슨 일이에요?"

내가 물었다.

"지금 당신이 무슨 짓을 하고 있는 건지, 알고 있는 거지?"

막스의 얼굴이 더욱 창백해졌다.

"그럼요, 막스. 우선 커피부터 한잔 해야겠어요. 자, 같이 가요."

"자, 출발!"

베르톨트가 소리쳤다.

"차에 자리는 많습니다. 뚱뚱하지만 않으면 다섯 사람까지 탈수가 있어요."

그는 내 코트를 가지러 드레스룸으로 들어갔다. 시아버지는 난간에 기댄 채였고 게르다는 그 곁에 서 있었다. 나는 화난 얼굴을 하고 있는 막스 옆에 있었다. 나는 그에게 미소를 지어 보이며 말했다.

"그러지 말아요, 막스. 우리 잠깐 나가요. 오래 걸리지 않을 거예요."

"이건가?"

바바리를 들고 오며 베르톨트가 물었다.

"네, 바로 그거예요."

베르톨트가 내게 옷을 입혀주는 동안에도 막스는 그 자리에서 꼼짝도 하지 않고 서 있었다.

그때 누가 초인종을 눌렀다. 나가려는 막스를 막고 내가 물었다.

"누구죠?"

하지만 막스는 아무 말 없이 나가려고 했다. 나는 다시 그를 막았다.

"초인종 누른 사람이 대체 누구냐구요?"

막스는 어깨를 으쓱했다.

"블랑크겠지 뭐…… 비켜줘. 난 증인이 있어야겠어."

막스의 목소리는 조금 잠긴 듯했다. 나는 옆으로 비켜섰다.

"그래요, 좋아요. 이제 알겠어요…… 가요, 베르톨트."

베르톨트와 나는 현관 쪽으로 나갔다. 어찌나 빨리 걸었는지 우리는 막스보다 먼저 문을 열었다. 베르톨트가 큰 소리로 블랑크를 맞았다.

"안녕하십니까, 블랑크 씨. 아주 바쁘신가보군요. 우리 함께 극장 식당에 갑시다. 사장님 좀 설득해보세요."

블랑크는 한쪽으로 비켜서서 우리를 모른 척하고 지나치려 했다. 날씨 때문인지 코트 깃을 세운 그의 모습은 꼭 부엉이 같았다.

"가요."

나는 베르톨트를 계단 아래로 잡아당겼다. 우리 뒤에서 바로 문이 닫혔다.

바람이 불고 있었다. 나는 굽이 아주 낮고 바닥이 얇은 구두를 신고 있었다. 베르톨트는 내가 미끄러지지 않도록 팔을 잡아주었다. 몇 번이나 나는 미끄러질 뻔했다. 베르톨트의 자동차는 큰 길가에 세워져 있었다. 날씨가 몹시 추웠다. 몸이 덜덜 떨렸다.

그는 숨을 깊이 들이마시며 말했다.

"집 안은 너무 덥더군."

내가 떨고 있는 것을 그가 눈치채지 못했으면 했다. 그러나 그는 몇 발짝 못 가 멈춰서서 물었다.

"왜 그래?"

"아니에요. 어서 가요."

그는 두 팔로 나를 껴안았다.

"말해봐. 당신 지금 슬픈 거지?"

"아무것도 아니에요. 가요."

"내 행동이 뭐 잘못됐던 거야? 내가 누굴 모욕하거나 한 건 아니지? 당신이 좀 말해봐. 흥분하다보면 난 가끔 실수할 때가 있으니까."

"아니에요. 잘했어요. 난 당신이 그러는 게 좋아요. 당신이 와서 얼마나 기쁜지 몰라요…… 여기 오래 서 있을 순 없어요. 어서 가요."

"당신 아주 얇은 구두를 신었군. 굽도 아주 낮고. 전엔 못 보던 건데…… 자, 조심해서 걸어. 잘못하다간 발이 다 젖겠어. 저기 좀 봐. 저기에 있어. 우리의 폭스바겐 말이야."

발은 이미 젖어 있었다. 계단 아래에 쌓여 있던 우박들을 보지 못하고 밟아버린 것이다. 자동차는 시동이 걸려 있었다. 베르톨트가 빙그레 웃으며 말했다.

"얼른 타. 차 안은 따뜻할 거야…… 아, 잠깐만 기다려!"

그는 자동차 밑에 쌓인 우박을 발로 밀어냈다.

"자!"

차 안은 정말 따뜻했다. 기름 냄새가 심했다. 베르톨트는 손수건을 꺼내 앞유리를 닦았다. 그는 자동차가 있으니 이제 택시를 탈 필요가 없다는 사실에 대해 아주 자랑스러워하고 있었다. 그가 내 손등을 살짝 두드렸다.

"당신 장갑 없어?"

"급히 오느라 잊고 나왔어요."

"내일 하나 사줄게. 돈은 충분해."

그가 양복 속주머니가 있는 가슴을 두드리며 말했다.

"전조등 켜세요."

"참, 그래야지."

우리는 골목길을 내려와 하임멜스부르크 가로 나가는 왼쪽 길로 들어섰다. 길에는 아무도 없었다. 날씨 때문인 것 같았다. 시간이 늦어서인지도 몰랐다. 밤에는 인적이 드문 길이었다.

나는 아무 말 없이 가만히 앉아 있었다. 베르톨트를 방해하고 싶지 않았다. 그는 갑자기 속도를 줄이더니 한쪽 옆으로 차를 세웠다.

"왜 그래요?"

내가 물었다.

"당신 아직도 슬픈 거야?"

"아니, 전혀 슬프지 않아요. 당신 곁에 있을 수 있어서 정말 기뻐요."

"정말이야?"

"정말이에요. 어서 가요. 우린 여길 떠나야 해요."

"당신은 달아날 수 없어."

"아니, 이제 다시는 그곳으로 돌아가지 않아요."

"그래, 당신은 가면 안 돼."

"그래요. 가지 않아요."

"당신한테는 내가 있어. 이제 모든 게 완전히 달라질 거야."

"네. 어서 가요."

그는 다시 차를 출발시켰다. 아주 천천히…… 뭔가 주저하는 듯하기도 했다. 우리는 두번째 교차로에서 오른쪽으로 돌아 하임멜스부르크 가로 들어섰다. 차는 천천히 움직였다. 반대편 차선으로 자동차 몇 대가 지나갔다. 전차도 지나갔다. 막차인 것 같았다. 뒤따라오던 자동차 한 대가 우리를 추월해 빠르게 지나갔다.

베르톨트는 오른손을 내 무릎 위에 올려놓았다. 나는 그의 손 위에 내 손을 올려놓았다.

"이젠 따뜻하지?"

그가 물었다.

"그래요."

나는 가만히 그의 손을 잡았다.

"내가 어떤지 알아?"

"네?"

"당신과 자고 싶어."

"알고 있어요."

"저어…… 당신이 이해해줘야 할 거야. 난 사실 좀…… 쉽지가 않아, 몇 년째…… 일을 하고 있을 땐 더 그렇고. 하지만 지금은……"

"왜 이렇게 천천히 가죠?"

하지만 그는 속력을 내지 않았다.

"당신 말이야……"

"네?"

"우리 꼭 극장 식당에 가야 하나?"

"저도 별로 가고 싶지 않아요."

"그 사람들 지금쯤 아마 엉망이 되었을 거야. 너무 늦었어. 우리, 거기 가는 거 어때?"

"어디요?"

"여자가 빨래를 널던 곳 말야. 거기에 가면 잘 수 있을 것 같은데."

"닫혔을 거예요."

"그럼 깨우면 되지."

"불을 피우지 않았을지도 몰라요."

"하여튼 좀더 가보자구. 시간은 아직 있으니까. 우선 커피 한 잔 마시겠어?"

"아뇨, 마시고 싶지 않아요. 우리 그냥 가요."

그는 속력을 내기 시작했다. 그의 손이 다시 내 무릎 위에 놓였다. 그가 기뻐하고 있음을 느낄 수 있었다. 나는 그의 손을 잡았다. 더이상 아무 말도 필요 없었다.

반대편에서 자동차 몇 대가 달려왔다. 우리를 추월하는 차는 한 대도 없었다. 거리에 지나가는 사람도 없었다. 푸른 가로등만이 우리를 스쳐 지나갔다. 가로등은 재빨리 우리 옆으로 다가왔다가 곧 어둠 속으로 사라져갔다. 그 가로등이 멀어져가는 속도만큼 나는 옛 일을 잊어버리고 있었다. 베르톨트 쪽의 유리창 틈으로 바람소리가 들렸다. 베르톨트가 나지막이 휘파람을 불었다. 처음에는 무슨 노래인지 알 수 없었다. 하지만 그것은, 내 무릎 위를 스쳐가는 그의 휘파람은, 전에 내가 가르쳐준 그 자장가였다. 그는 하나도 잊지 않고 있었다. 모두 기억하고 있었다. 그의 휘파람 소리로 나는 알 수 있었다. 그는 행복해하고 있었다. 나 역시 마찬가지였다. 우리는 그의 휘파람 소리를, 나의 자장가를 함께 듣고 있었다. 행복했다.

멀리서 자동차 한 대가 질주해왔다. 가로등이 어둠 속으로 꺾어지는 지점이었다. 우리는 허공으로 날아올랐다. 몸은 너무나 가벼웠다. 무게가 하나도 느껴지지 않았다. 우리는 그대로 철로 교각 쪽으로 날아갔다. 나는 베르톨트의 손을 꼭 잡았다. 그는 내 무릎을 꼭 잡고 있었다. 다시는 헤어지고 싶지 않았다.

그리고 우린 어딘가로 날아갔다. 아프지는 않았다. 전혀 아프지 않았다. 고통은 이미 사라진 후였다.

그사이에 집에서 어떤 일이 있었는지 정확히 알 순 없지만 대충 짐작할 수는 있다. 아마 내 상상과 크게 다르지는 않을 것이다. 나는 그 사람들과 꽤 긴 시간을 함께 살았고, 내가 떠난 그 몇 분 동안 그들이 갑자기 변할 수는 없을 테니까.

우리가 나간 후 문을 닫고 집 안으로 들어간 사람은 물론 블랑크였다. 하지만 그는 곧장 집 안으로 들어가진 않았다. 그는 잠시 현관에 그대로 서 있었다.

그는 코트 깃이 벌어지지 않도록 손으로 꼭 잡고 있었다. 미처 타이를 매지 못하고 급하게 달려온 때문이었다. 그는 막스의 전화를 받자마자 잠옷 위에 그대로 바지와 셔츠, 외투를 걸치고 택시를 잡아탔던 것이다. 칭찬할 만한 일이었다. 하지만 옷을 제대로 찾아입지 못한 그는 불안하기만 했다.

"들어오게, 블랑크. 쓸데없는 일로 잠을 깨워 미안하군."

막스는 그 순간 다른 어느 때보다도 블랑크가 필요했다. 그가 옆에 있어주어야 했다. 그는 '쓸데없는'이라는 말을 강조했다. 블랑크는 자신이 얼마나 서둘러 택시를 불렀는지에 대해 이야기하고, 다시 더 빨리 달려오지 못한 것에 대해 사과했다. 막스는 그토록 빨리 달려와준 것을 절대 잊지 않겠다고 했다.

막스로서는 블랑크가 옆에 있다는 것이 큰 위안이 되었다. 아버지나 게르다는 있으나마나였다. 모든 걸 다 지켜본 두 사람에게 아무렇지 않게 얘기를 꺼낼 수는 없었을 것이다.

"게르다."

막스가 위층을 쳐다보며 말했다.

"네?"

"가서 애를 좀 봐주겠소?"

게르다는 아무 말 없이 사라졌다. 막스는 다시 블랑크 쪽으로 몸을 돌렸다.

"자네가 증인이 되어주게. 믿을 만한 사람은 자네뿐이군."

그가 큰 소리로 말했다. 하지만 사건은 이미 다 끝난 상태였다.

"막스."

그때 시아버지가 막스를 불렀다. 그는 계단을 내려왔다.

"네, 아버지."

공손하게 대답했지만 잔뜩 화가 난 목소리였다.

"극장 식당으로 두 사람을 따라가보는 게 낫지 않겠니?"

"두 사람이라뇨?"

막스는 무슨 소리냐는 듯 눈썹을 치켜올렸다.

"너 혼자서 말이다…… 미안하네, 블랑크."

시아버지가 막스의 말을 못 들은 척 계속하자 막스가 다시 말했다.

"아버지를 정말 이해할 수가 없습니다."

"너에겐 이게 마지막 기회인 것 같다."

"기회라구요? 지금 제 얘길 하시는 겁니까?"

"그래, 그럼 네 의무라고 하는 게 좋겠구나. 우리 말싸움은 그만두자."

막스는 대답하지 않았다. 그리곤 위층을 올려다보며 게르다에게 물었다.

"어때?"

"귄터는 자고 있어요."

게르다는 낮은 소리로 대답했다.

"좋아요. 가서 자도록 해요."

막스가 말했다. 게르다는 곧장 방으로 들어갔다.

"막스, 너한테 물었다. 두 사람을……"

"잠깐만 기다리세요, 아버지. 어때, 블랑크, 뭘 좀 마시겠나? 코냑 한잔 어떤가?"

"내 말 들어라, 막스. 시간을 많이 허비해서는 안 될 것 같다. 나라도 가고 싶지만……"

"아니요, 제 사생활은 간섭하지 말아주십시오. 무례하다고 생각하셔도 어쩔 수 없습니다. 어쨌거나, 극장 식당으로 쫓아가는 게 제 일일 것 같지는 않습니다. 나쁘게 생각하지는 마십시오. 하지만 그런 일이 제 의무라고는 생각하지 않습니다. 이번 일은……"

막스는 말을 끝내지 못했다. 멀리서 경찰차의 사이렌이 울리고 있었다. 하임멜스부르크 가 쪽인 것 같았다. 밤이라 소리가 멀리까지 들렸다. 더구나 그쪽에서 바람도 불어오고 있었다. 세 사람은 신경을 곤두세우고 사이렌 소리에 귀를 기울였다. 소리가 멀리 사라지고 나서 세 사람은 이야기를 시작했다.

"······저도 할말이 있습니다."

막스는 이상하게도 자신 만만해 보였다. 사이렌 소리가 그에게 생각할 여유를 준 것 같았다.

"그 동안 저는 이 일에 대해 가능하면 신중하게 생각해왔습니다. 그만큼 많이 참았지요. 하지만 이젠 아닙니다. 더이상은 참을 수가 없어요. 아버지, 우리는 우리 집안도 생각해야 합니다. 우리 집안의 명예를 더럽히는 일은 안 됩니다."

그의 말에 아무도 대꾸하지 않았다. 그는 명확하고 분명하게 얘기하고 있었다. 반박할 여지가 없었다. 막스는 말을 하면서 소파 등을 몇 번 두드렸다. 화가 나서 세게 두드리는 건 아니었다. 그의 말을 좀더 명확하게 드러내기에 알맞는 세기였다. 그 때문에 그의 말이 감동적으로 들리기까지 했다.

"그러니 이번 일은 오늘 저녁으로 끝냈으면 합니다. 이제 끝난 겁니다. 아시겠어요, 아버지? ······그리고 블랑크, 비밀 지켜야 하네. 잊지 말게!"

"그럼요, 사장님."

"오늘 밤 일에 대해서는 입을 다물도록 하게. 자네 처한테도 말이야. 자네도 알다시피 여자들이란······ 자네 정말 아무것도 안 들겠나?"

"아니요. 고맙습니다, 사장님."

"자, 됐네. 더이상 지체할 필요 없어. 그만 가보게. 부인께서 걱정할걸세."

막스는 블랑크에게 손을 내밀었다.

그런데 마침 누군가 밖에서 초인종을 눌렀고, 그 바람에 악수를 하려던 그의 손은 그대로 아래로 내려왔다.

"또 누구지?"

막스는 낮게 중얼거리며 시아버지를 쳐다보았다. 문 쪽으로 걸어가던 그는 잠시 주저했다.

"블랑크, 좀 나가봐주게…… 오늘 저녁은 쉬기는 다 틀린 모양이로군."

블랑크가 문을 열었다. 그리고 이어 낯선 사람들의 목소리가 들렸다. 목소리는 가능한 한 작게 얘기하려 애쓰고 있었다. 막스는 굳이 귀를 기울이지 않았다. 체면 문제였다. 그는 시아버지에게 말했다.

"진심입니다, 아버지. 우리는 그럴 처지가 아닙니다. 그걸 아셔야 합니다. 사실을 직시해야 합니다…… 밖에 뭐지?"

블랑크는 혼자서 들어왔다. 그는 불안한 눈길로 시아버지를 쳐다보았다. 시아버지 앞에서 얘기를 해도 좋을지 쉽게 판단 내리지 못하고 있는 것 같았다.

"뭐지?"

막스가 물었다.

"경찰입니다, 사장님. 사장님께 개인적으로 말씀드릴······"

"내가 가보지."

막스가 말하면서 나갔다.

시아버지는 무슨 일이냐는 듯 블랑크를 쳐다보았다. 밖에서 작게 웅얼거리는 소리가 들렸다.

"자동차가 철로 교각에 부딪쳤습니다."

블랑크가 말했다.

"굉장한 속도로 말입니다. 굴러떨어진 모양입니다. 차가 완전히 부서져버렸답니다."

"두 사람 다?"

블랑크는 고개를 끄덕였다. 그리고는 묵묵히 서 있었다. 더이상은 할말이 없었다.

막스는 금방 들어왔다. 문은 열어놓은 채였다. 밖에서 들이친 바람에 재떨이의 담뱃재가 양탄자 위로 흩날렸다.

막스의 행동은 훌륭했다. 위기에 처할 때마다 막스는 늘 훌륭하게 처신했다. 그는 모자를 쓰고 외투를 입었다. 그는 뭐 하나 빠뜨리는 것 없이 챙겨입은 후 밖으로 걸어나갔다. 그는 정말 칭찬할 만하다. 앞으로도 그에 대해서는 걱정할 필요가 없다.

블랑크가 얼른 달려나갔다.

"고맙네. 그만 가보도록 하게······"

막스는 무슨 말인가 하려고 했지만, 그때 시아버지가 다가왔다. 무슨 말인가 꺼내려는 시아버지를 막고 그가 먼저 말했다.

"지금 단 일 초도 지체할 수 없습니다, 아버지. 사람들이 밖에서 기다리고 있습니다. 그들과 함께 사고현장에 가봐야 합니다. 친절하게도 절 데려가 주겠다는군요. 어떻게 해결해야 할지 가서 알아보겠습니다. 가서 주무십시오. 아버지가 도와주실 일은 없습니다. 아버지 건강도 걱정이 되구요. 자 블랑크, 어서 신문사로 가보게. 이쪽에서 먼저 선수를 쳐야 하니까. 뉴스를 주도록 하게, 아주 짧게……"

막스는 잠깐 생각하더니 기사를 만들었다. 블랑크는 한 단어도 빼놓지 않으려고 긴장된 얼굴로 그를 쳐다보았다.

"갑작스런 불상사로……"

막스는 말을 시작했다가 곧 중단했다.

"아냐, 그건 안 돼. 공식 발표처럼 되어야 하니까 이렇게 하지. 그래, 그게 좋겠군. '비극적인 사고'…… '저명한 헬데겐 부인이……' 뭐 그런 식으로…… 그 다음은 알겠지? 다른 얘기는 절대 하지 말게. 서둘러야 해. 자, 갑시다, 여러분."

시아버지는 거실에 홀로 서 있었다. 그곳에 서서 그는 밖에서 나는 소리를 모두 듣고 있었다. 경찰차가 출발해 자갈길을 미끄러져나가는 소리, 골목길 모퉁이를 돌아나가는 소리…… 그리고 나서 모두 조용해졌다. 위층에서 걱정스런 속삭임이 들려왔다.

"회장님……"

시아버지는 조용히 위층을 올려다보았다.

"무슨 좋지 못한 일이라도 있는 건가요?"

게르다가 물었다.

시아버지는 고개를 저었다. ■

역자 후기

　연애소설도 이쯤 되면 이건 예술이구나 하는 감탄이 이 소설을 처음 읽었을 때의 소감이었다. 따지고 보면 세계 고금의 불후의 명작치고 연애소설 아닌 것이 없다시피 한데도 그런 생각이 들었던 것은, 이 소설을 처음 번역했던 이십여 년 전이 루이제 린저의 『생의 한가운데』나, 에릭 시걸의 『러브 스토리』 같은, 조금은 억지스럽고 또 사탕발림 같은 소설들이 한창 읽히고 있던 때문이었다.* 그것은, 연애소설은 그저 흔하디 흔한 통속소설에 지나지 않는다는 편협한 생각 때문이기도 했다. 하지만 이 작품을 읽고난 후의 느낌은 너무나 달랐다.

　이 소설의 주된 줄거리는 플로베르의 『마담 보바리』가 그렇듯이 지극히 통속적이다. 건실한 재벌 2세의 아내인 주인공 마리 안네가 집시와도 같은 떠돌이 작가 뫼켄을 만나면서 이야기는 시작된다. 남편 회사에서 주관하는 문학상의 수상자인 뵌켄은 그녀를 보자마자 말한다. "당신과 함께라면 이대로 죽을 수도 있을 것 같습니다." 마리안네는 그 길로 안락한 재벌가의 며느리 생활을 뒤로 하고 뵌켄을 따라나선다. 하지만 두 달간의 짧은 동거생활은 순탄치 못하다. 집시 같은 영혼의 남자 뵌켄은 창작의 산고를 겪고 있는 중이었다. 누구도 그를 도와줄 수가 없다. 곁에 있는 것이 오히려 짐이 되고 있다는 생각에 마리안네는, 두 사람을 찾아온 시아버지의 권유에 따라 다시 집으로 돌아간다. 그녀를 이해하고 도와주는 시아버지뿐 아니라, 남의 이목이 두려운 남편 역시 그녀의 귀가를 묵묵히 받아들인다.

하지만 집으로 돌아와서도 마리안네는 기다린다. 베르톨트가 약속한 그날을…… 함께 있을 때 두 사람은 모든 일을 그의 작품이 무대에 올려지는 11월로 미루어두었다. 11월이 되면, 늦어도 11월에는…… 가을이 지나고, 우박이 쏟아지는 11월의 어느 늦은 밤, 드디어 베르톨트가 그녀를 데리러 온다. 그를 거절할 수는 없다. 아니, 그녀 자신이 그를 기다려왔다. 두 사람은 약속했던 폭스바겐을 타고 집을 떠난다. 그리고…… 집을 떠난 지 채 몇 분도 되지 않아 두 사람은 교통사고로 비극적인 최후를 맞이한다.

마리안네가 집을 나온 것은 행복에 대한 소망 때문이었다. 그녀는 미친 듯한 사랑 속에서 행복을 붙잡아보려고 애썼다. 그리고 그 행복은 죽음을 통해서 이루어진다. 죽음이란 그녀에게 완성이자 해방이며 유일한 구원의 길이었다. 사랑에 대한 병적인 동경, 사랑의 도취감 속에서의 달콤한 죽음과의 만남, 죽음과 사랑과의 영원한 합일…… 두 사람의 사랑은 마력적인 신비감마저 불러일으킨다. 그러한 신비감은 작품 곳곳에서 나타나고 있다. 베르톨트와 마리안네가 처음 만났을 때의 그 믿을 수 없는, 아니 이해할 수 없는 행동, 국경도시의 쓸쓸한 거리를 헤매는 두 사람의 인간적인 갈등과 사랑하는 사람들만이 풍길 수 있는 시정(詩情), 그리고 베르톨트의 희곡이 초연되는 11월, 우박이 쏟아지는 밤 두 사람의 극적인 만남 등은 구원에의 사랑을 연출하는 연인들이 영감만이 창조해낼 수 있는 극적인 장면들이다. 하지만 무엇보다도 감동적인 것은 두 사람이 죽음에 이르는 마지막 순간이다. 두 사람의 사랑의 승화 과정은 마치 바그너의 〈트리스탄과 이졸데〉의 죽음의 장면을 연상시키는 장엄한 드라마를 연출한다.

마리안네에게는 자신이 향유하는 최상의 사회적 여건을 뿌리칠 수 있는, 그리고 자신의 분신인 아들 귄터마저도 버릴 수 있는 용기가 있었다. 더구나 존경하는 시아버지와 남편 앞에서 유유히 집을 떠나는 그녀의 내면세계를 보면서, 우리를 언제나 꼼짝 못 하게 둘러싸고 있는, 도저히 허물 수 없는 논리의 성벽과 맞서는 의연하고도 순수한 현대의 초인을 대하는 듯한 착각이 들기도 한다.

게다가 이 작품은 자아상실의 시대, 고도로 발달한 현대 산업 사회의 냉엄한 메커니즘에 도전한 인간의 비극을 처절하게 대면 함으로써 우리에게 지울 수 없는 깊은 감동을 안겨준다.

"전후 독일문학의 대표적인 작가이며, 가장 탁월한 작가"라 는 사르트르의 극찬을 받은 바 있는 그의 문장과 문체는 디지털 시대인 오늘날에 보아도 풋풋하고 생기가 넘친다. 설명 없이 느 닷없이 던지는 대사나 내면풍경의 묘사는 그래서 더욱 가슴에 와 닿는다.

이 작품을 읽는 독자들은 이제 11월의 늦가을 저녁이 깊어지 면 누군가 창 밖에 찾아와 어둠 속에서 나를 불러내고 있지나 않 은가 하는 가슴 떨림을 경험하게 될 것이다.

2002년 가을
김창활

---

* 이 책은 1990년 자유교양사에서 출간되었던 것을 다시 번역 출간한 것이다.

지은이 **한스 에리히 노삭**(Hans Erich Nossack)

사르트르로부터 "전후 독일문학의 대표적 작가이며 세계적인 소설가"라는 극찬을 받은 노삭은 독일 함부르크에서 태어났다. 1955년 발표한 대표작 『늦어도 11월에는 Spätestens im November』으로 독일 최고의 문학상인 게오르크 뷔흐너 상을 수상했다. 이외에도 독일산업협회 문화상과 빌헬름 라베 상 등을 수상했다.

옮긴이 **김창활**

극작가, 번역문학가. 한국외대 독일어과를 졸업했다. 귄터 그라스의 『민중들 반란을 연습하다』 『왼손잡이』, 막스 프리시의 『만리장성』 외 백여 권의 독일 문학작품을 번역했다.

문학동네 세계문학
늦어도 11월에는

| 1판 1쇄 | 2002년 11월 2일 |
| 1판 13쇄 | 2018년 12월 27일 |

지은이 한스 에리히 노삭 | 옮긴이 김창활 | 펴낸이 염현숙
책임편집 김현정 조연주 장한맘 | 저작권 한문숙 김지영
마케팅 정민호 박보람 나해진 우상욱 | 홍보 김희숙 김상만 이천희
제작 강신은 김동욱 임현식 | 제작처 (주) 상지사 P&B

펴낸곳 (주)문학동네
출판등록 1993년 10월 22일 제406-2003-000045호
주소 10881 경기도 파주시 회동길 210
전자우편 editor@munhak.com | 대표전화 031) 955-8888 | 팩스 031) 955-8855
문의전화 031) 955-3576(마케팅) 031) 955-8864(편집)
문학동네카페 http://cafe.naver.com/mhdn

ISBN 89-8281-587-2 03850
www.munhak.com